民国词学史著集成

第十六卷

張振鏞《敘詞》（《中國文學史分論》）

鄭振鐸《詞史》（《中國文學史》）

孙克强　和希林◎主编

南開大學出版社

图书在版编目(CIP)数据

民国词学史著集成. 第十六卷 / 孙克强，和希林主编.一天津:南开大学出版社，2016.12
ISBN 978-7-310-05280-6

Ⅰ. ①民… Ⅱ. ①孙… ②和… Ⅲ. ①词学一诗歌史一中国一民国 Ⅳ. ①I207.23

中国版本图书馆 CIP 数据核字(2016)第 287708 号

南开大学出版社出版发行
出版人:刘立松
地址:天津市南开区卫津路 94 号　　邮政编码:300071
营销部电话:(022)23508339　23500755
营销部传真:(022)23508542　　邮购部电话:(022)23502200
*
天津市蓟县宏图印务有限公司印刷
全国各地新华书店经销
*
2016 年 12 月第 1 版　　2016 年 12 月第 1 次印刷
210×148 毫米　32 开本　15.625 印张　4 插页　446 千字
定价:88.00 元

如遇图书印装质量问题，请与本社营销部联系调换，电话:(022)23507125

總序

清末民初詞學界出現了新的局面。在以晚清四大家王鵬運、朱祖謀、鄭文焯、況周頤為代表的傳統詞學（亦稱體制內詞學、舊派詞學）之外出現了新派詞學（亦稱體制外詞學）。新派詞學以王國維、胡適、胡雲翼為代表，與傳統詞學強調『尊體』和『意格音律』不同，新派在觀念上借鑒了西方的文藝學思想，以情感表現和藝術審美為標準，對詞學的諸多問題展開了全新的闡述。同時引進了西方的著述方式：專題學術論文和章節結構的著作。傳統的詞學批評理論以詞話為主要形式，感悟式、點評式、片段式以及文言為其特點；民國時期的詞學論著則以內容的系統性、結構的章節佈局和語言的白話表述為其主要特徵。當然也有一些論著遺存有傳統詞話的某些語言習慣。民國詞學論著的作者，既有新派大師王國維、胡適的追隨者，也有舊派領袖晚清四大家的弟子、再傳弟子。他們雖然觀點不盡相同，但同樣運用這種新興的著述形式，他們共同推動了民國詞學的發展。民國詞學論著的蓬勃興起是民國詞學興盛的重要原因。

民國的詞學論著主要有三種類型：概論類、史著類和文獻類。這種分類僅是舉其主要內容而言，實際情況則是各類著作亦不免有內容交錯的現象。

概論類詞學著作主要內容是介紹詞學基礎知識，通常冠以『指南』『常識』『概論』『講義』之名。這類著作無論是淺顯的入門知識，還是精深的系統理論，皆表明著者已經從傳統詞學中片段的詩詞之辨、詞曲之辨，提升到系統的詞體特徵認識和研究，是文體學意識的體現。史著類是詞學論著的大宗，既有詞通史，也有斷代詞史，還有性別詞史。唐宋詞成為後世的典範，對唐宋詞史的梳理和認識成為詞學研究者關注的焦點，如詞史的分期、各期的主要特徵、詞派的流變等。值得注意的是詞學史上的南北宋之爭，在民國時期又一次達到了高潮，有尊南者，有尚北者，亦有不分軒輊者，精義紛呈。南北宋之爭的論題又與新派、舊派基本立場的分歧對立相聯繫，一般來說，新派多持尚北貶南的觀點。史著類中清代詞史亦值得關注，詞學研究者開始總結清詞的流變和得失，清詞中興之說已經發佈，進而加以討論，影響深遠直至今日。文獻類著作主要是指一些詞人小傳、評傳之類，著者廣泛搜集歷代詞人的文獻資料，加以剪裁編排，清晰眉目，為進一步的研究打下基礎。

『民國詞學史著集成』有兩點應予說明：其一，收錄了一些中國文學史類著作中的詞學史部分。民國時期的中國文學史著作主要有兩種結構方式：一種是以時代為經，文體為緯，此種寫法的文學史，詞史內容分散於各個時代和時期。另一種則是以文體為綱，注重文體的發展演變，如鄭賓於的《中國文學流變史》的下冊單獨成冊，題名《詞（新體詩）的歷史》，篇幅近五百頁，可以說是一部獨立的詞史；又如鄭振鐸的《中國文學史》（中世卷第三篇上），單獨刊行，從名稱上看是唐五代兩宋斷代文學史，其實是一部獨立的唐宋詞史。

『民國詞學史著集成』視這樣的文學史著作中的詞史部分，為特殊的詞史予以收錄。其二，『民國詞學史著集成』收入五部詞曲合論的史著，著者將詞曲同源作為立論的基礎，合而論之，本套叢書亦整體收錄。至於詩詞合論的史著，援例亦應收入，如劉麟生的《中國詩詞概論》等，因該著已收入南開大學出版社出版的『民國詩歌史著集成』，故『民國詞學史著集成』不再收錄。

『民國詞學史著集成』收錄的詞學史著，大體依照以下方式編排：參照發表時間、內容分類、著者以及著述方式等各種因素，分別編輯成冊。每種著作之前均有簡明的提要，介紹著者、論著內容及版本情況。

在『民國詞學史著集成』中，許多著作在詞學史上影響甚大，如吳梅的《詞學通論》等，多次重印、再版，已經成為詞學研究的經典；也有一些塵封多年，本套叢書加以發掘披露，如孫人和的《詞學通論》等。這些文獻的影印出版，對詞學研究具有重要的參考價值。近些年，民國詞學研究趨熱，期待『民國詞學史著集成』能夠為學界提供使用文獻資料的方便，從而進一步推動民國詞學的研究。

孫克強　和希林

2016年10月

總目

第一卷

第二卷

第七卷

第八卷

第九卷

第十卷

第十一卷

第十二卷

第十三卷

第十四卷

第十五卷

第十六卷

本卷目錄

張振鏞《敘詞》(《中國文學史分論》)

張振鏞(1897—?)，字真用，號杭蓉，江苏宜兴人。20世紀30年代初在大夏大學主編《教育建設》。著有《中國文學史分論》《國學常識答問》《張氏文通》等。

《敘詞》乃從張振鏞《中國文學史分論》中輯出。《中國文學史分論》全書共分六編：敘詩、敘文、敘詞、敘曲、敘小説、敘戲劇，凡五十七章。第三編敘詞部分共分六章：詞學通論、晚唐五代詞人、兩宋詞人、金元明之詞人、清之詞人、當代詞人。《敘詞》之名乃輯者所加。《中國文學史分論》于民國二十三年(1934)商務印書館初版，1939年再版。本書據商務印書館初版影印。

中國文學史分論

第三冊

張振鏞著

商務印書館發行

張振鏞著

中國文學史分論

第三册

商務印書館發行

中國文學史分論第三册目錄

第三編　敘詞

第四編　敘曲

中國文學史分論 第三册 二

中國文學史分論第三册

第三編　敍詞

一　詞學通論

詞之定義及體制　傳曰。意內而言外。謂之詞。其緣情造端。興於微言。以相感動。極命風謠里巷。男女哀樂。以遂賢人君子幽約怨悱不能自言之情。低徊要眇。以喻其志。（張惠言詞選序云）蓋自周室東遷以後。世競新聲。三百篇之音節始廢。至漢而樂府出。樂府不能行之民間。而雜歌出。六朝至唐。樂府又不勝詰曲。而近體出。五代至宋。詩又不勝方板。乃不得不變爲詞。故詞者。所以濟近體之窮。而上承樂府之變。採樂府之音以制新律。因繫其詞也。俞彥爰園詞話曰。詞何以名詩餘。詩亡然後詞作。故曰餘也。

非詩亡。所以歌詠詩者亡也。詞亡然後南北曲作。非詞亡。所以歌詠詞者亡也。近人況周頤蕙風詞話曰。詩餘之餘。作羸餘之餘解。唐人朝成一詩。夕付管絃。往往聲希節促。則加入和聲。凡和聲皆以實字塡之。遂成爲詞。詞之情文節奏。並皆有餘於詩。故曰詩餘。世俗之說。若以詞爲詩之賸義。則誤解此餘字矣。蓋詩至於唐。內容形式均已登峯造極。後之作者不能超而上之。此詞之所以應運而生也。然則非詩亡而後詞作。所以歌詠之者不同也。成肇麐唐五代詞選序曰。十五國風息而樂府興。樂府微而歌詞作。其始也。非皆有一成之律以爲范也。抑揚抗墜之音。短修之節。運轉於不自已。以蘄適歌者之吻。而終乃上躋於雅頌。下衍爲文章之流別。詩餘名詞。蓋非其朔也。唐人之詩。未能胥被管絃。而詞無不可歌者。沈約宋書曰。吳歌雜曲。始皆徒歌。旣而被之絃管。又有因絃管金石作歌以被之。後之塡詞。家自度曲。率意爲長短句。而後協之以律。此前一法也。前人本有此調。後人按腔塡詞。此後一法也。故詞之稱倚聲者。多依前人之調爲之也。沿流溯源。與休文之說相應。蓋歌曲之作。若枝葉始敷。乃至於詞。則芳華益茂。調有定格。句有定言。韻有定聲。酌劑乎陰陽。陶寫乎性情。而上通雅樂。故詞之爲道。智者之事也。至謂詞之體制。出於三百篇者。則若淸徐釚詞苑叢談曰。詞者。詩之餘也。然則詞果有合於詩乎。曰。按其調而知之也。殷雷之詩曰。殷其雷。在南山之陽。此三五言調也。魚麗之詩曰。魚麗於罶。鱨鯊。此二四言調也。還之詩曰。遭我乎猺之間兮。並驅從兩肩兮。此六七言調也。江汜之詩曰。不我以。不我以。此疊句調也。東山之詩曰。我來自東。零雨其濛。鸛鳴於垤。婦歎於室。此換韻調也。行露之詩曰。厭浥行露。其第二章曰。誰謂雀無角。此換頭調也。凡此煩促相宣。短長互用。以啓後人協律之原。豈非三百篇實祖禰哉。（引樂圃閒話）至若詞之體制。由詩嬗變而成者。如李端拜新月詞曰。開簾見新月。便即下階拜。細語人不聞。北風吹裙帶。此詞體之同於五言詩者。王麗眞字字雙詞曰。牀頭錦衾斑復斑。架上朱衣殷復殷。空庭明月閒復閒。夜長路遠山復山。此詞體之同於七言詩者。馮延巳拋毬樂曰。逐勝歸來雨未晴。樓前風重草煙輕。谷鶯語軟花邊過。水調聲長醉裏聽。款舉金觥勸。誰是當筵最有情。此詞體之離合五七言詩而成者。張志和漁歌子曰。西塞山前白鷺飛。桃花流水鱖魚肥。青箬笠。綠簑衣。斜風細雨不須歸。韓翃章臺柳詞曰。章臺柳。章臺柳。昔日青青今在否。縱使長條如舊垂。也應攀折他人手。鄭符閒中好詞曰。閒中好。盡日松爲侶。此趣人不知。輕風度人語。此詞體之增減五七言詩而成者。又有於詩中加人和聲而轉變爲詞者。沈括夢溪筆談曰。詩之外又有和聲。則所謂曲也。朱子語類曰。古樂府只是詩中泛聲。後人怕失卻那泛聲。逐一添個實字。遂成長短句。今曲子便是。全唐詩附錄曰。唐人樂府原用律絕等詩。雜和聲歌之。其並和聲歌作實字。長短其句以就曲拍者爲塡詞。斯三說與上列蕙風詞話所言。皆以明詩之流變爲詞。有加入和聲之一法也。若舉例以明之。則如顧敻楊柳枝詞曰。秋夜香閨思寂寥。漏迢迢。鴛幃羅幌麝煙消。燭光搖。正憶玉郎遊蕩去。無尋處。更聞簾外雨瀟瀟。滴芭蕉。此詞於七言詩中加入三言四句。皆屬和聲也。又如王建調笑令曰。團扇團扇。美人病來遮面。玉顏憔悴三年。誰復商量管絃。絃管絃管。青草昭陽路斷。此詞於六言詩中加入四言兩句。亦和聲也。抑詞之體制。亦非盡由詩嬗變而成。蓋一代有一代之樂。卽一代有一代之新聲。故詞亦有迎合當代之新聲而創造以成新文體。與詩絕不相混者。如溫庭筠之河傳詞曰。江畔。相喚。曉妝鮮。仙景個女采蓮。請君莫向那岸邊。少年。好花新滿船。　紅袖搖曳逐風軟。垂玉腕。腸向柳絲斷。浦南歸。浦北歸。莫知。晚來人已稀。長短曲折。自成新聲。其體制與詩迥不相侔者也。至宋人之慢詞犯調。或引而愈長。成移宮換羽。則嬗變益繁矣。茲更列詞調釋義一目以明之。

詞調釋義　詩有體。詞有調。然詩體簡。而詞調繁。一則以詞爲長短句。不可無一定之調。以軌範。

之。以免雜亂紛歧之弊一則以詞便於歌歌則不能不講求宮調依聲製詞此詞調之所由興也然一調之始。隨人遣詞命名。初無定準。或一調而名多至十數。或同此一調。中差一二襯字。句法遂別調名亦異。自草堂詩餘（凡四卷不知何人所編相傳出於南宋人詞家中有小令中調長調之分自此書始然朱竹垞頗譏之）別詞調爲三種。後人因之。武進鄒祇謨程邨遠志齋詞衷曰。俞少卿云。花間集內（凡十卷蜀趙崇祚編蓋輯長短句爲一編者自此集始）三十二調。草堂諸本所無。尊前集（凡二卷亦不著編者姓名要當爲五代人所輯所錄皆唐人小詞）僅當花間三之一。而草堂所無者二十八調。內八調與花間同。餘又皆花間所無。則草堂所列詞調。其闕如者正多。至昔人之詳述詞調原流者。則有王灼之碧雞漫志。然惟於涼州、伊州、霓裳羽衣曲、甘州、胡渭州、六么、西河長命女、楊柳枝、喝䭾子、蘭陵王、虞美人、安公子、水調歌、萬歲樂、夜半樂、河滿子、凌波神、荔枝香、阿濫堆，念奴嬌、清平樂、雨淋鈴、菩薩蠻、望江南、麥秀兩歧、文溆子、後庭花、鹽角兒諸調。一一溯其得名之原起與其漸變宋詞之沿革。其餘諸調。則未嘗爲之申釋也。其於詞調釋義最詳者。則惟錢唐毛先舒稚黃所著之塡詞名解。其書依草堂例。分小令中調長調。更取楊用修之說。一一爲之解釋焉。茲遂錄其習用諸調如下。（一）小令十六字令有二體。以字數也。其單字起句者。又名蒼梧謠。紇那曲唐樂府名。劉禹錫紇那曲詞。楊柳鬱青青。竹枝無限情。周郎一回顧。聽唱紇那聲。羅嗊曲作於唐妓劉采春。一名望夫歌。與紇那曲、醉公子、一片子、略同。蓋皆五言絕句耳。明月斜呂洞賓題於景德寺。其詞云。明月斜。秋風冷。今夜故人來不來。教人立盡梧桐影。醉粧詞蜀王衍裹小巾如錐。宮妓多道服簪蓮花冠。施臙脂夾臉。號醉粧。衍乃作此詞焉。南柯子一名南歌子。此調凡有五體。甘露歌古祝英臺也。花非花白樂天自度曲也。用起句作名。荷葉杯取隋殷英童採蓮曲。蓮葉捧成杯。南鄉子前後段起句或有四字者。名減字南鄉子。春曉曲一名西樓月。搗練子李後主作秋閨詞。中云斷續寒砧斷續風。遂名其調爲搗練子。解紅和凝歌童名也。凝爲製解紅一曲。初止五句。後乃衍爲解紅兒慢。瀟湘神唐劉禹錫作小詞。詠舜二妃。卽名其調曰瀟湘神。一作瀟湘曲。章臺柳始於唐韓翃寄柳姬詞。漁父唐張志和作漁父詞。卽用名調。一名漁歌子。賣花聲一名謝池春。浪淘沙花間集作浪濤沙。亦名賣花聲。一名過龍門。款乃曲一無曲字。元結款乃曲五章。全是絕句。名謂款乃者。殆舟人於歌聲之外。別出一聲以互相爲歌也。八拍蠻唐教坊樂名。其體亦同詩之七絕。阿那曲仄韻絕句體也。或云唐名阿那曲。宋云雞叫子。又名春曉曲。柳枝一名折楊柳。字字雙唐女郎王麗眞作。因句有疊字。故名。甘州曲沿唐樂府名。又有甘州子。較此調首句特多四字。塞上秋古詞有寒上清秋早寒。即以名調也。玉樓春一名木蘭花令。一名惜春容。拋球樂宋隊舞有拋球樂隊。疑即用此調爲舞曲。踏歌辭西京雜記載漢宮女以十月十五日相與連臂踏地爲節。歌赤鳳來。此踏歌之始也。江南春梁柳惲樂府汀洲采白蘋。日落江南春。因有此名。此調有單調雙調二體。憶王孫北里志天水光遠題楊萊兒室詩曰。萋萋芳草憶王孫。秦觀憶王孫詞。全用其句。調名或始此。徽宗北狩。謝克家作憶君王詞。即其調也。又名豆葉黃。又名闌干萬里心。若改用仄韻後加一疊。即漁家傲也。一葉落淮南子。一葉落而天下知秋。唐莊宗詞。一葉落。搴珠箔。遂以名調。遐方怨唐教坊樂名。後庭花陳後主作玉樹後庭花。襲其名也。訴衷情有單調雙調之分。韋莊碧沼紅芳一曲單調也。詩餘圖譜於帶儂纖腰句分段作雙調。其四十四字體者。則又名訴哀情令。西溪子毛文錫詞。昨日西溪游賞。芳樹奇花千樣云云。遂采以名。如夢令一名比梅。一名宴桃源。一名憶仙姿。後唐莊宗自度曲。詞云。曾宴桃源深洞。一曲舞鸞歌鳳。長記別伊時。和淚出門相送。如夢如夢。殘月落花煙重。因取如夢二字爲名。天仙子韋莊詞劉郎此日別天仙云云。遂采以名。風流子一名內家嬌。江城子始於歐陽炯詞。空有姑蘇臺上月。如西子鏡照江城。其第二體凡七十字者。又名江神子。定西番唐教坊曲也。四時樂宋李公麟作。言山莊四時野人之樂也。何滿子教坊記河滿子開元時滄州歌者。臨刑進此曲以贖死。竟不免。白樂天詩。世傳滿子是人名。臨就刑時曲始成。一曲四時歌八疊。從頭都是斷腸聲。然此是唐曲。入宋詞變矣。莫打鴨宣城守呂士龍欲杖營伎非麗華。梅聖俞乃作莫打鴨詞解之。長相思梁陳樂府題有長相思。起句云長相思久離別。緣此得名。烏夜啼一名錦堂春。一名上西樓。一名相見歡。一名秋夜月。一名憶眞娘。風光好宋陶穀使江南。見秦蒻蘭。作小詞贈之。名風光好。調笑令三十八字者。宋人之作也。一名古調笑。三十二字者。體創自唐。又名轉應曲。又名三台令。薄命女一名長命女。碧雞漫志稱西河長命女。蓋西河部樂也。醉公子唐人詞云。門外猧兒吠。知是蕭郎至。剗襪下香堦。冤家今夜醉。扶得入羅幃。不肯脫羅衣。醉則從他醉。還勝獨睡時。緣此詞詠醉公子。即用此名。又名四換頭。以其詞意四換也。生査子査與古槎字通。取張騫乘槎事。蝴蝶兒起於張泌詞。蝴蝶兒晚春時。阿嬌初着淡黃衣。春光好或名愁倚欄。又名鶴沖天。昭君怨又名一痕沙。九張機自一至九。凡九曲。曲三十字。玉蝴蝶名始於孫光憲咏蝶詞。點絳唇采江淹。白雪凝瓊貌。明珠點絳唇句。女冠子唐薛昭蘊始撰此調云。求仙去也。翠鈿金篦盡捨。以詞詠女冠。故名。紗窗恨毛文錫詞。月照紗窗恨依依。即名曰紗窗恨。浣溪沙一作浣沙溪。一名小庭花。製自晚唐歸國遙一名歸國謠。霜天曉角一名月當窗。清商怨晉樂府有清商曲。聲極哀苦。詞采其意。易今名。醜奴兒一名采桑子。一名羅敷令。一名羅敷媚。卜算子唐駱賓王詩好用數名。人稱爲算博士。或謂之卜算子。詞取以名。巫山一段雲毛文錫始撰此調云。雨霽巫山上。雲輕遠碧天。即用本意以名。菩薩蠻一名重疊金。南部新書云。大中初女蠻國入貢危髻金冠。纓絡被體。號菩薩蠻。遂製此曲。大中宣宗年號也。玉樹後庭花後主所製。塡詞家襲用其名。然調不類矣。好事近一名釣船笛。散餘霞取謝朓詩餘霞散成綺。柳含煙始於毛文錫詞。河橋柳。占芳春。映水含煙拂路。幾回攀折贈行人。暗傷神。謁金門一名出塞。一名花自落。一名垂楊碧。更漏子温庭筠作秋思詞中詠更漏。因以名調。憶秦娥李白作。取詞中秦娥夢斷秦樓月語。一名秦樓月。一名雙荷葉。一名碧雲深。亦可用平韻。洛陽春一名一絡索。望仙門漢武帝之所建也。詞取以名。桃花曲亦名十二時。占春芳蘇軾詠梨花創此調云。紅杏了。夭桃盡。獨自占春芳。阮郎歸用續齊諧記阮肇事。一名醉桃源。一名碧桃春。喜遷鶯一名鶴沖天。取韋莊詞中語也。三字令通調用三字成句。昉自歐陽炯。楊花落李邦直作。起句云。楊花落。燕子橫穿朱閣。武陵春采唐人詩。風光便似武陵春意。人月圓一名靑衫濕。眼兒媚一名秋波媚。謫仙怨明皇感馬嵬事始製此調。然有調無詞也。後劉長卿竇餘製詞塡之。鬲溪梅令姜夔自度曲也。雙鸂鶒取朱希眞詞。拂波秋江煙碧。一對雙飛鸂鶒意。城頭月取馬天驥城頭月色明如晝詞。太常引太常導引之曲也。月宮春毛文錫詞詠月宮事。故名。賀聖朝本唐教坊樂名。柳梢青一名早春怨。醉鄉春秦觀謫嶺南。飲於野老家。既醉。題詞於柱。末句。醉鄉廣大人間小。因名此調爲醉鄉春。與團圓晏殊詞。天還有意。不違人願。與個團圓。因以名調。玉交枝一名琴調相思引。西江月一名步虛詞。滴滴金取菊以名也。越俗有菊。由花梢引露滴入土。卻生新根而出。故名滴滴金。怨三三古怨詞有狂喚醉裏三三句。遂取以名。滿宮花尹鶚賦宮怨詞。有滿地禁花慵掃句。遂取以名。陽臺夢唐莊宗有楚天雲雨卻相和。又入陽臺夢句。因取以名。應天長有數體。其九十八字者曰應天長慢。少年游凡有六體。望江東平韻卽醉紅粧。菊花新宋思陵朝。掖庭有菊夫人。善歌舞。名冠仙韶院中。院中號爲菊部頭。後稱疾告歸。宦者陳源聘貯西湖。已而再入宮。陳悵悵不樂。或爲演曲名菊花新。王公謹爲譜其聲。陳每聞歌輒淚下不止云。虞美人取虞姬歌意以名。益州草木記云。雅州名山縣出虞美人草。唱虞美人曲。應拍而舞。怨王孫一名南歌子。一名望秦川。一名風蝶令。望江南一名謝秋娘。蓋李太尉爲亡伎謝秋娘作。亦名夢江南。又名歸塞北。白樂天作單調者名憶江南。又名江南好。又名夢江口。臨江仙又名庭院深深。摘芳詞一名擷芳詞。一名摘紅英。鷓鴣天一名思佳客。一名於中好。一七令從一字至七字成調。始自唐人送白樂天。席上指物爲賦。瑞鷓鴣一名鷓鴣詞。又名舞春風。蓋七言律之叶於聲歌者也。鷓鴣天即瑞鷓鴣之變體。採蓮子吳越女子多蕩舟採蓮。因爲歌曲以詠其事。或代爲婦人之詞。鵲橋仙取塡河事。梅花引本笛曲名。一斛珠取梅妃江采蘋事。又名醉落魄。踏莎行韓翃詩踏莎行草過春溪。因取以名。小重山一名小沖山。惜分釵取楊妃折釵獻明皇事以名。紅窗迴創自周邦彥。初名紅窗影。紅一作虹（二）

中調感皇恩唐教坊曲名。一剪梅南宮曲也。唐多令僊宮曲也。後庭宴宋宣和中掘地得石刻詞。唐人之作也。即千里故鄉十年華屋一首。因名之曰後庭宴。蝶戀花一名黃金縷。又名鳳棲梧。又名鵲踏枝。又名一籮金。又名捲珠簾。又名魚水同歡。又名明月生南浦。蘇幕遮西域婦人帽也。一名髩雲鬆。破陣子一名十拍子。落燈風明楊愼自度曲也。取首句柳外落燈風乍起。小梁州樂府大曲。惟涼州最先。小梁州蓋自涼州化出也。定風波本唐教坊樂名。醉春風取李白絲管醉春風意。麥秀兩歧東漢張堪爲漁陽太守。百姓歌曰。桑無附枝。麥穗兩歧。張君爲政。樂不可支。詞取其語以名。解珮令取鄭交甫漢皋事。玉梅令姜夔自度曲也。看花迴取劉禹錫無人不道看花迴意。青玉案一名一年春。取張衡四愁詩何以報之青玉案意。兩同心唐教坊樂曲有同心結。然有兩調。塡詞家因采以名之曰兩同心。荔枝香取楊妃喜啖荔枝事。憶帝京取唐詩乘春憶帝京意。風入松古琴曲。又李白風入松下清露出草間白。詞取以名。師師令李師師汴京名伎。張子野爲製新詞。名師師令。隔浦蓮一名浦隔蓮近。一名隔浦蓮近拍。歸田樂引采張衡歸田賦以名。越溪春歐陽修詞三月十三寒食日。春色遍天涯。越溪閬苑繁華地。傍禁垣珠翠煙霞。紅粉牆頭。鞦韆影裏。臨水人家。遂名其調曰越溪春。剔銀燈毛滂始製此調。以詞中頻剔銀燈語名之。婆羅門引婆羅門古獅子國。東晉時通焉。唐明皇嘗令楊敬述進婆羅門曲。宋隊舞亦有婆羅門隊。但未知其曲調與塡詞同否。于飛樂取左傳鳳凰于飛和鳴鏘鏘以名。灼灼華取桃之夭夭。灼灼其華意以名。一名小桃紅。一名連理枝。四園竹一名西園竹。側犯宋周邦彥柳永諸人自製樂章。有側犯、尾犯、花犯、玲瓏四犯等曲。犯之命意見下祝英臺近取梁山伯祝英臺事。近之義見下撲蝴蝶唐東京二月爲撲蝴蝶會。詞取以名。一名撲蝴蝶近。陽關引取王維西出陽關無故人語。歌入小秦王。更名陽關曲。金人捧露盤取漢武帝柏梁翁仲故事以名。一名上西平。一名西平曲。拂霓裳宋舞曲也。詞取以名。驀山溪一名上陽春。滿路花一名促拍滿路花。洞仙歌蘇軾七歲時。見眉州老尼朱姓。年九十餘。自言嘗隨其師入蜀主孟昶宮中。一日大熱。蜀主與花蕊夫人。夜起避暑摩訶池上。作此詞。獨記其首二句。豈洞仙歌令乎。乃爲足之。踏歌八十三字。與小令踏歌詞不同。華胥引列子黃帝晝寢而夢遊於華胥氏之國。詞名本此。離別難唐武后朝有士人陷寃獄。妻配入掖庭。善吹觱篥。乃撰此曲以寄哀情。始名大郎神。蓋取良人行第也。後易名悲切子。終號愁迴鶻。江城梅花引其體取江城子前半調。梅花引後半調。（引之意與近同說見下）惜紅衣姜夔自度曲也。夏雲峯采顧愷詩夏雲多奇峯意。一枝花取浙國夫人李娃事。娃初名一枝花。（三）長調滿江紅冥音錄載曲名上江虹。後轉易二字。得今名。醉翁操蘇軾始作。獅兒詞一名雪獅兒。塞翁吟取淮南子失馬事。法曲獻仙音唐有此曲。卽望江南也。但法曲三疊。望江南兩疊。或云獻仙音卽唐霓裳之遺聲。淒涼犯姜夔自度曲也。一名瑞鶴仙影。尾犯一名碧芙蓉。六么令一名綠腰。一名樂世。一名錄要。或曰。此曲拍無過六字者。故曰六么。楊愼以爲義取六博之釆。掃地花一名掃地遊。一名掃花遊。天香采宋之問詩天香雲外飄。徵招取齊景公事。一枝春取陸凱寄范曄詩。江南無所有。聊寄一枝春意。金浮圖漢桓帝於宮中鑄黃金浮圖。詞取以名。紅情柳耆卿詠荷。

首創此調。水調歌頭唐樂有水調歌。水調者。一部樂之名也。水調歌者。一曲之名也。歌頭。又曲之始音。如六州歌頭之類。滿庭芳一名鎖陽臺。取吳融滿庭芳草易黃昏意。夢揚州取杜牧之十年一覺揚州夢意。秦觀首塡此詞。鳳凰臺上憶吹簫列仙傳載秦弄玉事。詞取以名。古香慢其譜與倦尋芳稍同。漢宮春第一體四十七字。亦名慶千秋。月下笛由彭巽吾江上行人詞得名。聲聲慢宋蔣捷賦秋聲。俱用聲字收韻。故名。慢之命意見下長亭怨慢姜夔自度曲也。暗香姜夔自度曲也。醉蓬萊李適之有九品酒器。其一曰蓬萊盞。詞取以名。八聲甘州一名甘州歌。西域記云龜茲國工製曲伊州甘州梁州等曲。翻入中國。三姝媚古樂府有三婦豔。詞緣以名。亦名三姝媚曲。並蒂芙蓉取杜詩並蒂芙蓉本自雙意以名。揚州慢姜夔自度曲也。淳熙中夔過維揚。愴然有黍離之感。作感舊詞。因創此調。雲仙引馮偉壽桂花詞自度此曲。雙雙燕史達祖作詠燕詞。即以名其調。孤鸞昔罽賓國王獲一鸞。甚欲其鳴而不能致。其夫人曰。鳥見類則鳴。可懸鏡以映之。鸞覩影悲鳴。哀響中宵。一奮而絕。詞取其事以名。湘月姜夔云。湘月雙調。即念奴嬌之鬲指聲。鬲指者。即過腔之謂也。凡能吹竹者便能過腔。如笛字四字。兩孔相連。只在鬲指之間。蓋念奴嬌本大石調。即太簇商。雙調爲仲呂商。律雖異而同是商音。故其腔可過。高陽臺取宋玉賦神女事以名。國香取左傳蘭有國香以名。催雪吳文英作詞催雪。因以名之。秋宵吟姜夔自度曲也。丁香結取古詩丁香結恨新以名。桂枝香又名疏簾淡月。因宋張宗瑞賦此調。有疏簾淡月照人無寐語也。解語花唐玄宗太液池有千葉白蓮盛開。左右皆歎羨。帝指貴妃曰。爭如我解語花。詞取以名。念奴嬌一名百字令。一名壺中天。念奴天寶中名倡也。自蘇軾賦此調。詠赤壁懷古。因又名赤壁詞。又名大江東去。又名酹江月。皆以東坡詞得名也。萬年歡沿唐教坊曲名。亦名滿朝歡。渡江雲取唐人唯驚一行雁。衡斷渡江雲句以名。導引宋鼓吹歌曲也。鼓吹自唐制大駕法駕小駕。皆有其樂。宋初因之。車駕前後部用金鉦掆鼓等樂。歌導引一曲。翠樓吟姜夔自度曲也。齊天樂亦名臺城路。亦名如此江山。水龍吟采李白笛奏龍吟水句以名。又名小樓連苑。取秦觀詞小樓連苑橫空之句。憶舊遊取顧況終身憶舊游句以名。探春一作探春慢。南浦采楚辭送美人兮南浦之句以名。晝錦堂項羽謂富貴不歸故鄉。如衣繡夜行。韓琦取其意作晝錦堂於相州。詞因以名。宴清都亦名四代好。霓裳中序第一唐明皇作霓裳羽衣曲。夢溪筆談云。曲凡十二疊。前六疊無拍。至第七疊始有拍而舞。塡詞名以中序第一者。蓋中分十二疊。以第七疊爲中序第一也。雨淋鈴玄宗幸蜀。出劍州。霖雨彌日。又聞鈴聲。帝方悼念貴妃。采其聲爲雨淋鈴曲以寄恨。遂傳於世。合歡帶吳任臣云。物以合歡名者。合歡宮。合歡鞋。合歡花。合歡被。合歡帶。調名取此。古陽關用王維詩加入襯語。至一百三字。調似北曲。不類詞。迸入我門來宋胡浩然作除夕詞云。仗東風盡力。一齊吹送入此門來。遂以名調。歸朝歡一名菖蒲綠。二郎神一作二郎神慢。嫵眉取張敞畫眉事以名。一名百宜嬌。秋霽創自李後主。至宋胡浩然用此調作春晴詞。遂名春霽。解連環莊子云。今日適越而昔來。連環可解也。周美成閨情詞。信妙手能解連環。遂取三字以名。尉遲盃取尉遲敬德飲酒必用大盃也。飛雪滿羣山一名扁舟尋舊約。傾杯樂詞譜謂唐太宗宴長孫無忌。造傾杯曲。又宣宗喜吹蘆管。自製傾杯樂。則此調名起自唐代矣。望梅柳耆卿作小春詞。取詞中意以名。夜飛鵲取曹孟德月明星稀烏鵲南飛語。一作夜飛鵲慢。一萼紅太眞初妝。宮女進白牡丹。妃捻之手脂未洗。適染其瓣。明皇爲製一捻紅曲。詞調沿之曰一萼紅。無愁可解蘇軾始作此調。疏影姜夔自度詠梅詞也。過秦樓一名惜餘春慢。惜餘春慢一名選冠子。一名蘇武慢。霜葉飛取杜甫清霜洞庭葉。故作別時飛句以名。沁園春取漢沁水公主園以名。一名洞庭春色。一名大聖樂。一名壽星明。輪臺子輪臺西域地名也。小梅花明郭紹孔詞譜云。鼓角有大梅花小梅花曲。賀新郎蘇軾守錢唐。

有官伎秀蘭。黠慧善應對。湖中宴會。秀蘭後至。府倅嗔恚。軾爲作賀新涼以解之。卽乳燕飛華屋一闋也。後誤涼爲郎。又名乳燕飛。又名金縷曲。又作金縷歌。又作金縷衣。又名風敲竹。又名貂裘換酒。摸魚兒一名買陂塘。又名陂塘柳。子夜歌。晉有女子名子夜。造此聲。聲過哀苦。塡詞家襲以爲名。又菩薩蠻亦名子夜歌。金明池。宋汴京遊幸地也。詞取以名。瑤臺月。取太白會向瑤臺月下逢句以名。迷仙引。取煬帝迷樓事以命名。白苧。一名白紵歌。始於蔣捷作春情詞。白苧春衫薄句。十二時。煬帝令大樂令白明達剏十二時等曲。掩抑摧藏。哀音斷絕。宋人詞乃沿其名。春風裊娜。宋馮艾子作春恨詞。自度此曲。取首句以名之。六州。宋鼓吹曲也。蘭陵王。北齊蘭陵王長恭。有驍勇。然貌類婦人。自嫌不足以威敵。乃刻木爲假面着之。每戰輒捷。軍士因爲作蘭陵王歌。詞襲其名。瑞龍吟。周美成春景詞。始用此調。大酺。唐教坊有大酺樂。調名本此。多麗。張均妓名多麗。善琵琶。詞采以名。一名多麗曲。一名綠頭鴨。（平韻者爲綠頭鴨。仄韻者爲多麗）六醜。楊愼易名個儂。六州歌頭。本伊涼甘石渭氏六州。皆唐西土州名。六州皆自有歌曲。總以得名。蓋曲之變也。小諾皋。明王世貞自度曲也。諾皋太陰之名。唐段成式著諾皋記。寶鼎現。漢永平六年。廬江太守獻寶鼎。詞名昉此。三臺。郭紹孔詞譜云。天子有三臺。靈臺囿臺時臺。詞名或本此。哨遍本作稍遍。般涉調。般涉本作般瞻。龜茲語也。猶華言五聲。蓋此調本羽音。羽於宮商次爲第五也。瀟湘逢故人。取柳惲樂府句以名。又有瀟湘逢故人慢。以上所列小令凡一百十九調。中調凡四十四調。長調凡九十四調。皆詞調中所習見者。其有習見而不可強爲解釋者。概從略焉。遠志齋詞衷曰。宋人詞調不下千餘。新度者。即本詞取句命名。餘俱按譜塡綴。若一一推鑿。何能盡符原指。安知昔人最始命名者。其原詞不已失傳乎。且僻調甚多。安能一一傅會載籍。其說甚是。即如上列所釋諸調。大抵采自楊用修之說。而胡元瑞筆叢有駁之者。蓋詞調命名。或本諸詩。或緣調以詠。或與調名了不關涉。未可拘泥而爲之曲解也。大率古人由詞而製調。故命名多屬本意。後人因調而塡詞。故賦寄率離原辭。曰塡曰寄。通用可知。是以張炎詞原論詞調之變移曰。自隋唐以來。聲詩間爲長短句。至唐人則有尊前花間集。迄於崇寧。立大晟府。命周美成諸人討論古音。審定古調。淪落之後。少得存者。由是八十四調之聲稍傳。而美成諸人又復增慢曲、引、近。或移宮換羽。爲三犯四犯之曲。按月律爲之。其曲遂繁。蓋詞調始於小令。以小令微引而長之。則謂之引。又謂之近。以音調相近。從而引之也。引而愈長者則爲慢。慢與曼通。曼之訓引也。長也。宋翔鳳樂府餘論曰。慢詞蓋起宋仁宗朝。中原息兵。汴京繁庶。歌臺舞席。

競賭新聲。耆卿失意無俚。流連坊曲。遂盡收俚俗語言。編入詞中。以便使人傳習。一時動聽。散播四方。其後東坡少游山谷輩。相繼有作。慢詞遂盛。至如張炎所謂移宮換羽爲三犯四犯者。則移此換彼。使之變化耳。姜夔曰。凡曲言犯者。謂以宮犯商。商犯宮之類。如道調宮上字住。雙調亦上字住。所住字同。故道調曲中犯雙調。或雙調曲中犯道調。其他準此。……十二宮所住之字不同。不容相犯。十二宮特可犯商角羽耳。張炎又謂。以宮犯宮爲正犯。以宮犯商爲側犯。以宮犯羽爲偏犯。以宮犯角爲旁犯。以角犯宮爲歸犯。周而復始。蓋三犯四犯者。一曲中犯他曲之腔。至於三種四種也。如周邦彥之三犯渡江雲。史達祖之玲瓏四犯。詞調中有所謂破者義與犯同 如是移換。詞調之名。乃益增矣。抑詞中於引、近、慢、犯、之外。更有摘遍之一法。乃宋人從大曲法曲內。摘取其一遍。單譜而單唱之。遂離原來之大遍。而爲尋常之散詞矣。法曲大曲詳第六編敘戲劇中 如薄媚摘遍。泛清波摘遍。乃摘取大曲中之一原遍。句法不更者也。凡引、近，慢、犯、摘遍、諸體。皆詞調之所以由簡而趨繁者也。至詞調之與南北曲同名者。如小令之搗練子、生查子、點絳唇、霜天曉角、卜算子、謁金門、憶秦娥、海棠春、秋蕊香、燕歸梁、浪淘沙。鷓鴣天、虞美人、步蟾宮、鵲橋仙、夜行船、梅花引。中調之唐多令、一剪梅、破陣子、行香子、青玉案、天仙子、傳言玉女、風入松、剔銀燈、祝英臺近、滿路花、戀芳春、意難忘。長調之滿江紅、尾犯、滿庭芳、燭影搖紅、絳都春、念奴嬌、高陽臺、喜遷鶯、東風第一枝、眞珠簾、齊天樂、二郎神、花心動、寶鼎現。皆南曲之引子。小令之柳梢青、賀聖朝。中調之醉春風、紅林檎近、驀山溪。長調之聲聲慢、八聲甘州、桂枝香、永遇樂、解連環、沁園春、賀新郎、集賢賓、哨遍。皆南曲之慢詞。而北曲之出於詞者。如黃鐘宮之醉花陰、喜遷鶯、賀聖朝、晝夜樂、人月圓、拋球樂、侍香金童、女冠子。正宮之滚繡球、菩薩蠻。大石調之歸塞北（即詞之望江南）雁過南樓（即詞之清商怨）念奴嬌、青杏兒（詞作青杏子）還京樂。仙呂宮之點絳脣、天下樂、鵲踏枝、金盞兒（詞作金盞子）憶王孫、瑞鶴仙、後庭花、太常引。中呂宮之粉蝶兒、醉春風、醉高歌。上小樓、滿庭芳、剔銀燈、柳青娘、朝天子。南呂宮之烏夜啼、感皇恩、賀新郎。雙調之駐馬聽、夜行船、月上海棠、風入松、滴滴金、太清歌、搗練子、快活年、豆葉黃、川撥棹（詞作撥棹子）金盞兒、行香子、碧玉簫、驟雨打新荷、減字木蘭花、青玉案、漁游春水。越調之金蕉葉、小桃紅、三臺印、梅花引、看花迴、南鄉子、唐多令。商調之集賢賓、逍遙樂、望遠行、玉胞肚、秦樓月。商角調之黃鶯兒、踏莎行、垂絲釣、應天長。般涉調之哨遍、瑤臺月。此皆南北曲調名之與詞同者。然詞曲之界本有畛畦。不得謂調同而詞意悉同。竟至儒墨無辨也。茲於詞調之名。既略爲詮釋如右。則更當述及詞律與詞韻。以爲學詞者一得

之助

詞律與詞韻　自來言詞律者。莫先於張炎玉田之詞原。其書分上下卷。上卷研究聲律。探本窮微。下卷分論音譜、拍眼、製曲、句法、字面、虛字、清空、意趣、用事、詠物、節序、賦情、離情、令曲、雜論、凡十五篇。附以楊誠齋之作詞五要。誠齋或作守齋守齋名纘合得十有六目。泛論樂章。獨具神解。洵塡詞家之圭臬也。此外若張南湖之詩餘圖譜。程明善之嘯餘圖譜。賴以邠之塡詞圖譜。舒夢蘭之白香詞譜。亦爲倚聲者所宗尙。然或則載調太略。或則淆亂舛誤。如嘯餘譜多訛誤處鄒程邨駁斥之至今昔人所著詞論。其間涉及詞律者頗多。然不能一一錄而存之。是在學者之廣求博覽也已。大抵塡詞之法先隨宮以造格後遵調以塡辭故必審宮調明音律按定譜辨聲韻四者既明可與言作詞之道矣。考古之宮調八十有四。蓋以七音乘十二律而得者也。八十四調之目詳於詞原後之樂工。舍繁趨簡。於七音之中。去其徵聲及變宮變徵。而以宮商羽角四音乘十二律。則得四十八調。其分配之法。如用黃鐘宮。以宮音主調者。謂之黃鐘宮。以商音主調者。謂之黃鐘商。以角音主調者。謂之黃鐘角。以羽音主調者。謂之黃鐘羽。推諸太簇以下皆然。而常用者。亦僅黃鐘宮、仙呂宮、正宮、高宮、南呂宮、中呂宮、道宮、共七宮。大石調、小石調、般涉調、揭指調、越調、仙呂調、中呂調、正平調、高平調、雙調、黄鐘羽調、商調、共十二調而已。此宮調之略說也。（下編敘曲中當更言其詳）方成培詞麈云。腔出於律。律不調者。其腔不能工。然必熟於音理。然後能製新腔。楊萬里曰。作詞有五要。第一要擇腔。腔不韻則勿作。如塞翁吟之衰颯。帝臺春之不順。隔浦蓮之奇煞。鬬百花之無味是也。第二要擇律。律不應則不美。如十一月須用正宮。元宵詞必用仙呂宮爲相宜也。而玉田詞原上卷於音律論之極詳。凡分十四章。一曰五音相生。二曰陽律陰呂合聲圖。三曰律呂隔八相生圖。四曰律呂隔八相生。五曰律生八十四調。六曰古今譜字。七曰四宮清聲。八曰五音宮調配屬圖。九曰十二律呂。十曰管色應指字譜。十一曰宮調應指譜。十二曰律呂四犯。十三曰結聲正譌。十四曰謳曲指要。近人鄭文焯叔問之詞原斠律。舉其說校而正之。於音律原理思過半矣。至於詞譜有一定不易之律。亦有通行共習之書。如南宋時所刊樂府混成集。巨帙百餘。古今歌詞之譜。靡不具備。而有譜無詞者。實居其半。故當日塡詞家。雖自製之腔。亦能協律。由於宮調之備也。元明以來。宮譜失傳。作者腔每自度。音不求諧。於是詞之體漸卑。詞之學漸廢。而詞之律則更鮮有言之者。詞譜之作。若張氏之詩餘圖譜。載調太略。且以黑白及半白半黑圈分別平仄。亦多訛失。程氏之譜。舛誤尤甚。賴氏之譜。亦多罅漏。舒氏之譜。

載調亦略。他若陸棻義山之雅坪詞譜。許寶善穆堂之自怡軒詞譜。謝元淮默卿之碎金詞譜。載調皆少於康熙之欽定詞譜。欽定詞譜凡八百二十六調。二千三百六體。較吾鄉人萬樹紅友之詞律。增體一倍。然定譜僅居其半。餘皆列以備體而已。紅友之書共二十卷。成於康熙二十六年。凡六百六十調。一千一百八十餘體。以字數之多寡爲先後。而不宗草堂詩餘小令中調長調之分。毛先舒嘗謂五十八字以內爲小令。自五十九字始至九十字爲止爲中調。九十一字以外爲長調。此古人定例也。填詞名解而紅友則駁之曰。此就草堂所分而拘執之。所謂定例。有何所據。若以少一字爲短。多一字爲長。必無是理。如七娘子有五十八字者。有六十字者。將名之曰小令乎。抑中調乎。如雪獅兒有八十九字者。有九十二字者。將名之曰中調乎。抑長調乎。其說甚辨而碻。故其於詞律。有類列者。則不拘字數。類列者。如塞姑爲二十四字。而九十五字之塞孤。卽次於下。搗練子爲二十七字。而四十八字之胡搗練。卽次於下。自萬氏之書行。詞家頗有宗奉之者。然亦不能無謬誤。故杜文瀾爲之作詞律校勘記二卷。凡校正者三百八十五調。萬氏誠有功於詞學。杜氏又萬氏之功人也。而徐本立誠庵之詞律拾遺八卷。前六卷補詞律之未備。以未收之詞爲補調。已收而未盡厥體者爲補體。後二卷則訂正原書爲補註。其書成於道咸間。凡二百餘調。四百九十五體。網羅散失。亦有功於萬氏。然不無襲謬因譌之處。且多生澀俗陋之調。殆亦以求備爲宗旨歟。萬氏之書不曰詞譜而曰詞律。則以其謹於持律。故定譜於律也。楊誠齋論作詞五要。謂第三要句韻按譜。自古作詞。能依句者少。依譜用字者百無一二。若歌韻不協奚取哉。或謂善歌者能融化其字則無疵。殊不知製作轉折。用或不當。則失律。正旁偏側凌犯他宮。非復本調矣。（誠齋作詞五要第四要推律押韻第五要立新意）其在宋世。尚云依譜用字者百無一二。矧在今日。宮調之墜。不可復續。學詞者亦惟致力於四聲以爲慰勝。無稍盡塡詞之能事而已。豈能如古人之吹竹以定腔劃板以定眼而一一協於某宮某調也哉。（方成培詞麈云製腔之法必吹竹以定之或管或笛或簫皆可惟吾意而次焉即以筆試其工尺於紙然後酌其句讀劃定板眼而後吹之聽其腔調不美音律不調之處再三增改務必使其抗墜抑揚圓美如珠而後已也）故當代詞人。能如朱古微況周頤之根據宋元舊譜。四聲相依。一字不易。誠鳳毛麟角矣。其有不鹵莽滅裂。如毛大可所稱爲撊然妄作者幾希。至塡詞之宜辨四聲。人盡知之。然惟上聲字最不可用去聲字替。蓋以去聲當高唱。上聲當低唱。聲響迥殊也。（沈環詞隱云）萬紅友云。名詞轉折跌蕩處。多用去聲。蓋三仄之中。入可作平。上界平仄之間。去則獨異。其聲由低而高。最宜緩唱。故凡協韻後轉折處。皆用去聲也。（吳梅詞學通論云）至於入聲作上者可以代平。作去者萬不可以代平。平去是兩端。上由平而之去。入由去而之平。周濟四家詞選敍論蓋用入聲協韻者。其分隸三聲。中原音韻已有定例。若用諸句中。協作三聲。實無定法。既可作平。亦可上去。但須辨其陰陽而已。作詞宜辨陰陽。則如劉熙載云。詞家既審平仄。當辨聲之陰陽。又當辨收音之口法。取聲取音。以能協爲尚。如玉田稱惜花詞鎖窗深。深字不協。改幽字又不協。改明字。此非審於陰陽者乎。又深爲閉口音。幽爲斂唇音。明爲穿鼻音。消息亦別。蓋字音有收喉收鼻之異。收喉者謂之陰聲。收鼻者謂之陽聲。幽字收喉。明字收鼻也。周濟曰。陽聲字多則沉頓。陰聲字多則激昂。重陽間一陰。則柔而不靡。重陰間一陽。則高而不危。吳梅曰。協律之法。先分工尺之高下。然後配合字聲之陰陽。以工字爲界。工以上如凡六五之類爲高部。工以下如合四一上尺之類爲低部。陰聲之字。宜用高部。陽聲之字。宜用低部。先陰後陽者。調宜下行。先陽後陰者。調宜上行。千變萬化。不外乎此。再審其詞意之哀樂。以定節奏之緩急。而協律之能事畢矣。凡此於四聲陰陽之說。言簡而意賅。塡詞者於此求之。思過半矣。至於詞韻之與詩韻。又有不相同者。詞本樂府之變。當時但求協歌。宜不復爲韻本所縛。其若有執律存焉者。則惟從其時聲音之變以自爲協耳。淸厲鶚謂。曾見宋紹興二年刊菉斐軒詞韻一册。分東紅邦陽十九韻。亦有上去入三聲作平聲者。於是人皆知有菉斐軒詞韻。以爲最古。然以其不列入聲。則又疑爲曲韻之爲北曲而設者。王漁洋與鄒程邨論韻。謂周挺齋中原音韻爲曲韻。則范善溱中州全韻當爲詞韻。遂志齋詞衷云而清人之最初治詞韻者。厥爲沈謙去矜之詞韻略。沈天羽稱其考據該洽。部分秩如。可爲塡詞家之指南。詞韻衷毛馳黃即毛先舒後名騤字馳黃更爲之括略。其韻分十九部。曰東董韻。（平）一東二冬通用（仄）上一董二腫去一送二宋通用曰江講韻。（平）三江七陽通用（仄）上三講二十二養去三絳二十二漾通用曰支紙韻。（平）四支五微八齊十灰半通用（仄）上四紙五尾八薺十賄半去四寘五味八霽九泰半十隊半通用曰魚語韻。（平）六魚七虞通用（仄）上六語七麌去六御七遇通用曰街蟹韻。（平）九佳半十灰半通用（仄）上九蟹半十賄半去九泰半十隊半通用曰眞軫韻。（平）十一眞十二文十三元半通用（仄）上十一軫十二吻十三阮半去十一震十二問十三願半通用曰元阮韻。（平）十三元半十四寒十五删一先通用（仄）上十三阮半十四旱十五潸十六銑去十三願半十四翰十五諫十六霰通用曰蕭篠韻。（平）二蕭三肴四豪通用（仄）上十七篠十八巧十九皓去十七嘯十八效十九號通用曰歌哿韻。（平）五歌獨用（仄）上九蟹半二十哿去二十箇通用曰佳馬韻。（平）九佳半六麻通用（仄）上九蟹半二十一馬去九泰半二十一禡通用曰庚梗韻。（平）八庚九青十蒸通用（仄）上二十三梗二十四迥二十五拯去二十二映二十四徑二十五證通用曰尤有韻。（平）十一尤獨用（仄）上二十六有去二十六宥通用曰侵寢韻。（平）十二侵獨用（仄）上三十七寢去二十七沁通用曰覃感韻。（平）十三覃十四鹽十五咸通用（仄）上二十八感二十九琰三十豏去二十八勘二十九豔三十陷通用入聲五韻曰屋沃韻。一屋二沃通用曰覺藥韻。三覺十藥通用曰質陌韻。四質十一陌十二錫十三職十四緝通用曰物月韻。五物六月七曷八黠九屑十六葉通用曰合洽韻。十五合十七洽通用毛馳黃謂填詞之韻。大約平聲獨押。上去通押。然間有三聲通押者。如西江月、少年心、換巢鸞鳳之類。故去矜於每部韻俱總統三聲。而中又明分平仄。凡十四部。至於入聲。無與平上去通押之法。故後又別爲五部云。陸藎思曰。詩詞之道雖不一。而一規於韻。韻之不講。詞於何有。去矜博考古詞。參之音律。以正當世誤用曲韻之病。曲韻宗中原音韻。乃北曲韻也。夫詞韻平聲獨用。上去通用。間有三聲通押者。而入聲不與焉。中原音韻則四聲通用。考之唐宋詞家。概無是例。……要之去矜韻不可易。雪亭起而訂正之。詞韻其完書矣。雪亭者。仁和仲恆、道久、之別署也。雪亭與萊陽、趙鑰、千門。宜興曹亮武南耕。皆嘗就去矜詞韻爲之訂正焉。人或譏沈氏删併分合之界頗有不當者。雪亭則爲之辨曰。去矜韻目。曰東董韻。江講韻。名曰三聲。而止列平上二韻。入聲又連兩字曰屋沃。曰覺樂。其法又似分離。不知前人自有深意。蓋平聲通用。只以前一平韻該之。上去通用。則一仄字可以該。上去何妨以上聲一韻該之。至於入聲連稱二字者。亦以見通用之義。幷以少該多之意也。雪亭之子田叔。又謂自古文章無韻。其轉押成音。秦漢之間多有之。詩三百篇多用叶法。變而騷賦之翻覆轉折。則以韻爲鏗鏘。至五七言體成而有詩韻。元人樂府出而有曲韻。曲卑於詞。而詞爲詩之餘。曲有成韻。

而詞無定則。嚴謹者以詩韻爲韻。放逸者以無韻爲韻。塡詞之法。遂無正律。非去矜酌古準今。辨晰音義。此道幾如岐路。當世之士。不遵詩韻。則遵曲韻。然沈天羽云。曲韻近於詞韻。而支紙寘上下。分作支思齊微兩韻。麻馬禡上下。分作家麻車遮兩韻。又減去入聲。則曲韻不可爲詞韻明矣。而胡文煥文會堂詞韻。三聲用曲韻。入聲用詩韻。居然大盲。世不復考。將詞韻不亡於無而亡於有。善哉言乎。家嚴取去矜韻。參以吳園次趙千門兩先生舊刻。斟酌損益。彙寫成帙。以供吟嘯之需。此皆奉去矜詞韻爲圭臬者。至嘉慶時。詞人所宗尚者。則有全椒吳烜荀叔。歙縣江昉旭東。江都程名世鶴樹之學宋齋詞韻。以學宋爲名。而所學皆宋人誤處。眞諄臻文欣魂痕庚耕淸青蒸登侵。皆同用。元寒删山先仙覃談鹽沾嚴咸銜凡。皆併部。入聲則物迄入質陌韻。合盍業洽狎乏入月屑韻。濫通取便。駁雜不堪。而鄭春波乃繼作綠漪亭詞韻以附會之。羽翼之詞韻遂因之大紊矣。至行世至久之晚翠軒詞韻。亦多疎陋。自戈載順卿之詞林正韻出。而倚聲家乃奉爲正鵠。其書成於道光元年。亦分十九部。以平領上去者十四部。因詞有平仄互叶之體也。第一部平聲一東二冬三鍾。上聲一董二腫。去聲一送二宋三用。餘類推。入聲五部。第十五部一屋二沃三燭。餘類推。以迄於今。學詞者皆奉爲準繩焉。凡上所述。宮調。音律。

定譜聲韻皆略示學人以矩矱者也若夫探討研求。則在自得之矣。茲更最錄古今人論作詞之大要。以備學詞者之參究焉。

古今人論作詞之大要　宋人論填詞之法者除上列楊萬里作詞五要外。如張炎玉田云。填詞先審題。因題擇調名。次命意。次選韻。次措詞。其起結須先有定局。然後下筆。最是過變勿斷了曲意。要起上結下爲妙。詞中句法貴平妥精粹。一曲之中安能句句高妙。只要襯副得去。於好發揮處。勿輕放過。自然使人讀之擊節。句法中有字面生硬字。切勿用。必深加鍛鍊。字字推敲響亮。歌之妥溜。方爲本色語。方回夢窗。精於鍊字者。多從李長吉溫庭筠詩中取法來。故字面亦詞中起眼處。不可不留意也。詞要淸空勿質實。淸空則古雅峭拔。質實則凝澀晦昧。姜白石如野雲孤飛。去留無迹。吳夢窗如七寶樓臺。眩人眼目。折碎下來不成片段。此爲淸空質實之說。詞中用事要融化不澀。如東坡永遇樂云。燕子樓空。佳人何在。空鎖樓中燕。用張建封事。白石疏影云。猶記深宮舊事。那人正睡裏。飛近蛾綠。用壽陽事。又云。昭君不慣胡沙遠。但暗憶江南江北。想環珮月下歸來。化作此花幽獨。用少陵詩。皆用事而不爲所使。詩難詠物。詞爲尤難。體認稍眞。則拘而不暢。摹寫差遠。則晦而不明。須收縱聯密。用事合題。

如邦卿東風第一枝詠雪。雙雙燕詠燕。白石齊天樂賦促織。全章精粹。瞭然在目。而不留滯於物者也。

詞之難於小令。如詩之難於絕句。蓋十數句間。要無閒句字。要有閒意趣。末又要有有餘不盡之思。明人論塡詞之法者。如楊愼云。玉田淸空二字。詞家三昧盡矣。學者必在心傳耳傳。以心會意有悟入處。又須跳出窠臼。時標新意。自成一家。若屋下架屋。則爲人之臣僕。塡詞平仄及斷句。皆有定數。而詞人語意所到。時有參差。如秦少游水龍吟落句云。念多情但有當時皓月照人依舊。以詞意言。當時皓月作一句。照人依舊作一句。以詞調拍眼言。但有當時作一拍。皓月照作一拍。人依舊作一拍爲是也。又如水龍吟首句本是六字。第二句本是七字。陸放翁此調首句云。摩訶池上追游路。則七字。下句紅綠參差春晚。卻是六字。別如二句分作三句。三句合作二句者尤多。然句法雖不同。而字數不多少。妙在歌者上下縱橫取協耳。徐天池曰。作詞對句好易得。起句好難得。收拾全藉出場。凡觀詞當先辨古今體制雅俗。脫盡宿生陳腐氣者。方取咀味。陳眉公曰。製詞貴於布置停勻。氣脈貫串。其過疊處。尤當如常山之蛇。顧首顧尾。俞彥爰園詞話曰。詞全以調爲主。調全以字之音爲主。音有平仄。多必不可移者。間有可移者。仄有上去入。多可移者。間有必不可移者。倘必不可移者。任意出入。則歌時有棘喉澀舌之病。……遇事命意。意忌庸。忌陋。忌襲。立意命句。句忌腐。忌澀。忌晦。意卓矣而束之以音。屈意以就音。而意能自達者鮮矣。句奇矣而攝之以調。屈句以就調。而句之能自振者鮮矣。此詞之所以難也。清人論作詞之法者多。於宋明擇其尤切要者。如沈謙曰。承詩啓曲者。詞也。上不可似詩。下不可似曲。然詩曲又俱可入詞。貴人自運。詞不在大小淺深。貴於移情。曉風殘月。大江東去。體製雖殊。讀之皆若身歷其境。惝怳迷離。不能自主。文之至也。……小調要言短意長。忌尖弱。中調要骨肉停勻。忌平板。長調要操縱自如。忌粗率。能於豪爽中着一二精緻語。綿婉中著一二激厲語。尤見錯綜。……僻詞作者少。宜渾脫。乃近自然。常調作者多。宜生新。斯能振動。……詞要不卑不亢不觸不悖。驀然而來。悠然而逝。立意貴新。設色貴雅。構局貴變。言情貴含蓄。如驕馬弄銜而欲行。粲女窺簾而未出。得之矣。沈雄柳塘詞話曰。起句言景者多。言情者少。敘事者更少。大約質實則苦生澀。清空則流寬易。換頭起句更難。又新斷不可犯。此所以從頭起句。照管全章。及下文換頭起句。聯合上文及下段也。……轉韻須有水窮雲起之勢。若重疊金、虞美人、醉公子、減字木蘭花調之四換頭。以其四轉韻也。鄒祇謨遠志齋詞衷曰。余常與文友論詞。謂小調不學花間。則當學歐、晏、秦、黃。花間綺琢處。於詩爲靡。而於詞則如古錦紋理。自有黯然異色。歐晏蘊藉。秦黃生動。一唱三歎。總以不盡爲佳。淸眞樂章。以短調行長調。故滔滔莽莽處。如唐初四傑作七古。嫌其不能盡變。……張玉田謂詞不宜和韻。蓋詞語句參錯。復格以成韻。支分驅染。欲合得離。能如李長沙所謂善用韻者。雖和猶如自作。乃爲妙協。……詠物固不可不似。尤忌刻意太似。取形不如取神。用事不若用意。……阮亭嘗云。有詩人之詞。有詞人之詞。詩人之詞。自然勝引。託寄高曠。詞人之詞。纏綿蕩往。窮纖極隱。……詩語入詞。詞語入曲。善用之卽是出處。襲而愈工。彭孫遹金粟詞話曰。詞以自然爲宗。但自然不從追琢中來。便率意無味。如所云絢爛之極。乃造平淡耳。若使語意淡遠者稍加刻畫。鏤金錯繡者漸近天然。則駸駸乎絕唱矣。……作詞必先選料。大約用古人之事。則取其新穎而去其陳因。用古人之語。則取其淸雋而去其平實。用古人之字。則取其鮮麗而去其淺俗。不可不知也。……長調之難於小調者。難於語氣貫串。不冗不複。徘徊宛轉。自然成文。……詠物詞極不易工。要須字字刻畫。字字天然。方爲上乘。卽間使一事。亦必脫化無跡。乃妙。王阮亭花草蒙拾曰。弇州謂蘇黃稼軒。爲詞之變體。是也。謂溫韋爲詞之變體。非也。夫溫韋視晏、李、秦、周。譬賦有高唐、神女。而後有長門、洛神。詩有古詩錄別。而後有建安黃初三唐也。謂之正始則可。謂之體變則不可。……

唐無詞。所歌皆詩也。宋無曲。所歌皆詞也。宋諸名家要皆妙解絲竹。精於抑揚抗墜之間。故能意在筆先。聲協字表。今人不解音律。勿論不能創調。即按譜徵詞。亦格格有心手不相赴之病。欲與古人較工拙於毫釐難矣。……張南湖論詞派有二。一曰婉約。一曰豪放。僕謂婉約以易安爲宗。豪放惟幼安稱首。……或問詩詞詞曲分界。予曰。無可奈何花落去。似曾相識燕歸來。定非香奩詩。良辰美景奈何天。賞心樂事誰家院。定非草堂詞也。賀裳皺水軒詞筌曰。詞家須使讀者如身履其地。親見其人。方爲蓬山頂上。……詞之最醜者爲酸腐。爲怪誕。爲粗莽。以險麗爲貴矣。又須泯其鏤刻之痕乃佳。……詞家多翻詩意入詞。雖名流不免。李後主一斛珠末句云。繡牀斜凭嬌無那。爛嚼紅絨。笑向檀郎唾。楊孟載春繡絕句云。閒情正在停針處。笑嚼紅絨唾碧窗。此卻翻詞入詩。彌子瑕竟效顰於南子。……小詞須風流蘊藉。作者當知三忌。一不可入漁鼓中語言。二不可涉演義家腔調。三不可像優伶開場時敍述。偶賴一端。即成俗劣。劉體仁七頌堂詞繹曰。詞亦有初盛中晚。不以代也。牛嶠、和凝、張泌、歐陽炯、韓偓、鹿虔扆輩。不離唐絕句。如唐之初。未脫隋調也。然皆小令耳。至宋則極盛。周、張、柳、康。蔚然大家。至姜白石史邦卿。則如唐之中。而明初比唐晚。蓋非不欲勝前人。而中實枵然取給而已。於神味處全未夢見。

詞起結最難。而結尤難於起。結得有不愁明月盡自有夜珠來之妙。乃得。詩之不得不爲詞也。非獨寒夜怨之類。以句之長短擬也。老杜風雨舟前見落花一首。詞之神理備具。蓋氣運所至。杜老亦忍俊不禁耳。觀其標題曰新句。曰戲爲。其不敢偭背大雅如此。中調長調轉換處不欲全脫。不欲明黏。如畫家開闔之法。須一氣而成。則神味自足。以有意求之不得也……長調最難工。蕪累與癡重同忌。襯字不可少。又忌淺熟。詞中對句。正是難處。莫認作襯句。至五言對句。七言對句。使觀者不作對疑尤妙。孫麟趾詞逕曰。作詞須擇調。如滿江紅、沁園春、水調歌頭、西江月等調。必不可染指。以其音調粗率板滯。必不細膩活脫也。作詞尤須擇韻。如一調應十二個字作韻脚者。須有十三四字方可擇用。若僅有十一個字可用。必至一韻牽強。詞中一字未妥。通體且爲之減色。況押韻不妥乎。是以作詞先貴擇韻。作詞有十六字訣。曰清、輕、新、雅、靈、脆、婉、轉、留、托、澹、空、皺、韻、超、渾、天之氣清。人之品格高者。出筆必清。五彩陸離。不知命意所在者。氣未清也。清則眉目顯。如水之鑑物無遁形。故貴清。重則板。輕則圓。重則滯。輕則活。萬鈞之鼎。隨手移去。豈不大妙。陳言滿紙。人云亦云。有何趣味。若目中未曾見者。忽焉睹之。則不覺拍案起舞矣。故貴新。座中多市井之夫。語言面目。接之欲嘔。以其欠雅也。街談巷語。入文人之筆。便成絕妙文章。一句不雅。一字不雅。一韻不雅。皆足以累詞。故貴雅。惟靈能變。惟靈能通。反是則笨、則木。故貴靈。鶯語花間。動人聽者。以其脆也。音如敗鼓。人欲掩耳矣。故貴脆。恐其平直。以曲折出之。謂之婉。如清眞低聲問數句。深得婉字之妙。路已盡而復開出之謂之轉。如誰得似長亭樹。樹若有情時。不會得青青如此。甚近來翻致無書。書縱遠。如何夢也都無。皆用轉筆以見其妙者也。何謂留。意欲暢達。詞不能住。有一瀉無餘之病。貴能留住。如縣厓勒馬。用於收處最宜。何謂托。泥煞本題。詞家最忌。托開說去。便不窘迫。即縱送之法也。天以空而高。水以空而明。性以空而悟。空則超。實則滯。石以皺爲貴。詞亦然。能皺必無滑易之病。夢窗最善此。韻即態也。美人之行動。能令人銷魂者。以其韻致勝也。作詞能攝取古人神韻。必傳矣。識見低則出句不超。超者出乎尋常意計之外。白石多清越之句。宜學之。何謂渾。如淚眼問花花不語。亂紅飛過鞦韆去。西風殘照。漢家陵闕。皆以渾厚見長者也。詞至渾。功候十分矣。……

……深而晦。不如淺而明也。惟有淺處。乃見深處之妙。譬如畫家有密處。亦有疏處。能深入不能淺出。則晦。能流利不能蘊藉。則滑。能尖新不能渾成。則纖。能刻畫不能超脫。則滯。一句一轉。忽離忽合。使閱者眼光搖晃不定。技乃神矣。高澹婉約。豔麗蒼莽。各分門戶。欲高澹。學太白白石。欲婉約。學清眞玉田。欲艷麗。學飛卿夢窗。欲倉莽。學蘋洲花菴。至於融情入景因比起興。千變萬化。則由於神悟。非言語所能傳也。吾鄉先賢周濟介存齋論詞曰。詞有高下之別。有輕重之別。飛卿下語鎮紙。端已揭響入雲。可謂極兩者之能事。學詞先以用心爲主。遇一事。見一物。卽能沉思獨往。冥然終日。出手自然不平。次則講片段。次則講離合。成片段而無離合。一覽索然矣。次則講色澤音節。感慨所寄。不過盛衰。或未雨綢繆。或太息厝薪。或己溺己飢。或獨醉獨醒。隨其人之性情學問境地。莫不有由衷之言。見事多。識理透。可爲後人論世之資。詩有史。詞亦有史。庶乎自樹一幟矣。若乃離別懷思。感士不遇。陳陳相因。唾瀋互拾。便思高揖温韋。不亦恥乎。初學詞求空。空則靈氣往來。既成格調求實。實則精力彌滿。初學詞求有寄托。有寄托則表裏相宜。斐然成章。既成格調。求無寄托。無寄托則指事類情。仁者見仁。智者見智。北宋詞下者在南宋下。以其不能空。且不能寄托也。高者在南宋上。以其能實。且能無寄托也。南宋則下不犯北宋拙率之病。高不到北宋渾涵之詣。蔣敦復芬陀利室詞話曰。詞之合於意內言外。與鄙人有厚入無間之旨相符。……昔人論作詩。必有江山書卷友朋之助。卽詞何獨不然。不讀萬卷書。不行萬里路。不交萬人傑。無胸襟。無眼界。囁嚅齷齪。絮絮效兒女子語。詞安得佳。……武進湯雨生與余論詞。至有厚入無間。輒斂手推服曰。昔者吾友董晉卿每云。詞以無厚入有間。此南宋及金元人妙處。吾子所言。乃唐五代北宋人不傳之祕。惜晉卿久亡。不克握麈一堂。互證所得也。……詞原於詩。即小小詠物。亦貴得風人比興之旨。唐、五代、北宋人詞。不甚詠物。南渡諸公有之。皆有寄托。未有無所寄托而可成名作者。善乎保緒先生之言曰。凡詞後段須拓開說去。此可爲詠物指南。當代詞人論作詞之法者。甚夥。而最精切者。當推況周頤之蕙風詞話。其言曰。作詞有三要。曰重拙大。南渡諸賢不可及處在是。重者沉著之謂。在氣格不在字句。詞中求詞。不如詞外求詞。詞外求詞之道。一曰多讀書。二曰謹避俗。俗者詞之賊也。塡詞要天資。要學力。平日之閱歷。目前之境界。亦與有關係。無詞境即無詞心。矯揉而彊爲之。非合作也。境之窮達。天也。無可如何者也。雅俗人也。可擇而處之也。……詞筆固不宜直率。尤切忌刻意爲曲折。以曲折藥直率。即已落下乘。昔賢樸厚醇至之作。由性情學養中出。何至蹈直率之失。若錯認眞率爲直率。則尤大不可耳。詞中轉折宜圓。筆圓下乘也。意圓中乘也。神圓上乘也。詞不嫌方。能圓見學力。能方見天分。但須一落筆圓。通首皆圓。一落筆方。通首皆方。圓中不見方。易。方中不見圓。難。詞過經意。其蔽也斧琢。過不經意。其蔽也褦襶。不經意而經意。易。經意而不經意。難。恰到好處。恰夠消息。毋不及。毋太過。半塘老人論詞之言也。……塡詞先求凝重。凝重中有神韻。去成就不遠矣。所謂神韻。卽事外遠致也。卽神韻未佳。而過存之。其足爲疵病者亦僅。蓋氣格較勝矣。若從輕倩入手。至於有神韻。亦自成就。特降於出自凝重者一格。若並無神韻而過存之。則不爲疵病者亦僅矣。……詞學程序。先求妥帖停勻。再求和雅深秀。乃至精穩沉着。精穩則能品矣。沉著更進於能品矣。精穩之穩。與妥帖迥乎不同。沉着尤難於精穩。平昔求詞之外。於性情得所養。於書卷觀其通。優而遊之。饜而飫之。積而流焉。所謂滿心而發。肆口而成。擲地作金石聲矣。情眞理足。筆力能包擧之。純任自然。不假錘鍊。則沉著二字之詮釋也。讀詞之法。取前人名句意境絕佳者。將此意境締構於吾想望中。然後澄思渺慮。以吾身入乎其中而涵詠玩索之。吾性靈與相浹而俱化。乃眞實爲吾有。而外物不能奪。……作詞須知暗字訣。凡暗轉暗接暗提暗頓。必須有大氣眞力。斡運其間。非時流小惠之筆能勝任也。畏守律之難。輒自放於律外。或託前人不專家未盡善之作以自解。此詞家大病也。守律誠至苦。然亦有至樂之一境。嘗有一詞作成。自己亦旣愜心。似乎不必再改。唯据律細勘。僅有某某數字。於四聲未合。卽姑置而過存之。亦孰爲責備求全者。乃精益求精。不肯放鬆一字。循聲以求。忽然得至雋之字。或因一字改一句。因此句改彼句、忽然得絕響之句。此時曼聲微吟。拍案而起。其樂何如。上去聲字。近人往往誤讀。如動靜之靜上聲。誤讀去聲。暝色之暝去聲。誤讀上聲。作詞既守四聲。則於宋人用靜字者用上聲。用暝字者用去聲。斯爲不誤矣。宋人名作。於字之應用入聲者。間用上聲。用去聲者絕少。檢夢窗詞知之。入聲字於塡詞最爲適用。付之歌喉。上去不可通作。唯入聲可融入上去聲。凡句中去聲字。能遵用去聲固佳。若誤用上聲。不如用入聲之爲得也。上聲字亦然。入聲字用得好。尤覺峭勁娟雋。改詞須知挪移法。常有一兩句語意未愜。或嫌淺率。試將上下互易。便有韻致。或兩意縮成一意。再添一意。更顯厚。此等倚聲淺訣。若名手意筆兼到。愈平易。愈渾成。無庸臨時掉弄也。近人作詞。起處多用景語虛引。往往第二韻方約略到題。此非法也。起處不宜泛。寫景宜實不宜虛。便當籠罩全闋。它題便挪移不得。唐李程作日五色賦。首云。德動天鑒。祥開日華。雖篇幅較長於詞。亦以二句隱括之。尤有弁冕端凝氣象。此指可通於詞矣。詞用虛字叶韻最難。稍欠斟酌。非近滑卽近佻。憶二十歲時作綺羅香過拍云。東風吹盡柳綿矣。端木子疇前輩見之。甚不謂然。申誡至再。余詞至今不敢復協虛字。又如賺字偷字之類。亦宜愼用。並易涉纖。兒字尤難用之至。如船兒月兒風兒葉兒云云此字天然近俚。用之得如閨人口吻。卽亦何當風格。乃至鄙夫子口吻。不尤不可嚮邇耶。若於此等難用之字。筆健能扶之使豎。意精能鍊之使穩。庶極作家能事矣。斯境未易臻。仍以不用爲是。性情少勿學稼軒。非絕頂聰明勿學夢窗。唐五代詞並不易學。五代詞尤不必學。何也。五代詞人丁運會。遷流至極。燕酣成風。藻麗相尚。其所爲詞。卽能沉至。祇在詞中豔而有骨。祇是豔骨學之能造其域。未爲斯道增重。矧徒得其似乎。其錚錚佼佼者。如李重光之性靈。韋端已之風度。馮正中之堂廡。豈操觚之士能方其萬一。自餘風雲月露之作。本自華而不實。吾復皮相求之。則嬴秦氏所云甚無謂矣。余嘗謂北宋人手高眼低。其自爲詞。誠敻乎弗可及。其於它人詞。凡所盛稱。率非其至者。直是口惠不甚愛惜云爾。後人習聞其說。奉爲金科玉律。絕無獨具隻眼。得其眞正佳勝者。流弊所極。不特蕪沒昔賢精誼。抑且貽誤後人師法。北宋詞人聲華藉甚者十九鉅公大僚。鉅公大僚之所賞識。至不足恃。詞其小焉者。曲有煞尾。有度尾。煞尾如戰馬收韁。度尾如水窮雲起。煞尾猶詞之歇拍也。度尾猶詞之過拍也。如水窮雲起。帶起下意也。塡詞則不然。過拍祇須結束上段。筆宜沉著。換頭另意另起。筆宜挺勁。稍涉曲法。卽嫌傷格。此詞與曲之不同也……詞有穩之一境。靜而兼厚重大也。淡而穩不易。濃而穩更難。知此可以讀花間集。花間至不易學。其蔽也。襲其貌似。其中空空如也。所謂麒麟楦也。或取前人句中意境。而紆折變化之。而雕琢勾勒等弊出焉。以尖爲新。以纖爲豔。詞之風格日靡。眞意盡漓。蕙風詞話而外。則有王國維之人間詞話。持論亦多獨到處。如云詞以境界爲最上。有境界則自成高格。自有名句。五代北宋之詞所以獨絕者在此。有造境。有寫境。此理想與寫實二派之所由分。然二者頗難分別。因大詩人所造之境。必合乎自然。所寫之境。亦必鄰於理想故也。有有我之境。有無我之境。淚眼問花花不語。亂紅飛過秋千去。有我之境也。寒波澹澹起。白鳥悠悠下。無我之境也。有我之境。以我觀物。故物皆著我之色彩。無我之境。以物觀物。故不知何者爲我。何者爲物。古人爲詞。寫有我之境者爲多。然未始不能寫無我之境。此在豪傑之士能自樹立耳。無我之境。人惟於靜中得之。有我之境。於由動之靜時得之。故一優美。一宏壯也。境非獨謂景物也。喜怒哀樂亦人心中之一境界。故能寫眞景物眞感情者。謂之有境界。否則謂之無境界。四言敝而有楚辭。楚辭敝而有五言。五言敝而有七言。古詩敝而有律絕。律絕敝而有詞。蓋文體通行既久。染指遂多。自成習套。豪傑之士。亦難於其中自出新意。故遁而作他體。以自解脫。一切文體。所以始盛中衰者。皆由於此。故謂文學後不如前。余未敢信。但就一體論。則此說固無以易也。……詩之三百篇十九首。詞之五代北宋皆無題也。非無題也。詩詞中之意。不能以題盡之也。自花間、草堂每調立題。幷古人無題之詞。亦爲作題。如觀一幅佳山水。而卽曰此某山某水。可乎。詩有題而詩亡。詞有題而詞亡。然中材之士。鮮能知此而自振拔者矣。……大家之作。其言情也。必沁人心脾。其寫景也。必豁人耳目。其辭脫口而出。無矯揉妝束之態。以其所見者眞。所知者深也。詩詞皆然。持此以衡古今之作者。可無大誤矣。凡上所述古今人論作詞之法。自吾家玉田以至王靜安。或言修辭。或論格律。或創清空。或主凝重。或宗婉約。或取韻致。或講寄托。或闢境界。雖持論有殊。而指歸則一。皆合於作詞之大道者也。學者苟於此反覆求之。倘亦取之無盡。用之不竭也。夫關於詞之體調格律作法。既已略爲詮釋。於是而後溯詞之起原。

詞之起原

詞爲樂府之變。前既已言之矣。考其嬗變之迹。則自魏晉以降。漢世樂府。音律漸以失傳。於是四言五言之詩。亦隨新聲而變其句讀。觀夫六朝之詩。頗有近似詞之體裁者。蓋在五胡亂華之際。外國之樂。漸以輸入中夏。幾取漢以前之雅樂而代之。於是文人制作。亦隨以移易焉。故楊用修云。塡詞必泝六朝者。亦昔人探河窮源之意。而毛大可以爲詞體托始於劉宋之世。試觀宋鮑照之梅花落云。中庭雜樹多。偏爲梅咨嗟。問君何獨然。念其霜中能作花。露中能作實。搖蕩春風媚春日。念爾零落逐寒風。徒有霜華無霜質。此雖爲長短句之詩。然已近變體矣。惟不得即目之爲詞耳。至梁徐勉之迎客曲云。絲管列。舞曲陳。含羞未奏待嘉賓。羅絲管。陳舞席。斂袖嘿唇迎上客。送客曲云。袖繽紛。聲委咽。餘曲未終高駕別。爵無算。景已流。空紆長袖客不留。梁武帝之江南弄云。衆花雜色滿上林。舒芳燿綠垂輕陰。連手躞蹀舞春心。舞春心。臨歲腴。中人望。獨踟躕。沈約之六憶詩云。憶眠時。人眠獨未眠。解羅不待勸。就枕更須牽。復恐旁人見。嬌羞在燭前。隋煬帝侯夫人看梅曲云。砌雪消無日。捲簾時自顰。庭梅對我有憐意。先露枝頭一點春。此雖不得名之以詞。然風華靡麗之語。倘亦後來詞家之所本也。至韓偓海山記載隋煬帝望江南云。湖上月。偏照列仙家。水浸寒光鋪枕簟。浪搖晴影走金蛇。偏稱泛靈槎。光景好。訴彩望中斜。清露冷侵銀兔影。西風吹落桂枝花。開宴思無涯。詞凡八闋。分詠湖上月湖上柳湖上雪湖上草湖上花湖上女湖上酒湖上水。此則與詞體無異矣。或云爲段柯古所作。然亦無確據也。唐時樂分三種。曰雅樂清樂燕樂。沈括夢溪筆談曰。雅樂即古樂。清樂者漢之樂府。及南朝長江一帶之歌曲。隋平陳得之。置清商署以總之者也。燕樂即外國輸入之樂。唐初絕句皆可入歌。

猶是梁陳之遺風焉。惟所歌者燕樂爲盛。而雅樂清樂。遂以式微。洪邁容齋隨筆曰。唐曲以州名者五。伊、涼、熙、石、渭是也。後之詞調有以甘州涼州名者。蓋即外來之新聲也。而唐初歌曲。多用絕句。王灼碧雞漫志曰。唐時古意未全喪。竹枝、浪淘沙、拋球樂、楊柳枝乃詩中絕句。而定爲歌曲。故李太白清平調詞三章皆絕句。宋胡仔苕溪漁隱叢話曰。唐初歌辭多是五言詩或七言詩。初無長短句。自中葉以後至五代漸變成長短句。然則在盛唐以前所以播諸聲律者。皆詩之一體耳。故盛唐以前未嘗有詞也。雖鮑照徐勉梁武帝沈約侯夫人隋煬帝之作。有近乎詞。而決不得指爲詞之定體也。然則論詞之起原。究以何人所作爲之嚆矢乎。曰是可舉二李以當之。二李者。唐玄宗李隆基與李白也。世之論詞者。莫不舉太白之菩薩蠻、憶秦娥、二首。爲詞體之濫觴。而於唐玄宗之好時光一首。輒棄置不道焉。茲舉其辭曰。寶髻偏宜宮樣。蓮臉嫩體紅香。眉黛不須張敞畫。天教入鬢長。莫倚傾國貌。嫁取個有情郎。彼此正年少。莫負好時光。此詞命意造語。無不近詞之正體。而必以太白之作爲首倡者。何耶。抑太白之作佳矣。世固有疑之者。明胡應麟莊嶽委談曰。太白在當時。直以風雅自任。即近體盛行七言律。鄙不肯爲。寧屑事此。且二詞雖工麗。而氣衰颯。於太白超然之致。不啻穹壤。藉令眞出靑蓮。必不作如是語。詳其意調。絕類溫方城輩。蓋晚唐人詞嫁名太白耳。杜陽雜編云。大中初。女蠻國貢雙龍犀明霞錦。其國人危髻金冠。纓絡被體。故謂之菩薩蠻。當時倡優遂歌菩薩蠻曲。文士亦往往效其詞。南部新書亦載此事。則太白之世。尚未有此題。何得預塡斯曲耶。惟黃叔暘花菴詞選。則稱太白菩薩蠻、憶秦娥二闋。爲百代詞曲之祖。顧起綸花菴詞選跋。謂李太白首倡憶秦娥。悽惋流麗。頗臻其妙。爲千古詞家之祖。茲錄其憶秦娥云。簫聲咽。秦娥夢斷秦樓月。秦樓月。年年柳色。灞陵傷別。　樂遊原上淸秋節。咸陽古道音塵絕。音塵絕。西風殘照。漢家陵闕。菩薩蠻云。平林漠漠煙如織。寒山一帶傷心碧。暝色入高樓。有人樓上愁。　玉階空佇立。宿鳥歸飛急。何處是歸程。長亭更短亭。憶秦娥氣象高遠。菩薩蠻語簡意深。與玄宗詞之以風華勝者。氣韻有不同焉。然則詞體蓋淵源於六朝而拓宇於盛唐之間矣。故玄宗時人崔令欽教坊記中。載有詞調之名。然此乃當時樂工之曲。而非詞人之作也。降及中唐。作者漸多。詞體漸尊。白居易劉禹錫所作。其著焉者也。居易長相思云。汴水流。泗水流。流到瓜州古渡頭。吳山點點愁。　思悠悠。恨悠悠。恨到歸時方始休。月明人倚樓。又有如夢令詞云。前度小花靜院。不比尋常時見。見了又還休。愁卻等閒分散。斷腸斷腸。記取釵橫鬢亂。又有憶江南詞云。江南憶。最憶在杭州。山寺月中尋桂子。郡亭枕上看潮頭。何日更重游。又有花飛花詞云。花飛花。霧飛霧。夜半來。天明去。來如春夢不多時。去似朝雲無覓處。禹錫所作。如憶江南詞云。春去也。多謝洛城人。弱柳從風疑舉袂。叢蘭裛露似霑巾。獨坐亦含顰。下筆流麗。與其詩格不甚相遠。又有瀟湘神詞云。湘水流。湘水流。九疑雲物至今秋。若問二妃何處所。零陵芳草露中愁。 斑竹枝。斑竹枝。淚痕點點寄相思。楚客欲聽瑤瑟怨。瀟湘深夜月明時。劉白而外。如張志和王建之作。亦爲詞之正體。然而興到之作。非其顓詣。故論詞之正式成立時期。尚不在中唐。而在晚唐。誠以中唐人所作。不過附庸於詩。而不以詞爲專門之學也。其以作詞成家。而有專集行世者。則自晚唐溫庭筠始。余故截斷衆流。以溫氏而前爲詞學之起原時間。以溫氏而後爲詞學之昌明時期焉。蓋詞學之盛。溫氏實首握其樞。於是流衍而至五代。作者風起雲涌。詞體乃正式成立矣。故曰自晚唐而後。始可以溯詞之宗。析詞之派。

二 晚唐五代詞人

世之治詞者。莫不知有金荃集握蘭集矣。此飛卿之作而今已散失不傳者也。然則飛卿之詞。安得而見之乎。曰有趙崇祚之花間集在。其書凡十卷。自飛卿而下。若皇甫松、韋莊、薛昭蘊、牛嶠、張泌、毛文錫、牛希濟、歐陽炯、和凝、顧敻、孫光憲、魏承班、鹿虔扆、閻選、尹鶚、毛熙震、李珣十八人之詞。共五百首。飛卿之詞。古今作者。早有定評。如張惠言詞選序云。自唐之詞人。李白爲首。其後韋應物王建、韓翃、白居易、劉禹錫、皇甫松、司空圖、韓偓。並有述造。而温庭筠最高。其言深美閎約。周濟介存齋論詞曰。飛卿醖釀最深。故其言不怒不懾。備剛柔之氣。鍼縷之密。南宋人始露痕迹。花間極有渾厚氣象。如飛卿則神理超越。不復可以迹象求矣。然細繹之。正字字有脈絡。庭筠之詞。以菩薩蠻十四首。更漏子六首。爲最有名。故趙氏舉以冠諸花間集之首。菩薩蠻第一首曰。小山重疊金明滅。鬢雲欲度香腮雪。懶起畫蛾眉。梳粧洗弄遲。　照花前後鏡。花面交相映。新貼繡羅襦。雙雙金鷓鴣。張惠言曰。此感士不遇也。篇法彷彿長門賦。而用節節逆敘。照花四句。離騷初服之意。如第十一首云。南園滿地堆輕絮。愁聞一霎清明雨。雨後卻斜陽。杏花零落香。　無言勻睡臉。枕上屏山掩。時節欲黃昏。無憀獨倚門。以不遇之情。托諸纏綿之辭。彌覺哀感動人。蓋十四首宛轉相生。前後照映。各有有餘不盡之意者也。其更漏子六首。意亦與菩薩蠻相近。最佳者如柳絲長。春雨細。花外漏聲迢遞。驚塞雁。起城烏。畫屏金鷓鴣。　香霧薄。透簾幙。惆悵謝家池閣。紅燭背。繡簾垂。夢長君不知。背江樓。臨海月。城上角聲嗚咽。堤柳動。島煙昏。兩行征雁分。　西陵路。歸帆渡。正是芳菲欲度。銀燭盡。玉繩低。一聲村落雞。玉爐香。紅蠟淚。偏照畫堂秋思。眉翠薄。鬢雲殘。夜長衾枕寒。　梧桐樹。三更雨。不道離情正苦。一葉葉。一聲聲。空階滴到明。信乎。旨存哀號。寄托遙深。非後人徒知雕字琢句者之所能及也。至其所作河傳云。湖上。閑望。雨蕭蕭。煙浦花橋路遙。謝娘翠蛾愁不銷。終朝。夢魂迷晚潮。　蕩子天涯歸棹遠。春已晚。鶯語空腸斷。若耶溪。溪水西。柳堤。不聞郎馬嘶。組合二言三言五言六言七言以爲詞。亦矜倡之格也。而憶江南云。梳洗罷。獨倚望江樓。過盡千帆皆不是。斜暉脈脈水悠悠。腸斷白蘋洲。頗具盛唐絕句風格。不着一閒字閒句。此劉熙載所謂飛卿詞精豔絕人者也。飛卿而後。晚唐詞人當數皇甫松、張曙、司空圖、韓偓。皇甫松所作如夢江南云。樓上寢。殘月下簾旌。夢見秣陵惆悵事。桃花柳絮滿江城。雙髻坐吹笙。張曙有浣溪沙一首云。枕障薰爐隔繡帷。二年終日苦相思。杏花明月始應知。　天上人間何處去。舊歡新夢覺來時。黃昏微雨畫簾垂。司空圖有酒泉子一首云。買得杏花。十載歸來方始坼。假山西畔藥欄東。滿枝紅。　旋開旋落旋成空。白髮多情人更惜。黃昏把酒祝東風。且從容。韓偓有生查子一闋云。侍女動妝奩。故故驚人睡。那知本未眠、背面偷垂淚。　嬾御鳳凰釵。羞入鴛鴦被。時復見殘燈。和煙墜金穗。諸人所作。率皆尖纖小巧。較飛卿之驚才絕豔、不逮遠矣。降及五代政局紛擾文運凋敝他無可稱而詞獨發揮光大樹兩宋之先聲然新調競作綺語不禁雜流並起至其工者亦往往絕倫。故陸游謂詩至晚唐五代、氣格卑陋、千人一律、而長短句獨精巧高麗。後世莫及。王士禎謂五季文運萎敝。他無可稱。獨所作小詞。濃豔穠秀。璧金結繡而無痕跡。觀歐陽修五代史以梁、唐、晉、漢、周爲本紀。以前蜀王建、後蜀孟知祥、吳楊行密。南唐李昪。北漢劉崇。南漢劉隱。吳越錢鏐。荊南高季興。楚馬殷。閩王審知。十國爲世家。然以文學論。則五代之主。或出武人或爲異族。於文事非所知。其妙解音律者。惟後唐莊宗李存勗一人而已。以是文學之士。不輾轉於五代。而散處於十國。惟和凝歷後唐至後周。累居相位。牛希濟毛文錫雖自蜀而入後唐。其先本蜀人也。他若韋莊、牛嶠、薛昭蘊、魏承班、尹鶚、李珣。皆仕於前蜀。歐陽炯、顧敻、鹿虔扆、閻選、毛熙震。皆仕於後蜀。馮延己仕於南唐。而南唐後主李煜。實爲五代詞人之冠。他若王衍孟昶及南唐中主李璟。皆以國主而能爲詞。故論五代之詞人以蜀與南唐爲中心分據長江之上下流（前蜀後蜀都成都　南唐都金陵）然在花閒集中所選南唐詞人僅張泌一家而蜀國唐人乃至十有三家則以趙崇祚爲蜀人也。而尊前集所選。則以南唐詞人爲主體。故花間尊前雖同爲五代唐人之總集。然而分道揚鑣者也。茲論五代之詞。起於後唐莊宗。而終於南唐後主。史稱莊宗好畜優伶。精通音律。其所爲詞。短調如一葉落云。一葉落。褰珠箔。此時景物正蕭索。畫樓月影寒。西風吹羅幕。吹羅幕。往事思量著。沈雄柳塘詞話曰。唐人率多小令。尊前集載唐莊宗歌頭一闋。不分過變。計一百三十六字。爲長調之祖。俞彥爰園詞話曰。晚唐五代小令填詞用韻。多詭譎不成文者。聊爲之可耳。不足多法。尊前集載後唐莊宗歌頭一首。爲字一百三十六。此長調之祖。然不能佳。茲錄其詞云。賞芳春。暖風飄箔。鶯啼綠樹。輕煙籠晚閣。杏桃紅。開繁萼。靈和殿禁柳千行。斜金絲絡。夏雲多奇峯如削。紈扇動微涼。輕綃薄。梅雨霽。火雲爍。臨水檻。永日逃繁暑。泛觥酌。 露華濃冷高梧凋萬葉。一霎晚風。蟬聲新雨歇。惜惜此光陰。如流水。東籬菊殘時。歎蕭索。繁陰積。歲時暮。景難留。不覺朱顏失卻。好容光。且且須呼賓友。西園長宵。宴雲謠。歌皓齒。且行樂。萬紅友詞律亦載此詞。註云。後半叶韻甚少。必有訛處。今以其爲長調之祖。故錄之。至後蜀主孟昶所作玉樓春詞云。冰肌玉骨清無汗。水殿風來暗香滿。繡簾一點月窺人。欹枕釵橫雲鬢亂。 起時瓊戶啓無聲。時見疏星渡河漢。屈指西風幾時來。只恐流年暗中換。此昶與花蕊夫人夜起避暑摩訶池上作也。後蘇軾變易其句調。改作洞仙歌詞焉。若夫五代詞臣之稱大家者。於蜀則推韋莊。莊字端己。杜陵人。唐昭宗乾寧元年進士。後以避黃巢之亂入蜀。依前蜀主王建。爲掌書記。建稱帝。莊爲相。莊嘗得杜甫浣花溪草堂。因名其集曰浣花集。其詩以長至一千六百餘字之秦婦吟爲最著名。詞則與溫庭筠並稱溫、韋。故張炎詞原謂令曲當以花間集中韋莊溫飛卿爲則。周濟謂端己詞清艷絕倫。初日芙蓉春月柳。使人想見風度。則以韋之清麗與溫之穠艷有不同也。溫以富麗勝。韋以清越勝。故王國維人間詞話。謂畫屏金鷓鴣。飛卿語也。其詞品似之。弦上黃鶯語。端己語也。其詞品亦似之。又謂溫飛卿之詞。句秀也。韋端己之詞。骨秀也。李重光之詞。神秀也。觀端己詞以雅淡見長而善於抒情。又以離鄉久遠。故多悽怨之音。蓋有庾蘭成江關蕭瑟之感焉。所作如菩薩蠻四闋云。紅樓別夜堪惆悵。香燈半捲流蘇帳。殘月出門時。美人和淚辭。　琵琶金翠羽。弦上黃鶯語。勸我早歸家。綠窗人似花。人人盡說江南好。遊人只合江南老。春水碧於天。畫船聽雨眠。　壚邊人似月。皓腕凝霜雪。未老莫還鄉。還鄉須斷腸。如今卻憶江南樂。當時年少春衫薄。騎馬倚斜橋。滿樓紅袖招。　翠屏金屈曲。醉入花叢宿。此度見花枝。白頭誓不歸。洛陽城裏春光好。洛陽才子他鄉老。柳暗魏王隄。此時心轉迷。

桃花春水淥。水上鴛鴦浴。凝恨對斜暉。憶君君不知。流連光景。惆悵自憐。惟怨而不怒。蓋深得詩人溫柔敦厚之致者。近人譚復堂謂此四闋亦塡詞中之古詩十九首。卽當以讀十九首之心眼讀之。莊又有荷葉杯、小重山二詞。亦多悽怨之致。荷葉杯云。絕代佳人難得。傾國。花下見無期。一雙愁黛遠山眉。不忍更思惟。 閑掩翠屏金鳳。殘夢。羅幕畫堂空。碧天無路信難通。惆悵舊房櫳。小重山云。一閉昭陽春又春。夜寒宮漏永。夢君恩。臥思陳事暗銷魂。羅衣濕。紅袖有啼痕。 歌吹隔重閽。遶庭芳草綠。倚長門。萬般惆悵向誰論。顒情立。宮殿欲黃昏。沈雄古今詞話云。韋莊以才名寓蜀。王建割據。遂羈留之。莊有寵人姿質豔麗。兼善詞翰。建聞之。托以教內人爲詞。強奪之去。莊追念悒悒。作荷葉杯及小重山詞。情意悽怨。人相傳播。盛行於時。姬後傳聞之。遂不食而死。莊又有浣溪沙二闋云。欲上鞦韆四體慵。擬交人送又惺忪。畫堂簾幕月明風。 此夜有情誰不極。隔牆梨雪又玲瓏。玉容憔悴惹微紅。惆悵夢餘山月斜。孤燈照壁背紅紗。小樓高閣謝娘家。 暗想玉容何所似。一枝春雪凍梅花。滿身香霧簇朝霞。淸新流麗。風度絕高。所謂其秀在骨者也。韋莊而外。蜀國詞人。若歐陽炯、薛昭蘊、顧敻、鹿虔扆、尹鶚、魏承班、閻選、李珣、牛嶠、毛文錫、牛希濟、毛熙震之倫。皆以其所能鳴。而歐陽炯、毛熙震、牛嶠尤爲可稱。歐陽炯。華陽人。少事王衍。後隨衍至洛陽。孟知祥僭號。以爲中書舍人。後又隨孟昶降宋。官翰林學士。趙崇祚弘基時亦事昶。爲衛尉少卿。崇祚之編花間集也。炯爲之序。炯詞好爲綺語。如浣溪沙三闋云。落絮殘鶯半日天。玉柔花醉只思眠。惹窗映竹滿爐煙。　獨掩畫屏愁不語。斜欹瑤枕髻鬟偏。此時心在阿誰邊。天碧羅衣拂地垂。美人初着更相宜。宛風如舞透香肌。　獨坐含嚬吹鳳竹。園中緩步折花枝有情無力泥人時。相見休言有淚珠。酒闌重得敍歡娛。鳳屏鴛枕宿金鋪。　蘭麝細香聞喘息。綺羅纖縷見肌膚。此時還恨薄情無。蘭麝三語。綺膩纏綿。近人況蕙風謂自有豔詞以來。殆莫豔於此矣。苟無花間詞筆。孰敢爲斯語者。而李珣所作臨江仙云。鶯報簾前暖日紅。玉爐殘麝猶濃。起來閨思尚疏慵。別愁春夢。誰解此情悰。　強整嬌姿臨寶鏡。小池一朵芙蓉。舊歡無處再尋蹤。更堪迴顧。屏畫九疑峯。寫閨情亦佳。小池一語。是人是花。一而二。二而一。此中絕無曲折。而極形容之妙。珣字德潤。前蜀梓州人。著有瓊瑤集。他作之寫閨情者。如毛熙震南歌子一闋亦佳。遠山愁黛碧。橫波慢臉明。膩香紅玉茜羅輕。深院晚堂人靜。理銀箏。　鬢動行雲影。裙遮點屐聲。嬌羞愛問曲中名。楊柳杏花時節。幾多情。雖存乎綺思。詞不流於纖褻。此則今之弄筆者所不能及也。至牛嶠之菩薩蠻。亦宛轉生情。花間集原作七首。詞意頗雜。朱彝尊詞綜删存二首。則章法絕佳。舞裙香暖金泥鳳。畫梁語燕驚殘夢。門外柳花飛。玉郎猶未歸。 愁匀紅粉淚。眉剪春山翠。何處是遼陽、錦屏春晝長。綠雲鬢上飛金雀。愁眉斂翠春煙薄。香閣掩芙容。畫屏山幾重。 窗寒天欲曙。猶結同心苣、啼粉涴羅衣。問郎何日歸。張惠言云。驚殘夢一點。以下純是夢境。章法似西洲曲。嶠字松卿。一字延峯、隴西人。其兄子希濟亦工詞。初仕蜀。後降後唐。而蜀人之入後唐者。更有毛文錫。字平珪。後唐亡。復入蜀事孟昶。文錫亦工豔語。爲蜀主所賞。以上自韋莊至毛文錫皆西蜀派之詞人也。花間集中之五代詞人有不列於西蜀派者則惟和凝張泌孫光憲三人而已。和凝字成績。須昌人。梁時舉進士。歷事唐、晉、漢、周。官至太子太傅。其生平仕宦之跡。可與長樂老馮道相提並論。蓋皆以優遊取容於世。而文章之美。凝過於道。又精音律。人稱曲子相公。故凝雖爲相輔。仍不廢爲詞人也。凝詞亦多豔語。如河滿子云。正是破瓜年紀。含情慣得人饒。桃李精神鸚鵡舌。可堪虛度良宵。卻愛藍羅裙子。羨他長束纖腰。以國相之尊而佻蕩無行不甘寂寞如此。此五代之所以爲叔世也。孫光憲字孟文。自號葆光子。貴平人。少好學。依荊南高季興爲從事。後歸宋太祖。所著以北夢瑣言爲著。至其詞之佳者。則如浣溪沙云。烏帽斜欹倒佩魚。靜街偷步訪仙居。隔牆應認打門初。將見客時微掩斂。得人憐處且生疏。低頭羞問壁間書。閒情微逗。恰到好處。張泌字順之。浦城人。初仕南唐。後入宋。爲右正言。南唐詞人之入花間者。僅泌一人而已。而馮延已不與焉。泌所作如浣溪沙云。馬上凝情憶舊遊。照花淹竹小溪流。鈿箏羅幕玉搔頭。　早是出門長帶月。可堪分袂又經秋。晚風斜日不勝愁。此詞或作馮延已作而花間集則列諸張泌　意境亦頗疏宕。然不及馮延已之典雅峻潔。思深詞麗。爲南唐詞臣之冠也。延已字正中。其先彭城人。唐末徙家新安。事南唐爲左僕射同平章事。所作詞曰陽春集。延已人極奸佞。其居官舞權弄法。頗爲史臣所訾議。而文采則斐然煥發。擬諸後人。譬猶嚴分宜之有鈐山堂。阮圓海之有詠懷堂乎。嗚呼。盜國殃民。口蜜腹劍。又孰非才士之所爲哉。延已之詞。如謁金門、蝶戀花諸闋。固久已膾炙人口矣。謁金門云。風乍起。吹皺一池春水。閒引鴛鴦芳徑裏。手挼紅杏蕊。　鬬鴨闌干獨倚。碧玉搔頭斜墜。終日望君君不至。舉頭聞鵲喜。朱彝尊詞綜以此詞爲成幼文所作。而南唐書則定爲延已之作。南唐中主嘗戲延已曰。吹皺一池春水。干卿何事。延已曰。未若陛下小樓吹徹玉笙寒。中主大悅。其君臣之相謔如此。蝶戀花共二十七首。在陽春集中最爲烜赫。茲錄其四首云。六曲闌干偎碧樹。楊柳風輕。展盡黃金縷。誰把鈿箏移玉柱。穿簾燕子雙飛去。　滿眼遊絲兼落絮。紅杏開時。一霎清明雨。濃睡覺來鶯亂語。驚殘好夢無尋處。莫道閒情拋棄久。每到春來。惆悵還依舊。日日花前常病酒。不辭鏡裏朱顏瘦。 河畔青蕪隄上柳。爲問新愁。何事年年有。獨立小橋風滿袖。平林新月人歸後。幾日行雲何處去。忘卻歸來。不道春將暮。百草千花寒食路。香車繫在誰家樹。 淚眼倚樓頻獨語。雙燕來時。陌上相逢否。撩亂春愁如柳絮。依依夢裏無尋處。庭院深深深幾許。楊柳堆煙。簾幙無重數。玉勒雕鞍遊冶處。樓高不見章臺路。 雨橫風狂三月暮。門掩黃昏。無計留春住。淚眼問花花不語。亂紅飛過秋千去。張惠言謂。此詞忠愛纏綿。宛然騷辨之義。延己爲人。專蔽嫉妒。又敢爲大言。此其君所以深信而不疑也。或以此詞纏綿敦厚。非歐陽修不能。乃歸之六一集中。而陳世修輯陽春集。以此詞冠諸卷首。世修。延己之甥也。其說當可信。近人馮煦敍陽春集曰。翁頫卬身世。所懷萬端。繆悠其辭。若顯若晦。揆之六義。比興爲多。若蝶戀花諸作。其旨隱。其詞微。勞人思婦羇臣屏子鬱伊惝怳之所爲。翁何致而然耶。又謂周師南侵。國勢岌岌。翁負其才略。不能有所匡救。危苦煩亂之中。鬱不自達者。一於詞發之。其憂生念亂。意內而言外。迹之唐五季之交。韓致堯之於詩。翁之於詞。其義一也。世竟以儷曼目之。誣矣。煦自云爲延己之胄。故於其遠祖多恕辭耳。王國維人間詞話曰。馮正中詞。

雖不失五代風格。而堂廡特大。開北宋一代風氣。與中後二主詞。皆在花間範圍之外。宜花間集中不登其隻字也。所稱中後二主者。卽中主李璟後主李煜父子也。璟字伯玉。初名景通。昇長子。美容止。有文學。其詞之傳於今者。不過數首。而以山花子二闋最爲人欣賞。其詞云。菡萏香銷翠葉殘。西風愁起綠波間。還與韶光共憔悴。不堪看。　細雨夢回雞塞遠。小樓吹徹玉笙寒。多少珠淚何限恨。倚闌干。手卷眞珠上玉鉤。依前春恨鎖重樓。風裏落花誰是主。思悠悠。　青鳥不傳雲外信。丁香空結雨中愁。回首綠波三峽暮。接天流。宛轉頓宕。極紆徐之致。然亦多悽惋之音。而其子後主之詞。則更如怨如慕。如泣如訴。倘所謂亡國之音哀以思者也。後主名煜。字重光。初名重嘉。璟第六子。在位十七年。宋太祖開寶八年十一月。宋將曹彬滅其國。後主降。封爲違命侯。太宗嗣位。以後主舊臣徐鉉。爲左散騎常侍。遷給事中。一日。太宗問鉉見李煜否。鉉對以臣安敢私見之。曰卿第詣之。但言朕令卿往見可矣。鉉遂徑詣其居。望門下馬。但老卒守門。徐言願見太尉。卒言有旨不得與外人接。鉉云奉旨來見。老卒進報。鉉入立庭下。久之。老卒遂取舊椅子相對。鉉遙見止之曰。但正衙一椅足矣。頃間。後主紗帽道服而出。鉉方拜。遽下階引其手以上。鉉辭賓主之禮。後主曰。今日豈有此理。鉉引椅少偏。乃敢就坐。後主相持大笑。及坐。默不言忽長吁歎曰。當時悔殺了潘佑李平。鉉既去。有旨召對。詢後主何言。鉉不敢隱。遂有牽機藥之賜。牽機藥者服之前卻數十回。頭足相就。如牽機狀。又後主於七夕在賜第命故伎作樂。聲聞於外。太宗怒。又傳小樓昨夜又東風。及一江春水向東流之句。并坐之。遂被禍。時太平興國三年七月七日也。年四十二。後主嘗與金陵舊宮人書云。此中日夕只以眼淚洗面。亡國之君。其哀感有如此者。然後主雖爲一失敗之君主。而其文學之造就。乃於晚年益見其佳。故論後主之詞者。嘗分未亡國之前爲一期。亡國之後爲又一期。前期之詞。多歡樂繁華之作。如玉樓春云。晚粧初了明肌雪。春殿嬪娥魚貫列。鳳簫聲斷水雲閑。重按霓裳歌遍徹。　臨風誰更飄香屑。醉拍闌干情未切。歸時休放燭花紅。待踏馬蹄清夜月。徐釚詞苑叢談謂李後主宮中未嘗點燭。每至夜則懸大寶珠。光照一室如日中。故賦玉樓春宮詞云。詞苑叢談又載後主鷓鴣天一闋云。塘水初澄似玉容。所思還在別離中。誰知九月初三夜。露似珍珠月似弓。　深院靜。小庭空。斷續寒砧斷續風。無奈夜長人不寐。數聲和月到簾櫳。語亦輕微婉約。後主又嘗違犯禮教。而實行自由戀愛焉。南唐書載後主繼室周后。即昭惠后之妹也。昭惠感疾。后常在禁中。先與後主私。後主因作菩薩蠻云。花明月暗飛輕霧。今宵好向郎邊去。剗襪步香堦。手提金鏤鞋。畫堂南畔見。一晌偎人顫。奴爲出來難。教君恣意憐。此詞遂傳播於外。至納后。乃成禮而已。大讌羣臣。韓熙載以下皆爲詩諷焉。後主不之譴。後主所作豔詞。又有一斛珠一首云。晚妝初過。沈檀輕注些兒箇。向人微露丁香顆。一曲清歌。暫引櫻桃破。　羅袖裛殘殷色可。杯深旋被香醪涴。繡牀斜憑嬌無那。爛嚼紅茸。笑向檀郎唾。後主雖貴爲國君。而頗有淡泊之懷。古今詞話謂張文懿家有春江釣叟圖。上有李後主漁父詞二首。其二云。一棹春風一葉舟。一綸繭縷一輕鉤。花滿渚。酒滿甌。萬頃波中得自由。此皆後主於亡國以前之作。雖清婉有餘。而未爲絕詣。至亡國以後之作。則無不悽惋動人。於趙甌北謂國家不幸詩人幸。話到滄桑句便工。信然。當夫宋師南下。淮南已失。後主猶在宮中。建紅羅亭子。命詞臣張泌潘佑徐鉉等賦詞記之。潘佑因作小令以諷云。桃李不須誇爛漫。已失了東風一半。而後主不悟也。迨宋師渡江。始籌防禦之策。嗟何及焉。然後主雖在圍城之中。不廢吟詠之事。其臨江仙一闋云。櫻桃落盡春歸去。蝶翻輕粉雙飛。子規啼月小樓西。玉鉤羅幕。惆悵暮煙垂。　別巷寂寥人散後。望殘煙草低迷。爐香閑裊鳳凰兒。空持羅帶。回首恨依依。此危城垂破之日所作也。蓋已有淒涼怨慕之音矣。至其城破臨行時。所作破陣子一闋云。四十年來家國。八千里地山河。鳳閣龍樓連霄漢。玉樹瓊枝作煙蘿。幾曾識干戈。一旦歸爲臣虜。沈腰潘鬢消磨。最是倉黃辭廟日。教坊猶唱別離歌。揮淚對宮娥。東坡志林謂後主當慟哭九廟下。謝其民而行。顧乃揮淚宮娥聽教坊離曲哉。然後主此詞。寫悲舊悽惋之情狀蒼涼慘淡之景已臻絕妙之域矣堯山堂外紀謂樂曲有念家山後主親演其聲爲念家山破。識者知其不祥。然成敗興亡之際。雖曰人事。豈非天命。不有後主。南唐能免於亡國乎。吾知其必不然矣。而破陣子一闋。則後主悲劇開幕之第一聲也。以後如浪淘沙、虞美人。莫不有感舊之思焉。浪淘沙二闋云。簾外雨潺潺。春意闌珊。羅衾不耐五更寒。夢裏不知身是客。一晌貪歡。　獨自莫凭闌。無限江山。別時容易見時難。流水落花春去也。天上人間。往事只堪哀。對景難排。秋風庭院蘚侵階。一桁珠簾閑不捲。終日誰來。　金劍已沉埋。壯氣蒿萊。晚涼天靜月華開。想得玉樓瑤殿影。空照秦淮。虞美人云。春花秋月何時了。往事知多少。小樓昨夜又東風。故國不堪回首月明中。雕欄玉砌應猶在。只是朱顏改。問君能有幾多愁。恰似一江春水向東流。凡此諸作。字字從肺腑中流出。淒清猶瀟湘夜雨。悠遠似洞庭秋波。哀怨如猿啼巫峽。悲痛若鵑泣錦城。周濟謂李後主詞。如生馬駒。不受控捉。……毛嬙西施。天下美婦人也。嚴妝佳。淡妝亦佳。亂頭粗服。不掩國色。飛卿嚴妝也。端已淡妝也。後主則粗服亂頭矣。王國維人間詞話。謂詞至李後主而眼界始大。感慨遂深。變伶工之詞而爲士大夫之詞。周介存置諸溫韋之下。可謂顛倒黑白矣。自是人生長恨水長東。流水落花春去也。天上人間。金荃浣花能有此氣象耶。詞人者不失其赤子之心者也。故生於深宮之中。長於婦人之手。是後主爲人君所短處。亦即爲詞人所長處。客觀之詩人。不可不多閱世。閱世愈深。則材料愈豐富。愈變化。水滸傳紅樓夢之作者是也。主觀之詩人。不可多閱世。閱世愈淺。則性情愈眞。李後主是也。尼采謂一切文學。余愛以血書者。後主之詞眞所謂以血書者也。是則李後主於作詞之才能。亦既冠絕古今矣。宋太祖謂李煜若以作詞工夫治國家。豈爲吾所俘也。西清詩話云 然惟後主不甘易其治詞之工夫以治國家。而其詞乃能深造。不惟爲五代十國詞人之冠。後世亦鮮及之者。故論晚唐之詞。惟飛卿一家。以濃豔勝。五代十國之詞則可爲西蜀南唐二派焉。西蜀以韋莊爲首。南唐以後主爲魁。西蜀以清麗勝。南唐以婉約勝。惟清麗故多寄託之辭。惟婉約故多悽咽之音。善寄託則意內言外。看似曲折而尙不免矯揉。多悽咽則直抒性靈。自然流露。不假彫琢。自有無限深情。奔赴筆端。此後主之詞之所以能寓曲於直。化剛爲柔。而超於西蜀派之上也。故開兩宋詞家之先路者。當推李重光爲主。溫韋其輔弼。

也夫。

三 兩宋詞人

詞雖盛於晚唐五代。要至兩宋而後其體乃大。故唐詩宋詞。皆爲一代文學之精神所寄託焉。宋之詞人。上而帝王宰輔。下而婦人女子。輒有能通曉音律製腔塡詞者。徽宗崇寧四年。置大晟府。以周邦彥爲樂正。審定舊詞增演新調。其在仁宗朝。柳永好爲慢詞。一時從而效之者甚衆。故五代詞多小令。宋初漸爲中調。柳蘇而後。乃尚長調。欲以此競勝於前人。而詞境爲之一變。南渡以後。妙解音律者。莫如姜夔。曲調多由自創。故皆自注譜。張炎亦能按譜製曲。故自姜張而後。詞境又爲之一變。實啓曲學之先聲焉。周濟保緒曰。兩宋詞各有盛衰。北宋盛於文士。而衰於樂工。南宋盛於樂工。而衰於文士。介存齋論詞可謂片言扼要矣。保緒又謂北宋主樂章。故情景但取當前。爲窮高極深之趣。南宋則文人弄筆。彼此爭名。故變化益多。取材益富。然南宋有門逕。有門逕。故似深而轉淺。北宋無門逕。無門逕，故似易而實難。宋四家詞選序其論兩宋詞學之變遷。最爲精當。張惠言謂宋之詞家。號爲極盛。然張先、蘇軾、秦觀、周邦彥、辛棄疾、姜夔、王沂孫、張炎。淵淵乎文有其質焉。其蕩而不反。傲而不理。枝而不物。柳永、黃庭堅、劉過、吳文英之倫。亦各引一端。以取重於當世。而數子者。又不免有一時放浪通脫之言出於其間。後進彌以馳逐。不務原其指意。破析乖剌。壞亂而不可紀。故自宋之亡而正聲絕。（詞選序）其於宋之詞人。亦既有微辭矣。華亭宋徵璧曰。吾於宋詞。得七人焉。曰永叔。其詞秀逸。曰子瞻。其詞放誕。曰少游。其詞清華。曰子野。其詞娟潔。曰方回。其詞新鮮。曰小山。其詞聰俊。曰易安。其詞妍婉。他若黃魯直之蒼老而或傷於頹。王介甫之劖削而或傷於拗。晁无咎之規檢而或傷於樸。辛稼軒之豪爽而或傷於霸。陸務觀之蕭散而或傷於疏。此皆所謂我輩之詞也。苟舉當家之詞。如柳屯田哀感頑豔而少寄託。周清真蜿蜒流美而乏陡健。康伯可排敘整齊而乏深邃。其外則謝無逸之能寫景。僧仲殊之能言情。程正伯之能壯采。張安國之能用意。万俟雅言之能疊字。姜白石之能琢句。蔣竹山之能作態。史邦卿之能刷色。黃花菴之能選格。亦其選也。詞至南宋而繁。亦至南宋而敝。作者紛如。難以槩述。所論兩宋詞人。亦已略備。然宋之詞人。寧止於此。明人毛晉有汲古閣彙刊宋六十一家詞。計北宋二十三家。南宋三十八家。近人金壇馮煦就其本為六十一家詞選。擇尤取錄。幾得宋詞之精粹矣。所謂六十一家者。曰晏殊、歐陽修、柳永、蘇軾、黃庭堅、秦觀、晏幾道、毛滂、陸游、辛棄疾、周邦彥、史達祖，姜夔、葉夢得、向子諲、謝逸、毛幵、蔣捷、程垓、趙師俠、趙長卿、楊炎正、高觀國、吳文英、周必大、黃機、石孝友、黃昇、方千里。劉克莊、張元幹、張孝祥、程珌、葛立方、劉過、王宏中、陳亮、李之儀、蔡伸、戴復古、曾覿、楊无咎、洪瑹、趙彥端、洪咨夔、李公昂、葛勝仲、侯寘、沈端節、張榘、周紫芝、呂濱老、杜安世、王千秋、韓玉，黃公度、陳與義、陳師道、盧祖皋。晁補之、盧炳。所輯雖不免滄海遺珠。然宋詞之大且深者亦往往而在矣。次則有近人王鵬運四印齋彙刻詞。計北宋四家。南宋三十四家。江標靈鶼閣彙刊名家詞。計北宋三家。南宋七家。吳昌綬雙照樓彙刊詞。計北宋六家。南宋十二家。朱祖謀彊村叢書。計北宋二十七家。南宋八十五家。其他選本之善者。則有周濟之宋四家詞選。列周邦彥、辛棄疾、王沂孫、吳文英四人。於周邦彥下附晏殊等十九人。辛棄疾下附徐昌圖等十二人。王沂孫下附林逋等十一人。吳文英下附張昇等十四人。共五十一人。二百三十九首。人稱爲倚聲選本之止鵠。其自序謂清眞集大成者也。稼軒斂雄心抗高調變溫婉成悲涼。碧山饜心切理言近指遠。風容調度。一一可循。夢窗奇思壯采。騰天潛淵。返南宋之清泚。爲北宋之穠摯。是爲四家。領袖一代。……譚復堂謂其陳義甚高。而戈載順卿之七家詞選。列周邦彥、史達祖、姜夔、吳文英周密王沂孫張炎七人。所選者皆句意全美。韻律兼精。蓋意在求正軌以合雅音。而最便初學者。則以近人朱古微之宋詞三百首爲至善。所錄南北宋詞家凡八十七人。始宋徽宗。終李清照。曰三百首者。比於蘅塘退士之唐詩三百首也。自謂求之體格神致。以渾成爲主旨。而況蕙風曰。第言渾成。未遽造極也。能循途守轍於三百首之中。必能取精用閎於三百首之外。益神明變化。於詞外求之。則夫體格神致間。尤有無形之訢合。自然之妙造。即更進於渾成。要亦未爲止境。無止境之學。必有以端其始基。則宋詞三百首尙已。以上所列選本皆斷代取材。學者苟欲疏鑿宋詞以取益焉則諸書爲不可沒矣。茲先申釋宋詞之大體。而後分述各人之作品焉。北宋詞人際承平之世故多雍容謳吟詞旨和宛情文相生天機流露之作每一詞出傳播四方公私讌會曲院優伎所歌者皆詞也以故得暢行通俗取詩之律絕而代之。而北宋詞人之首屈者。當數晏殊。殊字同叔。臨川人。七歲能屬文。眞宗以神童召試。賜進士出身。仁宗時。拜集賢殿學士。同平章事、字元獻。劉攽中山詩話。謂元獻喜馮延巳歌詞。其所自作亦不減延巳。然觀殊之珠玉詞。神韻閑適。意境平淡。與延巳之以淒豔取勝者不類。得非忠佞之情性各別歟。殊所作如浣溪沙詞云。一曲新詞酒一杯。去年天氣舊亭臺。夕陽西下幾時回。 無可奈何花落去。似曾相識燕歸來。小園香徑獨徘徊。採桑子詞云。時光只解催人老。不信多情。長恨離亭。淚滴春衫酒易醒。　梧桐昨夜西風急。淡月朧明。好夢頻驚。何處高樓雁一聲。似此婉和閑適之意境。陽春集中未嘗有之。又殊雖爲相而不耽富貴。頗有放曠自樂之致。如漁家傲詞云。畫鼓聲中昏又曉。時光只解催人老。求得淺歡風日好。齊喝唱。神仙一曲漁家傲。　綠水悠悠天杳杳。浮生豈得長年少。莫惜醉來開口笑。須信到。人間萬事何時了。殊子幾道嘗云。先君平日小詞雖多。未嘗作婦人語也。則殊之詞。多閑適之境。少纏綿之思矣。幾道字叔原。殊第七子。著有小山詞。所作以臨江仙、阮郎歸兩首爲最著。臨江仙詞云。夢後樓臺高鎖。酒醒簾幕低垂。去年春恨卻來時。落花人獨立。微雨燕雙飛。　記得小蘋初見。兩重心字羅衣。琵琶弦上說相思。當時明月在。曾照綵雲歸。落花二語。洵爲千古名句。黃庭堅謂叔原樂府。寓以詩人句法。精壯頓挫。自能動搖人心。阮郎歸詞云。天邊金掌露成霜。雲隨雁字長。綠杯紅袖趁重陽。人情似故鄉。　蘭佩紫。菊簪黃。殷勤理舊狂。欲將沈醉換悲涼。清歌莫斷腸。況蕙笙云。綠杯二句。意已厚矣。殷勤理舊狂。五字三層意。狂者所謂一肚皮不合時宜發見於外者也。狂已舊矣。而理之。而殷勤理之。其狂若有甚不得已者。欲將沉醉換悲涼。是上句注腳。清歌莫斷腸。仍含不盡之意。此詞沉著厚重。得此結句。便覺竟體空靈。蓋小山本性情中人故詞多柔厚之旨其成就殊不讓老晏也。當眞宗仁宗之際。大臣如寇準、韓琦、司馬光、范仲淹、雖非詞人。而信筆抒寫。輒多佳妙之作。范仲淹之漁家傲蘇幕遮二首。尤爲人所稱引。漁家傲詞云、塞下秋來風景異。衡陽雁去無留意。四面邊聲連角起。千嶂裏。長烟落日孤城閉。　濁酒一杯家萬里。燕然未勒歸無計。羌管悠悠霜滿地。人不寐。將軍白髮征夫淚。將軍白髮一語。蒼涼悲壯。慷慨生哀。蘇幕遮詞云。碧雲天。黃葉地。秋色連波。波上寒烟翠。山映斜陽天接水。芳草無情。更在斜陽外。　黯鄉魂。追旅思。夜夜除非好夢留人睡。明月樓高休獨倚。酒入愁腸。化作相思淚。前段多入麗語。後段純寫柔情。大筆振迅。遂成絕唱。廬陵歐陽修雖以詩文名世。而其六一居士詞三卷。宛轉纏綿。說者謂其疏雋開子瞻一派、深婉開少游一派。惟其詞多經人竄亂。如蝶戀花庭院深深數首皆出馮正中。而誤入歐集。醉蓬萊、望江南二詞。本非歐作。而爲人誣指。故蔡絛西淸詩話云。歐陽修之淺近者。謂是劉煇所僞作。名臣錄亦云。修知貢舉。爲下第舉子劉煇等所忌。以醉蓬萊望江南誣之。則修詞在宋時已無定本矣。然惟修所作本多婉麗。故人得以誣之耳。如臨江仙云。池外輕雷池上雨。雨聲滴碎荷聲。小樓西角斷虹明。闌干私倚處。遙見月華生。　燕子來時窺畫棟。玉鈎垂下簾旌。涼波不動簟紋平。水晶雙枕畔。猶有墮釵橫。燕歸來云。屏裏爐熏。帳外燈掩。春睡騰騰。綠雲堆枕亂鬅鬙。猶憶那回曾。人生多少。相憐到老。寧不被天憎。而今前事總無憑。空贏得瘦稜稜。不意一代儒宗氣節風範世所矜式之歐陽永叔乃能爲纏綿往復之詞如此也。至其詞之以閒情逸趣勝者。如採桑子云。羣芳過後西湖好。狼藉殘紅。飛絮濛濛。垂柳闌干盡日風。笙歌散盡游人去。始覺春空。垂下簾櫳。雙燕歸來細雨中。輕舟短棹西湖好。綠水逶迤。芳草長堤。隱隱笙歌處處隨。無風水面琉璃滑。不覺船移。微動漣漪。驚起沙鷗掠岸飛。畫船載酒西湖好。急管繁弦。玉盞催傳。穩泛平波任醉眠。行雲卻在行舟下。空水澄鮮。俯仰留連。疑是湖中別有天。寫景抒情。婉和悠遠。近人馮煦六十一家詞選序曰。宋初大臣之爲詞者。寇萊公、晏元獻、宋景文、范蜀公與歐陽公。並有聲藝林。然數公或一時興到之作。未爲專詣。獨文忠與元獻學之既至。爲之亦勤。翔雙鵠於交衢。馭二龍於天路。且文忠家廬陵。元獻家臨川。詞家遂有西江一派。其詞與元獻同出南唐。而深致則過之。以晏歐並稱。爲開宋詞之先聲。語非無見。然晏歐既同出南唐。猶有五代之遺風。故多小令。鮮長調。及柳耆卿出。而慢詞以始。新聲競作。肆其才力之所至。詞境乃益爲展拓矣。慢詞者。由大曲而起。大曲者。聯多徧之曲以成一大篇。謂之排遍。其開首有引焉。有歌頭焉。有散序焉。有中序焉。序者。舖陳之意也。迨曲將半。則有催袞焉。催者。所以催舞拍也。袞又作滾。亦以滾出舞拍也。亦曰近拍。謂近於入破。將起拍也。其先多出於伶人。句調韻律。多欠精美。耆卿用之。加以修飾。遂能流傳。耆卿名永。初名三變。崇安人。有兄三接、三復。皆工文章。號柳氏三絕。耆卿薄於操行。好作狹邪游。陳無己后山詩話云。柳三變游東都南北二巷。作新樂府。骫骳從俗。天下詠之。遂傳禁中。仁宗頗好其詞。每對酒必使侍妓歌之再三。三變聞之。作宮詞醉蓬萊。因內官達後宮。且求其助。仁宗聞而覺之。自是不復歌其詞矣。葉夢得避暑錄話。謂嘗見一西夏歸朝官言。凡有井水飲處。即能歌柳詞。其流傳亦可謂廣矣。柳嘗作鶴冲天詞。中有句云。忍把浮名。誤了淺斟低唱。時仁宗留意儒雅。深斥浮豔虛華之辭。因曰。此人好去花前月下淺斟低唱。何要浮名。柳以是坎軻不遇。後更名永。官至屯田員外郎。所著曰樂章集。永所作以便於里巷謳吟。故詞格不高。而慢詞之起。則始於永。張炎樂府餘論曰。柳永以失意無俚。流連坊曲。遂盡取俚言俗語。編入詞中。以便伎人傳習。一時動聽、散播四方。其後蘇軾、秦觀、黃庭堅等相繼有作。慢詞遂盛。所謂慢詞。即長調也。蓋詞之小令專於比興慢詞則尚鋪敘排比兼有賦體矣。永所作慢詞。如雨淋鈴、八聲甘州最爲人傳誦。雨淋鈴云。寒蟬淒切。對長亭晚。驟雨初歇。都門帳飲無緒。方留戀處。蘭舟催發。執手相看淚眼。竟無語凝噎。念去去千里烟波。暮靄沈沈楚天闊。 多情自古傷離別。更那堪冷落清秋節。今宵酒醒何處。楊柳岸曉風殘月。此去經年。應是良辰好景虛設。便縱有千種風流。待與何人說。八聲甘州云。對瀟瀟暮雨灑江天。一番洗清夜。漸霜風淒緊。關河冷落。殘照當樓。是處紅衰綠減。冉冉物華休。惟有長江水。無語東流。 不忍登高臨遠。望故鄉渺邈。歸思難收。歎年來蹤跡。何事苦淹留。想佳人妝樓長望。誤幾回天際識歸舟。爭知我。倚闌干處。正恁凝眸。耆卿詞之旖旎生情者。如晝夜樂一首云。洞房記得初相遇。便只合長相聚。何期小會幽歡。變作別離情緒。況值闌珊春色暮。對滿目亂花狂絮。直恐好風光。盡隨伊歸去。 一場寂寞憑誰訴。算前言總輕負。早知恁的難拚。悔不當初留住。其奈風流端正外。更別有繫人心處。一日不思量。也攢眉千度。以羈旅之懷。寫淒惻之情。亦旣眞切動人矣。故陳質齋謂柳詞格不高而音律諧婉。詞意安帖。……尤工於羈旅行役。其他論耆卿之詞者。則如吾家玉田云柳詞亦自批風抹月中來。風月二字。在我發揮。柳則爲風月所使耳。劉熙載謂耆卿詞細密而妥溜。明白而家常。善於敘事。有過前人。惟綺羅香澤之態。所在多有。故覺風期未上耳。此與爲風月所使之說相合。而周濟止菴介存齋論詞云。耆卿爲世訾謷久矣。然其鋪敍委宛。言近意遠。森秀幽淡之趣在骨。耆卿樂府多。故惡濫可笑者多。使能珍重下筆。則北宋高手也。馮煦謂耆卿詞曲處能直。密處能疏。奡處能平。狀難狀之景。達難達之情。而出之以自然。自是北宋巨手。然好爲排體。詞多媟黷。避暑錄話謂凡有井水飲處。卽能歌柳詞。三變之爲世詬病。亦未嘗不由於此。蓋與其千夫競聲。不如白雪之和寡也。此與珍重下筆之說相合。然耆卿於詞。確能融情入景。盡量傾吐。無所諱忌。不受束縛。其以小令而衍爲長調。正因小令字數太少。不能盡其意之所至。故獨闢新調。以期辭能盡意。意以是情此亦文學進化史中自然之趨勢也。與耆卿並名者有張先。字子野。烏程人。著有安陸詞一卷。遯齋閒覽云。張子野郎中以樂章擅名一時。宋子京尚書奇其才。先往見之。遣將命者謂曰。尚書欲見雲破月來花弄影郎中。子野屛後呼曰。得非紅杏枝頭春意鬧尚書乎。遂出。置酒盡歡。蓋子野有天仙子詞云。水調數聲持酒聽。午醉醒來愁未醒。送春春去幾時回。臨晚鏡。傷流景。往事後期空記省。　沙上並禽池上暝。雲破月來花弄影。重重簾幕密遮燈。風不定。人初靜。明日落紅應滿徑。人或謂子野曰。人皆稱公張三中。卽心中事眼中淚意中人也。子野曰。何不目爲張三影乎。或人不解。子野曰。雲破月來花弄影。嬌柔嬾起。簾壓捲花影。柳徑無人。墮飛絮無影。此余平生所得意也。子野享年甚高。嘗與東坡及李公擇、楊元素等。置酒松江垂虹亭上。時子野年八十五矣。子野又有一叢花詞。結句云。不如桃杏。猶解嫁東風。歐陽永叔愛之。恨未識其人。後子野往謁。永叔倒屣迎之曰。此乃桃杏嫁東風郎中。李端叔謂子野詞。才不足而情有餘。晁无咎謂張子野與柳耆卿齊名。人以爲子野不及耆卿。而子野韻高。是耆卿所乏處。大抵子野詞秀雅過於耆卿。而不及耆卿之才調高張。音律和諧也。要之宋詞自柳張而後其境益拓。其體益閎。較諸晏歐之拘守南唐風格者有不同焉。柳張而下。當數及東坡。東坡之詞。自成一派。其在柳張固已能開拓花間之範圍矣。然其清麗婉約之處。猶未能脫盡花間之氣也。至於東坡則凡花間之淒惋惆悵清麗細膩。皆爲之擺脫盡淨。而自有其雄放之氣韶秀之色。故四庫提要謂詞自晚唐五代以來。以清切婉麗爲宗。至柳永而一變。如詩家之有白居易。至軾而又一變。如詩家之有韓愈。遂開南宋辛棄疾等一派。尋流溯源。不能不謂之別格。然謂之不工則不可。劉熙載謂東坡詞如老杜詩。以其無意不可入。無事不可言也。若其豪放之致。則時與太白爲近。蓋詞之體以詞調醞藉者爲婉約。氣象恢宏者爲豪放。婉約爲詞之初態。然詞不必以婉約爲正宗。豪放爲詞之別格。而詞亦未嘗以豪。放爲極至。所謂並行不悖者也。要之婉約而不流於靡曼。豪放而不流於粗疏。斯不失倚聲之正軌。耳。後之論詞者。或以婉約爲詞之南派。豪放爲詞之北派。南派主少游。北派主東坡。不知東坡亦非不能婉約者。周濟介存齋論詞曰。人賞東坡粗豪。吾賞東坡韶秀。韶秀是東坡佳處。粗豪則病也。東坡每事俱不十分用力。古文書畫皆爾。詞亦爾。東坡詞之韶秀者。如江城子詞云。鳳凰山下雨初晴。水風清。晚霞明。一朶芙蓉開過尚盈盈。何處飛來雙白鷺。如有意。慕娉婷。　忽聞江上弄哀箏。苦含情。遣誰聽。煙斂雲收。依約是湘靈。欲待曲終尋問取。人不見。數峯青。東坡詞之婉約者。如卜算子云。缺月挂疏桐。漏斷人初定。時見幽人獨來往。飄渺孤鴻影。　驚起卻回頭。有恨無人省。揀盡寒枝不肯棲。寂寞沙洲冷。故吾家玉田謂東坡詞淸麗舒徐處。高出人表。周秦諸人所不能到。然東坡詞固有豪放者在。如明月幾時有大江東去之類。吹劍續錄云。東坡在玉堂日。有幕士善歌。因問我詞比柳耆卿何如。對曰。柳郎中詞只好十七八女孩兒。按執紅牙拍。歌楊柳岸曉風殘月。學士詞須關西大漢。執鐵綽板。唱大江東去。公爲之絕倒。蓋東坡嘗賦念奴嬌詞云。大江東去。浪淘盡千古風流人物。故壘西邊。人道是三國周郎赤壁。亂石崩雲。驚濤裂岸。捲起千堆雪。江山如畫。一時多少豪傑。　遙想公瑾當年。小喬初嫁了。

雄姿英發。羽扇綸巾笑談間。檣艣灰飛烟滅。故國神遊。多情應笑我。早生華髮。人間如寄。一尊還酹江月。此詞誠如天風海雨。逼人而來。故胡致堂謂詞至東坡。一洗綺羅薌澤之態。擺脫綢繆宛轉之度。使人登高望遠。舉首高歌。逸懷浩氣。超乎塵垢之外。於是花間爲皁隸。耆卿爲輿臺矣。陸游謂世言東坡不能歌。故所作樂府詞多不協。晁補之謂東坡大江東去詞。故壘西邊。人道是三國周郎赤壁。論調則當於是字讀斷。論意則當於邊字讀斷。小喬初嫁了。雄姿英發。論調則了字當屬下句。論意則了字當屬上句。多情應笑我。早生華髮。我字亦然。文自爲文。歌自爲歌。然歌不礙文。文不礙歌。是坡公雄才自放處。他家間亦有之。亦詞家一法。後山詩話曰。退之以文爲詩。子瞻以詩爲詞。如教坊雷大使之舞。雖極天下之工。要非本色。今代詞手。惟秦七黃九耳。他人不能逮也。秦七謂少游。黃九謂山谷也。山谷好以俗語爲詞。且有過於褻諢者。故彭羨門謂詞家每以秦七黃九並稱。其實黃不及秦遠甚。猶高之視史。劉之視辛。雖齊名一時。而優劣自不可掩。山谷詞如兩同心云。你共人女邊着子。怎知我門裏挑心。以隱語入詞。殆鄙俚不堪入誦。較少游一鈎斜月帶三星之句。更爲下流矣。少游與黃山谷晁无咎。俱出東坡之門。唯少游自闢蹊徑。卓然名家。蓋其天分高。故能抽奇騁妍於尋常濡染之外。其詞多婉約蘊藉東坡嘗問陳無己曰。我詞何如少游。無己曰。學士小詞似詩。少游詩似小詞。可謂一語中的。蓋淮海詩筆。較蘇黃爲弱。而詞則情韻兼勝。蘇且不如。黃更瞠乎其後矣。故東坡亦稱少游爲今之詞手。蔡伯世云。子瞻辭勝乎情、耆卿情勝乎辭。辭情相稱者。惟少游而已。少游詞之佳者。如在郴州旅舍作踏莎行詞云。霧失樓臺。月迷津渡。桃源望斷無尋處。可堪孤館閉春寒。杜鵑聲裏斜陽暮。　驛寄梅花。魚傳尺素。砌成此恨無重數。郴江幸自繞郴山。爲誰流下瀟湘去。東坡最愛其尾兩句。自書於扇曰。少游已矣。雖萬人何贖。至其滿庭芳詞云。山抹微雲。天粘衰草。畫角聲斷譙門。暫停征棹。聊共引離尊。多少蓬萊舊事。空回首煙靄紛紛。斜陽外。寒鴉數點。流水遶孤村。　銷魂。當此際。香囊暗解。羅帶輕分。謾贏得青樓薄倖名存。此去何時見也。襟袖上空惹啼痕。傷情處。高城望斷。燈火已黃昏。蔡絛鐵圍山叢談云。秦觀壻范溫。甞預貴人家會。貴人有侍兒。喜歌秦少游長短句。坐間略不顧溫。酒酣歡洽。始問此郎何人。溫遽起叉手對曰。某乃山抹微雲女壻也。聞者絕倒。晁无咎謂斜陽外。寒鴉數點。流水遶孤村。雖不識字人。亦知是天生好言語也。花庵詞選註云。秦少游自會稽入京。見東坡。坡曰。久別當作文甚勝。都下盛唱公山抹微雲之詞。秦遜謝。坡遽云。不意別後。公卻學柳七作詞。秦答曰。某雖無識。亦不至是。

先生之言。無乃過乎。坡云。銷魂。當此際。非柳詞句法乎。秦慚服。然已流傳。不復可改矣。近人馮煦曰。淮海古之傷心人也。其淡語皆有味。淺語皆有致。觀少游詞。於妍。麗。之。中。具。幽。秀。之。氣。誠。所。謂。體。制。雅。淡。氣。骨。不。衰。者。也。（八字吾家玉田云）或乃譏其格弱。是亦皮相之見矣。其與蘇秦同時而能詞者。有晁補之无咎之琴趣外篇詞。以高秀稱。有陳與義去非之無住詞。以清奇稱。有陳師道無已之后山詞。以簡淡稱。有毛滂澤民之東堂詞。以柔婉稱。有謝逸無逸之溪堂詞。以蘊藉稱。有李之儀端叔之姑溪詞。以峭蒨稱。有陳克子高之赤城詞。以峻麗稱。有程垓正伯之書舟詞。垓為東坡中表。而詞淒婉綿麗。與蘇門不類。惟長調稍近豪縱云。至賀鑄之東山寓聲樂府三卷。乃高出於諸人矣。鑄字方回。衛州人。孝惠皇后族孫。退居吳下。築室橫塘。自號慶湖遺老。嘗賦青玉案詞云。淩波不過橫塘路。但目送芳塵去。錦瑟年華誰與度。月樓花院。綺窗朱戶。惟有春知處。　碧雲冉冉蘅皋暮。綵筆空題斷腸句。試問閒愁知幾許。一川烟草。滿城風絮。梅子黃時雨。人因稱為賀梅子。張文潛敍賀集云。其盛麗如游金張之堂。而妖冶如攬嬙施之袪。幽潔如屈宋。悲壯如蘇李。蓋稱其造語穠麗。而筆力遒勁也。或謂方回詞意境不求甚深。讀者悅其輕靈。而學之者每誤輕靈為纖佻。清代浙派詞人之但事綺藻韻致。方回實開其源云。以上諸人之於詞。雖皆可歌。然未必盡協音律。論北宋詞人之妙解音律。而又能集諸家之長者。當數周邦彥。邦彥字美成。錢塘人。自號清眞居士。著有片玉詞三卷。所製諸調。不獨平仄宜遵。卽上去入三音。亦不容相混。時有方千里者。嘗和其詞。一一按譜塡腔。不敢稍有出入。足見其法度之謹嚴矣。美成能自度曲。名其居曰顧曲堂。所作慢詞。鋪敍最工。短篇亦淒婉凝重。實北宋一大家也。沈義父樂府指迷曰。作詞當以清眞爲主。蓋清眞最爲知音。且無一點市井氣。下字用意。皆有法度。清常州派詞人皆奉清眞爲正鵠。故周濟極推崇之。其介存齋論詞曰。美成思力。獨絕千古。如顏平原書。雖未臻兩晉。而唐初之法。至此大備。後有作者。莫有出其範圍矣。讀得清眞詞多。覺他人所作。都未十分經意。鈎勒之妙。無如清眞。他人一鈎勒便薄。清眞愈鈎勒。愈渾厚。惟張玉田於美成則有微辭。如云美成詞只當看渾成處。於軟媚中有氣魄。採唐詩融化如己出者。乃其所長。惜乎意趣卻不高遠。所以出奇之語。以白石騷雅句法潤飾之。眞天機雲錦也。彭羨門金粟詞話曰。美成詞如十三女子。玉豔珠鮮。政未可以其軟媚而少之也。蓋美成詞。其意淡遠。其氣渾厚。其音節又復清妍和雅。實爲詞家之正宗。美成所作如六醜詞云。正單衣試酒。悵客裏光陰虛擲。願春暫留。春歸如過翼。一去無迹。爲問家何在。夜來風雨。葬楚宮傾國。釵鈿墜處遺香澤。亂點桃蹊。輕翻柳陌。多情更誰追惜。但蜂媒蝶使。時叩窗槅。東園岑寂。漸朦朧暗碧。靜遶珍叢底。成太息。長條故惹行客。似牽衣待話。別情無極。殘英小強簪巾幘。終不似一朶釵頭顫裊。向人欹側。漂流處莫趁潮汐。恐斷紅尚有相思字。何由見得。浩然齋雅談曰。李師師嘗對徽宗歌大酺六醜二解。上顧教坊使袁綯曰。此起居舍人新知潞州周邦彥作也。問六醜之義。莫能對。召邦彥問之。對曰。此犯六調。皆聲之美者。然絕難歌。而其時有曹勛者。字功顯。著松隱樂府。創八音諧。犯八調而成。十六賢。集十六調而成。與邦彥六醜同爲後來集曲之濫觴。邦彥嘗游於李師師家。一夕。道君臨幸。倉卒匿牀下。道君自攜新橙一個云。江南初進來。遂與師師謔語。邦彥悉聞之。檃括成少年遊詞云。并刀如水。吳鹽勝雪。纖指破新橙。錦幄初溫。獸香不斷。相對坐調笙。 低聲問向誰行宿。城上已三更。馬滑霜濃。不如休去。直是少人行。其辭麗極而清。清極而婉。後師師歌此詞。道君問誰作。云周邦彥詞。道君大怒。因加遷謫。押出國門。越一二日。道君復幸師師家。不見師師。坐久至更深。始歸。愁眉淚眼。憔悴可掬。道君問故。師師奏言邦彥得罪去國。略致一杯相別。不知官家來。道君問曾有詞否。師師云。有蘭陵王詞。道君云。唱一遍看。師師因歌其詞曰。柳陰直。烟裏絲絲弄碧。隋堤上曾見幾番。拂水飄綿送行色。登臨望故國。誰識京華倦客。長亭路年去歲來。應折條柔過千尺。　閒尋舊蹤跡。又酒趁哀弦。燈照離席。梨花榆火催寒食。愁一箭風快半篙波暖。回頭迢遞便數驛。望人在天北。　悽惻。恨堆積。漸別浦縈迴。津堠岑寂。斜陽冉冉春無極。念月榭攜手。露橋聞笛。沈思前事。似夢裏淚暗滴。道君聞之大喜。復召爲大晟樂正。夫以君臣遇合於倡優下賤之家。國之安危治亂可以知。此道君所以有燕山亭詞之感也。燕山亭詞。爲道君北遷後之作。詞云。裁剪冰綃。輕疊數重。冷淡胭脂勻注。新樣靚妝。豔溢香融。羞殺蕊珠宮女。易得凋零。更多少無情風雨。愁苦。問院落淒涼。幾番春暮。　憑寄離恨重重。這雙燕何曾。會人言語。天遙地遠。萬水千山。知他故宮何處。怎不思量。除夢裏有時曾去。無據。和夢也新來不做。促節曼聲。悽惋欲絕。故徽宗雖爲亡國之君。而其文采風流。足與李後主頡頏焉。至北宋之末。有女詞人李清照者。號易安居士。濟南人。禮部郎提點京東刑獄格非之女。湖州守趙明誠之妻也。能詩文。精金石。而詞筆尤婉秀。且亦妙解音律。所著曰漱玉詞。雖爲帙無多。而詞格乃抗軼周柳。沈去矜云。男中李後主。女中李易安。極是當行本色。易安所作。以醉花陰一首爲最有名。詞云。薄暮濃雰愁永晝。瑞腦噴金獸。佳節又重陽。寶枕紗廚。昨夜涼初透。　東籬把酒黃昏後。有暗香盈袖。莫道不銷魂。簾捲西風。人比黃花瘦。閨閣有才如此。誠不可多得者也。易安有詞論一篇。語多精闢。茲錄之於下。

唐開元天寶間。李八郎者能歌擅天下。時新及第進士開宴曲江。榜中一名士。先召李使易服隱姓名。衣冠故敝。精神慘沮。與之宴所。曰表弟願與坐末。衆皆不顧。既酒行樂作。歌者進。以曹元念爲冠。歌罷。衆皆嗟咨稱賞。名士忽指李曰。請表弟歌。衆皆哂。或有怒者。及轉喉發聲一曲。衆皆泣下。起曰。此必李八郎也。自後鄭衛聲熾。流靡煩變。有菩薩蠻、春光好、莎雞子、更漏子、浣溪沙、夢江南、漁父等詞。不可徧舉。五代時。江南李氏獨尙文雅。有小樓吹徹玉笙寒之句。及吹皺一池春水。語雖甚奇。所謂亡國之音哀以思者也。本朝柳屯田永。變舊聲作新聲。出樂章集。大得聲稱於世。雖協音律而詞語塵下。又有張子野、宋子京兄弟。沈唐、元絳、晁次膺輩繼出。雖時時有妙語。而破碎何足名家。至晏丞相、歐陽永叔、蘇子瞻。學際天人。作爲小歌詞。直如酌蠡水於大海。然皆句讀不葺之詩耳。又往往不協音律。蓋詩文分平側。而歌詞分五音。又分五聲。又分六律。又分清濁輕重。且如近世所謂聲聲慢、雨中花、喜遷鶯。既押平聲。又押入聲。玉樓春本押平聲。又押上去聲。又押入聲。其本押仄韻者。如押上聲則協。押入聲則不可歌矣。王介甫、曾子固文章似西漢。若作小歌詞。則人必絕倒。不可讀也。乃知詞別是一家。知之者少。後晏叔原、賀方回、秦少游、黃魯直出。始能知之。而晏苦無鋪敍。賀苦少典重。秦少游專主情致而少故實。譬如貧家美女。雖極妍麗豐逸。而終乏富貴態。黃卽尙故實而多疵病。譬如良玉有瑕。價自減半矣。

南宋詞人。剛健婀娜則推辛棄疾。妙解音律則推姜夔、張炎。其他如吳文英、史達祖、王沂孫、周密、蔣捷之倫。莫不各有其勝。而李彌遜、左譽、侯寘、葛立方、汪藻、李邴、樓鑰。皆初期之作家。承北宋之緒餘。唐珏、仇遠、劉辰翁、汪元量、等。値亡國之恨苦。發變徵之哀音。各極其工與變者也。當夫南渡之初。大臣之能詞者。則有趙鼎之得全詞。李光之莊簡詞。李綱之梁溪詞。胡銓之澹菴詞。近人王鵬運所爲刻南宋四名臣詞集者也。是可當北宋之范韓司馬。而朱淑眞之斷腸詞。亦足以匹易安之漱玉詞焉。此兩宋詞學之所以稱極盛也。辛棄疾字幼安。號稼軒。歷城人。少與党懷英同受學於蔡松年。懷英仕於金。棄疾南歸。爲耿京掌書記。京爲張安國所殺。棄疾擒金營縛安國以歸。獻俘行在。孝宗時。以大理少卿出爲湖南安撫。善治兵。創飛虎營。雄鎭一方。德祐初。以謝枋得請。追謚忠敏。稼軒才氣縱橫見解超脫天性忠摯。三者皆同於蘇軾。故其詞亦與軾爲近。世稱蘇辛焉。劉後村云。公所作大聲鏜鞳。小聲鏗鍧。

横絕六合。掃空萬古。其穠豔綿密者。不在小晏秦郎之下。四庫提要云棄疾詞慷慨縱橫。有不可一世之概。於倚聲家爲變調。而異軍特起能於剪翠刻紅之外。屹然別立一宗。迄今不廢。彭孫遹金粟詞話曰。稼軒之詞。胸有萬卷。筆無點塵。激昂排宕。不可一世。今人未有稼軒一字。輒紛紛有異同之論。宋玉罪人。可勝三歎。王漁洋花草蒙拾曰。石勒云。大丈夫磊磊落落。終不學曹孟德、司馬仲達狐媚。讀稼軒詞。當作如是觀。周濟曰。稼軒不平之鳴。隨處輒發。有英雄語。無學問語。故往往鋒穎太露。然其才情富豔。思力果銳。南北兩朝。實無其匹。無怪流傳之廣且久也。世以蘇辛並稱。蘇之自在處。辛偶能到。辛之當行處。蘇必不能到。二公之詞。不可同日語也。後人以粗豪學稼軒。非徒無其才。幷無其情。稼軒固是才大。然情至處。後人萬不能及。吾十年來服膺白石。而以稼軒爲外道。由今思之。可謂瞽人捫籥也。稼軒鬱勃。故情深。白石放曠。故情淺。稼軒縱橫。故才大。白石局促。故才小。近人王國維曰。南宋詞人。白石有格而無情。劍南有氣而乏韻。其堪與北宋人頡頏者。唯一幼安耳。近人祖南宋而祧北宋。以南宋之詞可學。北宋不可學也。學南宋者。不祖白石。則祖夢窗。以白石夢窗可學。幼安不可學也。學幼安者。率祖其粗獷滑稽。以其粗獷滑稽可學。佳處不可學也。幼安之佳處。在有性情。有境界。即以氣象論。亦有傍素波干青雲之概。寧後世齷齪小生所可擬耶。東坡之詞曠。稼軒之詞豪。無二人之胸襟而學其詞。猶東施之效捧心也。讀東坡稼軒詞。須觀其雅量高致。有伯夷柳下惠之風。諸人之論稼軒。類皆一致推戴。無有菲薄之者。稼軒所作如賀新郎詞云。甚矣吾衰矣。悵平生交游零落。只今餘幾。白髮空垂三千丈。一笑人間萬事。問何物能令公喜。我見青山多嫵媚。料青山見我應如是。情與貌。略相似。一尊搔首東窗裏。想淵明停雲詩就。此時風味。江左沈酣求名者。豈識濁醪妙理。回首叫雲飛風起。不恨古人吾不見。恨古人不見吾狂耳。知我者。二三子。稼軒每命侍婢歌此詞。輒拊髀自笑。顧問坐客何如。皆歎譽如出一口。又作永遇樂詞。賦京口北固亭懷古。千古江山。英雄無覓孫仲謀處。舞榭歌台。風流總被。雨打風吹去。斜陽草樹。尋常巷陌。人道寄奴曾住。想當年金戈鐵馬。氣吞萬里如虎。 元嘉草草。封狼居胥。贏得倉皇北顧。四十三年。望中猶記。燈火揚州路。可堪回首。佛貍祠下。一片神鴉社鼓。憑誰問。廉頗老矣。尚能飯否。岳珂譏其用事太多。稼軒又好以經子語雜入詞中。如水調歌頭云。凡我同盟鷗鷺。今日既盟之後。來往莫相猜。沁園春云。况怨無大小。生於所愛。物無美惡。過則爲災。與汝成言。勿留。亟退。水龍吟云。古來誰會行藏用舍。人不堪憂。一瓢自樂。賢哉回也。料當年曾問。飯蔬飲水。何爲是棲棲者。在稼軒尚能以健筆運化。後人學之。則無不粗獷矣。王國維所謂猶東施之捧心也。稼軒詞之較爲和婉者。則如念奴嬌云。野棠花落。又匆匆過了。清明時節。刬地東風欺客夢。一枕雲屏寒怯。曲岸持觴。垂楊繫馬。此地曾經別。樓空人去。舊游飛燕能識。　聞道綺陌東頭。行人曾見。簾底纖纖月。舊恨春江流不盡。新恨雲山千疊。料得明朝。尊前重見。鏡裏花難折。也應驚問。近來多少華髮。譚復堂謂此詞與東坡同工異曲。東坡是衣冠偉人。稼軒則弓刀游俠。蓋稼軒之雄才浩氣。根於天性。不能勉強得之。故劉過。楊炎正。雖嘗與之唱和。欲學其豪放。而排奡之氣。終莫能及也。劉過字改之。廬陵人。嘗客稼軒幕下。著有龍洲詞。楊炎正字濟翁。所著詞集曰西樵語業。屏絕纖穠。自抒清俊。毛晉刻六十一家詞。誤其姓名爲楊炎。考楊萬里誠齋詩話曰。余族弟炎正。字濟翁。年五十二乃登第。是當爲炎正無疑也。萬里與范成大陸游。雖以詩名家。而亦能詞。范有石湖詞。楊有誠齋詞。陸有劍南詞。三家之中。劍南爲佳。其詞具雄爽婉散二境。近人譚復堂謂放翁穠纖得多。精粹不少。南宋善學少游者惟陸。與楊陸同時而能詞者。則有朱敦儒希眞之樵歌集。以恬靜勝。康與之伯可之順菴樂府。以悽婉勝。張孝祥安國之于湖雅詞。以慷慨勝。陳亮同甫之龍川詞。以幽秀勝。張元幹仲宗之蘆川詞。以悲壯勝。李彌遜之筠溪樂府。以雄健稱。呂濱老之聖求詞。以婉媚勝。葉夢得少蘊之石林詞。以簡淡勝。而誠齋弟子蕭德藻千巖。則姜夔之所師也。夔字堯章。鄱陽人。幼時隨父宦游漢陽。學詩於蕭千巖。千巖妻以兄女。因寓居吳興之武康。與白石洞天爲鄰。自號白石道人。又號石帚。宋代詞雖可歌。而皆無譜。以人人知之。不待此也。其後歌譜漸以失傳。堯章曲調。多由自創。故皆自注譜。蓋精通音律而後能此。范成大贈以歌伎小紅。一夕大雪。白石攜小紅過垂虹亭。自度曲。吹洞簫。小紅歌而和之。白石因賦詩曰。自喜新詞韻最嬌。小紅低唱我吹簫。曲終過盡松陵路。回首煙波十里橋。白石嘗上書乞正太常雅樂。又獻聖宋鐃歌鼓吹曲十四首。詔付太常收掌。范成大謂白石詞有裁雲縫月之妙手。敲金戛玉之奇聲。劉熙載謂白石詞幽韻冷香。令人挹之無盡。擬諸形容。在樂則琴。在花則梅也。張玉田謂白石詞如疏影、暗香、揚州慢、一萼紅、琵琶仙、探春慢、淡黃柳等曲。不惟清空。又且騷雅。讀之使人神觀飛越。此皆推許白石者。然亦有訾議之者焉。沈義父伯時樂府指迷曰。姜白石清勁知音。亦未免有生硬處。周濟曰。白石脫胎稼軒。變雄健爲清剛。易馳驟爲流宕。又謂白石詞如明七子詩。看是高格響調。不耐人細思。白石以詩法入詞。門徑淺狹。如孫過庭書。但使後人模仿。蓋常州派詞人皆尊美成而薄白石者也王國維謂右今詞人格調之高無如白石。惜不於意境上用力。故覺無言外之味。絃外之響。終不能與於第一流之作者也。惟馮煦則謂。白石爲南渡一人。千秋論定。無俟揚搉。所作超脫蹊逕。天籟人力。兩臻絕頂。筆之所至。神韻俱到。彼讀姜詞者。必欲求下手處。則先自俗處能雅。滑處能澀始。白石所作如疏影云。苔枝綴玉。有翠禽小小。枝上同宿。客裏相逢。籬角黃昏。無言自倚修竹。昭君不慣胡沙遠。但暗憶江南江北。想珮環月夜歸來。化作此花幽獨。 猶記深宮舊事。那人正睡裏。飛近蛾綠。莫似春風。不管盈盈。早與安排金屋。還教一片隨波去。又卻怨玉龍哀曲。等恁時重覓幽香。已入小窗橫幅。此與暗香一詞。皆爲詠梅佳作。雖運用故實稍覺支離。而寄意深遠。格調終高也。又如揚州慢詞云。淮左名都。竹西佳處。解鞍少駐初程。過春風十里。盡薺麥青青。自胡馬窺江去後。廢池喬木。猶厭言兵。漸黃昏。清角吹寒。都在空城。 杜郎俊賞。算而今重到須驚。縱豆蔻詞工。青樓夢好。難賦深情。二十四橋仍在。波心蕩冷月無聲。念橋邊紅藥。年年知爲誰生。自序云。淳熙丙申至日。予過維揚。夜雪初霽。薺麥彌望。入其城則四顧蕭條。寒水自碧。暮色漸起。戍角悲吟。予懷愴然。感慨今昔。因自度此曲。千巖老人以爲有黍離之悲也。其辭亦凝鍊峻整。而周濟則譏彈之曰。白石好爲小序。序卽是詞。詞仍是序。反覆再觀。如同嚼蠟矣。王國維則謂。白石寫景之作。如二十四橋仍在波心蕩。冷月無聲。雖格韻高絕。然如霧裏看花。終隔一層。梅溪夢窗諸家寫景之病。皆在一隔字。北宋風流。渡江遂絕。抑眞有運會存乎其間耶。蓋王氏論詞。有隔與不隔之別。所謂隔者。指費盡工夫。未能搔着癢處也。所謂不隔者。乃就心中情。眼前景。一語道破。而情景交融。神韻宛然也。白石與吳文英頗交好。文英字君特。號夢窗。四明人。所著有夢窗四稿。四庫提要云。文英天分不及周邦彥。而研鍊之功則過之。詞家之有文英。亦如詩家之有李商隱也。宋沈伯時樂府指迷云。夢窗深得清眞之妙。其失在用事下語太晦處。人不可曉。尹惟曉謂。求詞於吾宋。前有清眞。後有夢窗。此非煥之言。天下之公言也。張玉田謂。吳夢窗詞如七寶樓臺。眩人眼目。碎折下來。不成片段。周濟謂。夢窗詞之佳者。如天光雲影。搖蕩綠波。撫玩無極。追尋已遠。又謂。皋文不取夢窗。是爲碧山門徑所限耳。夢窗立意高。取徑遠。皆非餘子所及。惟過嗜餖飣。以此被譏。若其虛實並到之作。雖清眞不過也。馮煦謂。夢窗之詞麗而則。幽邃而綿密。脈絡井井。而卒焉不能得其端倪。近人陳銳袌碧齋詞話謂。白石擬稼軒之豪快而結體於虛。夢窗變美成之面貌而鍊響於實。南渡以來。雙峯並峙。如盛唐之有李杜矣。夢窗嘗與沈義父講論作詞之法。謂詞之作難於詩。蓋音律欲其協。不協則成長短之詩。下字欲其雅。不雅則近乎纏令之體。用字不可太露。露則直突而無深長之味。發意不可太高。高則狂怪而失柔婉之意。樂府指迷夢窗所作如風入松詞云。聽風聽雨過清明。愁草瘞花銘。樓前綠暗分攜路。一絲柳一寸柔情。料峭春寒中酒。迷離曉夢啼鶯。　西園日日掃林亭。依舊賞新晴。黃蜂頻撲秋千索。有當時纖手香凝。惆悵雙鴛不到。幽階一夜苔生。此詞運意深厚。用筆幽雅。神韻流轉。譚復堂謂。此是夢窗極經意詞。有五季遺響。夢窗同時之詞人。有史達祖、高觀國。皆足爲白石之羽翼。史達祖字邦卿。號梅溪。開封人。著有梅溪詞。張鎡約齋爲之序曰。史生之作。情辭俱到。織綃泉底。去塵眼中。有瓌奇警邁。清新閑婉之長。而無訑蕩汙淫之失。端可分鑣清眞。平睨方回。白石謂邦卿詞奇秀清逸。有李長吉之韻。蓋能融情景於一家。會句意於兩得。梅溪所作以雙雙燕詞爲最佳。過春社了。度簾幙中間。去年塵冷。差池欲住。試入舊巢相並。還相琱梁藻井。又軟語商量不定。飄然快拂花梢。翠尾分開紅影。　芳徑。芹泥雨潤。愛貼地爭飛。競誇輕俊。紅樓歸晚。看足柳昏花暝。應是棲香正穩。便忘了天涯芳信。愁損翠黛雙蛾。日日畫闌獨凭。白石極稱其柳昏花暝四字。賀裳則賞其軟語商量之句。謂爲形神俱化。葉紹翁四朝聞見錄。謂邦卿依附韓侂冑。爲士林所不齒。近人王鵬運跋梅溪詞。爲之辨誣焉。邦卿與高觀國並名。而高質不及史。觀國字賓王。山陰人。其詞集曰竹屋癡語。其中如菩薩蠻詞云。春風吹綠湖邊草。春光依舊湖邊道。玉勒錦障泥。少年游冶時。 煙明花似綉。且醉旗亭酒。斜日照花西。歸鴉花外啼。意致亦流宕。然史高二家。皆較白石爲淺。其與白石差足抗衡者。則惟張炎王沂孫耳。炎字叔夏。號玉田。又號樂笑翁。臨安人。精於音律。著有詞原二卷。山中白雲詞八卷。詞原持論多精到語。前已屢引之矣。至古今人之評其山中白雲詞者。如仇山村曰。山中白雲詞意度超元。律呂協洽。當與白石老仙相鼓吹。包世臣曰。倚聲得者有三。曰清。曰脆。曰澀。不脆則聲不成。脆矣而不清則膩。脆矣清矣而不澀。則浮。屯田夢窗。以不清傷气。淮海玉田。以不澀傷格。清眞白石。則殆於兼之矣。六家於言外之旨得矣。以云意内。惟玉田白石耳。淮海時時近之。清眞屯田夢窗失之彌遠。樓敬思曰。南宋詞人姜白石外。惟張玉田能以翻筆側筆取勝。其章法字法俱超。清虛騷雅。可謂脫盡蹊逕。自成一家。訖今讀集中諸闋。一氣卷舒。不可方物。信乎其爲山中白雲也。四庫提要云。炎生於淳祐戊申。當宋邦淪覆。年已三十有三。猶及見臨安全盛之日。故所作往往蒼涼激楚。即景抒情。備寫其身世盛衰之感。非徒以剪翠刻紅爲工。至其研究聲律。尤得神解。以之接武姜夔。居然後勁。宋元之間。亦可謂江東獨秀矣。戈順卿七家詞選序曰。玉田易學而實難學。玉田以空靈爲主。但學其空靈而筆不轉深。則其意淺。非入於滑。卽入於粗矣。玉田以婉麗爲宗。但學其婉麗而句不鍊精。則其音卑。非近於弱。卽近於靡矣。故善學之。則得其門而入。升其堂。造其室。卽可與清眞、白石、夢窗諸公。互相鼓吹。否則浮光掠影。貌合神離。仍是門外漢而已。此皆推崇玉田者。而周濟則曰。玉田近人所最尊奉。才情詞力。亦不後諸人。終覺積穀作米。把纜放船。無開闊手段。然其清絕處。自不易到。……叔夏所以不及前人處。只在字句上着功夫。不肯換意。若其用意佳者。卽字字珠輝玉映。不可指摘。近人喜學玉田。亦爲修飾字句易。換意難。此雖於玉田稍有貶辭。然亦未甚菲薄之也。惟王國維云。玉田之詞。余得其詞中之一語以評之曰。玉老田荒。此則未嘗夢見玉田佳處。而妄爲詆譭者矣。玉田詞之佳者。如高陽臺詞云。接葉巢鶯。平波卷絮。斷橋斜日歸船。能幾番游。看花又是明年。東風且伴薔薇住。到薔薇春已堪憐。更悽然。萬綠西冷。一抹荒烟。當年燕子知何處。但苔深韋曲。草暗斜川。見說新愁。如今也到鷗邊。無心再續笙歌夢。掩重門淺醉閒眠。莫開簾。怕見飛花。怕聽啼鵑。雅淡。深婉。過變。脈絡井然。姜張並名。豈無故哉。顧後之學玉田者。不能於清空中求深遠。流麗中求雅淡。致有浮滑靡弱之譏耳。是豈吾家玉田之罪耶。玉田與王沂孫、周密、蔣捷。及菊山唐珏玉潛。於宋亡後。皆不出仕。稱遺民焉。王沂孫字聖與。號碧山。又號中仙。別署玉笥山人。會稽人。所著詞曰花外集。一名碧山樂府。先玉田卒。玉田稱其詞琢語峭拔。有白石意度。張惠言謂。碧山詠物。並有君國之憂。王鵬運謂。碧山詞頡頏雙白。揖讓二窗。實爲南宋之傑。周濟謂。碧山胸次恬淡。故黍離麥秀之感。只以唱歎出之。無劍拔弩張習氣。詠物最爭托意。隸事處以意貫串。渾化無痕。碧山勝場也。戈載謂。中仙詞運意高遠。吐韻妍和。其氣清。故無沾滯之音。其筆超。故有宕往之趣。是眞白石之入室弟子也。碧山所作如眉嫵詞詠新月云。漸新痕懸柳。淡彩穿花。依約破初暝。便有團圓意。深深拜。相逢誰在香徑。畫眉未穩。料素娥猶帶離恨。最堪愛一曲銀鉤小。寶簾掛秋冷。　千古盈虧休問。歎謾磨玉斧。難補金鏡。太液池猶在。淒涼處。何人重賦清景。故山夜永。試待他窺戶端正。看雲外山河。還老桂花舊影。張惠言謂。此詠喜君有恢復之志。而惜無賢臣也。蓋碧山目覩亡國之痛。故多情詞悱惻。寄慨遙深之作。如齊天樂之詠蟬。高陽臺之詠梅花。慶朝元之詠榴花。皆有托而言也。周密字公謹。號草窗。又號蕭齋。濟南人。流寓吳興。亦號弁陽嘯翁。淳祐中官義烏令。宋亡不仕。自號泗水潛夫。著有癸辛雜志。齊東野語。蠟屐集。武林舊事。雲煙過眼錄。其詞集曰蘋洲漁唱譜。又選絕妙好詞七卷。公謹與夢窗交誼甚篤。詞格亦近。故有二窗詞之稱。周濟謂。公謹詞敲金戛玉。嚼雪盥花。新妙無與爲匹。又謂。草窗鏤冰刻楮。精妙絕倫。但立意不高。取韻不遠。當與玉田抗衡。未可方駕王吳。戈載七家詞選序謂。草窗詞盡洗靡曼。獨標清麗。有韻秀之色。有綿邈之思。與夢窗旨趣相侔。二窗並稱。允矣無忝。其於律亦極嚴謹。蓋交游甚廣。深得切劘之益。草窗詞之婉麗者。如鷓鴣天云。燕子來時度翠簾。柳寒猶未透香棉。落花門巷家家雨。新火樓臺處處烟。　情默默。恨懨懨。東風吹動畫秋千。刺桐開盡鶯聲老。無奈春風祇醉眠。草窗詞之柔厚者。如解語花云。晴絲罥蝶。暖蜜酣蜂。重簾卷春寂寂。雨萼烟梢。壓闌干。花雨染衣紅濕。金鞍誤約。空極目天涯草色。閬苑玉簫人去後。惟有鶯知得。　餘寒猶掩翠戶。梁燕乍歸。芳信未端的。淺薄東風。莫因循。輕把杏鈿狼籍。塵侵錦瑟。殘日紅窗春夢窄。睡起折枝無意緒。斜倚秋千立。蔣捷字勝欲。宜興人。德祐進士。宋亡不仕。隱居吾鄉之竹山。竹山位太湖濱。風光明媚。勝欲沈酣吟詠於其間。因自號竹山。著有竹山詞。捷之名不敵姜張吳王諸人。而鍊字精深。音調諧暢。亦爲倚聲家所宗尚焉。其一翦梅詞。尤世所傳誦者也。詞曰。一片春愁帶酒澆。江上舟搖。樓上帘招。秋娘容與泰娘嬌。風又飄飄。雨又瀟瀟。　何日雲帆卸浦橋。銀字箏調。心字香燒。流光容易把人拋。紅了櫻桃。綠了芭蕉。玉田、碧山、草窗、竹山諸人。皆當鼎革之際。目擊陸沉之痛。故詞多悽惋之音而玉田碧山稱最云。抑南宋亦有女子而以詞鳴者。曰朱淑眞。錢塘人。或曰海寧人。自稱幽棲居士。以所適非偶。抑鬱不得志。視李清照之夫唱婦隨。不可同日而語。其身世之感。蓋與清代女詞人賀雙卿相等。宛陵魏端禮輯其詩詞。名曰斷腸集。人或誤引歐陽永叔生查子元夕詞。入其集中。因有月上柳梢頭。人約黃昏後之誣。近人況夔笙蕙風詞話。爲之辨正甚詳。且以淑眞爲北宋人。則以其與曾布之妻魏氏爲詞友。布固北宋人也。至生查子詞。載廬陵集一百三十一卷。宋曾慥樂府雅詞。所錄歐詞特愼。而此闋適在選中。則其爲歐作無疑也。淑眞詞清空婉約。如謁金門詞云。春已半。觸目此情無限。十二闌干閒倚遍。愁來天不管。　好是風和日暖。輸與鶯鶯燕燕。滿院落花簾不捲。斷腸芳草遠。筆情悽宛。才亦不亞簾卷西風人比黃花瘦之易安居士也。其他南宋詞人。見於黃昇中興以來絕妙詞選者。始康與之而終洪瑹。凡八十九家。見於周密絕妙好詞者。始張孝祥而終仇遠。凡三十二家，炳炳麟麟。蓋難屈指而計之矣。茲從略焉。

四 金元明之詞

詞學盛於兩宋。其在金元。幾成絕響。明詞格調亦卑。故金元明之於詞。無所謂大家名家也。大凡論個人文學作品。當觀其大體之成就。不當徒賞其一二佳語。夫以吾人之聰明才力意之所到。興之所至。又安得無一二佳語。卽指此一二佳語謂爲名家大家。固不可也。故金元明之於詞。非無一二佳語之流傳。惟欲求如蘇、辛、周、姜、張、王之爲大家名家。則渺乎不可得矣。無已。求詞人於三朝。祇能於詩人中舉出之耳。金之詩人而能詞者。亦惟趙秉文、元好問、吳激、蔡松年、王庭筠數人耳。趙秉文之詞。以靑杏兒一首爲最著。詞云。風雨替花愁。風雨罷。花也應休。勸君莫惜花前醉。今年花謝。明年花謝。白了人頭。 乘興兩三甌。揀溪山好處追遊。但教有酒身無事。有花也好。無花也好。選甚春秋。一片天機不假追琢而自然韻致無復筆墨痕跡可尋。元處問學其體云。朝鏡惜蹉跎。一年年。來日無多。無情六合乾坤裏。顛鸞倒鳳。撐霆裂月。直被消磨。 世事飽經過。算都輸。暢飲高歌。天公不禁人間酒。良辰美景。賞心樂事。不醉如何。此詞雖工而不免刻畫之痕。較之秉文所作天人之趣判然矣。然好問所著遺山樂府。深於用事精於鍊句亦渾雅亦博大有骨幹有氣象。又以憔悴京華。神州陸沉之痛。銅駝荊棘之傷。往往寄託於詞云。所選中州樂府。附於中州集之後。爲金詞選本之佳者。吳激字彥高建州人。米芾之壻。使金被留。官翰林待制。著有東山詞。篇數雖不多而精緻盡善。尤善運用前人詩句。其剪裁點綴若天成。如人月圓詞云南朝千古傷心事。還唱後庭花。舊時王謝。堂前燕子。飛向誰家。　恍然一夢。天姿勝雪。宮鬢堆鴉。江州司馬。青衫淚濕。同是天涯。中州樂府謂彥高賦此詞。宇文叔通讀之。爲之茫然自失也。激與蔡松年齊名。時稱蔡吳。松年字伯堅。號蕭閒。眞定人。文藻清麗。所作詞如尉遲盃云。紫雲暖。恨翠雛珠樹雙棲晚。小花靜院相逢。的的風流心眼。紅潮照玉盌午香重。草綠宮羅淡。喜銀屏小語私分。麝月春心一點。　華年共有。好願何時定。妝鬟暮雨零亂。夢似花飛。人歸月冷。一夜小山新怨。劉郎興尋常不淺。況不似桃花春溪遠。覺情隨曉馬東風。病酒餘香相半。清麗之中。不失剛勁之氣。是固北人之詞也。王庭筠字子端。河東人。自號黃華山主。能書山水墨竹。書法與趙黃山渢齊名。其詞能以幽峭之筆。寫綿邈之音。如蝶戀花詞云。衰柳疎疎苔滿地。十二闌干。故國三千里。南去北來人老矣。短亭依舊殘陽裏。　紫蟹黃柑眞解事。似倩西風。勸我歸歟未。王粲登臨寥落際。雁飛不斷天連水。又如謁金門後段云。瘦雪一痕牆角。青子已妝殘萼。不道枝頭無可落。東風猶作惡。蕙風詞話云。歇拍二句。似乎說盡東風猶作惡。就花與風之各一面言之。仍猶各有不盡之意。瘦雪字亦新。此外金人之能詞者。若東萊劉迎無黨之山林長語。以清勁勝。王寂之拙軒詞。以溫厚勝。李俊民之莊靖先生樂府。以緜邈勝。党懷英之竹溪詞。以疏秀勝。段克己復之之遯菴樂府。以情韻勝。其弟成己誠之之菊軒樂府。以深靜勝。密國公完顏璹之詞。以清逸勝。蕙風詞話論金詞與宋詞之別曰。南宋佳詞能渾至。金源佳詞近方剛。宋詞深緻能入骨。如清眞夢窗是。金詞清勁能樹骨。如蕭閑遯菴是。南人得江山之秀。北人以冰霜爲清。南或失之綺靡。近於雕文刻鏤之技。北或失之荒率。無解深裘大馬之譏。善讀者抉擇其精華。能知其並皆佳妙。而其佳妙之所以然。不難於合勘而難於分觀。往往能知之而難於明言之。然而宋金之詞之不同。固顯而易見者也。其持論亦發前人所未發。

元人大率致其文學之精神於曲。而詞學始衰焉。間亦有工詞者。如劉因、張翥、趙孟頫是。劉因字夢吉。號靜修。容城人。卒謚文靖。著有樵菴詞一卷。以性情樸厚勝。如菩薩蠻壽王利夫云。吾鄉先友今誰健。西鄰王老時相見。每見憶先公。音容在眼中。 今朝故人子。爲壽無多事。惟願歲常豐。年年社酒同、又如前調飲山亭感舊云、種花人去花應道、花枝正好人先老、一笑問花枝、花枝得幾時、　人生行樂耳。今古都如此。急欲臥莓苔。前村酒未來。皆是性情中語而無道學之氣。故能眞趣洋溢。況蕙風謂樵歌詞寓騷雅於沖夷。足穠郁於平淡。讀之如飲醇醪。如鑒古錦。涵泳而翫索之。於性靈懷抱。胥有裨益。張翥字仲舉。晉寧人。著有蛻巖樂府三卷。其詞婉麗風流。有南宋舊格。如風入松云。東風巷陌暮寒驕。燈火鬧河橋。勝游偏憶錢塘夜。青鸞遠信斷難招。蕙草情隨雪盡。梨花夢與雲消。　客懷先自病無聊。綠酒負金蕉。下帷獨擁香篝睡。春城外玉漏聲遙。可惜滿街明月。更無人爲吹簫。翥嘗學於仇山村遠。遠字仁近。與詹天游並名。翥既盡得其音律之奧。遂以詩詞知名一時。趙孟頫字子昂。著有松雪詞一卷。其佳者如蝶戀花云。儂是江南游冶子。烏帽青鞋。行樂東風裏。落盡楊花春滿地。萋萋芳草愁千里。　扶上蘭舟人欲醉。日暮青山。相映雙蛾翠。萬頃湖光歌扇底。一聲吹下相思淚。此外元人之能詞者。則有張雨伯雨之貞居詞。吳澄幼清之草廬詞。許有壬可用之圭塘小稿詞。陸都剌天錫之雁門集詞。張埜楚夫之古山樂府。王惲仲謀之秋澗集詞。邵亨貞復孺之蛾術詞選。雖皆得流傳於世。然論元人之於詞。終不敵其曲之工也。故曰詞衰於元。

明人之作詞者。較多於元。而堪稱大家名家者實鮮。開國之初。則有劉基高啓。永樂以後。盛行花間草堂二選。其間作者。惟楊愼、王世貞、文徵明、唐寅、俞彥翟之小令中調。尙可稱耳。及其季也。則有夏完淳之悽惋。而陳子龍之清麗婉轉。乃推一代宗匠焉。劉基之詞。有妙麗入神者。如眼兒媚詠秋閨云。煙草萋萋小樓西。雲壓雁聲低。兩行疏柳。一絲殘照。萬點鴉棲。 春山碧樹秋重綠。人在武陵溪。無情明月。有情歸夢。同到幽閨。有激昂慨慷者。如沁園春弔余闕云。生天地間。人孰不死。死節爲難。羡英偉奇才。世居淮甸。少年登第。拜命金鑾。面折奸貪。指揮風雨。人道先生鐵肺肝。平生事。扶危濟困。拯溺摧頑。 清名要繼文山。使廉懦聞風膽亦寒。想孤城血戰。人皆效死。闔門抗節。誰不辛酸。寶劍埋光。星芒失色。露濕旌旗也不乾。如公者。黃金難鑄。白璧誰完。詞氣雄放。頗近稼軒。高啓之扣舷集。與楊基之眉菴集。皆以芊麗勝。啓所作如行香子詠芙蓉云。如此紅妝。不見春光。向菊前蓮後纔芳。雁來時節。寒沍羅裳。正一番風。一番雨。一番霜。 蘭舟不採。寂寞橫塘。強相依暮柳成行。湘江路遠。吳苑池荒。恨月濛濛。人杳杳。水茫茫。起句清新可愛。基所作如浣溪沙詠花朝云。鸞股先尋鬭草釵。鳳頭先繡踏青鞵。衣裳宮樣不須裁。 軟玉鏤成鸚鵡架。泥金鐫就牡丹碑。明朝相約看花來。楊愼用修以曲著。而詞筆亦瑰麗。如昭君怨云。樓外東風到。早染得柳條黃了。低拂玉闌干。怯春寒。　正是困人時候。午睡濃於中酒。好夢是誰驚。一聲鶯。王世貞博學多能。詩文皆可稱。詞筆於空靈之中。具沈著之氣。如虞美人云。摩訶池上金絲柳。慣愛纖纖手。折來將表片時心。記取淺黃柔綠淚痕深。　博山香細銀燈吐。乍識黃昏雨。嬌花欲展半蔫紅。錯道褪殘春事罵東風。麗而不纖。新而不尖。非普通作情語者所能及也。文徵明號衡山。吳人。與唐寅齊名。其詞不及寅之疎爽。而清婉不讓於寅。文所作如滿紅紅云。漠漠輕輕。正梅子弄黃時節。最惱是欲晴還雨。乍寒又熱。燕子梨花都過也。小樓無那傷春別。傍闌干欲語更沈吟。終難說。　一點點。楊花雪。一片片。榆錢莢。漸西垣日隱。晚涼清絕。池面盈盈清淺水。柳梢淡淡黃昏月。是何人吹徹玉參差。聲淒切。唐所作如一剪梅云。雨打梨花深閉門。忘了青春。誤了青春。賞心樂事共誰論。花下銷魂。月下銷魂。　愁聚眉峯盡日顰。千點啼痕。萬點啼痕。曉看天色暮看雲。行也思君。坐也思君。俞彥字仲茅。江寧人。著有爰園詞話。持論稱警闢。其自作詞亦頗輕俊。如鷓鴣天詠瓶梅云。淺渚明沙聚碧流。依然春信鎖枝頭。金徽昨夜初賡曲。羌笛何人更倚樓。　朝露重。晚煙浮。幾回花下月如鉤。而今貯向紗窗裏。點點寒香入夢愁。明代亡國之季。有少年而殉國難者。曰夏完淳。允彝之子也。允彝字彝仲。華亭人。黃淳耀侯峒曾之殉國也。允彝自投深淵以死。後二年而完淳亦下獄。完淳字存古。生有異稟。七歲能詩文。並工詞。多悽哀之聲。謝枚如稱其所作如猿嘯如鵑啼。其燭影搖紅詞云。辜負天工。九重自有春如海。佳期一夢斷人腸。靜倚銀釭待。隔浦紅蘭堪採。上扁舟傷心欸乃。梨花帶雨。柳絮迎風。一番愁債。　回首當年。綺樓畫閣生光彩。朝彈瑤瑟夜銀箏。歌舞人瀟灑。一自市朝更改。暗銷魂繁華難再。金釵十二。珠履三千。淒涼千載。其辭芳以潔。其聞哀以思。庶幾楚騷之遺音也。完淳之死。以陳子龍獄辭連及。臨刑神色不改。年甫十八耳。子龍字人中。一字臥子。號大樽。華亭人。明亡。結太湖兵謀舉事。事露被擒。乘間投水死。所著有湘眞閣江蘺檻詞。以天然之神韻。寫纏綿之深情。論者推爲明人第一。如江城子詞云。一簾病枕五更鐘。曉雲空。捲殘紅。無情春色去矣幾時逢。添我千行清淚也。留不住。苦匆匆。　楚宮吳苑草茸茸。戀芳叢。繞游蜂。料得來年相見畫屏中。人自傷心花自笑。憑燕子。罵東風。青玉案詞云。海棠枝上流鶯囀。試小立春風面。細草淩波紅一線。碧雲凝照。綠楊零亂。重鎖深深院。　甘蕉翠滴當心捲。徧寫相思空自遣。歸去枕函曾夢見。一天星月。滿庭風露。吹落梨花片。天仙子詞云。十二畫屏圍楚岫。一縷水沉攜滿袖。小桃纖甲印流霞。聽玉漏。人歸後。兩點橫波微暈透。　昔蔻梢頭春雨瘦。雲膩煖金燈下溜。鏡臺斜背解羅衣。芙蓉繡。丁香扣。寶襪酥温紅影皺。秀麗之氣。直逼飛卿。不圖忠義憤發之士乃能爲清俊鬆蒨之詞如此也。而明詞稱子龍爲壓卷無虛竄寞矣。

五　清之詞人

詞學衰落於元明。至清乃剝極而復。探五季之淵源。振兩宋之墜緒。或主清空。或取醇厚。主清空者。以姜張爲軌範。所謂浙派詞也。取醇厚者。尊清眞爲正鵠。所謂常州派詞也。其有不列於兩派之間。而獨樹一幟者。則有吳偉業之梅村詞。四庫全書提要稱其韻協宮商。感均頑豔。允足接跡屯田。嗣音淮海。王漁洋謂婁東祭酒（梅村太倉人爲國子監祭酒）長短句能驅使南北史。爲是體中獨唱。且流麗穩貼。不徒直逼幼安。合肥龔鼎孳芝麓之三十二芙蓉詞。尤展成稱其如花間美人。自覺嫵媚。當與宋子京紅杏枝頭。晏同叔桃花扇底。並豔千古。嘉善曹爾堪子顧之南溪詞。尤展成稱其工於寓意。發爲雅音。品格在周清眞秦少游姜白石史梅溪之間。眞定梁清標玉立之棠村詞。陸蓋思稱其極盡穠豔。而無綺羅薌澤之態。萊陽宋琬玉叔之二鄉亭詞。其長調多商羽之音。如秋飆拂林。哀泉動壑。小令如新箏乍調。雛鶯初囀。尖佻新豔。董蒼水云仁和丁澎飛濤之扶荔詞。出入於花間草堂之間。常熟孫暘赤霞之折柳詞。心情瀞雅。寄託遙深。極清婉妍秀之致。遂安毛際可會侯之浣雪齋詞。審音協律。不愧大晟樂府之遺。曹貞吉升六之珂雪詞。不爲閨襜靡曼之音。而氣韻自勝。其淡處絕似宋人。王漁洋云莆田余懷淡心之秋雪詞。大要本於放翁。而藻豔輕俊。又得之梅溪竹山。吳梅村云江都吳綺薗次之藝香詞。選調寓聲。各有旨趣。其和平雅麗處。似陳西麓。朱竹垞云海鹽彭孫遹羨門之延露詞。長調固堪獨步江左。小詞則啼香怨粉。怯月悽花。不減南唐風格。嚴秋水云所著金粟詞話。亦多抉發之見。長洲尤侗展成之百末詞。流麗圓轉。如細管臨風。新鶯啼樹。至其感慨詼諧。流傳酒樓郵壁。又天然工妙。直兼蘇、辛、秦、柳諸長。曹顧菴云王士禎阮亭之衍波詞。小令極哀豔之深情。窮倩盼之逸趣。鄒祇謨云所著花草蒙拾。論詞多精到語。毛奇齡大可之當樓詞。其旨精深。其體溫麗。王晫今世說稱奇齡善詩歌樂府塡詞。所爲大率託之美人香草。纏綿奇麗。按節而歌。使人悽愴。又能吹簫度曲。所著西河詞話。述詞曲變爲演劇。縷陳始末。亦極賅悉也。吳江徐釚電發之菊莊詞楓江漁父詞。其高處在穠豔之中時見本色。梁雲蘿云所著詞苑叢談十二卷。專輯詞家故實。分體製、音韻、品藻、紀事、辨正、諧謔外編七門。采摭繁富。援據詳明。足爲論詞者總匯。無錫嚴繩孫蓀友之秋水詞風格在顧梁汾成容若之間。況蕙風云三原孫枝蔚豹人之溉堂詞。以飛揚跋扈之氣。寫嶔奇歷落之思。其品格當在稼軒東坡之間。尤展成云凡此諸人皆于浙派常州派之外各樹一幟者也。至與浙派之首領朱彝尊同時而不爲姜張所牢籠者則有納蘭容若顧貞觀二家。與常州派之首領張惠言周濟同時而不就清眞之範圍者則有項鴻祚龔自珍二家此四子者於清代詞人中羣推爲翹然獨出者也茲先論列之。而後及兩派之作家焉。納蘭容若原名成德。後改性德、容若其字也。爲納蘭明珠之子。清代二百餘年間。滿人之能詞者。惟容若與盛昱伯熙、寶廷竹坡耳。而容若尤足雄視一代。所著曰飲水詞側帽詞。陳其年云。飲水詞哀感頑豔。得南唐二主之遺。顧梁汾云。容若詞一種悽惋處。令人不忍卒讀。人言愁我始欲愁。祥符周之琦稚圭云。或言納蘭容若南唐李重光後身也。予謂重光天籟也。恐非人力所及。容若長調多不協律。小令則格高韻遠。極纏綿婉約之致。能使殘唐墜緒。絕而復續。第其品格。殆叔原方回之亞乎。況蕙風曰。容若承平少年。烏衣公子。天分絕高。適承元明詞敝。甚欲推尊斯道。一洗雕蟲篆刻之譏。獨惜享年不永。力量未充。未能勝起衰之任。其所爲詞。純任性靈。纖塵不染。甘受和。白受采。進至沈著渾至。何難矣。容若小令如南歌子云。翠袖凝寒薄。簾衣入夜空。病容扶起月明中。惹得一絲殘篆。舊熏籠。暗覺歡期過。遙知別恨同。疎花已是不禁風。那更夜深清露。濕愁紅。浪淘沙詞云。夜雨做成秋。卻上心頭。教他珍重護風流。端的為誰成病也。卻為誰羞。　密意未曾休。密願難酬。珠簾四捲月當樓。暗憶歡期眞是夢。夢也須留。柔情一縷回腸九轉長調如金縷曲贈顧梁汾云。德也狂生耳。偶然間緇塵京國。烏衣門第。有酒惟澆趙州土。誰會成生此意。不信道竟逢知己。痛飲狂歌俱未老。向樽前拭盡英雄淚。君不見。月如水。　與君此夜須沉醉。且由他蛾眉謠諑。古今同忌。身世悠悠何足問。冷笑置之而已。尋思起從頭翻悔。一日心期千劫在。後身緣恐結他生裏。然諾重。君須記。梁汾名貞觀。字華峯。無錫人。著有彈指詞三卷。其門人杜詔紫綸為之序曰。彈指詞出入南北兩宋。而奄有衆長。詞之集大成者也。予少好塡詞。每為吾師所矜許。後遇竹垞先生。復竊聞其緒論。乃摩挲白石梅溪之間。詞體為之稍變。而生平瓣香。實在彈指。無錫鄒文炳曰。彈指詞肌理清妍。格律蒼老。雄深感慨。頓挫沈鬱。其殘膏賸粉。俱足沾溉後人。梁汾嘗館於容若家。與容若交誼甚深。其友人吳兆騫漢槎以事謫戍寧古塔。梁汾以詞代書。寄以金縷曲二闋曰。季子平安否。便歸來平生萬事。那堪回首。行路悠悠誰慰藉。母老家貧子幼。記不起從前杯酒。魑魅搏人應見慣。總輸他覆雨翻雲手。冰與雪。

周旋久。淚痕莫滴牛衣透。數天涯依然骨肉。幾家能彀。比似紅顏多命薄。更不如今還有。只絕塞苦寒難受。廿載包胥承一諾。盼烏頭馬角終相救。置此札。兄懷袖。我亦飄零久。十年來深恩負盡。死生師友。宿昔齊名非忝竊。只看杜陵窮瘦。曾不減夜郎僝僽。薄命長辭知己別。問人生到此淒涼否。千萬恨。爲兄剖。　兄生辛未吾丁丑。共些時冰霜摧折。早衰蒲柳。詞賦從今須少作。留取心魂相守。但願得河清人壽。歸日急繙行戍稿。把空名料理傳身後。言不盡。觀頓首。容若讀此二詞。爲之泣數行下。曰。河梁生別之詩。山陽死友之傳。得此而三。此事三千六百日中。弟當以身任之。不俟兄再囑也。梁汾曰。人壽幾何。請以五載爲期。懇之明珠太傅。亦蒙見許。而漢槎果以辛酉入關。已而過容若所。見齋壁大書顧梁汾爲吳漢槎屈膝處。不禁大慟。昔人交誼之重如此。以視今之轉眼若不相識。甚且投井下石者。爲何如耶。又吾邑縣志僑寓傳。謂梁汾嘗訪陳其年於邑中。泊舟蛟橋下。吟詞至得意處。狂喜失足墮河。一時傳爲佳話。近人論詞。有舉項鴻祚、蔣春霖之詞與容若相提並論。謂清代二百年中。惟此三人可鼎足焉。（杭州徐珂云）鴻祚原名繼章。字蓮生。錢塘人。道光舉人。著有憶雲詞。其自序云。近日江南諸子。競尚塡詞。辨韻辨律。翕然同聲。幾使姜張頫首。及觀其著述。往往不逮所言。又云。不爲無益之事。何以遣有涯之生。是亦可以哀其志矣。憶雲詞古豔哀怨。如不勝情。猿啼斷腸。鵑淚成血。不知其所以然也。譚復堂云。蓮生古之傷心人也。蕩氣回腸。一波三折。有白石之幽澀而去其俗。有玉田之秀折而無其率。有夢窗之深細而化其滯。殆欲前無古人。以成容若之貴。項蓮生之富。而塡詞皆幽豔哀斷。異曲同工。所謂別有懷抱者也。蔣春霖字鹿潭。江陰人。著有水雲樓詞。以咸豐之際。洪楊兵興。遭逢喪亂。流離江北。憂國愍家。故詞多變徵之聲。是其地位與容若蓮生不同。而好爲悽苦之辭則一也。蓮生於詞雖亦崇尙南宋。然不爲姜張所縛。一洗浙派喘膩破碎之習。而自有眞氣。此其異於竹垞者也。同時浙人之不屑以浙派自囿者。尙有仁和龔自珍。字璱人。號定盦。著有紅禪詞、懷人館詞、無著詞、影事詞。小奢摩詞。其詞綿麗沈揚。意欲合蘇辛而一之。譚獻謂定公能爲飛仙劍客之語。塡詞家長爪梵志也。昔人評山谷詩。如食蝤蛑。恐發風動氣。予於定公詞亦云。蓋璱人詞雖多傖語。而不甚協律。氣魄則較浙派爲闊大云。浙派詞者。蓋承明詞之敝而崇尙淸靈。欲以救嘽緩之病。洗淫曼之陋。奉白石玉田爲圭臬。不肯進入北宋人一步。晚唐五代更無論焉。朱彝尊開其端。厲鶚振其緒。郭麐暢其風。李良年、曹言純、趙璞涵、吳錫麟之倫。皆出入於其間。波瀾既廣。而訾議之者亦衆。則以其取徑太狹。而所得於姜張者實淺。

不能爲白石之澀玉田之潤也。彝尊字錫鬯。號竹垞。別署小長蘆釣師。秀水人。康熙十八年以布衣召試博學鴻詞。著有江湖載酒集二卷。靜志居琴趣一卷。茶煙閣體物集二卷。蕃錦集一卷。李分虎云。竹垞詞雖多豔語。然皆一歸於雅正。不若屯田樂章。徒以香澤爲工者。沈融谷云。竹垞詞句琢字鍊。歸於醇雅。雖起白石梅溪諸家爲之無以過。吳子律云。竹垞詞有名士氣。淵雅深穩。字句密緻。自明季左道言詞。先生標舉準繩。起衰振聵。厥功甚偉。蓋竹垞嘗選唐、五代、宋、金、元之詞。爲詞綜三十六卷。所甄錄者。除專集外。爲趙崇祚花間集。黃昇花庵絕妙詞。中興以來絕妙詞。陳景沂全芳備祖樂府。元好問中州樂府。彭致中鳴鶴餘音。鳳林書院元詞樂府補題。許有壬圭塘欸乃集。顧梧芳尊前集。楊愼詞林萬選。陳耀文花草粹編。沈際飛草堂詩餘廣集。茅映詞的。卓人月詞統諸書。採摭繁富。歷八載乃成。其鑒別精審。辨訂詳核。有足多者。其後王昶（字德甫號述菴著有紅葉江村詞）繼之。成詞綜補人二卷。又成明詞綜十二卷。國朝詞綜四十八卷。其去取之旨。一本之竹垞。蓋皆拾南渡之瀋。以姜張爲極軌者也。其後更有黃燮清韻珊（海鹽人著有倚晴樓詩餘）之國朝詞綜續編。丁紹儀杏舲之國朝詞綜補。此皆浙派詞人之選本也。至浙派所取之門徑。其師法於古人者。則可於竹垞解珮令自題詞集一闋見之。其詞云。十年磨劍。五陵結客。

把平生涕淚都飄盡。老去塡詞。一半是空中傳恨。幾曾圍燕釵蟬鬢。不師秦七。不師黃九。倚新聲玉田差近。落拓江湖。且分付歌筵紅粉。料封侯白頭無分。而曹溶題靜志居琴趣後鳳凰臺上憶吹簫詞云。燒燭鴻天。惜花雞寒。馬卿偏好傷春。正翠鈿盈袖。弱絮隨輪。無限柔情宛轉。秋雨夜。夢想朱唇。抽銀管。湘簾乍捲。寶鴨横陳 眞眞。者番瘦也。酒醒後新詞。只索休頻待繡帆高掛。遲日江濱。齊列瑤笙檀板。擫妙妓。隨步香塵。歸難驟。寒宵坐來。一對愁人。溶字秋嶽。一字潔躬。號倦圃。嘉興人。著有靜惕堂詞。浙派。詞雖開端於竹垞。而秋嶽實爲之先導者也。故竹垞嘗云。予壯日從秋嶽先生南游嶺表。西北至雲中。酒闌燈灺。往往以小令慢詞。更迭唱和。念倚聲雖小道。當其爲之。必崇爾雅。斥淫哇。極其能事。則亦足以昭宣六義。鼓吹元音。往者明三百禩。詞學失傳。先生搜輯遺集。余曾表而出之。數十年來。浙西塡詞者。家白石而戶玉田。春容大雅。風氣之變。實由於此。蓋竹垞論詞。固以姜夔、張炎爲正宗。以史達祖、吳文英、蔣捷、王沂孫、周密、盧祖皋爲羽翼者也。竹垞與陳維崧並負軼世才。同舉博學鴻詞。交誼最篤。其爲詞亦工力悉敵。烏絲載酒。一時未易軒輊也。曹秋嶽云 維崧字其年。宜興人。著有迦陵詞烏絲詞。與竹垞合刊所作曰朱陳村詞。流傳海內。康熙乾隆間言詞者。幾無不輸心嚮往。然其年論詞主蘇辛。以五代、北宋爲歸。立說與竹垞相反。竹垞得樊榭頗伽揚其波。而浙派之名以立。至言二人之優劣。朱情深而才多。其佳處在高秀綿密短處在飣飣細碎陳氣盛而筆重其佳處在天才豔發辭鋒橫溢而短處在粗率其年與慈溪姜宸英、郃陽康孟謀有三髯之稱。嘗游於如臯冒巢民之家。巢民有童名紫雲者。儇麗善歌。其年一見神移。後紫雲將娶婦。其年惘惘若失。爲賦賀新郎詞曰。小酌荼蘼釀。喜今朝釵光鈿影。燈前滉漾。隔着屏風喧笑語。報道雀翹初上。又悄把檀奴偷相。撲朔雄雌渾不辨。但臨風私取春弓量。送爾去。揭鴛帳。　六年孤館相依傍。最難忘。紅蕤枕畔。淚花輕颺。了爾一生花燭事。宛轉婦隨夫唱。努力做藁砧模樣。只我羅衾渾似鐵。擁桃笙難得紗窗亮。休爲我。再惆悵。此詞競傳人口。聞者無不絕倒。其年有中表兄弟曹亮武渭公者。著有南耕詞荊溪歲寒詞。其纏綿宛麗處。亦不減其年。而才氣稍遜。至承竹垞之緒論者。則有厲鶚。字太鴻。錢塘人。乾隆元年舉博學鴻詞。著有樊榭山房詞。生香異色。無半點煙火氣。如入空山。如聞流泉。眞沐浴於白石梅溪而得之者。（徐紫珊云）蓋太鴻思力可到淸眞。苦爲玉田所累。（譚復堂云）而竹垞弟子秀水李良年符曾之秋錦山房詞。李分虎耕客之耒邊詞。及平湖沈岸登覃九之黑蝶齋詞。平湖張奕樞今培之紅螺詞。平湖陸培南薌之白蕉詞。其所師法皆在夢窗、玉田、白石、梅溪、竹山之間。無有闌入北宋之域者。一派相承以輕儁爲宗以綺藻爲主以鬆秀爲歸而後起作者。如上海趙文哲璞涵之娛雅堂詞。錢塘吳錫麟穀人之有正味齋詞。江都汪棣對琴之春華閣詞。歙縣江昉旭東之練溪漁唱。吳縣過春山葆中之湘雲詞。元和朱雲翔遂佺之蝶夢詞。平湖陸烜蝶广之夢影詞。林蕃鍾鬱槎之蘭葉詞。孫鼎煊耀乾之籽香堂詞。休寧朱澤生芝田之鷗邊漁唱。皆標舉南宋。圭臬朱厲。至嘉興曹言純絲贊之種水詞。與郭麐頻伽之靈芬館詞。互爲倡和。更暢浙派之風。以清麗居宗。頻伽所作。較爲雋朗。然詞宜深澀頻伽滑矣詞宜柔厚頻伽薄矣以故浙派之詞大抵巧構形似之言失端莊凝重之旨主清空而流於浮薄主柔宛而流於纖巧至乾嘉之間其風益敝於是作者乃知鈎勒南宋之非而常州派因以代興焉常州派者。張惠言及其弟琦唱之。振北宋名家之緒以深美閎約爲旨以沈著醇厚爲歸以立意爲本協律爲末闡意內言外之旨別裁僞體上接風騷尊清眞而薄姜張論作法貴能以氣承接通首如歌行然又須有轉無竭全用縮筆包舉張氏兄弟導之於前。其友人惲敬、錢季重、丁履恆、陸繼輅、左輔、李兆洛、黃景仁。及其甥董士錫。弟子金應珪等。相繼和之。至周濟而其流益大。以迄淸季。譚詞學者。如蔣敦復、譚獻、莊棫、王鵬運輩。皆推本常州派之指發揮而光大之於是浙派之聲息以微。張惠言字皋文。陽湖人。嘉慶進士。治古文。治樸學。靡不精。弟琦初名翊。字翰風。號宛鄰。道光舉人。亦工詩文。嘉慶二年。皋文兄弟同館歙縣金應珪家。應珪兄弟好塡詞。皋文乃校錄南宋詞四十四家。凡一百十六首。爲詞選二卷。取精用閎。於是詞人始知崇尙淸眞。繼承北宋矣。其外孫董毅子遠。又爲續詞選二卷。凡五十二家。一百二十二首。用以推衍張氏所未及者。而張氏弟子金應珪爲詞選序曰。樂府旣衰。塡詞斯作。三唐引其緒。五季暢其支。兩宋名公。尤工此體。莫不飛聲尊俎之上。引節絲管之間。近世爲詞。厥有三蔽。義非宋玉而獨賦蓬髮。諫謝淳于而推陳履舃。揣摩牀笫。汚穢中冓。是謂淫詞。其蔽一也。猛起奮末。分言析字。詼嘲則俳優之末流。叫嘯則市儈之盛氣。此猶巴人振喉。以和陽春。蠅蜮怒嗌。以調疏越。是謂鄙詞。其蔽二也。規模物類。依託歌舞。哀樂不衷其性。慮歎無與乎情。連章累篇。義不出乎花鳥。感物指事。理不外乎酬應。雖旣雅而不豔。斯有句而無章。是謂游詞。其蔽三也。昔之選詞者。蜀則花間。宋有草堂。下降元明。種別十數。推其好尙。亦有優劣。然皆雅鄭無別。朱紫同貫。是以乖方之士。罔識別裁。蓋折楊皇荂。槪而同悅。中椒蕭艾。雜而不芳。今欲塞其歧途。必且嚴其科律。此詞選之所以止於一百十六首也。而山陽潘德輿四農。則於張氏詞選頗持異論。

謂張氏抗志希古。標高揭己。宏音雅調，多被排擯。五代北宋。有自昔傳誦。非徒隻字之警者。亦多恝然置之。然張氏詞選誠爲學詞者之正鵠。較諸博而不精之選本。固有間矣。皋文所作曰茗柯詞。翰風所作曰立山詞。並沈鬱疏快悱惻纏綿。一反浙派之纖巧。皋文有水調歌頭云。百年復幾許。慷慨一何多。子當爲我擊筑。我爲子高歌。招手海邊鷗鳥。看我胸中雲夢。蒂芥近如何。楚越等閒耳。肝膽有風波。生不事。天付與。且婆娑。幾人塵外。相視一笑醉顏酡。看到浮雲過了。又恐堂堂歲月。一擲去如梭。勸子且秉燭。爲駐好春過。絕不雕琢而自然典雅。翰風有醜奴兒慢云。乍晴又雨。消得幾番花信。正一片新苔似繡。細草如茵。蝴蝶飛飛。不曾認得綠羅裙。淒涼庭院。海棠一樹。箇是殘春。　多少冶游。鶯歌燕舞。吹暗芳塵。儘剩得斷紅零粉。付與愁魂。相對天涯。輕寒漠漠又斜曛。憑誰知道。鷓鴣啼罷。獨自黃昏。亦深美苞蘊。才情詣力。不後皋文。至張氏友人陽湖惲敬子居之蒹塘詞。陽湖錢季重之黃山詞。武進丁履恆若士之宛芳樓詞。陽湖陸繼輅祁生之清鄰詞。陽湖左輔仲甫之念宛齋詞。陽湖李兆洛申耆之蜩翼詞。陽湖黃景仁仲則之竹眠詞。斯七子者。於學無所遺。於詞無所假。其襟抱學問。雖不必藉詞而噴薄出之。然其詞之疏快醇厚。固常州詞派之中堅人物也。歙縣鄭善長嘗選輯七人之詞。益以張氏弟子金應城之蘭簃詞。金式玉之竹鄰詞。爲一卷。附諸詞選之後。善長名掄元。著有字橋詞。而張氏之甥董士錫。字晉卿。一字損甫。與皋文並稱易學大師。而亦工詩文。著有齊物論齋詞。造微踵美。又足爲舅氏之後勁。其詞纏綿往復。周濟謂出於二張之上。濟初受詞法於晉卿。已而持論稍異。晉卿初好玉田。濟則以爲玉田意盡於言。不足好。濟初不喜清真。而晉卿推其沉著拗怒。比之少陵。其後晉卿益厭玉田。而濟遂篤好清真。濟又以少游多庸格。爲淺鈍者所易託。白石疏放。醞釀不深。而晉卿深詆竹山麤鄙。以是牴牾。不苟同也。然濟與晉卿切磋既久。於是益窮正變。愼重而後出之。馳騁而變化之。胸襟。醞釀。見地。益高。所著介存齋論詞。如前所稱引者。皆係獨到之語。濟又錄唐以來詞爲詞辨十卷。今存者祇二卷。濟自爲之序曰。自溫庭筠、韋莊、歐陽修、秦觀、周邦彥、周密、吳文英、王沂孫、張炎之流。莫不蘊藉深厚。而才豔思力。各騁一途。以極其致。夫人感物而動。興之所託。未必咸本莊雅。要在諷誦紬繹。歸諸中正。辭不害志。人不廢言。雖乖繆庸劣。纖微委瑣。苟可馳喻比類。翼聲究實。吾皆樂取。無苛責焉。後世之樂。去詩遠矣。詞最近之。是故入人爲深。感人爲遠。往往流連反復。有平矜釋躁。懲忿窒慾。敦薄寬鄙之功。其所選與張氏略有出入。要其大旨。固深惡夫昌狂雕琢之習。而不反。而亟思。有以釐定之。是固張氏之意也又皋文不取夢窗。濟則推挹夢窗。謂其立意高。取徑遠。非餘子所及。舉夢窗以當詩家之義山昌谷。此則少異於張氏。然常州詞派之壁壘至濟而後益廣大嚴整焉。濟字保緒。一字介存。號未齋。晚號止庵。荊溪人。嘉慶進士。官淮安府教授。少與同郡李兆洛涇縣包世臣。以經世學相切劘。兼通兵家言。習擊刺騎射。淮北梟徒爲亂。制府畀以偵緝之任。屢敗擒之。以所得貲購妖姬。養豪客。意氣盛極一時。後悉棄去。隱居金陵春水園。潛心著述。所著晉略。號爲良史。又著介存齋詩、味雋齋詞、存審軒詞。其所作詞如一萼紅云。漏聲沉。想寒蟾一點。依約度疎林。隱臂粧殘。扶頭酒淺。離思空復盈襟。記初見柔荑未握。試弦索嬌語囀春禽。錦幄藏花。繡鞍銜雪。都是情深。 才得晝羅親解。甚輕分翠帶。剪卻同心。舞絮樓臺。吹香院宇。羞向夢裏重尋。念惟有窗前玉蝶。坼紅萼芳意不勝簪。那更歸遲任伊。閒伴瑤琴。纏綿宛轉中得深厚之致。此於南唐北宋神似而非形似也。保緒又有六醜一闋賦楊花云。向濃陰翠幄。漾嫋嫋春魂如雪。晝闌獨凭。飛英驚甃濕。正恁愁絕。又對斜陽院。晴絲空裊。任飄零離別。南園誤了雙蝴蝶。草際輕黏。簾前漫瞥。纖纖映蛾眉月。卻難尋瘦影。幽恨重疊。 東風搖曳。算塵根小刧。灞岸鳴嘶騎。情晴切。柔條幾度攀折。縱天涯覓徧。買春榆筴。祇惆悵衆芳都歇。爭得似委豔香泥。長倚杏梁春帖。還消受半枕寒怯。更唾絨點綴茸氍底。嬌紅一捻。自清眞賦六醜詞。精深華妙。後來作者。罕能繼蹤。保緒此詞。精思妙緒。宛轉環生。片玉家風。洵乎未墜。其聲律謹嚴處。可謂字字從華嚴法界中來。其精密純正處。誠足與茗柯把臂入林也。保緒有族叔名青。字木君。著有柳下詞。多酸澀之味。思力沉摯。求之古人。往往而合。惜不永年。保緒序其集而刻之。自常州派諸人昌言詞學。瓣香清眞。取徑北宋。而世之論詞者。乃不復跬步於南宋。於是浙派之藩籬以撤。惟浙派取徑於南宋以清空婉約爲歸。不善學之則流入浮滑纖巧。常州派取徑於北宋以深美閎約爲歸。不善學之則流入平鈍廓落。雖宗尚不同。而失則一也。是在學者能善自爲之耳。然在清季之譚詞者。則無不以常州爲依歸矣。蔣敦復、譚獻、王鵬運。其善自爲之者也。蔣敦復原名寶鍔。字克父。號劍人。寶山人。少負儁才。潦倒不遇。怒而去爲僧。名妙塵。字鐵岸。後某學使來試吳中。聞其名。迫使返初服。舉茂才。咸豐季年。遨游海外。既歸而卒。論詞。宗北宋。主有厚入無間。謂南宋自稼軒夢窗外。白石間能之。碧山時有此境。其他無能爲役。此與周濟之持論相近。所著有芬陀利室詞及詞話。其詞話中頗詆竹垞詞綜及萬樹詞律二書。謂詞綜不無疎漏。詞律於宮調全未夢見。謬誤甚多。而於友人中之能詞者。輒甚加稱道。如周稚圭、姚燮、湯貽汾、孫麟趾。皆於芬陀利室詞話中。一再稱之不已。周稚圭字之琦。祥符人。詞學張翥。著有金梁夢月詞。又有心日齋十六家詞選。十六家為溫庭筠李後主韋莊李珣孫光憲晏幾道秦觀賀鑄周邦彥姜夔史達祖吳文英王沂孫蔣捷張炎張翥諸人頗稱精審。姚燮字梅柏。號野橋。鎮海人。著有疏影樓詞稿。黃韻甫稱其跌宕新警。如山雞舞鏡。顧影自憐。湯貽汾字雨生。武進人。著有琴隱園詞鈔。長於感物比興。淒婉欲絕。以洪楊之役。殉難金陵。孫麟趾字清瑞。號月坡。長洲人。著有詞逕、珠零詞、碎玉詞。其詞婉約清空。纏綿深至。無紛然雜出之語。有往復不已之思。又輯七家詞選。七家為厲樊榭林蠡槎吳枚菴吳穀人郭頻伽汪小竹周稚圭去取頗精審。譚獻嘗欲廣其意為前七家。則宋轅文名徵輿字直方華亭人有海閭香詞錢葆馚名芳標華亭人著有湘瑟詞。彭羨門沈遹聲名豐垣錢塘人著有蘭思詞李舒章名雯華亭人有蓼齋詞。沈去矜名謙仁和人有東江詞陳其年也。獻又纂篋中詞十卷。蓋皆清詞也。自順康以迄同光之作者。粗已具備。又嘗評周濟詞辨。語多雋妙。足以闡發周氏所未及者。獻字仲修。號半庵。杭州人。著有復堂詞。大雅遒逸。深美閎約。推本周濟之恉。發揮而光大之。與丹徒莊棫中白游。棫著有蒿盦詞。獻輯篋中集。即以棫為殿。蓋二人以比興柔厚之旨相贈處者二十年。一時學者稱譚莊焉。獻所作如壺中天慢云。庭軒如故。早中秋過了。全無花柳。吹老西風重九近。大是銷魂時候。把酒人孤。登高病怯。況味君知否。殘香夢醒。鏡前真個消瘦。　疏雨特地淒涼。黃昏獨自守。簾兒垂後。不耐微寒久坐。怕爲添衣回首。四壁鐙光。半牀人影。街鼓聲聲。蹀。霜凝煙海。雁飛初過窗牖。典雅醇厚。洵與常州派所揭深美閎約之旨相近也。獻與李鴻章同卒於光緒二十七年。年七十。臨桂王鵬運者。與獻同時而亦工詞。鵬運字佑遐。一作幼霞。自號半塘僧鶩。著有半塘定稿半塘賸稿。其詞幻眇而沉鬱。義隱而指遠。蓋導源碧山。復歷稼軒夢窗以還清眞之渾化。與周濟之說。契若針芥。故其詞與常州爲近。亦夙尚體格者也。半塘詞如齊天樂詠海棠云。豔陽初破瓊姬睡。依稀沁園軼事。繡幄圍鴛。簫臺駐鳳。隔斷香紅塵世。繁華夢裏。記別殿承恩。綠章催霽。幾番花風。舊時香色底憔悴。　承平歌舞漫憶。儘燒殘絳燭。密意誰會。海燕移家。仙雲換影。贏得嫦娥清淚。殷勤步綺。莫付與鶯鄰。妒春桃李。黃月簾底倩魂縈倦蕊。意境柔厚。音律諧美。蓋鵬運之於詞。取誼於周濟而取律於萬樹。嘗謂萬氏持律太嚴。弊失之拘。然使來者之有人。綜羣言於至當。俾倚聲一道。不致流爲句讀不緝之詩。則篳路開基。萬氏實爲初祖。鵬運嘗官禮科掌印給事中。號強直敢言事。既而去官之江南。以光緒三十年。客死蘇州。年五十六。譚王二人之詞。於清季推爲大家。其他若嘉興張鳴珂玉珊之寒松閣詞。以婉麗稱萍鄉文廷式芸閣之雲起軒詞鈔。以雄放稱其論詞亦有特識。嘗謂詞至南宋極盛。亦至南宋漸衰。其聲多嘽緩。其意多柔靡。其用字如有戒律。邁往之士。無所用心。沿及元明而詞遂亡。有清以來。曹珂雪、蔣鹿潭、成容若、張皋文。皆斐然有作者之意。余於斯道。無能爲役。志之所在。不尙苟同。三十年來。涉獵百家。推較利病。論其得失。亦非捫籥而談。蓋芸閣於詞。以辛劉爲矩矱者也。他若番禺葉衍蘭南雪之秋夢盦詞。以綺密隱秀稱。旌德、江順詒、秋珊之願爲明鏡室詞。以婉潤稱。會稽李慈銘蒓客之霞川花隱詞。以清峻爽拔稱。番禺陳澧蘭甫之憶江南館詞。以溫厚和宛稱。平湖張金鏞海門之絳跗山館詞。以清微窅妙稱。上元許宗衡海秋之玉井山房詩餘。以幽紆綺密稱。錢塘張景祁蘩甫之新蘅詞。以精研音律稱。陽湖劉炳照光珊之留雲借月盦詞。以細意熨貼稱。秀水沈景修寒柯之井華詞。以悽惋稱。此皆清季文人之以詞名者也。若夫清代女子之能詞者。則有丹陽賀雙卿秋碧之雪壓軒詞。仁和孫雲鳳碧梧之湘筠館詞。長洲沈芳夢緗之寂寥詞。清宗室奕繪側室顧太清之東海漁歌。況蕙風稱其得力於周清眞。旁參白石之清雋。深穩沈著。不琢不率。極合倚聲家消息。而仁和吳藻蘋香之花簾詞、香南雪北詞。清微婉約。如浪淘沙云。蓮漏正迢迢。涼館燈挑。畫屏秋冷一枝簫。眞個曲終人不見。月轉花梢。何處暮砧敲。黯黯魂銷。斷腸詩句可憐宵。欲向枕根尋舊夢。夢也無聊。輕圓柔脆。脫口如生。時下名流。往往莫逮也。蓋清代詞學上接兩宋。蔚然蒸起。有以經學大師而工詞者。有以古文名家而工詞者。此所謂學人之詞也。有以駢文能手而工詞者。有以詩壇健將而工詞者。此所謂才人之詞也。而詞人之詞。則惟成容若、顧梁汾、項蓮生、王鵬運等爲當家耳。

六　當代詞人

當代詞人。以朱祖謀、況周頤爲首屈。而二人之相與切磋者。則王鵬運也。其與朱況並名者。有鄭文焯、馮煦、夏敬觀、陳銳。皆稱詞家能手焉。而趙熙堯生之香宋詞。淡樸自然。徐珂、王蘊章之詞。亦稱合格。王國維詞雖不多作。持論乃極高。國維。字靜安。又字伯隅。號觀堂。亦號永觀。於民國十六年自沉於頤和園之昆明湖。所作人間詞話。議論精到。不下蕙風。是可與當代詞家並列者也。朱祖謀原名孝臧。字古微。又字漚尹。世居浙江歸安之埭溪。溪渚上彊山麓。因號彊村。以光緒九年舉進士。官禮部侍郎。時王半塘方官御史。相遇於京師。因從半塘受詞法焉。半塘先命讀兩宋人詞二年。而後示以顧梁汾、厲樊榭、蔣鹿潭等所作。蓋先令研求源流正變。然後致力於體格音律。是固學詞之正途也。故古微之詞。格調高簡。風骨遒上。音律諧協。能卓然名家。斯則半塘啓迪之功不爲小矣。古微初學夢窗。晚乃肆力於蘇辛。於東坡尤所嗜喜。又嘗助半塘校勘宋元人之詞集。半塘既歿。古微更校刻唐、五代、宋、金、元詞。總集四種。別集一百六十八家。名曰彊村叢書。吳縣曹元忠君直亦助之搜討焉。以視毛晉汲古閣之刻。爲尤廣博。而校讎亦極精密也。其有功於詞學者匪尠。至古微自作之詞。融諸家之長。聲情樸茂。如木蘭花慢哭王半塘云。馬塍花事了。但持淚問西泠。信有美湖山。無聊瓶鉢。倦眼難青。飄零水樓賦筆。要扁舟一繫暮年情。纔近要離冢側。故人眞個騎鯨。　瑤京何路問元亭。九辨總無靈。算浮生銷與。功名抗疏。心事傳經。冥冥夜臺碎語。咽飄風鄰笛不成聲。恨墨盈牋未理。暗蟲涼墮愁鐙。與感悽涼。哀婉欲絕。古微又有望江南詞。題清代諸家詞集之後。錄之以資參考焉。爭一字。鵝鴨惱春江。樂府幾篇還跳出。斬新機杼蛻齊梁。餘論惜猖狂。（毛大可）雲海約。明鏡已秋霜。但願生還吳季子。何曾形穢潢田郎。（謂田詔也）歸我有纑塘。（顧梁汾）迦陵語。哀樂過人多。跋扈頗參青兕意。清揚恰稱紫雲歌。不管秀師訶。（陳其年）江湖夢。載酒一年年。靜志微嫌耽綺語。貪多寧獨是詩篇。宗派浙河先。（朱竹垞）蘭錡閥。肯作稱家兒。解道紅羅亭上語。人間寧止小山詞。冷煖自家知。（納蘭容若）銷魂極。絕代阮亭詩。見說綠楊城郭畔。游人齊唱冶春詞。把筆儘淒迷。王貽上留客住。絕調鷓鴣篇。脫盡綺羅薌澤習。相高秋氣對南山。寖度衍波前。曹升六長水畔。二隱比龜溪。不分詩名叨一飯。居然詞派有連枝。人道好塤篪。李武曾李分虎南湖隱。心折小長蘆。拈出空中傳恨語。不知探得頷珠無。神悟亦區區。厲太鴻回瀾力。標舉選家能。自是詞中疏鑿手。橫流一別見淄澠。異議四農生。張皋文金針度。詞辨止菴精。截斷衆流窮正變。一鐙樂苑此長明。推演四家評。周保緒舟一葉。著岸是君恩。一夢金粱餘舊月。千年玉筍有歸雲。片席蛻巖分。周稚圭無益事。能遣有涯生。自是傷心成積習。不辭累德爲閑情。茲意託平生。項蓮生甄詩格。淩況幾家參。若舉經儒長短句。翛然黃館憶江南。綽有雅音涵。陳蘭甫皋文後。私淑有莊譚。感遇霜飛憐鏡子。會心衣潤費爐煙。妙不著言詮。莊中白譚復堂窮途恨。斫地放歌哀。幾許傷春家國淚。聲家天挺杜陵才。辛苦賊中來。蔣鹿潭香一瓣。長爲半塘翁。抗志直希天水志。起孱差較茗柯雄。嶺表此宗風。王半塘開金粉。曹鄶不成邦。拔戟異軍能特起。非關詞派有西江。傲兀故難雙。文芸閣分詠諸人。各有其當。非耽於倚聲者。固莫能爲此詞也。古微卒民國二十年。年七十五。卒前六日。賦鷓鴣天詞云。忠孝何曾盡一分。年來姜被減奇溫。眼中犀角非耶是。身後牛衣怨亦恩。泡露事。水雲身。枉拋心力作詞人。可哀惟有人間世。不結他生未了因。先古微而卒者。有況周頤字夔箋。臨桂人。嘗切磋於半塘、古微。論詞最工。細入毫芒。前所舉蕙風詞話。可得其持論之端倪矣。又有香海棠館詞話、餐櫻廡詞話。至其所作詞。頓挫排盪。柔厚沈鬱。千辟萬灌。略無鑪錘之迹。而又嚴於守律。一聲一字。悉無舛訛。雖闊大不及古微。而綿密則過之。所著有第一生修梅花館詞、二雲詞、香櫻詞、蕙風詞。譚復堂許其詞優入南宋諸家之室。所作如減字木蘭花云。風狂雨横。未必城南芳信準。說起前游。夢繞青蓬一葉舟。　花枝縱好。載酒情懷都倦了。柳外湖邊。付與鴛鴦付與蟬。清俊風華。何讓宋人。迨入民國。感時撫事。乃多淒宛之作。如臨江仙云。老去相如猶作客。天涯跌宕琴尊。上階難得舊苔痕。簾深春夢淺。香冷夕陽温。　拾翠心情消歇盡。東風不度蘭蓀。言愁天亦欲黃昏。斷魂芳草外。何止憶王孫。此詞乃和程子大作。頗有身世飄零之感、子大名頌萬。寧鄉人。著有美人長壽盦詞。夔笙又有滿庭芳云。簾押寒輕。鬧茸暝重。一院濃綠無人。空梁舊燕。來伴倦吟身。又是荼蘼過也。銅駝陌軋軋香輪。東風裏。殘花藉草。何處更飄茵。　前塵如昨夢。金觴玉柱。鶴嶺龍津。念飄零投老。惆悵逢春。便有桃源忍問。不知漢畢竟知秦。天涯路。關河寸寸。一寸一傷神。哀思綿綿。無一字無寄託。秦字韻尤愴楚欲絕。夔笙論詞謂詞筆能圓見學力。神圓爲上乘。意圓爲中乘。筆圓爲下乘。若此詞可謂直造神圓之境矣。

蘉笙嘗手定詞集。有不愜意者。悉吐棄之。故其弟子武進趙尊嶽爲之跋曰。昔人謂蘇文忠才大如海。其爲詩無不可賦之題。無不可用之典。吾師之于詞亦然。晚歲避地滬濱。鬻文爲活。滬人士對於吾師。無論知與不知。咸欲得一詞以自增重。於是乎吾師之詞之題。乃至陸離光怪。匪夷所思。……而皆爲自定詞所不取。蓋蘉笙晚年。潦倒無俚。且時有斷炊之虞。乃至以詞易金。遂多酬應之作。而其詞之妥帖穩稱。亦不以煩劇爲病也。朱況二人之詞。皆嚴於守律。一字之工。一聲之合。必痛自刻繩。而鄭文焯之於詞。亦深明管絃聲數之異同。於白石自度曲所記音拍。能以意通之。其工求音律。審察樂理。當代作者。罕有其匹。古微蘉笙亦爲心折焉。文焯字叔問。號小坡。又號鶴道人。又署大鶴山人。漢軍旗人。所著有瘦碧詞、冷紅詞、比竹餘音。後自删定爲樵風樂府九卷。叔問本貴公子。以不樂仕進。乞食吳門。與古微有買鄰之約。逡巡未就。民國七年二月。以貧病卒。叔問之詞。彌近清眞白石。感興微言。澹遠沈著。如滿江紅云。竹隔橋南。有竹裏人家小葺。依約似浣花門徑。數椽幽僻。居近梅家西市隱。補吟桂樹東城植。念歲寒何意老江村。今非昔。　懷舊隱。三高宅。空遐慕。五噫客。歎百年枯菀。一般陳迹。歸燕猶尋斜日壘。閱鷗且占滄波席。待到門春漲櫂歌來。漁榔集。蓋叔問卜居於吳小城東。激流植援。曠若江村。

因賦此詞云。叔問之卒也。夏敬觀挽以詩曰。老死相因至。悠悠是九原。相看萬事了。寧有一朝存。几案親遺札。歌詩抵罪言。立錐榛棘地。誰問鄭王孫。敬觀字劍丞。新建人。著有吷盦詞。奄有清眞夢窗之長。近來江西詞人。惟文廷式與劍丞並稱焉。所作如菩薩蠻云。啾啾松柏東陵道。春風又綠西陵草。高馬逐香輪。太原游俠人。　南來雁飛月。目斷咸陽闕。御樹繞街斜。杜鵑猶着花。秀韻天成。固不減文道羲之雲起軒詞也。其與古微相唱和者。有金壇馮煦。字夢華。少時嘗以詞質正於譚復堂。復堂跋其卷尾曰。馮煦夢華蒙香室詞。趨向在清眞夢窗。門徑甚正。心思甚邃。得澀意。惟由澀筆時有累句。能入而不能出。此病當救以虛渾。單調小令。上不侵詩。下不墮曲。高情遠韻。少許勝多。蓋煦少作未能純善。故跋語頗有微詞。惟煦所撰六十一家詞選例言。抉剔利病。無不中肯。又爲古微撰東坡樂府序曰。詞尙要眇。不貴質實。顯者約之使晦。直者揉之使曲。一或不善。鈎輈格磔。比於禽言。撲朔迷離。或儕兎迹。而東坡獨往獨來。一空羈靮。詞有二派。曰剛與柔。毗剛者斥溫厚爲妖冶。毗柔者目縱軼爲粗獷。而東坡剛亦不吐。柔亦不茹。纏綿芳悱。樹秦柳之前旃。空靈動盪。道姜張之大輅。惟其所至。皆爲絕詣。文不苟作。寄託寓焉。所謂文外有事在也。於詞亦然。然世非懷襄。而效靈均九歌之奏。時非天寶。而擬杜陵八哀之篇。無病而呻。識者恫之。而東坡夙負時望。橫遭讒口。連蹇念年。飄零萬里。酒邊花下。其忠愛之誠。幽憂之隱。磅礴鬱積於方寸間者。時一流露。若有意。若無意。若可知。若不可知。後之讀者。莫不睪然思。逌然會。而得其不得已之故。非無病而呻者比。夫側豔之作。止以導淫。悠繆之辭。或將損性。拘墟小儒。懸爲徽纆。而東坡涉樂必笑。言哀已歎。晴香水殿。時軫舊國之思。缺月疏桐。空弔幽人之影。皆屬寓言。無慚大雅。此論東坡之詞。頗爲精切。煦有與古微同賦滿江紅詞。詠精忠柏用武穆韻云。蕭艾披昌。邈今世衆芳衰歇。留一、本孤撑天宇。寸心尤烈。七百餘年陵谷變。英靈猶戀西湖月。算亭陰鬼雨怒濤飛。身悲切。　離九節。凌冰雪。傳海外。何生滅。恁撫柯舒嘯。唾壺敲缺。古殿苔封蟲食篆。空枝春盡鵑啼血。問南朝遺孽檜分尸。孱王闕。悲壯激切。蓋亦有感而言者。煦嘗任安徽巡撫。徐錫麟之誅恩銘也。端方欲援張文祥刺馬新貽案。多所株連。煦以去就爭。始寢議。然以此爲滿人所嫉。未幾去位。入民國。不仕。煦又有百字令一闋。謁沔縣武侯祠云。陣雲似墨。掩叢祠常與軍山終古。廢壘蕭蕭依河上。萬壑松濤猶怒。鶴下層霄。猿吟邃谷。彷彿靈旗駐。宗臣遺像。望中猶想綸羽。　記否古驛沙黃。風斜雨驟。遲我西征賦。世事如棋經幾刦。不數三分割據。起陸龍蛇。處堂燕雀。爭得南陽顧。倚天舒嘯。石琴煙際重撫。詞筆。

清健聲情激越。蓋有絃外之音焉。夢華而外。以詞與古微、夔笙、叔問、劍丞相往還者。有武陵陳銳。字伯弢。嘗學詩於鄧彌之王壬秋。典好爲詞。追摹二晏、柳、周。入其堂奧。夔笙嘗題其褒碧齋詞云。沈著沖澹。一洗鉛華靡麗之習。無矜鍊之迹可尋。卻無一字不矜鍊。格高律細。允爲法乳清眞。抗手西麓。惟是可爲、知者道耳。昔人云。詩到無人愛處工。詞境至此。雖有能愛者僅矣。伯弢有木蘭花令云。亭皐一雨成秋樹。目送芳年隨水去。相思一夜夢南雲。遶徧天涯多少路。 緗機塵黯鴛鴦杼。妾意匏瓜悲獨處。向來祇恨不曾閒。今日方知閒更苦。詞意清新。又有鷓鴣天聽楓園呈古微云。野外提壺與漫游。出門瀟灑閉門愁。西風昨夜吹紅葉。南客今年又白頭。 尋里寂。灌園休。吳楓聽得幾回秋。也知墜地無人惜。莫更題詩付御溝。語語輕俊。得北宋諸賢之矩矱。伯弢又有水龍吟題大鶴山人樵風樂府云。十年雪涕神州。氣酣西蹴崑崙倒。素商夜起。潛蛟暗舞。危絃苦調。亂插繁花。時溫濁酒。自成悽悄。爲一閒放汝。掉頭高詠。蒼茫處無人到。 回首東華塵渺。溯題襟舊遊都老。堯章歌曲。玉田身世。最傷懷抱。占得吳城。荒園半畝。儘堪愁了。怕茂陵他日。人間流落。有相如稿。詞亦澹遠沈著。甚合古人婉歌微吟之旨也。伯弢著有褒碧齋詞話。持論亦多精切。中有一節品評近人之詞云。王幼遐詞如黃河之水。泥沙俱下。

以氣勝者也。鄭叔問詞剝膚存液。如經冬老樹。時一著花。其人品亦與白石爲近。朱古微詞墨守一家之言。華實並茂。詞場之宿將也。文道義詞有稼軒、龍川之遺風。惟其斂才就範。故無流弊。張次珊詞（次珊字仲炘江夏人）軒豁疏朗。尤有守律之功。夏劍丞詞秀韻天成。似不經意而出。其鍛鍊仍具苦心。況蕙笙詞手眼不必甚高。字字銖兩求合。其涉獵之精。非餘子可及。洪未聃詞（未聃名汝沖湖南寧鄉人著有蛻广詞稿）聰明絕世。亦復沈著有餘音。程子大詞源于三十六體。粉氣脂光。令人不可逼視。王夢湘詞（夢湘名以敏武陵人著有檗塢詞存）工於賦愁。長於寫豔。故亦卓犖偏人。立說頗中肯綮。以上所述朱、況、鄭、馮、陳、夏、諸人。其於詞也。皆以深美閎約爲歸。闡發常州派論詞之旨。纖巧浮滑之風。由此而殺。於是詞學得與於著作之林。與詩文同其正變矣。故爲敘歷代之詞。別其流派。明其指歸如此。

鄭振鐸《詞史》（《中國文學史》）

鄭振鐸（1898–1958），又名鐸民，號西諦，原籍福建長樂，生於浙江永嘉（今溫州市）。1917年入北京鐵路管理學校學習。1919年與茅盾等人發起成立文學研究會，曾任上海商務印書館編輯、《小說月報》主編、上海大學教師。1927年旅居英、法，回國後歷任北京燕京大學、清華大學、上海暨南大學教授，以及《世界文庫》主編，1937年參加文化界救亡協會，主編《民主周刊》。新中國成立後歷任中央文化部文物局長、中國科學院考古研究所所長、文化部副部長等。著有《文學大綱》《中國俗文學史》《插圖本中國文學史》等。

本書是鄭氏《中國文學史》中世卷第三篇上。此書是一本敘述以詞為主體的文學史，最初發表於《小說月報》。據作者自稱，原想編一部能顯出真實面目的中國文學史，年出二冊，於五六年後完成，但因故儘出了一冊而中止。『一·二八』事變時，本書版子毀於炮火，於是作者又發憤撰著了《插圖本中國文學史》。本書分詞的起源、五代文學、敦煌的俗文學、北宋詞人、南宋詞人五章，述及的詞人不下二百，也可當做一部詞史來閱讀。全書由王伯祥、葉聖陶、徐調孚等人校勘。此書由商務印書館印行，1930年初版。

本書據商務印書館初版本影印。

鄭振鐸

中國文學史

商務印書館印行

鄭振鐸　詞史

中國文學史

中國文學史

中華民國十九年五月初版
（每册定價大洋壹元肆角
外埠酌加運費匯費）

著作者 鄭振鐸
發行兼印刷者 商務印書館 上海寶山路
發行所 商務印書館 上海及各埠

A HISTORY OF CHINESE LITERATURE
Mediaeval Literature
PART III
Vol. I
By
C. T. CHENG
1st ed., May 1930
Price: $1.40, postage extra
THE COMMERCIAL PRESS, LTD., SHANGHAI

目錄

過——趙端彥——胡銓等——黃公度——吳儆——李光等——姜夔——第二期的詞人——盧祖皋——高觀國——史達祖——吳文英——黃機等——吳潛等——楊冠卿——韓淲——張輯——王炎——程珌等——戴復古——趙以夫——魏了翁——姜特立——李好古——郭應祥——朱淑真——吳泳等——第三期的詞人——蔣捷——周密——張炎——王沂孫——陳允平——劉克莊——趙孟堅——趙崇嶓——何夢桂——盧炳——許棐——汪元量——柴望——陳著——劉學箕等——劉辰翁——李彭老、萊老——陳德武——汪夢斗——文天祥——鄧剡——唐珏——石孝友等——趙必𤩪等

插圖目錄

第一章 詞的啓源

第一章　詞的啟源

一

六朝樂府的生命自經了晉、隋至唐中葉的一個長時期之後，便盛極而衰．到了五代之時，歌唱者皆尚『詞』歐陽炯所謂『則有綺筵公子，繡幌佳人，遞葉葉之花牋，文抽麗錦，舉纖纖之玉指，拍按香檀，不無清絕之辭，用助嬌嬈之態』㊀正足以見當時的盛況．至宋則流傳更廣，上自朝廷，下至市井，嫻雅如文人學士，豪邁如武夫走卒，無不解歌者．詞的流行眞可謂『至矣，甚矣，蔑以復加矣』但到了後來，詞也漸漸成爲不可歌了．僅足資紙上之唱和，不復供宴前的清歌，僅足爲

㊀花間集序

文人學士的專業，不復爲民間俗子所領悟；語益文，辭益麗，離民間日益遠，於是遂有『曲』代之而興，而詞的黃金時代便也一去而不復回。

二

在未說到本文之前，有一點是不可不先說明白的，卽詞與五七言詩之間是不發生什麽關係的。她的發展，也並不妨礙到五七言詩的發展。她與五七言並沒有相繼承的統系。這正與六朝時代的樂府一樣。樂府也是與五言詩平行發展起來的。他們各走着一條路，各不相干，也各不相妨。在文體的統系上說起來，詞乃是六朝樂府的同類，卻不是五七言的代替者。我們曉得，詩歌有兩種。一種是可歌的，一種是不可歌的。可歌的便是樂府，便是詞，便是曲；不可歌的便是五七六言的古律詩。不可歌的詩歌，係出於不必有音樂素養的文人之手，只以抒情達意爲主，並沒有另外的目的；可歌的詩曲，其目的，一方面是抒寫情意，一方面卻是有了一種自娛或娛人的應用目的的。他們有的爲宗廟朝廷的大樂章；有的爲文人學士家宴春集的新詞曲；有的則爲妓女階級娛樂顧客的工具。因此，不可歌的詩歌其發展是一條線下去的，可歌的詩歌，其發展便跟隨了音樂的發展而共同進行着。音樂有了變遷，他們便也有了變遷。漢人樂府不可歌了，便有六朝樂府代之而起，六朝樂府不可歌了，便有詞代之而起，詞不可歌了，便有南北曲代之而起。雖然在樂府詞曲已成爲不可歌之物之時，仍有人在寫樂府詞曲，那卻是昧於本意，迷戀於古物的文人們所做的不聰明的事。例如，許多人以詞爲『詩餘』，便是一個構成這種錯誤的實證。沈括的夢溪筆談說：

> 詩之外又有和聲，則所謂曲也。古樂府皆有聲有詞，連屬書之。如曰「賀賀賀」「何何何」之類，皆和聲也。今管弦之中，纏聲亦其遺法也。唐人乃以詞塡入曲中，不復用和聲。

朱熹也說：

> 古樂府只是詩，中間却添許多泛聲。後來人怕失了那泛聲，逐一聲添個實字，遂成長短句。今曲子便是。
>
> ——朱子語類百四十。

他們這個主張影響很大。全唐詩第十二函第十册在『詞』之題下，亦註道：

> 唐人樂府原用律絕等詩，雜和聲歌之。其並和聲歌作實字，長短其句以就曲拍者，爲塡詞。

方成培的香研居詞麈也這樣的主張着：『唐人所歌多五七言絕句，必雜以散聲，然後可被之管絃．如陽關必至三疊而後成音，此自然之理也．後來遂譜其散聲，以字句實之，而長短句興焉』這幾個人的見解都是以詞爲『詩餘，』爲由五七言詩蛻變而成的．這種見解，其主要的來因，乃誤在以唐人所歌者胥爲五七言詩．我們且看，唐人所歌者果盡爲五七言詩乎？王灼的碧雞漫志說：『唐史稱李賀樂章數十篇，諸工皆合之管絃．又稱李益詩每一篇成，樂工慕名者爭以賂取之，被諸聲歌，供奉天子．舊史亦稱武元衡工五言詩，好事者傳之，往往見於樂府．開元中，王昌齡、高適、王之渙旗亭畫壁，伶官招妓聚宴．以此知唐之伶妓以當時名士詩詞入歌曲，皆常事也．』然既云『合之管絃，』既云『往往見之樂府，』則可見五七言詩的入樂乃是偶然的事，並不是必然的事．文人既以詩篇入樂爲可誇耀的事，則五七言詩篇之不常入樂，更爲可知．按崔令欽的教坊記，共錄曲名三百二十五；又詞律所錄者凡六百六十餘體，又欽定詞譜所錄者凡八百二十六調．在這許多曲調中，據苕溪漁隱叢話，則在宋時『所存者止瑞鷓鴣、小秦王二闋，是七言八句詩幷七言絕句詩而已．』而統唐、宋能歌與否的詞體而總計之，也只有怨回紇、紇那、南柯子、三台令、清平調、欸乃曲、小秦王、瑞鷓鴣、阿那、竹枝、柳枝、八拍蠻諸曲而已．以這許多絕非五七六言古律絕詩的詞調，乃因了偶有寥寥幾首的合於五七六言古律絕詩的詞式，便以爲她是出於五七六言詩的，眞是未免太過武斷了。舊唐書音樂志說，『太常舊相傳，有宮商角徵羽讌樂五調歌詞各一卷。或云貞觀中侍中楊仁恭妾趙方等所銓集。詞多鄭、衞，皆近代詞人雜詩。至縚（韋縚）又令太樂令孫玄成更加整比爲七卷。』但他們所集的，『工人多不能通。』工人所通的卻是另外的一種新的曲調，嶄新的曲調；這種嶄新的曲調便是詞，便是代替六朝樂府而起的新歌曲的詞。成肇麐說：

十五國風息而樂府興，樂府微而歌詞作，其始也皆非有一成之律以爲范也。抑揚抗隊之音，短修之節，運轉於不自已，以蘄適歌者之吻。而終乃上躋於雅頌，下衍爲文章之流別，詩餘名詞，蓋非其朔也。唐人之詩未能胥被絃管，而詞無不可歌者。

——七家詞選序

他這話確能看出詞的眞正來源來。王應麟的困學紀聞裏有寥寥的幾句話：『古樂府者，詩之旁行也，詞曲者，古樂府之末造也。』這幾句話也恰是我們所要說的。但『樂府之末造』一語，卻頗有語病。詞是代替樂府而起的可歌之詩歌，卻不是樂府的末造，也不是樂府的蛻變。她是另有其來源的。

三

我們可以確切的說，詞自有他的來歷，他的發源，他的生命。卻不是古樂府的末造。我們曉得，一種文體或詩體的變遷，其主因都不是很單純的，其推進力一定是很强有力的。由舊的一種詩體或文體，一變而爲新的詩體或文體，決不是一種的蛻化，如毛蟲之化爲蝴蝶；或一種的生長，如種子之長成爲綠草紅花。新的詩體或文體，其起源是另在於別一個方面的。牠不是舊詩體的借屍還魂，也不是舊詩體的枯楊生稊，更不是舊詩體的改頭換面。新詩體是一種嶄新的東西，是一種與舊詩體絕不相蒙的東西，是出於舊新體以外的另一種來源的，是與舊詩體毫不相牽涉的一種外來的或某地民間所產生的東西。新詩體間或採取了、保留了、容納了舊詩體的一部分內容，但也不過採取之而已，保留之而已，容納之而已；其面目以及其精神，卻決不是舊詩體所能冒認爲親枝或子系孫系的。只有他能以大力量來採取、保留或容納一部分的舊詩體，舊詩體卻決沒有力量自去依附於新詩體之上的。詞便是這樣的一種新生的詩體。以這樣的一種新生的詩體的『詞，』論者乃冒認他爲『詩餘，』爲五七言之餘，爲五七言詩的添上了泛聲而成的，或以爲是樂府的末造，豈不是很可怪的事麽？這是完全違背了文體的生長與演變之原則的。我們如看了下文，便更可以明白此意。

一種新文體或新詩體的產生，既不是從舊有的文體中蛻變而出，也不是從天上落下來的一種現現成成的東西。他們在未盛行，未被文人學士所採用之前，都已有很悠久的歷史，已經過了好幾次的演變。但他們也有從外邦異域直接灌輸進來而爲本土所容納、所採取的。戲劇的產生是如此，南北曲的產生是如此，彈詞寶卷的產生是如此，詞的產生也是如此。

詞只是一種歌曲，她與六朝的樂府完全同類，卻與五七言詩大異其面目與性質，這在上文已說得很詳盡的了。五七言詩是不能歌唱的，即歌唱，也要另配上了譜，詞則其譜與辭是已具於一體的；每個詞都已有了譜；這些譜或爲新創的，或爲歷來相傳的；詞的辭語，則都不過依譜塡之而已。但亦有先有了詞而後創製新譜以歌唱的。所以詞並不是一種的詩體。她只是唐、宋可歌的曲的總名。他們的內容是異常複雜的，因之，他們的來歷也是異常複雜的。有的是舊詞，有的是新製，有的是民間原有之物，有的是外邦異域的輸入品。我們如今已很難將他們的來源一一的分別出來，但我們尚可以大概的指出他們的幾個最重要的幾個來源來。

歐陽炯說，『楊柳大堤之句，樂府相傳，芙蓉曲渚之篇，豪家自製。』然『樂府相傳』與『豪家自製』之二語，頗為含混，殊不能明晰的指出詞的真正來源之所在。詞原是六朝樂府的替身。六朝樂府在隋時尚有存在，以後便『日益淪缺』了。舊唐書音樂志說得很詳細：

宋、梁之間，南朝文物號為最盛。人謠國俗，亦世有新聲。後魏孝文宣武，用師淮漢，收其所獲南音，謂之清商樂。隋平陳，因置清商署，總謂之清樂。遭梁、陳亡亂，所存蓋鮮。隋室以來，日益淪缺。武太后之時，猶有六十三曲。今其辭存者，惟有白雪、公莫舞、巴渝、明君、鳳將雛、明之君、鐸舞、白鳩、白紵、子夜、吳聲四時歌、前溪、阿子及歡聞、團扇、懊憹、長史、督護、讀曲、烏夜啼、石城、莫愁、襄陽、棲烏夜飛、估客、楊伴、雅歌、驍壺、常林歡、三州、採桑、春江花月夜、玉樹後庭花、堂堂、泛龍舟等三十二曲，明之君、雅歌各二首，四時歌四首，合三十七首。又七曲有聲無辭，上林、鳳雛、平調、清調、瑟調、平折、命嘯，通前為四十四曲存焉。……自長安以後，朝廷不重古曲，工伎轉缺，能合於管絃者，唯明君、楊伴、驍壺、春歌、秋歌、白雪、堂堂、春江花月等八曲。』

古曲惟八曲能合於管絃，可見牠陵替的實況。同書音樂志又說，孫玄成等所集樂章，『工人多不能通。』古曲既然不能通於今，於是另有別派的樂章，便代之而流行於時。這些樂章便是所謂詞。同書音樂志又說，『自開元已來，歌者雜用胡夷里巷之曲。』這裏所謂『胡夷里巷之曲，』便是詞的兩個大來源。先論『胡夷之曲。』

中國的音樂，受異邦外域的影響是很深的。漢以前，我們不大知道。漢武帝之後，匈奴及西域的音樂便開始的輸入中國。以後，到了五胡亂華之時，胡夷之曲更爲流行；不僅流行於北方，也且流行於南方，隋書音樂志敍述這個情形頗詳。在本書的上文㊀也另有專篇以論之了。自隋以後，這種情形更爲顯著。唐的許多舞曲皆爲外來之物。王之渙、王昌齡諸人在旗亭所聞的歌者唱他們的詩篇，很有可能的是用了當時流行的外來的『成譜』唱着的。舊唐書音樂志說，『自周、隋已來，管絃雜曲將數百曲，多用西涼樂。鼓舞曲多用龜茲樂。其曲度皆時俗所知也。』朝廷所用之鼓舞曲及管絃雜曲既皆爲胡曲，其曲度又皆爲『時俗所知，』可見當時胡曲流傳得如何普遍。

㊀中世卷第一篇第三章。

第三篇　第一章　　一一

在上者提倡，在下者風靡，古曲自然的要漸漸的亡缺，㊀以至於習者無人，傳者無人，而新聲的『詞』便征服一切的代之而興。在崔令欽教坊記所載的三百二十五曲中，有許多是鼓舞曲。這是望其名而可知的。段安節樂府雜錄謂，『太平樂曲，破陣樂曲』屬於龜茲部。又將天仙子（即萬斯年曲）也歸入這一部。又同書所載的舞曲有稜大、阿連、柘枝、劍器、胡旋、胡騰、（以上健舞曲）涼州、綠腰、蘇合香、屈柘、團圓旋、甘州（以上軟舞曲）等。教坊記說：『開元十一年，初製聖壽樂，以歌舞之。所司先進曲名，以墨點者舞。舞有曲。教坊惟得舞伊州、五天重來疊，不離此兩曲，餘悉讓內家也。內家舞曲有二：垂手羅、迴波樂、蘭陵王、春鶯囀、半社、渠借席、烏夜啼之屬，謂之軟舞；阿遼、柘枝、黃麞、拂林、大渭州、達摩之屬，謂之健舞。』王灼謂：『唐明皇改婆羅門引為霓裳羽衣，屬黃鐘商，時號越調。』（碧雞漫志）蔡絛詩話謂：『按唐人西域記，龜茲國王與其臣庶之知樂者，於大山間聽風水聲均節成音，後翻入中國。如伊州、甘州、涼州等曲，皆自龜茲所致。』此皆胡夷之曲可考見者。

㊀唐書音樂志：自長安已後，朝廷不重古曲，工伎轉缺。能合於管弦者，唯明君、楊伴、驍壺、春歌、秋歌、白雪、堂堂、春江花月夜等八曲。舊樂章多或數百言。武太后時，明君尚能四十言，今所傳二十六言，就之訛失，與吳音轉遠。

他如教坊記所載的曲中，獻天花、歸國遙、憶漢月、八拍蠻、臥沙堆、怨黃沙、遐方怨、怨胡天、牧羊怨、阿也黃、羌心怨、女王國、南天竺、定西蕃、望月婆羅門、穆護子、贊普子、蕃將子、胡攢子、西國朝天、胡僧破、突厥三臺、穿心蠻、龜茲樂等，皆望名而知其原爲胡曲或至少是受有胡曲的很深的影響的。胡曲在六朝時，對於中國樂府已有了很大的影響；而在這時，他們對於詞調似乎其勢力更大。經了周、隋之輸入，唐帝之提倡，與乎民衆的嗜愛，胡曲在這個時代是大量的被中國教坊所採納。最初不過是曲譜而已；後乃有詞，更後乃泯沒了外來的痕跡，而成爲中國音樂的一部分。本國的樂家且能融會貫通之，利用他們的樂器，而自編新譜，自製新詞了。所以胡曲的影響在六朝時還不是全盛時代；到了這個詞的時代，他們的勢力方才籠罩了一切呢。

里巷之曲，其影響較小，何種見採於教坊也不大見於記載。然在詞的初期，文人學士最初模擬之而寫詞者卻是這一類的里巷之曲，而不是盛行於當時的胡夷之曲。胡夷之曲的影響本普遍於各地，特別以帝京爲中心，而里巷之曲則散在各地，各有其地方性質，所以不大能够普遍。在最早的許多詞調中，如『竹枝詞』、『楊柳枝』、『浪淘沙』、『憶江南』、『調笑』、『三台』諸詞調，皆係出於『里巷』．劉禹錫說：

里中兒聯歌竹枝，吹短笛擊鼓以赴節．歌者揚袂睢舞，以曲多爲賢．聆其音，中黃鐘之羽．卒章激訐如吳聲．雖傖儜不可分，而含思宛轉，有淇、澳之豔．——劉賓客集竹枝詞序．

又張子和的漁歌子，當亦爲依當時漁歌之體而作者，或竟爲當時的漁歌，而張子和加以潤飾或改作者．又如元結的欸乃曲也是模擬當時的船歌的．民歌的影響在詞中雖不大，卻成爲初期詞人模擬的范型．

四

自胡夷里巷之曲流行於世，歌者無不從風而靡，於是文人之作曲者也便從風而靡．先是擬做胡夷里巷之曲寫出他們的詞．如張志和之作漁父，元結之作欸乃曲，劉禹錫、白居易之作柳枝、竹枝之類皆是．其後，歌客詞人則更由此而別創新聲，另翻雅調，自己製譜，自己塡詞，於是詞調乃日益繁多，不復限於『樂府相傳』的胡夷與里巷之曲了．文人學士既與外來影響及民間影響相接觸，於是詞的黃金時代便來了。在胡夷里巷之曲盛行之時，或有譜無詞，或有詞而不雅馴。在文人學士的擬倣胡夷里巷之曲而作詞的時代，其詞也殊嫌拘束，不能暢所欲言。到了這個『豪家自製』的第三期，便來了詞的黃金時代的開端。這個『豪家自製』的時代，綿延得很長久，直至詞已不復成爲歌場上的曲子時，方才告終。這個時代開始得很早，前一期大約只是製譜，並不曾有詞。

羯鼓錄：『明皇愛羯鼓玉笛，云八音之領袖。時春雨始晴，景色明麗。帝曰：對此豈可不爲判斷？命羯鼓臨軒縱擊，曲名春光好。回顧柳杏皆已微坼。』

教坊記：『隋大業末，煬帝幸揚州。樂人王令言以年老不去，其子從焉。其子在家彈琵琶，令言驚問此曲何名？其子曰：內裏新翻曲子，名安公子。令言流涕悲愴，謂其子曰：爾不須扈從，大駕必不回。子問故，令言曰：此曲宮聲，往而不返。宮爲君，吾是以知之。』

教坊記：『春鶯囀，高宗曉聲律，晨坐聞鶯聲，命樂工白明達寫之，遂有此曲。』

樂府雜錄：『黃驄疊，太宗定中原時所乘戰馬也。後征遼，馬斃，上嘆惜，乃命樂工撰此曲。』

樂府雜錄：『雨霖鈴，明皇自西蜀返，樂人張野狐所製。』

樂府雜錄：『傾盃樂，宣帝喜吹蘆管，自製此曲。初捻管，令排兒辛骨𩩲拍不中，上瞋目瞠視，骨𩩲憂懼，一日而殞。』

這些曲子都是未必有辭的。到了後期，文人學士便出來提倡或模倣這些新調；他們也染了皇家的風氣，或當宴會歡舞之際，或有所沾戀，或有所感觸，便都以這些新聲寫之。這些新聲，或由他們自創新譜，或由他們襲用舊譜。也有舊譜因他們之詞而易為新名的。

填詞名解：『天仙子，唐韋莊詞，劉郎此日別天仙云云，遂采以名。』

填詞名解：『宋秦觀謫嶺南，一日飲於海棠橋野老家，遂醉臥。次早題詞於柱而去。末句云，醉鄉廣大人間小。此調遂名醉鄉春。』

宋毛滂題剔銀燈詞：『同公素賦侑歌者以七急拍七拜勸酒，以詞中頻剔銀燈語名之。』

宋蘇軾醉翁操自序：『琅琊幽谷，山川奇麗，泉鳴空澗，若中音會。醉翁喜之，把酒臨聽，輒欣然忘歸。既去十餘年，好奇之士沈遵聞之，往遊，以琴寫其聲，曰醉翁操。節奏疏宕，音指華暢，知琴者以為絕倫。然有其聲而無其詞。好事者亦倚其聲以製曲，粗合拍度，而琴聲為詞所繩約，非天成也。後三十餘年，翁既捐館舍，遵亦沒久矣。有廬山玉澗道人崔閑特妙於琴，恨此曲之無詞，乃譜其聲，而請東坡居士以補之云。』

填詞名解：『淒涼犯，姜夔自度曲也。其調仙呂犯商，一名瑞鶴仙影。』

填詞名解：『揚州慢，中呂宮詞調，宋姜夔自度曲也。淳熙中夔過維揚，愴然有黍離之感，作感舊詞，因創此調也。』

填詞名解：『雲仙引，馮偉壽桂花詞，自度此調。』

塡詞名解：「宋史達祖作詠燕詞，卽名其調曰雙雙燕．」

像這樣起源的自度曲是數之不盡的．以上不過隨手舉幾個例而已．根據了這樣的考察，所謂「詞史」大約可分爲左列的四期：

第一期是詞的胚胎期，便是引入了胡夷里巷之曲而融洽爲己有的一個時期．這個時期的詞是有曲而未必有辭的．

第二期是詞的形成期，利用了胡夷里巷之曲以及皇族豪家的創製，作爲新詞．這一期是曲舊而詞則新創．

第三期是詞的創作期，一方面皇族豪家創作的曲調益多，一方面文人學士對於音律也日益精進，喜於進一步而自創新調，以譜自作的新詞，不欲常常襲用舊調舊曲．這一期的曲與辭，有一部分皆爲新創的．

第四期是詞的模擬期．在這個時期之內的詞人，只知墨守舊規，依腔塡詞，因無別創新調之能力，也少另闢蹊徑的野心．詞的活動時代已經過去了，已經不復爲活人所歌唱了，然而他們卻還在依腔塡詞，一點也不問這些詞塡起來有什麼意思。

第一期的時代約自唐初至開元、天寶之時。第二期的時代，約自開元、天寶以後至唐之末年。第三期約自五代至南宋的滅亡。第四期約自元初至清末。第四期的時間最長，也最是懨懨無生氣。這裏所指的詞的啓源時代，便包括着第一期與第二期。我們在這個詞的啓源時代，看見了詞由胡夷里巷之曲而上登於廊廟，看見了皇家豪族受了胡夷里巷的感化而自創新調，看見了文人學士採取了這個嶄新的詩體或歌體作爲新詞新語。但我們還沒有看見詞人們自創新譜，自塡新詞。這是要留到第三期的開始，即唐末五代之時，方才造成了這個風氣。我們看這個啓源期中的幾個詞家，劉禹錫、白居易、皇甫松他們都是依了舊曲塡詞的；劉禹錫塡了憶江南的『春詞』，說道：『和樂天春詞，依憶江南曲拍爲句。』第一個大詞人温庭筠，其今存的六十餘首詞中所用之曲調爲南歌子、荷葉杯、憶江南、蕃女怨、遐方怨、訴衷情、定西蕃、思帝鄉、酒泉子、玉蝴蝶、女冠子、歸國遙、菩薩蠻、清平樂、更漏子、河瀆神、河傳、木蘭花等十八種，亦皆爲『樂府相傳』之作，可見『自度曲』的風氣尙未流行於此時。然温氏之作已儘足以預示後來詞壇的趨勢了。

五

在這第一期卽所謂詞的胚胎期裏曲調雖甚繁衍，如上所述，已有三百二十五調之多，然依譜塡辭的作品卻絕少。當時或僅流傳其聲而無其詞，或間有其詞而因了時間的淘汰，到了今日，已只賸了寥寥的十幾首。這十幾首的詞包括了唐初至開元、天寶的一個長時期。以李景伯他們爲首，而以李隆基（唐玄宗）他們爲結束。我們在他們的詞裏只能見出最早的詞壇的一角而已；東鱗西爪，殘瓦斷垣，萬難就他們之詞而概論當時的詞壇。

李景伯、沈佺期和裴談們所作的回波樂，全是應景適時的諷刺或陳訴、調笑詞的體格完全不曾形成。沈佺期因爲自己牙緋未復，便唱道：

回波爾時佺期，流向嶺外生歸。身名已蒙齒錄，袍笏未復牙緋。

李景伯卻乘時的進以規諫之言，他唱道：

回波爾時酒卮，微臣職在箴規。侍宴既過三爵，諠譁竊恐非儀。

裴談則只是嘲弄似的唱道：『怕婦也是大好。外邊祇有裴談，內裏無過李老』了。但他們的詞卻是我們所知的依腔塡詞的第一次。

張說的舞馬詞六首和崔液的蹋歌詞二首也都是詞的雛形。舞馬詞爲歌頌帝德皇恩的習見語，無甚可述，蹋歌詞卻頗佳妙。

庭際花微落，樓前漢已橫。金壺催夜盡，羅袖舞寒輕。樂笑暢歡情，未半著天明。

明皇（李隆基）的好時光，已是很完備的詞體了。詞到了他的這個時代，方纔開始有着意經營的作者。他每有新曲，便常常找人塡詞。或倩人做了新詞，他便譜以新曲。大詩人李白的『雲想衣裳花想容』的淸平調四首，便是這樣的寫出的。

寶髻偏宜宮樣，蓮臉嫩，體紅香。眉黛不須張敞畫，天教入鬢長。莫倚傾國貌，嫁取個有情郎。彼此當年少，莫負好時光。

——好時光

像這樣的一首好時光，出之於這樣的一個花團錦簇的開、天時代，出之於這樣的一個『倚紅偎翠』的風流天子之口，當然是恰恰相稱的。

六

在李隆基的提倡之下，啓源時代的第二期便開始了。大詩人李白，論詞者皆推他爲第一個詞人。他的詞，尊前集收十二首，全唐詩收十四首。㈠這十四首之中，或未免有誤收的，然像菩薩蠻：

平林漠漠烟如織，寒山一帶傷心碧。暝色入高樓，有人樓上愁。　玉階空佇立，宿鳥歸飛急。何處是歸程？長亭更短亭。

那樣的一首清雋之作，像憶秦娥：

簫聲咽，秦娥夢斷秦樓月。秦樓月，年年柳色，霸陵傷別。　樂遊原上清秋節，咸陽古道音塵絕。音塵絕，西風殘照，漢家陵闕。

那樣的一首淒壯之詞，實使我們很難非難他們爲不出於一個大詩人的手筆。近人據杜陽雜編以爲菩薩蠻出於大中初，決非李白所作。㈡然菩薩蠻一調實已見於教坊記；胡應麟筆叢也以爲

㈠尊前集所收爲連理枝一首，清平樂五首，菩薩蠻三首，清平調三首。全唐詩則去了其中誤收的菩薩蠻二首，加入桂殿秋二首，又將連理枝分爲二首，並加入憶秦娥一首，共成十四首。

㈡胡適詞選附錄，詞的啓源。

『開元時南詔入貢危髻金冠瓔珞被體號菩薩蠻』則此曲原係開元時所有，李白當然有塡作此詞的可能㊀至於白的清平樂令，則有許多理由可證其決非白所作。

元結有欸乃曲五首，全是模擬船歌的作品柳宗元有『欸乃一聲山水綠』之句，可見當時這個曲子原是盛行於船夫之間的。

下瀧船似入深淵，上瀧船似欲升天瀧南始到九疑郡，應絕高人乘與船。

在五首之中這最後的一首可算是最好的。

張志和以他的漁父『西塞山前白鷺飛』馳名於世他寫的漁父凡五首，亦是模擬當時的漁歌的志和字子同，婺州金華人唐肅宗時待詔翰林後被貶，遂不復出仕，自號『煙波釣徒』著有玄眞子。

西塞山前白鷺飛，桃花流水鱖魚肥靑箬笠，綠簑衣，斜風細雨不須歸。

㊀杜陽雜編當然爲最早的來源，然關於曲調的來源說，不可靠者絕多我們很難用這個寡證來推翻一切他證且胡應麟之說當亦有所本，未可以其爲第二種來源而忽之。

在五首之中，這一首最著名，實在也只有這一首是最好。

他的哥哥張松齡見其浪遊不歸，曾和其韻以招之，『草堂松檜已勝攀……狂風浪起且須還』㈠志和嘗謁顏眞卿於湖州，以舴艋敝，請更之，願爲浮家泛宅，往來苕霅間㈡名畫記稱其『性高邁，自爲漁歌，便畫之，甚有逸思。』蘇軾亦以爲他的漁父『詞極清麗』

詩人韋應物㈢也寫有數詞，俱是用當時的流行曲譜塡就的。一爲三臺（二首，）一爲調笑令（二首。）㈣三臺的第二首很好：

冰泮寒塘水綠，雨餘百草皆生，朝來衙門無事，晚下高齋有情。

調笑令的第二首也很有情致：

河漢河漢，曉掛秋城漫漫。愁人起望相思，塞北江南別離。離別離別，河漢雖同路絕。

㈠全文如下：『樂是風波釣是閑，草堂松檜已勝攀。太湖水，洞庭山，狂風浪起且須還。』見羅湖野錄。

㈡見樂府紀聞。

㈢韋應物見本卷第二篇第六章。

㈣韋詞四首，見尊前集（彊村叢書本，）又見全唐詩第十二函第十冊。

以作宮詞著名的王建㊀也寫有三臺六首，調笑令四首。㊁六首的三臺中二首爲宮中三臺四首爲江南三臺。宮中三臺詠的是宮中事；江南三臺詠的卻不盡是江南風物。

揚州橋邊小婦，長干市裏商人。三年不得消息，各自拜鬼求神。

樹頭花落花開，道上人去人來。朝愁暮愁卽老，百年幾度三台？

——以上江南三台。

調笑令四首，一作宮中調笑，但也不盡是詠宮中事：

團扇團扇，美人並來遮面。玉顏顦顇三年，誰復商量管絃。弦管弦管，春草昭陽路斷。

楊柳楊柳，日暮白沙渡口。船頭江水茫茫，商人少婦斷腸。腸斷腸斷，鷓鴣夜飛失伴。

戴叔倫㊂也寫有一首調笑令㊃：

邊草邊草，邊草盡來兵老。山南山北雪晴，千里萬里月明。明月明月，胡笳一聲愁絕。

㊀王建見本卷第二篇第六章。

㊁王詞十首見尊前集（彊村叢書本），又見全唐詩第十二函第十册。

㊂戴叔倫見本卷第二篇第六章

㊃戴詞見尊前集（彊村叢書本），又見全唐詩第十二函第十册。

劉禹錫與白居易㊀二人塡作了不少這種民間的歌詞，這二位詩人在實際上可以說：是最早的『新體詩』的提倡者或最早的採取了這種通俗的形式而寫以自己的詩意詩情的。自此以後，民間歌體始與文人學士開始接觸，不到一百年之後，便來了『詞』的黃金時代。

劉禹錫㊁作有楊柳枝，竹枝詞等十餘首：

煬帝行宮汴水濱，數枝殘柳不勝春，晚來風起花如雪，飛入宮牆不見人。——楊柳枝

山桃紅花滿上頭，蜀江春水拍山流。花紅易衰似郎意，水流無限似儂愁。——竹枝詞

白居易作㊁有憶江南、竹枝詞、楊柳枝諸詞；又有長相思、如夢令各二首，以不見於長慶集，或以爲非他所作。

江南好，風景舊曾諳。日出江花勝火紅，春來江水綠如藍，能不憶江南。

㊀二人俱見本卷第二篇第七章

㊁劉、白詞見尊前集及全唐詩第十二函第十册。

——憶江南

紅枝紅橋買酒旗，館娃宮暖日斜時，可憐雨歇東風定，萬樹千條各自垂。

——楊柳枝

借問江潮與海水，何似君心與妾心。相恨不如潮有信，相思始覺海非深。

——浪淘沙

大曆中，江南人盛爲謫仙怨曲。『其音怨切，諸曲莫比。』隨州刺史劉長卿㊀左遷睦州司馬。祖筵之內，長卿遂撰其詞。㊁詞爲六言律詩體。『晴川落日初低，惆悵孤舟解攜。鳥向平蕪遠近，人隨流水東西，白雲千里萬里，明月前溪後溪。獨恨長沙謫去，江潭春草萋萋。』長卿之詞，不過因其音怨切，故撰其詞以志遷謫之感。竇弘餘㊂則廣之，以爲此曲係詠楊貴妃馬嵬之事；康駢㊃則又

㊀劉長卿見本卷第二篇第七章

㊁說見竇弘餘廣謫仙怨序。

㊂竇弘餘，常之子，官至台州刺史。

㊃康駢見本卷第二篇第八章

廣之，以爲係明皇思賢之作。㊀這兩首詠史詞都不及長卿詞之自然有眞情。

詩人杜牧㊁曾作八六子㊂一詞。『聽夜雨冷滴芭蕉，驚斷紅窗好夢，龍煙細飄繡衾』諸句，已是大詞人溫庭筠的前驅了。河南司隸崔懷寶作憶江南㊃一詞，卻還帶着不少純樸的民歌氣息：

> 平生願，願作樂中箏。得近玉人纖手子，砑羅裙上放嬌聲，便死也爲榮。

鄭符、段成式與張希復㊄三人酬答的閑中好㊅三首，很有清雋之趣，很使我們想起了王維的詩。詞中像這樣富於清趣之作是絕少，茲錄其二首：

㊀這三詞皆見全唐詩第十二函第十册。

㊁杜牧見本卷第二篇第七章

㊂八六子見尊前集（彊村叢書本）及全唐詩第十二函第十册。

㊃憶江南見全唐詩第十二函第十册。

㊄鄭符等見本卷第二篇第七章

㊅閑中好三詞，見全唐詩第十二函第十册。

閑中好，盡日松爲侶。此趣人不知，輕風度僧語。——鄭符

閑中好，塵務不縈心。坐對當窗木，看移三面陰。——段成式

七

溫庭筠爲詞的初期的最大作家，他在後來的詞壇上有極大的影響。庭筠字飛卿，太原人，上文已經敍到過他。㈠他的重要固然在詩而更在詞。他著有握蘭、金荃二集，金荃㈡爲尤著。舊唐書謂庭筠『能逐絃吹之音，爲側豔之詞。』花間集以庭筠爲首，實有深意。他的綺靡側豔之風格，實開了『花間』的一派。花間集錄他的詞，㈢凡六十六首，占全集十分之一以上。

㈠見本卷第二篇第七章。

㈡金荃集原集已佚，今有彊村叢書本，但係總錄溫氏及韋莊諸人之作，並非溫氏原集。

㈢又見尊前集及全唐詩第十二函第十冊。

天樓明月長相憶，柳絲裊娜春無力。門外草萋萋，送君聞馬嘶。畫羅金翡翠，香燭銷成淚。花落子規啼，綠窗殘夢迷。

滿宮明月梨花白，故人萬里關山隔。金雁一雙飛，淚痕沾繡衣。小園芳草綠，家住越溪曲。楊柳色依依，燕歸君不歸。

——以上菩薩蠻

玉爐香，紅蠟淚，偏照畫堂秋思。眉翠薄，鬢雲殘，長夜衾枕寒。梧桐樹，三更雨，不道離情正苦。一葉葉，一聲聲，空階滴到明。

——更漏子

梳洗罷，獨倚望江樓。過盡千帆皆不是，斜暉脈脈水悠悠，腸斷白蘋洲。

——夢江南

他的詞，是第一個用絕細絕膩的文筆來寫無可奈何的離情相思的。在他之前的，如詩經中的戀歌，如子夜、莫愁、讀曲諸情詩，其情緒皆顯露不藏，其語皆直捷無隱，一望可知其爲民間的情歌，或擬民間的情歌。庭筠的詞則完全不同；他的詞是婉曲的，是含蓄不盡的，是文人的戀歌，卻非民間的情曲。我們可窺見他的生活是何等樣子的生活；是『故人萬里關山隔』，是『綠窗殘夢迷，』是『離情正苦』。總之是一個飄泊的詩人，過着一個飄泊的生涯。舊唐書說他『士行塵雜，不修邊幅』。或者他的戀情是甚多苦趣的。

他這種細膩温豔的詩筆，影響雖不少，卻不是什麼很好的影響，其末流每易至於徒知堆砌『香豔』的文句，深中了傳統的『詩意』之毒，搖筆卽來了『明月煙柳，』『殘夢未回，』然這不過是『末流』之蔽而已，庭筠雖開其端，卻不任其咎。他自是一個大詩人，他的『側豔之詞』是始創的，他的美字佳句也都是用得恰當，並不是堆砌，也不是附會，更不是以多為貴.

參考書目

一、隋書音樂志　見隋書卷第十三至卷第十五。

二、舊唐書音樂志　見舊唐書卷第二十八至卷第三十一。

三、敎坊記　崔令欽著，有古今逸史本，有唐代叢書本。

四、樂府雜錄　段安節著，有古今逸史本。

五、碧溪漫志　王灼著，有知不足齋叢書本。

六、花間集　有徐氏刊本，有四部叢刊本。

七、尊前集　有毛氏刊本，有彊村叢書本。

八、全唐詩　有原刊本，有石印本。關於本章的詞，可看第十二函第十冊。

第二章　五代文學

第二章　五代文學

一

五代是一個大混亂的時代。自唐末藩鎮割據以來，中原不曾有一天安逸過。五十餘年之間，（公元九〇七年——九六〇年）我們看見了五次的改姓易代的事；國祚之長者如梁，如後唐，皆不過十餘年，國祚之短者，如劉漢，則前後二主，僅只有四年的歷史。㈠但這裏所謂『五代文學』，其時間卻要向上拉長了六年，（唐昭宗天復元年，即公元九〇一年）向下拉長了十五年，（宋太祖開寶八年，即公元九七四年）上是唐昭宗即位之年，下是南唐被滅之歲。在這變亂頻仍的

㈠梁二主，十七年（九〇七——九二三）。後唐四主，十四年，（九二三——九三六）。後晉二主，十一年，（九三六——九四六）。後漢二主，四年（九四七——九五〇）。後周三主，九年（九五一——九六〇）

時候，眞談不到什麽文化。虧得中原以外的幾個地方，如西蜀，如江南，如閩，如越，還比較的太平。因此，有一部分的文人便都避地於這種『一隅之地』。這便是五代的文學與隋唐乃至兩漢的文學有一個不同之點。卽兩漢隋唐的文藝中心點爲國都所在地的中原，而五代的文藝中心點卻不在中原而在西蜀與江南諸地，且不止有一個而有了好幾個的中心。下文卽將依了這幾個中心而逐一的講述着。其重要的文藝中心有二，卽西蜀與南唐。其他閩、浙、荆南皆不十分的重要。

二

五代的文學以新體的詩，或可唱的詩曲，所謂『詞』，或長短句者爲主。新體的詩，可唱的詩，所謂『詞』的，經過了温庭筠那樣的一個大作家之後，便由民間之曲，胡夷之曲的模擬，而入了文家創作的時代了。温氏之前，文人所作的詞，不僅曲譜是里巷的或胡夷的，或曲家所已有的，卽連曲詞也是模擬了他們的情調與筆調的。例如，劉禹錫的竹枝，便模擬着民歌的情歌調子，道是：『楊柳青青江水平，聞郎江上唱歌聲。東邊日出西邊雨，道是無晴還有晴。』以『晴』字諧合『情』字，完全是民間的同音字遊戲的老套子。白居易的浪淘沙：『借問江潮與海水，何似君情與妾心。相恨不如潮有信，相思始覺海非深。』㊀也頗與民歌慣用的直醬完全相同。他們都還沒有創造出一種『文人詞』的新的情調與筆調來。第一個造出『文人詞』特有的筆調與情調的是溫庭筠。溫、李是唐末最大的詩人，在一部分的批評家看來，也許較李、杜更爲偉大。他們的偉大便在於能以若明若昧，絕細絕膩，而又濃豔若帶露桃花，雋爽如哀家梨的辭句，寫出一種詩人所特具的情緒；這些情緒是非詩人所很難賞識的。他們是含蓄不盡的，他們的情意是並不盡於數辭幾語之間的。他們可以使人意會，卻不可以使人言傳。他們可以使人感覺得到，卻不可以使人直率魯莽的指證出來。總之，他們是具有近代幾個象徵派大詩人的特色的。溫氏作詞時，（李義山是不作詞的）便也用了這樣的一種筆調。他的意境便可盡於他自己的：『江上柳如煙，鴈飛殘月天。』『花落子規啼，綠窗殘夢迷。』『楊柳又如絲，驛橋春雨時。』『春露浥朝花，秋波浸晚霞。』㊁像這樣的情調與筆調，迷離而又峻刻，深入而不淺露者，在他之前是不曾

㊀此二詞皆見尊前集（彊村叢書本）。　㊁皆係溫氏菩薩蠻中語。

有過的；從他後便開闢了『花間』的一派。所謂『花間』這個名詞便是泛指趙崇祚所收集以蜀中詞人爲中心的一部總集花間集中的許多作家以及同時代的幾個並未收入花間集的作家而言的。自『花間』以後，這一派的流別更長。然其弊則不堪言。這個我們將在下面幾章中見到。換一句話，『花間派』的這個名詞便可包括了『五代文人詞』的全體。這一派中也有高才驚代的作家，如寫着『砌下落梅如雪亂，拂了一身還滿』（清平樂）『問君能有幾多愁，恰似一江春水向東流』（虞美人）的李煜，也有寫着直率淺露的『紅粉樓前月照，碧紗窗外鶯啼』（何滿子）『堯年舜日樂聖永無憂』（甘州遍）的毛文錫，與乎寫着：『秋雨秋雨，無晝無夜，滿滿霏霏』（河傳）的閻選。然而無論如何，我們總可以說一句他們多少是受有温氏的影響的，不過有過有不及而已。

花間派有一個絕大的好處，便是開闢了一條前代所未有的『温、李詩派』的大路。北宋的楊億他們的西崑體，不過學義山的皮毛而已，然而花間派卻眞正的承受了温、李的衣鉢而更爲發揮光大之。這在中國詩史上是一個很重要的發展。在他們之前，無論是抒情述景，或敍事詠懷的詩，往往多是坦直的，少含蓄之趣的。從他們之後，才有了這樣的一種若可解若不可解，且也不必求甚解的詩人的詩出現。他們如幕了面紗的美人，他們如被罩於春雨霏霏中的遠山，他們如夜間的溪聲，若松濤之吼，若暴雨之落而不可得見，他們如濃霧中的曉江紅日，他們如晚霞，如晴雲，變幻百出而莫可捉模。總之，他們是美的，是隱約的，是含蓄不盡的，是富於想像的，是若近若遠，可悟解而不可率指的。

花間派也有一個絕大的流弊，便是流演下後來的一大羣情思枯竭的詩人，遁入這個門戶之內，以美辭雅句自飾，看似輝煌，而中實無有。或陳陳相因，展轉相襲，不僅無一新意，也且無一新辭。這是這一派詩人所不能不負導引之責的。

三

花間派的詞都是無題的，詞牌名便是他們的題目。不像後來的作家一定要於詞牌名之外，另外立一個題目，如於暗香一個詞牌名之下，必要寫着『詠梅』或以為花間詞之所以無題，是因爲他們所寫的左右不過離情閨思，宴席歌曲，不必特地標題，也無所用其標題。㊀其實不然。花間詞人的作品，誠多吟詠離情閨思之作，然離情閨思之作，原是一切抒情詩中最多的東西，不獨花間詞之爲然。且這一期的詞中，也不完全是離情閨思，宴席歌曲之作。李曄的菩薩蠻：『安得有英雄，迎歸大內中，』李煜的浪淘沙：『想得玉樓瑤殿影，當照秦淮，』李曄的定風波：『十載逍遙物外居，自云流水似相於，』鹿虔扆的臨江仙：『藕花相向野塘中，暗傷亡國，清露泣香紅，』等等，又豈是當宴則歌的靡靡的離情閨思之屬的作品？我們要曉得花間詞之所以無題，並不是沒有原故的，因爲大多數的詞牌名，已是他們的題目了，他們的內容也和詞牌名往往是相合的，所以更無需乎另立什麼題目。例如在更漏子的一個詞牌名之下，寫的必定是『花外漏聲迢遞，』『星斗稀，鍾鼓歇，』『覺來更漏殘，』『玉籤初報明，』『銀燭盡，玉繩低，一聲村落鷄，』『梧桐樹，三更雨，不道離情正苦，』（以上皆溫庭筠詞）一類的有關於『更漏』的辭語。在楊柳枝的一個

㊀胡適詞選序：『這二百年的詞都是無題的，內容都很簡單，不是相思，便是離別，不是綺語，便是醉歌，所以用不着標題；題底也許別有寄托，但題面仍不出男女的豔歌，所以也不用特別標出題目』

詞牌名之下，詠的必定是『宜春花外最長條，』『須知春色柳絲黃，』『蘇小門前柳萬條，』『春來幸自長如線，』『御柳如絲映九重，』（以上皆溫庭筠詞，）一類的關於楊柳的辭句．在天仙子的一個詞牌名之下，寫的必定是『劉郎皆別天仙，』『懊惱天仙應有以，』（以上皇甫松詞，）一類有切於『天仙』二字的句子．在浪淘沙的一個詞牌名之下，寫的必定是『浪惡罾船半欲沉，……去年沙觜是江心，』『浪起䴔鶄眠不得，寒沙細細入江流，』（以上皆皇甫松詞，）一類的有關於浪，關於沙的辭句．在女冠子的一個詞牌名之下，詠的必定是『求仙去也，翠鈿金篦盡捨，』『髻管青絲髮，冠抽碧玉篸，』（以上皆薛昭蘊詞，）一類的關於女道士的辭句．此外，如三字經便是指詞語皆以三個字爲句，南鄉子便是寫南方的『石榴花發海南天，』的景色的；漁父便是詠漁家的生活的；春光好便是詠春日的情思的；玉樓春便是詠玉樓中人的春日生活的；河瀆神便是詠河神廟的；虞美人便是詠美女的；後庭花便是詠『花，』詠『後庭新宴，』（孫光憲語）的；定西番便是詠邊疆歸思的；玉胡蝶便是詠蝶的；思越人便是詠『館娃宮』的故事的；望梅花便是詠梅的．這個例子太多，不能遍舉．卽在後來，這樣的情形也還是有，但其中也有的是詞牌名與詞意並不相合的，如菩薩蠻，河傳，八拍蠻，河滿子之類。那是因爲一則是舊曲相傳，已失了原意，二則是當時風尙於詞牌名之外不復另用題目慣了，所以連這種詞意與詞名並不相合的也索性不用了。

大約詞意與詞牌名的關係，可以分爲三個時期，第一個時期是詞牌名與詞意完全相合；詞牌名便是詞的題目，詞意也便可在詞牌名上看得出。這一個時期是無所謂詞牌名以外的什麽詞題的。早期的詞，差不多完全是如此。

第二個時期，是詞中所詠的已不大切合於詞牌名，然而尙未離開了原來在詞牌名之下的詞所含的意思。例如，漁父，後來的人雖不直接詠漁家生活，卻仍然是含有許多漁父詞中所含有的鄙薄名利的觀念。又如，天仙子，後來的詞家已不必定要切於『天仙』二字而寫，然而他卻必須仍切於原來的許多天仙子中所含有離情別緒而寫。

第三個時期，是詞意與詞牌名已完全脫離了關係；詞牌名的原意已完全不爲作詞者所知。他也忘記了許多原詞所詠的是什麽東西，所含有的是什麽意思，他所知的只是依腔塡詞而已。

原來詞意本是離情，他也許要抒寫歡聚，原來詞意本是歡樂他卻取來寫愁思。詞牌名在這時便成了一個毫無意思的空殼子，只除了表現某一種的曲腔。詞家在這個曲譜的名下，無論寫出什麽都可以。因此，他便於詞牌名之外更需要另外的一個詞的題目，以表示他的詞的爲何而作的了。

更淺露的說幾句，例如，竹枝，原是詠竹而聯類及於閨思的，到了第二期便忘了『竹』字而只知在閨思做工夫，到了第三期則並『閨思』之意而忘了，只知在竹枝的那支曲譜上做工夫了。

每一個詞牌名差不多都是要經過這三個時期的。而在五代詞中，也已具有了這三個時期。不過這個時代的詞大多數都是在第一個時期之內而已。

四

現在先說中原的新文學。中原的主者如李曄（唐昭宗），及李存勗（後唐莊宗）皆好文學，且善於自製詞。一時新體的詩——詞——在中原亦甚爲流行，在他們治下的作者有韓偓、韋莊、皇甫松、牛嶠、和凝諸人。然而後來因兵戈變亂，生活不安，韓偓則避地於閩，韋莊、牛嶠則避地於蜀，連老詩人羅隱等也都散之四方，定居於兵戈未及之區。以此，中原的文壇大呈冷落之況。留居於中原的詩人僅有一晚出的和凝爲『魯靈光殿』而已。中原的主者，除了李曄、李存勗之外，如朱全忠、石敬瑭、劉知遠、郭威之流，皆爲橫恣的武夫悍卒，不好學，亦不知文，故文藝益爲凋殘，遠不及南唐及西蜀之文彩風流，照耀一時。當時的文藝中心蓋已移於中國南部與西部而不復在中原了。直至趙匡胤削平諸國，統一天下，降王降臣皆集中於中原，於是中原始恢復其爲文藝中心的光榮。

李曄（唐昭宗）㊀生於唐咸通八年（公元八百六十七年），爲唐懿宗的第七子。以公元八百八十九年卽皇帝位，公元九百零四年爲朱全忠所弒。是時，朱全忠勢力全盛，曄雖爲皇帝，徒擁虛位而已，事事須聽命於全忠，然他卽在全忠的旗影刀光之下苟生偷活，卻仍免不了一死。他

㊀見舊唐書卷二十，新唐書卷十。

的生活是極可悲哀的，又曾經歷數度的播遷，我們讀他的菩薩蠻：

> 登樓遙望秦宮殿，茫茫只見雙飛燕。渭水一條流，千山與萬丘。遠煙籠碧樹，陌上行人去。安得有英雄，迎歸大內中！

末運的帝王眞不如一個平常的百姓。然他雖歷經困阨，他的詩人性格仍未磨折以盡；或正因受了磨折而更爲深刻。他的詞傳於今者不多，花間集不收，入全唐詩第一百二十册中亦僅寥寥數首而已。巫山一段雲是他的最好的詩篇之一：

> 蝶舞梨園雪，鶯啼柳帶烟。小池殘日豔陽天，苧蘿山又山。青鳥不來愁絕，忍看鴛鴦雙結。春風一等少年心，閑情恨不禁。

韓偓㊀在昭宗左右爲兵部郎，待詔翰林學士承旨，以忤朱全忠貶濮州司馬。後避地於閩，依王審知以卒。偓字致堯，京兆萬年人，著香奩集㊁。他的詞嬌媚如好女子，濃豔如夭桃，足當『香奩』二字而無愧：

> 侍女動妝奩，故故驚人睡。那知本未眠，背面偷垂淚。嬾卸鳳凰釵，羞入鴛鴦被。時復見殘燈，和烟墜金穗。
>
> ——生查子

㊀見唐才子傳卷第九，十國春秋卷九十五。

㊁韓翰林集有嘉慶中王氏刊本，後附香奩集。又有汲古閣刊本；席氏刊本亦俱附香奩集。

與偓約同時者有皇甫松。松字子奇，爲湜之子，牛僧孺之壻，花間集列之於溫庭筠之下，韋莊之末，而稱之爲『先輩』。又花間稱人皆舉官銜，惟松稱『先輩』，當係不曾出去做過官。花間集錄其詞十一首。他的詞疏朗瑩潔，不如庭筠諸人之濃豔，卻有甚高明者：

灘頭細艸接疎林，浪惡罾船半欲沉。宿鷺眠鷗非舊浦，去年沙觜是江心。

——浪淘沙

蘭燼落，屏上暗紅蕉。閒夢江南梅熟日，夜船吹笛雨蕭蕭，人語驛邊橋。

——夢江南

菡萏香連十頃陂（舉棹），小姑貪戲採蓮遲（年少）。晚來弄水船頭濕（舉棹），更脫紅裙裹鴨兒（年少）。船頭湖色豔豔秋（舉棹），貪看年少信船流（年少）。無端隔水拋蓮子（舉棹），遙被人知半日羞（年少）。

——採蓮子

著名的詩人司空圖也偶一爲詞。朱溫即位後，司空圖便隱居於王官谷，自目爲耐辱居士。今所傳的只有酒泉子『……旋開旋落旋成空。白髮多情人更惜，黃昏把酒祝東風，且從容』一首而已。

和凝㊀，輩行後於韓偓諸人。凝字成績，鄆州須昌人，生於唐昭宗光化元年（公元八九八年），

㊀見舊五代史卷一百二十七。新五代史卷五十六。

卒於周世宗顯德二年（公元前九五五年）。他是一個遭遇很有幸的人，中原雖換了不少主者，他的富貴的地位，卻總不曾拋卻。他與自稱爲長樂老的馮道，同爲那個時代的典型的老官僚。他在後唐天成中爲翰林學士，知貢舉。石晉時爲中書侍郎同平章事。劉漢時拜太子太傅，封魯國公。周初，仍爲太子太傅。他所作詩文甚富，有集百卷，自篆於版，模印數百帙，分贈於人。他少時好爲曲子，布於汴、洛，泊入相，契丹號爲曲子相公。舊五代史也稱他「長於短歌豔曲」。他的「短歌豔曲」集（金奩集）雖不傳，㊀就今所存者而論之，實亦尖豔清新，不弱於花間集中諸作。

天欲曉，宮漏穿花聲繚繞。窗裏星光少。冷露寒侵帳額，殘月光沉樹杪。夢斷錦幃空悄悄，彊起愁眉小。

——薄命女

竹裏風生月上門，理秦箏；對雲屛，輕撥朱絃，恐亂馬嘶聲。含恨含嬌獨自語：今夜約，太遲生。

——江城子

㊀樂府紀聞關於凝的詞集頗有異聞：「和成績豔詞，每嫁名於韓偓，因在政府，諱之也。又欲使人知之，乃作游藝集序曰：「予有香奩，籝金不傳於世。」」據此則凝的金奩集至今尚在。然此說殊不可信。因花間中和凝之詞與韓偓所作的詞風格很不相同。

李存勗（後唐莊宗）㊀生於唐僖宗光啓元年（公元八百八十五年。）他是李克用的長子。其先本爲西突厥人，唐懿宗賜姓李氏。他在中國文學史上是一個很奇特的人物。他非中國人，又是一個武夫，然而他的詞卻深情婉約，風格旖旎，絕不像是一個武人，一個入籍於中國未久的外國人作的。他於同光元年（公元九百二十三年）攻滅了世仇的梁，即皇帝位，是爲後唐。他精曉音樂，與伶人暱遊。在位四年之後，（公元九百二十六年）爲伶人所殺。伶人將他的尸首雜着樂器一同焚化了。五代史說他『旣好俳優，又知音能度曲。至今汾晉之俗，往往能歌其聲，謂之御製者，皆是也。』

曾宴桃源深洞，一曲清歌舞鳳。長記別伊時，和淚出門相送。如夢，如夢，殘月落花煙重。

——如夢令

五

花間集載蜀中詞人的作品最多；除了先輩溫庭筠，皇甫松，南唐的張泌，中原的和凝，荊南的

㊀見舊五代史卷二十七至卷三十四；新五代史卷四至卷五。

孫光憲之外，其餘自韋莊、牛嶠以下，皆爲蜀士。花間爲蜀人趙崇祚所編，其見聞自未免較詳於蜀，然蜀中之多才，自爲不可掩的事實。在當時混擾的天下之中，惟蜀中較爲安定，故不僅蜀中才士，不離故鄉，即他鄉的才士也皆奔湊於此山青水秀的『桃花源』中。且前蜀主王建、王衍，後蜀主孟昶，也皆好文章，喜作詞，又有韋莊諸人主持文壇，故西蜀的一隅，自不由得不成爲這數十年來的最重要的文藝中心點。

前蜀主王衍㈠所作的詞不多，然頗高。如醉妝詞雖爲遊戲之語，卻流利而富於享樂的直捷意味：

者邊走，那邊走，只是尋花柳。那邊走，者邊走，莫獻金杯酒。

他又有宮詞道：『月華如水浸宮殿，有酒不醉眞癡人』也是在這個情調之下寫出的。而他的甘州曲『畫羅裙，能結束，稱腰身』也盛爲人所稱許。㈡

㈠見舊五代史卷一百五十六，新五代史卷六十三，十國春秋卷三十七。

㈡見古今詞話。（歷代詞話卷三引）及十國春秋。

後蜀主孟昶㊀所作亦極少，然他的玉樓春，蘇軾僅記住兩句已爲之驚賞不已。軾的洞仙歌雖隱括此詞，㊁然較之此作，實未能勝之。昶的此作，在靜穆疏爽之中，又具有富麗之意；他寫的是夜景，是夏夜的清景，是炎夏的午夜人聲寂絕月色微明的清景。即不在夏日，我們讀之也要生一種涼意。花間不錄君主之作，故此作亦未收入，然此作亦實高出於花間中諸作遠甚，非花間所能包孕得往的：㊂

冰肌玉骨清無汗，水殿風來暗香滿。繡簾一點月窺人，欹枕釵橫雲鬢亂。起來瓊戶啓無聲，時見疏星渡河漢。屈指西風幾時來，只恐流年暗中換。——玉樓春

韋莊㊃字端己，杜陵人，唐乾寧元年（公元八九四年）進士。他的詩很有名，中和癸卯（公

㊀見舊五代史卷一百三十六，新五代史卷六十四，十國春秋卷四十九。

㊁原作見溫叟詩話。

㊂漁隱叢話與宋翔鳳的樂府餘論皆辨此詞非孟昶所作，係後人隱括蘇詞，刪去數虛字而成的。然也並無什麼確切的證據。

㊃見唐才子傳卷第十，十國春秋卷四十。

元八八三年）時，他在長安應舉，遇到了黃巢之亂，曾作了一首長詩秦婦吟。當時人將此詩繡於錦幔上，可見其流傳之廣。人又稱之爲『秦婦吟秀才』。然此詩後竟失傳。近來燉煌石室的遺書出現時，秦婦吟乃復被流傳於人間。這是一篇很偉大的歌詠『亂離時代』的詩篇，從不曾有過那末痛切深刻的『亂離』描寫。一切虛僞的弔古懷亂之作，在秦婦吟之前，都要黯然無色：

中和癸卯春三月，洛陽城外花如雪。東西南北路人絕，綠楊悄悄香塵滅。路旁忽見如花人，獨向綠楊陰下歇。鳳側鸞欹鬢脚斜，紅攢翠斂眉心折。借問女郎何處來，含顰欲語聲先咽。回頭斂袂謝行人：『喪亂漂淪何堪說。三年陷賊留秦地，依稀記得秦中事。君能爲妾解征鞍，妾亦與君停玉趾。前年庚子臘月五，正閉金籠教鸚鵡。斜開鸞鏡懶梳頭，閒憑雕闌慵不語。忽看門外起紅塵，已見街中擂金鼓。居人走出半倉皇，朝士歸來尚疑誤。是時西面官軍入，擬向潼關爲警急。皆言博野自相持，盡道賊軍來未及。須臾主父乘奔至，下馬入門癡似醉。適逢紫蓋去蒙塵，已見白旗來匝地。扶羸攜幼競相呼，上屋緣牆不知次。南鄰走入北鄰藏，東鄰走向西鄰避。北鄰諸婦咸相湊，戶外崩騰如走獸。轟轟崐崐乾坤動，萬馬雷聲從地湧。火迸金星上九天，十二官街煙烘烔。日輪西下寒光白，上帝無言空脈脈。陰雲暈氣若重圍，宦者流星如血色。紫氣漸隨帝座移，妖光暗射台星拆。家家流血如泉沸，處處冤聲聲動地。舞伎歌姬盡暗捐，嬰兒稚女皆生棄。東鄰有女眉新畫，傾國傾城不知價。長戈擁得上戎車，回首香閨淚盈把。旋抽金綫學縫旗，纔上雕鞍教走馬。有時馬上見良人，不敢迴眸空淚下。西鄰有女眞仙子，一寸橫波剪秋水。妝成只對鏡中春，年幼不知門外事。一夫跳躍上金階，斜袒半肩欲相恥。牽衣不肯出朱門，紅粉香脂刀下死。南鄰有女不記姓，昨日良媒新納聘。琉璃階上不聞聲，翡翠簾前空見影。忽看庭際刀刃鳴，身首支離在俄頃。仰天掩面哭一聲，女弟女兄同入井。北鄰少婦行相促，旋解雲鬟拭眉綠。已聞擊托壞高門，不覺攀緣上重屋。須臾四面火光來，欲下迴梯梯又摧。烟中大叫猶求救，梁上懸屍已作灰。妾身幸得全刀鋸，不敢踟躕久回顧。旋梳蟬鬢逐軍行，強展蛾眉出門去。舊里從茲不得歸，六親自此無尋處。一從陷賊經三載，終日驚憂心膽碎。夜臥千重劍戟圍，朝飡一味人肝膾。鴛幃縱入豈成歡，寶貨雖多非所愛。蓬頭面垢眉猶赤，幾轉橫波看不得。衣裳顛倒語言異，面上誇功彫作字。柏臺多半是狐精，蘭省諸郎皆鼠魅。還將短髮戴華簪，不脫朝衣纏繡被。翻持象笏作三公，倒佩金魚爲兩史。朝聞奏對入朝堂，暮見喧呼來酒市。一朝五鼓人驚起，叫嘯喧爭如竊議。夜來探馬入皇城，昨日官軍收赤水。赤水去城一百里，朝若來兮暮應至。凶徒上馬暗吞聲，女伴閨中潛色喜。皆言寃憤此時銷，必謂妖徒今日死。逡巡走馬傳聲急，又道軍前全陣入。大彭小彭相顧憂，二郎四郎抱鞍泣。汎汎數日無消息，必謂軍前已銜璧。簸旗掉劍卻來歸，又道官軍悉敗績。四面從茲多厄束，一斗黃金一斗粟。尙讓廚中食木皮，黃巢机上封人肉。東南斷絕無糧道，溝壑漸平人漸少。六軍門外倚僵尸，七架營中塡餓殍。長安寂寂今何有？廢市荒街麥苗秀。採樵斫盡杏園花，修寨誅殘御溝柳。華軒繡轂皆銷散，甲第朱門無一半。含元殿上狐兔行，花萼樓前荊棘滿。昔時繁盛皆埋沒，舉目淒涼無故物。內庫燒爲錦繡灰，天街踏盡公卿骨。來時曉出城東陌，城外風烟如塞色。路傍時見游奕軍，坡下寂無迎送客。霸陵東望人煙絕，樹鎖驪山金翠滅。大道俱成棘子林，行人夜宿長安月。明朝曉至三山路，百萬人家無一戶。破落田園但有蒿，摧殘竹樹皆無主。路旁試問金天神，金天無語愁於人。「廟前古柏有殘枿，殿上金爐生暗塵。一從狂寇陷中國，天地晦冥風雨黑。案前神水呪不成，壁上陰兵驅不得。閒日徒歆奠饗恩，危時不助神通力。我今愧恧拙爲神，且向山中深避匿。寰中簫管不曾聞，筵上犧牲無處覓。旋教魘鬼傍鄉村，誅剝生靈過朝夕。」妾聞此語愁更愁，天遣時災非自由。神在山中猶避難，何須責望東諸侯。前年又出揚震關，舉頭雲際見荆山。如從地府到人間，頓覺時清天地閑。陝州主帥忠且貞，不動干戈惟守城。蒲津主帥能戢兵，千里晏然無戈聲。朝攜寶貨無人問，暮插金釵唯獨行。明朝又過新安東，路上乞漿逢一翁。蒼蒼面帶苔蘚色，隱隱身藏蓬荻中。問「翁本是何鄉曲，底事寒天霜露宿？」老翁暫起欲陳詞，卻坐支頤仰天哭。「鄉園本貫東畿縣，歲歲耕桑臨近甸。歲種良田二百廛，年輸戶稅三十萬。小姑慣織褐絁袍，中婦能炊紅黍飯。千間倉兮萬斯箱，黃巢過後猶殘半。自從洛下屯師旅，日夜巡兵入村塢。匣中秋水拔青蛇，旗上高風吹白虎。入門下馬若旋風，罄室傾囊如卷土。家財既盡骨肉離，今日垂垂一身苦。一身苦兮何足嗟，山中更有千萬家。朝飢山草尋蓬子，夜宿霜中臥荻花。」妾聞此老傷心語，竟日闌干淚如雨。出門惟見亂梟鳴，更欲東奔何處所。仍聞汴、洛舟車絕，又道彭門自相殺。野色徒銷戰士魂，河津半是冤人血。適聞有客金陵至，見說江南風景異。自從大寇犯中原，戎馬不曾生四鄙。誅鋤竊盜若神功，惠愛生靈如赤子。城壕固護教金湯，賦稅如雲送軍壘。奈何四海盡滔滔，湛然一境平如砥。避難徒爲闕下人，懷安卻羨江南鬼。願君舉棹東復東，詠此長歌獻相公。」

——秦婦吟

他的詩有浣花集㊀十卷。天復元年（公元九〇一年）赴蜀爲王建書記，王建爲蜀帝，莊便爲他的宰相。他的詞集名浣花詞，今失傳，僅散見於花間、尊前諸集。近王國維始輯爲一卷。莊雖仕蜀，然仍念念未忘中原，他的故鄉。他的詞可分爲兩大類，一類是寫鬱抑的懷念故鄉之情的，如：

㊀浣花集有汲古閣刊本；席氏刊本；綠君亭刊本；四部叢刊本。浣花詞有王忠慤公遺書第四集輯本。

洛陽城裏春光好，洛陽才子他鄉老。柳暗魏王堤，此時心轉迷。桃花春水綠，水上鴛鴦浴。凝恨對斜暉，憶君君不知。

——菩薩蠻

春愁南陌，故國音書隔。細雨霏霏梨花白，燕拂畫簾金額。盡日相望王孫，塵滿衣上淚痕。誰向橋邊吹笛，駐馬西望銷魂。

——清平樂（此作又見陽春集）

這一類的詞並不很多；最多的是第二類寫婉戀的離情的，這種離愁別恨全部花間幾十占其八九。莊雖亦用戀膩的文句，然卻別有風格，不同凡俗，其情深摯，非復如無病呻吟，而似爲身親躬歷的遭遇。

挑盡金燈紅燼，人灼灼，漏遲遲，未眠時。斜倚銀屏無語，閑愁上翠眉。悶殺梧桐殘雨，滴相思。

——定西番

昨夜夜半，枕上分明夢見。語多時，依舊桃花面，頻低柳葉眉。半羞還半喜，欲去又依依。覺來知是夢，不勝悲。

——女冠子

空相憶，無計得傳消息。天上嫦娥人不識，寄書何處覓。新睡覺來無力，不忍把伊書跡。滿院落花春寂寂，斷腸芳草碧。

——謁金門

記得那年花下，深夜，初識謝娘時。水堂西面畫簾垂，攜手暗相期。惆悵曉鶯殘月，相別，從此隔音塵。如今俱是異鄉人，相見更無因。

——荷葉杯㊀

莊的詞格，更在庭筠及其他花間詞人之上，他是不雕斲的，他是寫眞情實景的，庭筠他們則未免過於在文字的尖新上着意．莊有幾首詞亦頗病此，然大體則皆清新明白．五代的詞家，自當以莊及李後主、馮延己爲三大作家．

牛嶠㊁字松卿，一字延峯，隴西人，唐乾符五年（公元八七八年）進士．亦入蜀爲王建判官．王建卽帝位，他爲給事中，有集三十卷，今亡失殆盡．他的詞，今所傳者，僅花間集中的三十二首而已．就這僅存的三十二首的詞而論，全都寫閨情的，而又脫不了溫庭筠的影響．較好的幾首如：

鵁鶄飛起郡城東，碧江空，半灘風．越王宮殿，蘋葉藕花中．簾捲水樓魚浪起，千片雪，雨濛濛．

——江城子

春夜闌，更漏促，金燼暗挑殘燭．驚夢斷，錦屏深，兩鄉明月心．

閨草碧，望歸客，還是不知消息．孤負我，慢憐君，告天天不聞．

——更漏子

㊀據堯山堂外紀，此詞係莊思舊姬而作．姬爲王建所奪，入宮見莊此詞，不食死．

㊁見唐才子傳卷第九，十國春秋卷四十四．

其情緒不很深切，其文辭亦頗淺。當然不能預於韋莊諸大家之列。

嶠之兄子希濟㊀亦善於爲詞，仕蜀爲御史中丞，降於後唐，明宗拜他爲雍州節度副使。他的詞大體已在花間集中（十一首），此外僅詞林萬選多出三首而已。他的詞很有不少好句，較之嶠，當行出色之作更多。十國春秋云：『希濟次牛嶠女冠子四闋，時輩嘖嘖稱道。』女冠子今已亡逸，然如生查子數首，其情趣亦自佳絕：

春山煙欲收，天澹星稀小，殘月臉邊明，別淚臨清曉。語已多，情未了，回首猶重道：記得綠羅裙，處處憐芳草。

新月曲如眉，未有團圓意。紅豆不堪看，滿眼相思淚。終日劈桃穰，人在心兒裏。兩朵隔牆花，早晚成連理。

薛昭蘊字里均無考，花間集稱之爲『薛侍郎』。其詞十九首，皆存於花間集中，其題材亦不外爲靡膩的閨思：

紅蓼渡頭秋正雨，印沙鷗跡自成行，整鬟飄袖野風香。　不語含嚬深浦裏，幾回愁煞棹船郎，燕歸帆盡水茫茫。

——浣溪沙

㊀見十國春秋卷四十四。

毛文錫㊀字平珪，南陽人，仕蜀爲翰林學士，遷內樞密使，進文思殿大學士，拜司徒，貶茂州司馬，隨衍降唐，後復事後蜀，與歐陽炯等並以詞章供奉內庭，所著有前蜀紀事二卷，茶譜一卷．他的詞大都已見於花間集中（三十一首）．葉夢得謂文錫詞『以質直爲情致，殊不知流於率露，諸人評庸陋詞，必曰此仿毛文錫之贊成功而不及者．』其實文錫亦殊雕斲，無深厚的情趣．姑錄其較好的一首：

鴛鴦對浴銀塘暖，水面蒲梢短．垂楊低拂麴塵波，蛛絲結網露珠多，滴圓荷．　遙思桃葉吳江碧，便是天河隔．錦鱗紅鬣影沈沈，相思空有夢相尋，意難任．

——虞美人

魏承班父弘夫，爲王建養子，賜姓名王宗弼，封齊王．承班爲駙馬都尉，官至太尉．他的詞，花間集選十三首，全唐詩又多出五首．他的詞措語遣辭很有許多新穎尖麗的，自較毛文錫爲高．元好問以爲『承班詞但爲言情之作，大旨明淨，不更苦心刻意以競勝者．』柳塘詩話以爲『承班詞較南唐諸公更淡而近，更寬而盡，人人喜效爲之．』

㊀見十國春秋卷四十一．

高歡宴，月初盈，詩情引恨情。煙露冷，水流輕，思想夢難成。羅帳襞香平，恨頻生。思君無計睡還醒，隔層城。

雪飛飛，風凜凜，玉郎何處狂飲？醉時想得縱風流，羅帳香幃鴛寢。春朝秋夜思君甚，愁見繡屏孤枕。少年何事負初心，淚滴縷金雙衽。

——訴衷情

寒夜長，更漏永，愁見透簾月影。王孫何處不歸來？應在倡樓酩酊。金鴨無香羅帳冷，羞更雙鸞交頸。夢中幾度見兒夫，不忍罵伊薄倖。

——滿宮花

尹鶚㈠成都人，事王衍為翰林校書，累官參卿。花間集載他的詞六首，尊前集較多。其情調亦不外歡歌膩飲，離愁別恨，如醉公子之類，其意趣殊倩巧可愛。張炎以為他的詞『以明淺動人，以簡淨成句。』

莫烟籠蘚砌，戟門猶未閉。盡日醉尋春，歸來月滿身。離鞍偎繡袂，墜巾花亂綴。何處惱佳人？檀痕衣上新。

李珣㈡字德潤，先世本波斯人。為蜀秀才，其妹李舜弦為王衍昭儀。有瓊瑤集一卷，今亡。然他

㈠見十國春秋卷四十四。

㈡見十國春秋卷四十四。

的詞花間集錄至三十七首，尊前又加出十七首。他的詞，雖不能與西突厥人的李存勗相比論，卻不失爲花間中的一個能手。其題材不盡爲閨情，亦多有抒寫瀟灑的處士心懷者。除了張志和的幾首漁歌子之外，這一類的情調，在唐、五代詞中，是很少見到的。

十載逍遙物外居，白雲流水似相於。乘興有時攜短棹，江鳥，誰知求道不求魚。　到處等閒邀鶴伴，春岸野花，香氣撲琴書。更飲一杯紅霞酒，迴首，半鉤新月貼清虛。——定風波

雙髻墜，小眉彎，笑隨女伴下春山。玉纖遙指花深處，爭回顧，孔雀雙雙迎日舞。——漁父

在這個時候，蜀中的文學，已不復是客卿的文學，而是本土的文學了；韋莊、牛嶠他們已經過去了。雖經過了王氏與孟氏的朝代變遷，詞人卻不曾另易了一批。新起的孟氏時代的蜀中詞人，大部分仍是前代王氏時代的人物。如顧敻，如鹿虔扆，如歐陽炯等皆是。

顧敻㊀字里未詳。前蜀時官刺史。後事孟知祥，官至太尉。他的詞，全見於花間集，凡五十五首。

㊀見十國春秋卷五十六。

其佳作如訴衷情及河傳數首，皆傳在人口。他所詠的雖亦爲人人所詠的閨情，而含情獨厚。論者以爲『顧太尉訴衷情云換我心爲你心，始知相憶深，雖爲透骨情語，已開柳七一派。』㊀

永夜拋人何處去，絕來音。香閣掩，眉斂，月將沉。爭忍不相尋，怨孤衾。換我心爲你心，始知相憶深。——訴衷情

棹舉，舟去，波光渺渺，不知何處。岸花汀草共依依，雨微，鷓鴣相逐飛。天涯離恨，江聲咽，啼猿切。此意向誰說。艤蘭橈，獨無憀，魂銷，小爐香欲焦。——河傳

鹿虔扆㊁字里未詳，事孟昶爲永泰軍節度使，進檢校太尉，加太保。他的詞，僅存見錄於花間的六首。樂府紀聞謂他：『國亡不仕，詞多感慨之音。』倪瓚謂：『鹿公高節，偶爾寄情倚聲，而曲折盡變，有無限感慨淋漓處。』臨江仙一首，更爲有感而作，甚似李後主或唐昭宗的名作。

金鎖重門荒苑靜，倚窗愁對秋空。翠華一去寂無蹤。玉樓歌吹，聲斷已隨風。烟月不知人事改，夜闌還照深宮。藕花相向野塘中，暗傷亡國，清露泣香紅。

㊀歷代詞話引蓉城集語。

㊁見十國春秋卷五十六。

歐陽炯㈠益州人，初事王衍，前蜀亡後，又事孟知祥及昶，累官翰林學士，進侍郎，門下同平章事。㈡後昶降宋，炯亦隨之歸宋，授左散騎常侍，炯在當時，爲一個很負盛名的作家，與昶甚相得，每言：『愁苦之音易好，歡愉之語難工。』其詞大抵婉約輕和，不欲強作愁思。㈢他曾於廣政三年爲趙崇祚作花間集序，花間錄他的詞凡十七首，尊前集又多出三十一首。他的詞，是花間正體，大都爲閨情之作，婉膩嬌秀，而失之於靡細，然描寫當前景色及刻劃小兒女之情態，甚至此實花間之一大特色，即其大成功處。炯之作，可算是其代表之一。

嫩草如烟，石榴花發海南天，日暮江亭春影綠，鴛鴦浴，水遠山長看不足。

——南鄉子

天碧羅衣拂地垂，美人初著更相宜，宛風如舞透香肌。獨坐含嚬吹鳳竹，園中緩步折花枝，有情無力泥人時。

——浣溪沙

憶昔花間初識面，紅袖半遮妝臉，輕撚石榴裙帶，故將玉指纖纖，偷撚雙鳳金線。碧梧桐鎖深深院，誰料得兩情何日教

㈠見同書同卷。

㈡炯事孟蜀後主，時號五鬼之一，見堯山堂外紀。五鬼者，炯，鹿虔扆，韓琮，閻選及毛文錫也。

㈢見蓉城集，（歷代詞話卷三引）。

繾綣，羨春來雙燕，飛到玉樓，朝暮相見。——賀明朝

毛熙震，蜀人，官祕書監。周密謂他的詞：『新警而不爲儇薄。』花間錄他的詞二十九首，已盡於此。他處更不可得。其情調亦爲婉戀的閨思，蘊藉而不直率，是其長處。亦間有感慨之音，或爲亂後所作，所謂『暗傷亡國』者：

鶯啼燕語芳菲節，瑞庭花發，昔時歡宴歌聲揭，管絃清越。自從陵谷追遊歇，畫樑塵黦，傷心一片如珪月，閑鎖宮闕。——後庭花

春暮黃鶯下砌前，水精簾影露珠懸，綺霞低映晚晴天。弱柳千條垂翠帶，殘紅滿地碎香鈿，蕙風飄蕩散輕烟。——浣溪沙

春光欲暮，寂寞閒庭戶。粉蝶雙雙穿檻舞，簾捲晚天疎雨。含愁獨倚閨幃，玉爐烟斷香微。正是銷魂時節，東風滿院花飛。——清平樂

閻選㊀字里未詳。花間集稱之爲『閻處士，』當爲未入仕者。他的詞存於今者不多，皆見於花間、尊前，語多率直，非復如歐陽炯諸人之蘊藉多趣。

㊀見十國春秋卷五十六。

愁鎖黛眉烟易慘，淚飄紅臉粉難勻。憔悴不知緣底事？遇人推道不宜春。

——八拍蠻

六

南唐爲西蜀以外最重要的文藝中心點。西蜀的前後二代，王氏與孟氏，其主皆好文而喜士，南唐亦然。中主李璟，後主李煜，其詩才皆絕代無匹。又蜀中尙數經喪亂，南唐則歷來皆處於晏安之中，直至宋人統一天下之時，江南方才略受兵禍。其文學宜當更盛於西蜀。然除了璟、煜二主及馮延巳、張泌四人之外『他皆無聞焉。』花間集所選者只及張泌，而馮延巳且不在內。或疑花間集中的張泌並非南唐的張泌，或爲另一個人。㊀如此，則南唐之詞人，誠不過寥寥可數的幾個。蜀中詞人如無花間之結集，其中的一大部分詞人，或皆將不免於作品淪亡，不爲世人所知。以此推之，則南唐當時必更有好許多詩人存在着，也許更有第一流的詩人存在着，然而因爲沒有像趙崇祚那樣的『好事者』出來選集其作品，故遂湮沒，不爲我們所知。

㊀胡適詞選：『我們疑心詞人張泌另是一人，大概也是蜀人。他的年輩很早，故他的詞在花間集裏列在韋莊、薛昭蘊之後。』

南唐嗣主李璟字伯玉㊀生於貞明二年（卽公元九一六年）卒於建隆二年（卽公元九六一年）他偏安於江南的一隅，有似於浙之錢氏，惟以保境安民爲事，不敢有大志，也不敢得罪於中原的主人翁，因此江南的文物稱爲繁盛，他好文士，自作的詞也殊高雋，惜不甚多，傳於世者尤鮮，浣溪沙數首最負盛名。㊁

手捲眞珠上玉鉤，依前春恨鎖重樓。風裏落花誰是主，思悠悠。靑鳥不傳雲外信，丁香空結雨中愁。回首綠波三楚莫，接天流。

菡萏香銷翠葉殘，西風愁起綠波間。還與韶光共憔悴，不堪看。細雨夢回雞塞遠，小樓吹徹玉笙寒。多少淚珠無限恨，倚闌干。

後主李煜，字重光，璟之子㊂生於天福元年（公元九百三十六年）曹彬克金陵，煜降於宋，

㊀見舊五代史卷一百三十四，新五代史卷六十二，馬令南唐書卷二至卷四，陸游南唐書卷二，十國春秋卷十六。

㊁李璟詞與李煜詞，類都合刻在一處，南唐二主詞有晨風閣叢書本，南唐二主詞箋劉繼曾著，有無錫圖書館鉛印本，又李後主詞，戴景素編，商務印書館出版。

㊂見新舊唐書卷同上，馬書卷五，陸書卷三，十國春秋卷十七。

後遷住於宋都，終日愁悶不平，以眼淚洗面。宋太宗甚忌之，遂於太平興國二年（公元九七七年）賜以毒藥而殺之。他的天才甚高，善屬文，工書畫，妙於音律。著雜說百篇，時人以爲可繼曹丕的典論，又有集十卷，今皆不傳。今所傳者僅零星詩詞五十餘首而已。他的詩不足論，詞則可以雄視於花間諸作家；當世大詩人之稱，非他莫屬。他的詞可以分爲兩個時代，一個時代是開寶八年之前，一個時代是開寶八年之後，換一句話，卽前者爲他宴安於富貴榮華之境時所作的，後者爲他苟安偸活的俘虜時代所作的。這兩個時代的作品，其情調相差至遠。第一個時代是溫馥柔美，無思無慮的少年帝王生活，有的是嬉笑歡樂，有的是密約私情，有的是『酒惡時拈花蕊嗅，別殿遙聞簫鼓奏』（浣溪沙），有的是『畫堂南畔見，一向偎人顫』（菩薩蠻），有的是『臉慢笑盈盈，相看無限情』（菩薩蠻），有的是『歸時休放燭光紅，待踏馬蹄清夜月』（玉樓春）的生活。這一時期的作品，情緒自然還未深刻動人，然其詞華則已有異於我們上面所歷舉的花間諸詞人。他的用語遣辭完全不同。他不十分寫『無可奈何』之離情別恨，因爲他生在『眼色暗相鈎，秋波橫欲流』（菩薩蠻）的境界裏，他不必作，也不能作什麼傷春悲秋的調子。他的愛情，卽有一點小周折也僅足以增進他的情趣，而不以使他憔悴愁思。到了第二期他的生活便完全不同了：他如今已不是一個頤指氣使的至尊了，他如今已是一位偷生苟活不知命在何時的囚徒了；他的輝煌燦麗的宮殿已不是他的了，他的嬌憨秀美的宮娥都星散了，他已不復能回他的江南了；他住的是監獄似的府第，他的一舉一動都有人監視着。作了一場美夢，醒來時還要惆悵不已，何況過去的美境乃是一個『現實』呢？像他那樣一個多感的詩人，一個不知低心下氣以苟延殘喘的詩人，自然免不得要高呼着『故國不堪回首月明中』（虞美人）『燭殘漏滴頻欹枕，起坐不能平』（烏夜啼），『故國夢重歸，覺來雙淚垂』（子夜歌）了！自然免不得要遭忌，要被害了！詞——新體的詩——裏，有的是柔情膩語，有的是豪邁瀟洒的情調，而似重光那樣的悲憤的痛詞則絕不多見，只有宋徽宗的詞還有些相類，這當然因為境地相同，故不知不覺的會情調相同。至於南宋末年諸作家，如隱如現，如是如非的亡國痛語，卻是很不足道的。

雲一緺，玉一梭，澹澹衫兒薄薄羅，輕顰雙黛螺。秋風多，雨相和，簾外芭蕉三兩窠，夜長人奈何！

——長相思

多少恨，昨夜夢魂中。還似舊時遊上苑，車如流水馬如龍，花月正春風。多少淚，斷臉復橫頤，心事莫將和淚說，鳳笙休向淚時吹，腸斷更無疑。——望江南

別來春半，觸目柔腸斷。砌下落梅如雪亂，拂了一身還滿。雁來音信無憑，路遙歸夢難成。離恨恰如春草，更行更遠還生。——清平樂

往事只堪哀，對景難排。秋風庭院蘚侵階。一任珠簾閒不捲，終日誰來。金鎖已沈埋，壯氣蒿萊。晚涼天淨月華開。想得玉樓瑤殿影，空照秦淮。——浪淘沙

簾外雨潺潺，春意闌珊，羅衾不耐五更寒。夢裏不知身是客，一晌貪歡。獨自莫憑欄，無限關山，別時容易見時難。流水落花春去也，天上人間。——浪淘沙

無言獨上西樓，月如鉤，寂寞梧桐深院鎖清秋。剪不斷，理還亂，是離愁，別是一般滋味在心頭。——烏夜啼

馮延己㊀一名延嗣，字正中，廣陵人。仕南唐為翰林學士，後進中書侍郎同平章事。有陽春集

㊀見馬令南唐書卷第二十一，十國春秋卷二十六。

一卷。相傳李璟見他所作的謁金門，說道：『吹皺一池春水，干卿底事？』延巳對道：『未若陛下小樓吹徹玉笙寒也。』於此可見當時江南文章極盛，君臣亦皆以詞語相戲。延巳的詞調，亦不外閨情離思，而措辭用語，殊有尖新獨到之處；論者每盛推之，以爲勝於花間諸作遠甚，其實較之端己諸第一流作者，正中亦未爲勝之，而較之重光，則正中似猶當臣事之。花間雖不錄正中作，然陽春集㊀至今尚傳，故正中詞傳於今者獨多。

窗外寒雞天欲曙，香印成灰，起坐渾無緒。庭際高梧凝宿霧，捲簾雙鵲驚飛去。屏上羅衣閑繡縷，一晌關情，憶遍江南路。
夜夜夢魂休謾語，已知前事無尋處。——鵲踏枝

金波遠逐行雲去，疏星時作銀河渡。華景臥秋千，更長人不瞑。玉箏彈未徹，鳳髻鸞釵脫。憶夢翠蛾低，微風吹繡衣。——菩薩蠻

風乍起，吹縐一池春水。閑引鴛鴦芳徑裏，手挼紅杏蕊。鬬鴨闌干獨倚，碧玉搔頭斜墜。終日望君君不至，舉頭聞鵲喜。——謁金門

㊀陽春集有侯刻名家詞本；（粟香室叢書中有之）王刻四印齋所刻詞本。

張佖㊀（一作泌）字子澄，淮南人，初官句容尉，李煜徵爲監察御史，進中書舍人，改內史舍人。隨煜歸宋，仍入史館。有集一卷。其詞錄於花間集者凡二十七首，全唐詩又多出一首。或以爲花間中的張泌未必爲南唐的張泌，或另有同姓名的一人，但也沒有充分的證據。姑從舊說。泌的詞亦以幽豔尖新著，好句甚多，自是花間中第一流的詞人。古今詞話㊁稱其以江城子得名。少與鄰女浣衣善，經年不見，夜必夢之。女別字泌，寄以詩云：『多情只有春庭月，猶爲離人照落花。』浣衣爲之隕涕。他的浣溪沙的一首，有『露濃香泛小庭花』之語，後人竟有將此詞改名爲小庭花者。

柳色遮樓暗，桐花落砌香，畫堂開處遠風涼。高捲水精簾額，襯斜陽。

——南歌子

馬上凝情憶舊遊，花淹竹小溪流，鈿箏羅幕玉搔頭。早是出門長帶月，可堪分袂又經秋，晚風斜日不勝愁。

——浣溪沙

獨立寒階望月華，露濃香泛小庭花，繡屏愁背一燈斜。雲雨自從分散後，人間無路到仙家，但憑魂夢訪天涯。

㊀見十國春秋卷二十五。

㊁歷代詞話卷三引。

晚逐香車入鳳城，東風斜揭繡簾輕。慢迴嬌眼笑盈盈。消息未通何計是，便須佯醉且隨行，依稀聞道太狂生。

——以上浣溪沙

成彥雄字文幹，與延己等同時，亦仕於南唐。有楊柳枝詞十首，見於尊前集。如：

殘照林梢裊數枝，能招醉客上金堤。馬驕如練纓如火，瑟瑟陰中步步嘶。

諸語也頗新警可喜。

七

西蜀、江南之外，其他如荊南，如閩，如浙，亦多文學之士，然較之西蜀與江南，則皆遠不及之。閩有韓偓，上文已經提及，荊南則有孫光憲。浙則有羅隱諸人。羅隱將在下文敘述之。今僅敘孫光憲。

孫光憲㊀亦花間集中的詞人之一。光憲字孟文，貴平人，唐時爲陵州判官。天成初，避地江陵。遭兵戈之際，尚以金帛購書數萬卷。著北夢瑣言。高季興據荊南，署爲從事。歷事三世，累官荊南節度副使，檢校祕書，兼御史中丞。後勸高繼冲歸宋。趙匡胤授以黃州刺史。光憲自號葆光子，有荊臺，

㊀見十國春秋卷一百〇二。

筆，傭，橘，齋，翠湖諸集。他的詞，花間集選六十首，全唐詩又多出二十四首。他在花間詞人中亦可謂第一流的作家，很有不少境界高超的詩篇。

門首春水白蘋花，岸上無人小艇斜。商女經過江欲暮，散拋殘食飼神鴉。 ——竹枝

蓼岸風多橘柚香，江邊一望楚天長，片帆烟際閃孤光。目送征鴻飛杳杳，思隨流水去茫茫，蘭紅波碧憶瀟湘。 ——浣溪沙

攬鏡無言淚欲流，凝情半日懶梳頭，一庭疏雨溼春愁。楊柳只知傷怨別，杏花應信損嬌羞，淚沾魂斷軫離憂。 ——浣溪沙

泛流螢，明又滅，夜涼水冷東灣闊。風浩浩，笛寥寥，萬頃金波澄澈。杜若洲，香郁烈，一聲宿雁霜時節。經霅水，過松江，盡屬儂家日月。 ——漁歌子

八

孫洙稱其浣溪紗絕無含蓄而自然入妙。

比之新曲的詞來，五七言的舊體詩，在此時殊爲衰落；並不是說沒有作者，五七言的古律詩，在此時作者仍是很多的；然而作者雖不少，卻很少有偉大的詩人。陳陶、司空圖、伍喬、羅隱、韓偓、貫休、齊己他們都不能算是很偉大的作者。當時的大詩人，都用力於新體詩——詞——一方面去了；即偶有作詩者，其所作亦往往不如其詞遠甚。如和凝、李煜諸人，其詩都是大不如其詞。以下姑舉幾個比較重要的舊詩作家，以見當時五七言的舊詩壇的一斑。

司空圖㊀字表聖，河中虞鄉人，咸通末擢進士第。僖宗時爲知制誥中書舍人。知天下必亂，歸隱中條山王官谷。以後累召皆不起。入梁，召爲禮部尚書也不應。昭、哀二帝相繼被殺，圖不懌數日，遂卒。有一鳴集三十卷。㊁圖的詩完全超出於晚唐的風氣以外，以質樸恬淡爲宗。間有格言詩，如『好鳥無惡聲，仁獸肯狂噬。寧教鸚鵡啞，不遣麒麟吠』（感時）之類。然大體多逸韻淸情之作，如『川明虹照雨，樹密鳥銜人』（華下送文涓）『荷香浥露侵衣潤，松影和風傍枕移。』（爭

㊀見舊唐書卷一百九十下，新唐書卷一百九十四，唐才子傳卷第八。

㊁司空表聖文集有明刊本，乾坤正氣集本，四部叢刊本。

名）以及：

凡鳥愛喧人靜處，閒雲似妒月明時。世間萬事非吾事，只愧秋來未有詩。 ——山中

●嶽北秋岑渭北川，暗雲漸漸薄如烟。坐來還見微風起，吹散殘陽一片蟬。 ——擷仙籙

他也曾寫了一部詩品㊀以四言體詩，詠寫二十四種的詩的境界，如雄渾、沖淡、沉著、高古、典雅之類。這是一部不朽的作品，她的本身便是二十四首絕妙的詩，如：

不著一字，盡得風流。語不涉己，若不堪憂。是有眞宰，與之沉浮。如滿綠酒，花時反秋。悠悠空塵，忽忽海漚。淺深聚散，萬取一收。 ——含蓄

生者百歲，相去幾何。歡樂苦短，憂愁實多。何如尊酒，日往烟蘿。花覆茅檐，疏雨相過。倒酒既盡，杖藜行歌。孰不有古，南山峨峨。 ——曠達

㊀詩品有汲古閣本，龍威祕書本，明辨齋本，歷代詩話（何文煥編）本。

羅隱㊀字昭諫，餘杭人。與羅鄴、羅虬並號江東三羅，而隱名最著。光啓中，依浙江錢鏐。鏐辟他爲節度判官副使。朱温召之，不行。年八十餘卒。隱在當時以機警妙悟著，至今浙人尙相傳着他許多聰明的故事。他的詩多用通俗之語，有許多已成了民間的習語。詠齋閒覽：『唐人詩句中用俗語者，惟杜荀鶴、羅隱爲多。羅隱詩如曰「西施若解亡人國，越國亡來又是誰？」曰「今宵有酒今宵醉，明日愁來明日愁。」曰「能消造化幾多力，不復陽和一點塵。」曰「只知事逐眼前去，不覺老從頭上來。」曰「時來天地皆同力，運去英雄不自由。」曰「採得百花成蜜後，不知辛苦爲誰甜。」曰「明年更有新條在，繞亂春風卒未休。」今人多引此語，往往不知誰作。』隱有羅昭諫集，㊁又有讒書。㊂詩格、文格皆不甚高，但在五代中卻是一個足以雄視儕輩的作家。

羅鄴㊃也是餘杭人。楊愼的丹鉛總錄說：『晚唐江東三羅，皆有集行世，當以鄴爲首。』他的

㊀見唐才子傳卷第九，十國春秋卷八十四。

㊁羅昭諫集有張瓚刊本，汲古閣刊本，席氏刊本，又康熙中戴氏、張氏兩刻本；道光中吳氏刊本。

㊂讒書有吳騫愚谷叢書本。

㊃見唐才子傳卷第八。

詩，如：

> 夢斷南鄰啼曉烏，新霜昨夜下庭梧。不知簾外如珪月，還照邊庭到曉無？——閨怨
>
> 臘晴江暖鸊鵜飛，梅雪香沾越女衣。魚市酒村相識徧，短船歌月醉方歸。——南行

慎以為『此二詩隱與虬皆不及也』㊀

羅虬㊁為台州人，依鄜州李孝恭為從事。曾作比紅兒詩百首。虬狂宕無檢束。他在孝恭坐，殺了妓女杜紅兒，後悔之，乃作比紅兒詩。當時盛傳。辛文房以為『體固凡庸，無大可采。』㊂

杜荀鶴㊃字彥之，石棣人。七歲便志存經史。景福二年進士及第。計有功以他為杜牧出妾之子。擢第時年已四十六。朱溫握權時，荀鶴去獻詩，得其厚遇。到了朱溫受禪，拜他為翰林學士。數日

㊀羅鄴集有唐人小集本。

㊁見唐才子傳卷第九。

㊂比紅兒詩話一卷，沈可培著，昭代叢書本。

㊃見唐才子傳卷第九，十國春秋卷十一。

而卒。荀鶴自序其詩爲唐風集。其友人顧雲乃以爲『可以左攬工部（杜甫）袖，右拍翰林（李白）肩，吞賈（島）喻（鳧）於胸中，曾不芥蒂。』然荀鶴詩凡近者爲多。其最著名的『風暖鳥聲碎，日高花影重』一聯，或且以爲他人所作。但他的詩因爲能通俗，卻有許多已成了當時的習語，如『舉世盡從愁裏老，誰人肯向死前休！』『世間多少能言客，誰是無愁行睡人，』『逢人不說人間事，便是人間無事人』之類。㈠

曹唐㈡字堯賓，桂州人。初爲道士，後舉進士不第。以作遊仙詩百首著名。胡曾㈢邵陽人，咸通中舉進士不第。有詠史詩㈣百首，也盛行於世。曹、胡俱與杜、羅諸人同時，但詩格皆不高。

又有方干㈤者，字雄飛，桐廬人，咸通中屢舉進士不第。他的詩時有高警之句，如：『鶴盤遠勢

㈠唐風集有席氏刊本，唐四名家集本。
㈡見唐才子傳卷第八。
㈢見唐才子傳卷第八。
㈣詠史詩有明刊本。
㈤見唐才子傳卷第七。

投孤嶼，蟬曳殘聲過別枝㈠」

韓偓的詩卻高出於羅、杜諸人遠甚。他是綺麗的，他是蘊藉的，他不作一句凡近之語，他所寫的全都是深情綺膩之句。

……香辦更衣後，釵梁攏鬢新。吉音聞詭計，醉語近天眞。粧好方長歎，歡餘卻淺顰。繡屏金竹屋，絲幰玉爲輪。致意通繇竹，精誠託錦鱗。歌凝眉際恨，酒發臉邊春。……

——無題

和凝作舊詩不少，今皆不傳，傳者僅宮詞百首及零星詩篇幾首而已。今舉其宮詞一首於下，

寶瑟淒鏘夜漏餘，玉階閑坐對蟾蜍。秋光寂歷銀河轉，已見宮花露滴疏。

較之他的詞當然意境大差。

王仁裕㈡字德輦，天水人，亦當時的一個典型的老官僚。初爲泰州判官，入蜀爲中書舍人，翰林學士。歷唐、晉、漢，終戶部尚書，罷爲太子少保。周顯德初卒。仁裕曉音律，喜爲詩，嘗集平生所作詩

㈠方千玄英集有席氏刊本。

㈡見舊五代史卷一百二十八，新五代史卷五十七。

爲西江集。今存詩一卷，在全唐詩中。仁裕的詩很淺顯明白，無甚意趣，姑錄其一首：

立馬荒郊滿目愁，伊人何罪死林丘。風號古木悲長在，雨濕寒莎淚暗流。莫道文章爲衆嫉，只應輕薄是身讎。不緣魂寄孤山下，此地堪名鸚鵡洲。

——過平戎谷弔胡翽。

胡翽有文學，佐荊湖藩幕，後爲人所搆，被主帥將他全家坑於平戎谷。受禍之慘，文士之中少見。禰衡被黃祖所殺，亦止殺其一身而已。仁裕與翽相知，故過平戎谷而弔之。然『只應輕薄是身讎』一句卻甚有責翽之意，何也？

馮道㊀字可道，自號長樂老，景城人。與和凝、王仁裕皆爲『歷劫不磨』的老官僚，而道卻獨被惡名。道初爲劉守光參軍，後歷唐、晉、漢、周，事四姓十君，並在政府。卒諡文懿，追封瀛王。有詩集十卷，今僅存數首。道爲小心翼翼之人，其詩亦小心翼翼之詩。觀其所遺數詩，不脫任天聽命，行好事，不作惡之意。

㊀見舊五代史卷一百二十六，新五代史卷五十四。

窮達皆由命，何勞發嘆聲．但知行好事，莫要問前程．冬去冰須泮，春來草自生．請君觀此理，天道甚分明．

——天道

李濤字信臣，避地湖南，事馬殷．後唐天成中舉進士，歷事晉、漢、周，至宰輔，封莒國公．趙匡胤卽帝位，濤又歸宋．其詩全者僅存一首，不足觀；然其零句見於吟窗雜錄諸書者，卻甚有趣，遠非馮道、和凝諸人所可及．如『溪聲長在耳，山色不離門，』見詩人玉屑．『掃地樹留影，拂牀琴有聲．』見吟窗雜錄．

南唐詞人雖少，而作舊體詩的人卻甚多．後主及馮延己、張泌等亦能詩，不過所作遠不逮其詞．韓熙載、李建勳、伍喬、陳陶、李中、徐鉉諸人則皆以詩鳴，其詞未見．

韓熙載㊀字叔言，北海人．後唐同光中登進士第．李昪建國，用爲祕書郎．璟嗣位，拜虞部員外，史館修撰，知制誥．後主時卒．有集五卷，今僅存詩五首．

僕本江北人，今作江南客．再去江北游，擧目無相識．金風吹我寒，秋月爲誰白．不如歸去來，江南有人憶．

——奉使中原署館壁

㊀見馬令南唐書卷十三，陸游南唐書卷十二，十國春秋卷二十八．

這一首詩道盡了江北人而避地於江南的官僚的心事。韋莊諸詞，感懷故鄉者，亦多有此意，然殊蘊藉，不若此之直率。同一情緒，一則裝在舊詩瓶，一則裝在新詩瓶，卻竟不同如此。此可見舊詩瓶實不宜於裝這種詩料或詩意。

李建勳㊀字致堯，隴西人。李昪時拜中書侍郎，同平章事。昪元五年，放還私第。嗣主璟召拜司空，尋以司徒致仕，賜號鍾山公，集二十卷。建勳的詩頗有佳句，善寫景。他的句如『薄暮浴清波，斜陽共明滅』（白雁）『眼底好花渾如雪，甕頭春酒漫如油』（春日尊前錄從事）以及毆妓，宿山房諸詩皆可喜。

自爲專房甚，匆匆有所傷。當時心已悔，徹夜手猶香。恨枕堆雲髻，啼襟搵月黃。起來猶忍惡，剪破繡鴛鴦。

——毆妓

石窗燈欲盡，松檻月還明。就枕渾無睡，披衣卻出行。岩高泉亂滴，林動鳥時驚。倏忽山鍾曙，喧喧僕馬聲。

——宿山房

㊀見馬令南唐書卷十，陸游南唐書卷九，唐才子傳卷第十，十國春秋卷二十一。

左偃，南唐人，不仕，居金陵，有鍾山集一卷，今存十四首。他的詩頗有輕倩瀟洒之致。

> 闕河月未曉，行子心已急。佳人無一言，獨背殘燈泣。——送君去

張泌的詩也和他的詞同樣的著名：『綠楊花撲一溪煙』（洞庭阻風）一語，曾為論者所盛稱。他作亦多悽惋之音，靡豔之色，有類於詞，不似時人的樸樸質質的詩。

> 別夢依依到謝家，小廊迴合曲欄斜。多情只有春庭月，猶為離人照落花。——寄人

> 雨溟溟，風冷冷，老松瘦竹臨煙汀。空江冷落野雲重，村中鬼火微如星。夜驚溪上漁人起，滴瀝篷聲滿愁耳。子規叫斷獨未眠，罷岸春濤打船尾。——春行雨

沈彬㈠是一個很老的詩人。彬字子文，高安人。唐末應進士舉，不第，浪跡湖湘。後事吳為祕書郎。以吏部郎中致仕。年八十餘時，南唐嗣主璟以舊恩召見，賜粟帛，官其子。他的詩，悲憤的氣息很重，大約是生經亂離，飽歷滄桑的必然的結果。

㈠見馬令南唐書卷十五，唐才子傳卷第十，十國春秋卷二十九。

岸柳蕭疏野荻秋，都門行客莫同頭，一條灞水清如劍，不爲離人割斷愁。——都門送別

殺聲沈後野風悲，漢月高時望不歸。白骨已枯沙上草，家人猶自寄寒衣。——弔邊人

倘有幾個零句，也很有些雋永之味。湘江行：『數家魚網疎雪外，一岸殘陽細雨中』；潘天錫同題古觀：『松欹晚影離壇草，鐘撼秋聲入殿風』等皆能狀人所不能狀之情景。

伍喬㊀廬江人。南唐時舉進士第一，仕至考功員外郎。全唐詩錄其詩爲一卷。其詩多詠景，多寫隱居的心懷，大約多爲未第時所作。雖少驚人之作，卻間有飄逸之句；如僻居謝何明府見訪：『馬嘶窮巷蛙聲息，轍到衡門草色開』『滿齋塵土一牀蘚』以及零句：『積靄沈諸壑，微陽在半峯』（省試霽後望鍾山）皆可耐尋味。

陳陶㊁也是一個老詩人。陶字嵩伯，嶺南人（一作鄱陽人，又作劍浦人）。大中時遊學長安。

㊀見馬令南唐書卷十四，唐才子傳卷第七，十國春秋卷三十一。

㊁見馬令南唐書卷十五，唐才子傳卷第八，十國春秋卷二十九。

南唐昇元中，隱洪州西山，後不知所終。詩十卷，全唐詩編爲二卷。他是歷經喪亂的，所以他的詩也多淒楚之音。但雖時作超世語，卻多用世之意。他多寫長詩，惜無佳者，倒是短詩卻有幾首很好的：

誓掃匈奴不顧身，五千貂錦喪胡塵。可憐無定河邊骨，猶是春閨夢裏人。

——隴西行之一

近來詩思清於水，老去風情薄似雲。已向昇天得門戶，錦衾深愧卓文君。

——答蘆花妓

李中㊀字有中，隴西人。仕南唐，爲淦陽宰。有碧雲集三卷。他的詩很平易，少有清新的句子，但如『遙天疏雨過，列岫亂雲收』（秋日途中）『泉凍如頑石，人藏類蟄蟲。豪家應不覺，獸炭滿爐紅』（臘中作）以及春曉一首：

殘火猶存月尚明，幾家幃幌夢魂驚。星河漸沒行人動，歷歷林梢百舌聲。

都還不算壞詩。

㊀見唐才子傳卷第十。

徐鉉㈠字鼎臣，廣陵人十歲能屬文，與韓熙載齊名江東，謂之韓、徐。初仕吳爲祕書郎，後仕南唐爲吏部尚書；又隨李後主歸宋，爲散騎常侍坐貶卒。有騎省集㈡三十卷，今存。鉉的詩甚多，然亦甚平易坦白，無深摯的詩情，更不必說有什麽新警的篇什了。但如『綠野徘徊月，晴天斷續雲，鷺飛猶個個，花落已紛紛』（春分日）及臨石步港：

碕岸墮縈帶，微風起細漣。綠陰三月後，倒影亂峯前。吹浪游鱗小，黏苔碎石圓。會將腰下組，換取釣魚船。

也還不壞，惟惜此類的篇什不多耳。

鉉弟鍇㈢字楚金，仕南唐爲屯田郎中，知制誥，集賢殿學士。亦能詩，其詩今僅存五首，且少佳者；姑舉其秋詞一首：

井梧紛墮砌，寒雁遠橫空。雨久莓苔紫，霜濃薜荔紅。

㈠見馬令南唐書卷二十三，十國春秋卷二十八，宋史卷四百四十一。

㈡徐騎省集有光緒癸巳李宗焆刊本，有李之鼎刊宋人集本。

㈢見馬令南唐書卷十四，十國春秋卷二十八。

他的不朽之作，不是詩，也不是散文，乃是他的對於說文的研究。他著有說文繫傳四十卷，又說文解字篆韻譜五卷，皆爲研究說文者所奉爲經典的名書。

孟貫㊀字一元，建安人，初亦在南唐，後乃入仕於周。其詩今存者一卷，見全唐詩中，亦間有佳作，如山中答友人：

偶愛春山住，因循值暑時。風塵非所願，泉石本相宜。坐久松陰轉，吟餘蟬韻移。自慚疏野甚，多失故人期。

成彥雄字文幹，南唐進士，有梅嶺集五卷。他的詞已見前。其詩如寒夜吟等，殊爲佳妙：

洞房脈脈寒宵永，燭影香消金鳳冷。猧兒睡魘喚不醒，滿窗撲落銀蟾影。

西蜀文人能舊詩者不多，大詩人韋莊之外，只有一個女流作家花蕊夫人，一個和尚詩人貫休，和一個後期的歐陽炯。歐陽炯做着幾首精心結構的長歌，如貫休應夢羅漢畫歌及題景煥畫應天寺壁天王歌，然皆非出於性靈之作。又有牛希濟，他的詩存於今者僅有奉詔賦蜀主降唐一首；這一首詩極難做；他是蜀臣，隨主降於後唐，明宗的軍前，而明宗卻命他賦這樣的一首詩，眞是

㊀見唐才子傳卷第十。

極難措辭，極難應付，而他卻吟道：

滿城文武欲朝天，不覺鄰師犯塞烟。唐主再懸新日月，蜀王難保舊山川。非關將相扶持拙，自是君臣數盡年。古往今來亦如此，幾曾歡笑幾潸然。

他含着不敢落下的酸淚勉勉強強的不抗不卑說道，『自是君臣數盡年，古往今來亦如此』無可奈何而委之於數，委之於『古來有之』，眞是無聲之淚，其悲苦較號啕大哭爲尤甚百倍！

又有王周，登進士，曾官巴蜀。其詩如過武寧縣末『……岸回驚水急，山淺見天多，細草濃藍潑，輕煙匹練拖……』頗見新警。

花蕊夫人爲西蜀最著的女作家；她青城人，姓徐氏，（一作費氏）幼能文，蜀主孟昶深喜之，賜號花蕊夫人。昶降宋，夫人亦隨去，爲趙匡胤所愛幸。一日匡義引箭射殺之。所作以宮詞爲最有名，宮詞外，今所存者僅述國亡詩：『君王城上豎降旗，妾在深宮那得知！十四萬人齊解甲，寧無一個是男兒』一首而已。且此詩或且以爲是蜀臣王承旨所作，故花蕊夫人所作，可以說只有宮詞。㊀

㊀花蕊夫人宮詞有汲古閣刊詩詞雜俎本，及三家宮詞本。

作宮詞者自唐、王建以外，時有其人，然而大都出之於外臣之手，而非出之於宮中之人，所以不是記述失實，便是奢誇過度，我們要知道歷代禁城中或女兒城中的風光與生活，卻非求之於花蕊夫人之作不可。她住於深宮之中，終日無所事事，錦裹身，花插頭，一無思慮，故能曲曲的將『曉鐘聲漸嚴妝罷，院院紗窗海日紅』『但是一人行幸處，黃金閣子鎖牙牀』的情景寫出。在那里有的是嬉笑，有的是悲妒，有的是鬱悶，有的是娛樂；是另一種的社會，是另一樣的伴侶，是另一類的囚獄生活。然花蕊夫人所寫的這個另一種的社會，卻盡是花香鳥語，盡是笑聲歌影；絕少有怨望悲愁之意。這乃是片面的抒寫，卻不是宮庭生活的全部；這乃是她的一個缺點，也許因爲她自己深得孟昶的寵愛，所以無從忖寫那些不幸的宮女『十二楚山何處是，御樓曾見兩三峯』的生活吧。然她寫這個宮城中少女們的光明一面的生活卻寫得十分的好：

春風一面曉妝成，偷折花枝傍水行。卻被內監遙覷見，故將紅豆打黃鸎。

殿前宮女總纖腰，初學乘騎怯又嬌。上得馬來纔欲走，幾回抛鞚抱鞍橋。

侍女爭揮玉彈弓，金丸飛入亂花中。一時驚起流鶯散，踏落殘花滿地紅。

秋晚紅妝傍水行，競將衣袖撲蜻蜓。回頭瞥見宮中喚，幾度藏身入畫屏。

貫休㊀字德隱，俗姓姜氏，蘭谿人，七歲出家。工詩善書。初客於吳越，後於天復中入益州。王建禮遇之，署號禪月大師。終於蜀，年八十一。有寶月集㊁三十卷。今傳者非全本。他的詩，評者稱爲奇險，實則盤空硬語亦殊不多。但在五代時，卻可謂爲舊詩壇中的一個大家。

茶烹綠乳花映簾，撑沙苦筍銀纖纖。窗中山色青翠粘，主人於我情無厭。——書倪氏屋壁

寒思白圖曆，石屋兩三僧。斜雪掃不盡，飢猨喚得應。香然一字火，磬過數潭冰。終必相尋去，孤懷久不勝。——懷白圖道侶

西蜀的舊派詩人，重要者已盡於這幾個人了。

西蜀、江南之外，尚有幾個地方，如長沙，如閩，如荊南，也有幾個詩人。

徐仲雅（一作東野）其先秦中人，徙居長沙，事馬氏爲觀察判官，天冊府學士，所作百餘卷，今存詩六首。他的詩不很清雋，然如畊夫謠一首，卻頗有些深意，不類一般咏農工之濫作：

㊀見唐才子傳卷第十，十國春秋卷四十七。

㊁貫休詩集有唐人小集本，又寶月集有四部叢刊本。禪月集有汲古閣刊本，金華叢書本。

張緒逞風流，王衍事輕薄。出門逢耕夫，顏色必不樂。肥膚如玉潔，力拗絲不折。半日無耕夫，此輩總餓殺。

翁宏字大舉，桂林人，與當時逸士廖融等爲友。他的詩，全者僅餘三首，此外更有零句三聯，然在此寥寥的篇什中，淸雋深警之語，卻很有些，如春殘：

又是風殘也，如何出翠幃。落花人獨立，微雨燕雙飛。寓目魂將斷，經年夢亦非。那堪向愁夕，蕭颯暮蟬輝。

其中警語『落花人獨立，微雨燕雙飛，』宋人曾竊去放入他自己的詞中。又宏的零句如『漏光殘井甃，缺影背山椒，』（詠曉月）『風回山火斷，潮落岸冰高，』（湘江吟）皆雋絕。

顏仁郁字文傑，泉州人，仕王審知爲歸德場長。他的農家一詩，甚似徐仲雅的耕夫謠，然遠沒有仲雅那末深切憤慨了：

夜半呼兒趁曉耕，羸牛無力漸艱行。時人不識農家苦，將謂田中穀自生。

王延彬爲閩王審知弟審邽之子，官節度使。那時中原文士如韓偓、鄭璘、楊承休等避亂入閩，依審邽。審邽命延彬作招賢館以禮諸文士。他的詩今存二首。春日寓感中有：『雨後綠苔侵履跡，春深紅杏鎖鶯聲。因攜久醞松醪酒，自煑新抽竹筍羹，』頗雋逸可喜，然他語卻不稱。

齊己㊀與貫休齊名，爲五代時的兩個大詩僧。齊己名得生，姓胡氏，潭之益陽人。出家大潙山同慶寺。後欲入蜀，經江陵，高從晦留他爲僧正，居之龍興寺。自號衡嶽沙門，有白蓮集㊁十卷。他的詩，頗有清空靈轉之致，不似貫休之老拙，卻多了清韻。如夜坐：『百蟲聲裏坐，夜色共冥冥，』留題仰山大師塔院：『嵐光疊杳冥，曉翠濕窗明。』落日：『晚照背高台，殘鐘殘角催，』之類皆很好。惟僧語禪語，卻是他的本色，任這樣也革除不去。

永夜不欲睡，虛堂閉復開。卻離燈影去，待得月光來。落葉逢巢住，飛螢值我迴。天明拂經案，一炷白檀灰。——不睡

幽院纔容箇小庭，疏篁低短不堪情。春來猶賴鄰僧樹，時引流鶯送好聲。——幽齋偶作

和尚詩每喜作了語，那是很討厭的，齊己與貫休亦偶有之，然究竟是比別人少得多了。

九

㊀見唐才子傳卷第九。

㊁齊己詩集有唐人小集本，又白蓮集，有汲古閣刊本，四部叢刊本。

五代的散文作家，絕少可述者。江南的徐鉉，曾作稽神錄六卷，㊀歷二十年始成，所載凡一百五十事。然所記皆瑣屑怪異之事，沒有什麼結構完備或情趣雋永的短故事在內。

西蜀道士杜光庭㊁所著的虬髯客傳，㊂流傳極廣；明人乃誤以爲張說作。光庭此作，結構殊佳；在傳奇派的小說中，確是一篇很好的作品；成爲後代好幾個戲曲家的作品的資料（如淩初成的虬髯翁〔盛明雜劇二集本〕，張鳳翼的紅拂記〔六十種曲本〕皆是）光庭又有廣成集一百卷，今傳者凡十一卷，僅表及齋醮文二類，故虬髯客傳不在此集中。又有譚峭，㊃作化書㊄亦殊有名。化書今尚存。史虛白㊅作釣磯立談，記南唐瑣事，爲雜記之屬的著作，㊆今亦尚存，在石晉

㊀稽神錄有學津討原本，有唐代叢書本，有商務印書館出版的宋人小說本。
㊁見十國春秋卷四十七。
㊂杜光庭的廣成集有四部叢刊本，虬髯客傳見太平廣記及唐代叢書中。
㊃見十國春秋卷三十四。
㊄化書有光緒六年刊本。

的時候，有劉昫者，奉詔撰舊唐書二百卷。這是一部很偉大的史籍，能在混亂的五代告成，卻是一件奇事。但這部書原有憑藉，不過經昫筆削排比之而已。宋嘉祐後，宋祁、歐陽修重撰唐書，別名之爲新唐書，而劉昫的舊唐書幾廢。然其長處終不可泯滅。後人每多表章昫書而攻新書者。到了清代刊行二十四史時，遂並收新舊二唐書，而研究唐事者，也無不並及新舊二唐書者。

·參考書目
一、花間集　蜀趙崇祚編。有四印齋所刻詞本，有徐幹刊本，有四部叢刊本（多出附錄二卷），有四部備要本。
二、尊前集　北宋人編，有汲古閣刊本，有彊村叢書本。
三、金奩集　溫庭筠，韋莊諸人著。有彊村叢書本。
四、唐五代二十家詞　王國維編，有王忠慤公遺書四集本。
五、唐五代詞選　成肇麐選。有光緒十三年江寧刊本。有商務印書館印本。

㈥見十國春秋卷二十九。
㈦釣磯立談，有知不足齋叢書本。

六、全唐詩第十二函第十册，所載皆唐五代詞。
七、全唐詩第十一函第四册至第六册，所載皆五代詩。
八、舊五代史　薛居正著，有二十四史本。
九、新五代史　歐陽修等編，有二十四史本。
十、唐才子傳　辛文房著，日本佚存叢書本。（佚存叢書有商務書館影印本。）
十一、十國春秋　吳任臣撰，有顧氏小石山房刊本。

第三章　敦煌的俗文學

第三章　敦煌的俗文學

一

在二十年前，有一個絕可驚人的大發現，這個發見就中國文化史而論，幾可引起一個小小的革命；歷來的傳統見解幾乎有一部分要被推翻．在中國文學史上，這個發見所供獻者尤多．這個發見並不是我們中國人自己所發見的；這個發見乃是一位匈牙利人，在英國人的印度政府之下辦事者所發見的．他對於中國知識，曾自己承認過一點也沒有，然而他竟發見了這個絕可驚人的文藝寶庫！

這個發見的地點是甘肅敦煌千佛洞，這個發見物是千佛洞石室中的藏書庫，這個發見的人是斯坦因（A. Steine）．這個發見的日期是一千九百零七年五月二十日．

斯坦因爲中央亞細亞的地理專家，他爲了要考察中央亞細亞的地理與考古學，帶了一位翻譯蔣君，到了敦煌；第一次來時是一九零七年三月間；他先發見了千佛洞中的畫壁，因風聞千佛洞道士有發見古代寫本之事，於是於同年的五月，又到了敦煌，欲購求這些寫本。其中經過了幾次的祕密交涉，道士便允許他入這個寶庫中參觀。這個藏書室甚暗，在油燈的黃光中，見到成堆的卷帙，自地上高堆至十英尺左右，其容積約有五百立方英尺。除寫本之外尚有紙畫絹畫等雜件。他又托了蔣君與道士（這道士姓王）祕密交涉，費了一筆很少的錢，買了二十四箱的寫本與五箱的圖畫繡品及他物而歸。中國人方面在這時尚沒有一個人知道有此物，也沒有一個人注意到此事。後來，箱子運到了倫敦，打開來之後，敦煌石室中的寫本始爲人所喧傳。法國人立刻也派了伯希和（Paul Pelliot）去搜求，他也滿載而歸。經了這兩次的搜括，敦煌寫本已所存無幾了。中國官廳在這時方才知道此事，便由幾個人鼓吹，從北京行文到甘肅，再由甘肅省長官行文到敦煌，屬將所餘的寫本雜物，掃數運京。然而經了一級一級官廳的私自扣留，私自送人之後，運京的寫本也就十無一二了。後來，斯坦因第二次到了千佛洞，王道士還將私自所祕藏，未爲中國官廳所搜得者再售給了他．他很慨嘆的說，假定他不將這些寶物運走，不知他們將如何的散失在外呢！他曾在一個官吏那裏，見到他所私留的一幅絕好的絹畫．他說，以此推之，敦煌寶物之爲個人所私留者尚不在少數．現在這些東西的存亡已都在不可知之數了！所以斯坦因便頗自居功以爲他之運走這些寶物，實大有造考古學．不運走也將是淪滅無存的！然而我們也眞說不出到底應對他表示什麼才對！

敦煌的古藏書庫，其所藏，在藝術上也大有價值，如絹畫紙畫及繡物等等；但其最大的價值，則在寫本．寫本之中，大多數爲中譯的鈔本佛經，間有梵文書、吐蕃文書等．而在文學上最可注意者則爲俚曲、小說及俗文、變文、古代文學的鈔本等等．

總計今日所已知的敦煌石室的漢文寫本書，在倫敦者有六千卷，在巴黎者有一千五百卷，在北京者有二千五百卷．散在私家的究竟有多少，我們不能知道．

就宗教而論，就歷史而論，就考古學而論，就古書的校勘而論，這個古代寫本的寶庫自各有他的重要的供獻，而就文學而論，則其價值似乎更大．第一，他使我們知道許多已佚的傑作，如韋莊的秦婦吟，王梵志的詩集之類；第二，他將中古文學的一個絕大的祕密對我們公開了。他告訴我們以小說、彈詞、寶卷以及好些民間小曲的來源。他使我們知道中國近代的許多未爲人所注意的傑作，其產生的情形與來歷究竟是怎樣的。這是中國文學史上的一個絕大的消息，可以因這個發現而推翻了古來無數的傳統見解。

這個寶庫中的寫本有好些是記上了鈔寫的年月與人名的，有好些是沒有年月的。就有年月的而論，最早的在公元第五世紀，最晚的在公元第十世紀的末年。大約這個文庫是在那個時候被封閉了的。

現在敦煌寫本還沒有全部的目錄刊出；巴黎的已有目錄，倫敦的不久亦將編就，北京的則尚不知何時始可編出。因爲沒有全部目錄，我們殊難知道其中究竟有多少驚人的資料。但就已知道的少數而論，已足够使我們在中世紀的中國文學史上添了一個很驚人的篇章了。

二

先就詩歌而論之。詩歌可分爲三類。第一類是民間雜曲，如嘆五更、孟姜女、十二時等。這些民間雜曲至今還在流行着，但我們決想不到在一千年之前的中國西陲也竟流行着這些雜曲。這可證明，第一，民間歌曲的運命是很長久的，在這千餘年間，詞已不能上口了，北曲已不能上口了，卽後起的崑曲也已將成爲『廣陵散』了，然而如嘆五更之類，卻仍在流行着；第二，民間雜曲有一部分雖變成了文人學士的所有物，如楊柳枝、竹枝詞之類，然仍有一部分卻始終不曾爲文人學士所注意所採納，或者他們竟不屑注意於他們，也說不定。這種民間雜曲，其聲調傳至今日或已幾經轉變，遠非其舊，然而其主要的結構卻始終是保存着不變。例如嘆五更，總是一更，二更，三更……等分爲五段；十二時總是平旦寅，日出卯……的分爲十二段。這些雜曲，當有情歌之類的抒情詩曲在內，但今所知者卻都爲教訓式的勸孝文，或禪門十二時之類，毫無文學的價値。希望將來敦煌文庫全都整理後，或可於中得到些美好的民歌。今姑舉一二例於下：

歎五更

一更初，自恨長養枉生軀。耶孃小來不教授，如今爭識文與書。

二更深，孝經一卷不曾尋。之乎者也都不識，如今嗟歎始悲吟。
三更半，到處被他筆頭算。縱然身達得官職，公事文書爭處斷。
四更長，晝夜常如面向牆。男兒到此屈折地，悔不孝經讀一行。
五更曉，作人已來都未了。東西南北被驅使，恰如盲人不見道。

——燉煌零拾五

禪門十二時

夜半子，監睡還須去；端坐政觀心，濟却無朋彼。雞明丑，摘木看窗牖。明來暗自知，佛性心中有。平旦寅，發意斷貪嗔。莫令心散亂，虛度一生身。日出卯，取鏡當心照。情知內外空，更莫生煩惱。食時辰，努力早出塵。莫念時時苦，早取涅般因。隅中巳，火宅難歸口，恆在敗壞身，漂流生死海。正南午，四大無梁柱。須知寡合身，萬佛皆爲主。日昳未，造罪相連累。無常念念至，徒勞漫破費。晡時申，修見未來因。念身不救住，終歸一微塵。日入酉，觀身知不救。念念不離心，數珠恆在手。黃昏戌，歸依須闇室。罪垢亦未知，何時見慧日。人定亥，吾今早欲斷。驅驅不暫停，萬物皆失壞。

——燉煌零拾五

以上兩篇文字都是不很通的，譌字別字也滿紙皆是（今已略爲改正），這正是民間俗文學的本色的眞實面目；想不到千年前的淺陋無比的俗文學，至今尚保存完好，眞是一個奇蹟！

第二類比第一類遠爲偉大，即民間文學中的敍事詩是。這些敍事詩，例如孝子董永、季布歌、太子讚等這些敘事詩，文字很笨拙，時有不通語，顯然也是不曾經過文人學士手訂的原始的俗文學。然結構卻甚偉大。這種民間敘事詩，其音調格式似皆出於佛讚，而非出於已成古文學的孔雀東南飛及木蘭辭。其內容能將簡短的故事敷演為甚長的歌辭，且描狀亦活潑切至，有生動之趣。太子讚敘述的是釋迦牟尼出家修道事。今引一段：

……東歷報耶殊，太子雪山居。路遠人稀煙火無。修道甚清虛。寂靜青山好，猛獸共同綠。磴層石閣與天齊，藤蘿遶四邊。
孤山高萬仞，雪領石會齊。寒多枯葉□成條，太子樂逍遙。雪山嵯峨峻崚嶒，石壁岬岬近天河，嶮峻沒人過。千年舊雪在溪谷。
又冰多草木，磷層掛綺羅。石壁嶮嵯峨……

——鈔不列顛博物館藏本。

僅寫雪山的景色，已用了這大段的文字了。如『千年舊雪在溪谷』諸句，寫景也寫得很是不壞。

董永行孝事為民間所熟知的故事之一：二十四孝中便有這麼一則的事在內。這個故事的來歷，大約始於傳為劉向所作的孝子傳；（太平御覽卷四百十一引，又見於漢學堂叢書中）干寶的搜神記中亦有之。董永父母死，無錢埋葬他們，卻自己賣身得錢去葬了他們。後來天女乃降下給他為妻，生了一個孩子，又騰空而去。以後，他們的孩子，卻終於尋到了他的母親。這故事的後半，頗似全世界的各處都有流行的鵝女郎的故事。董永行孝全文皆存，沙州文錄補遺所刊者爲不全的節錄之本今錄其全文於後。這一篇敍事詩，寫得很壞，不成語句之處極多，結構也似斷似連，非『意會』不能貫穿其全篇。惟一種渾渾噩噩的氣魄，卻爲很可珍異的原始的俗文學的素質。

人生在世審思量，暫□少關有何方。大衆志心須淨聽，先須孝順阿耶孃。好事惡事皆抄錄，善惡童子每抄將。孝感先賢說董永，年登十五二親亡。自嘆福薄無兄弟，眼中流淚數千行。爲緣多生無姊妹，亦無知識及親房。家裏貧窮無錢物，所買當身殯耶孃。便有牙人來勾引，所發善願便商量。長者還錢八十貫，董永只要百千強。領得錢物將歸舍，揀擇好日殯耶孃。父母骨肉在堂內，又領攀發出于堂。見此骨肉齊哽咽，號咷大哭是尋常。六親今日來相送，隨東直至墓邊傍。一切掩埋總以畢，董永哭泣阿耶孃。直至三日復墓了，拜辭父母幾田常。父母見兒拜辭次，願兒身健早歸邦。又辭東隣及西舍，便進前呈數里強。路逢女人來委問：『此個郎君住何方？何姓何名依實說，從頭表白說一場。』娘子把言再三問：一一具說莫分張。『家緣本住朖山下，知姓稱名董永郎。忽然慈母身得患，不經數日早身亡。慈耶得患身先故，後乃便至阿孃亡。殯葬之日無錢物，所賣當身殯耶孃。』『世上莊田何不賣，擎身却入賤人行？』『所有莊田不將貨，弃貨令辰事阿郎。』『娘子有詢是好事，董永爲報阿耶孃。』『郎君如今行孝儀，見君行孝感天堂。數內一人歸下界，暫到濁惡至他鄉。帝釋宮中親處分，便遣汝等共田常。不弃人口同千載，便與相逐事阿郎。』（中似有缺文）董永向前便跪拜，『少失父母大恓惶。』（中似有缺文）所賣一身商量了，『是何女人立□傍？』董永對言依實說，『女人住在陰山鄉。』『女人身上解何藝？』『明機妙解織文章。』便與將絲分付了，郡來民要兩間房。阿郎把數都計算，計算錢物千疋強。弦絲一切總尉了，明機妙解織文章。從前且織一束錦，棲齊勵地樂花香。月日都來總不識，夜夜調機告吉祥。錦上金儀對對有，兩兩鴛鴦對鳳凰。織得錦成便截下，採將下來便入箱。阿郎見此箱中物，念此女人織女章。女人不見凡間有，生長多應住天堂。但識綺羅數已畢，却放二人歸本鄉。二人辭了須好去，不用將心怨阿郎。一人辭了便進路，更行十里到永莊。却到來時相逢處，辭君却至本天堂。娘子便卽乘雲去，臨別吩付小兒郎。但言好看小孩子，共永相別淚千行。董仲年長近到七歲，街頭遊喜道邊傍。小兒行留被毀罵，盡道董仲莫阿孃。遂走家中報慈父：『汝等因何沒阿孃？』『當時賣身葬父母，感得天女共田常。』如念便郎思意母，眼中流淚數千行。董永放兒覓孃去，往行直至孫賓旁。夫子將身來誓掛，此人多應覓阿孃。阿孃池邊澡浴來，三個女人同作伴。脫盡天衣便入水，奔波直至水邊傍，先於樹下隱潛藏。中心抱取紫衣裳，此者便是董仲母。此時才見小兒郎。『我兒幽小爭知處？孫賓必有好陰陽。』阿孃擬收孩兒養，『我兒不宜住此方。』將取金瓶歸下界，捻取金瓶孫賓傍。天火忽然前頭現，先生失却走忙忙。將爲當時總燒却，捻䒵却得六十張。此日不知天上事，總爲董仲覓阿孃。

季布歌便較之董永行孝偉大得多了，前後皆已殘闕，然仍可看見偉大的結構之一斑。季布助項羽以敵劉邦，邦仇之甚。及邦得天下之後，便行文各處，嚴捉季布。今存的季布歌便從季布的主者周氏聞知嚴搜的命令後，驚惶無措的去告訴他時敘起。前面的一段或由布與劉邦相敵敘起，或僅由布之逃亡敘起，今都不可知。然今存之歌辭，僅敍的是周氏聞知了劉邦的命令，去告知季布說，搜得那末嚴緊，竟至於『先拆重棚除複壁，後應播土更颺塵。』如斯嚴搜的命令，使季布也不禁憂懼不已。但當他問周氏，天使是誰人，周氏報說是『朱解』時，他卻『點頭微笑兩眉分』了。於是季布遂改裝為僕人，由周氏賣給了朱解。一月之後，季布乃將本相告訴了朱解。朱解便欲出首，卻吃季布嚇住了。季布教他一計，定期請大臣們飲宴，由季布親出乞命，事便可了。朱解只好依從了他。本文至此截然而止，下皆殘闕。僅敍這一小段故事已用去了二百四十句，句七字，計共一千六百八十字，可見其原文結構之弘巨。今且引一段於下：

其時季布聞朱解，點頭微笑兩眉分。『若是別人憂性命，朱解之徒何足論！見論祇能虛受福，心麤闕武又虧文。直饒卻千金賞，遮莫高堆萬挺銀。皇威刺牒雖嚴迅，颺塵播土也無因。既交朱解來尋捉，有計隈依出得身。』周氏聞言心大怪，『出語如風弄國君！本來發使交尋捉，兄且如何出得身？』季布乃言：『今日計，弟但看僕出這身。九髮剪頭披短褐，假作家生一賤人。但道兗州莊上漢，隨君出入往來頻。待伊朱解迴歸日，扣馬行頭賣僕身。朱家忽然來買口，商量莫共苦爭論。忽然買僕身將去，擎鞭執帽不辭辛。天饒得見高皇帳，猶如病鶴再凌雲。』便索剪刀臨欲剪，改形移貌痛傷神。解髮捻刀臨擬剪，氣塡胸臆淚紛紛。自嗟告其周院長：『僕恨從前心眼昏！枉讀詩書虛學劍，徒知氣候別風雲。輔佐江東無道主，毀罵咸陽有道君。致使髮膚惜不得，羞看日月恥星辰。本來事主誇忠赤，變為不孝辱家門！』言訖捻刀和淚剪，占項遮眉長短勻。浣染為瘡烟肉色，吞炭移音語不眞。出門入戶隨周氏，鄰家信道典倉身。朱解東齊為御史，歇息因行入市門。見一賤人身六尺，遍身肉色似烟薰。神迷忽惑生心買，持將逞似洛陽人。間此賤人誰是主？『僕擬商量幾貫文？』周氏馬前來唱喏：『一依錢數且咨聞。

氏買典倉緣欠闕，百金即買救家貧。大夫若要商量取，一依處分不爭論』。

——從第四十句至第一〇三句。

這一小段寫季布心理的變動如何的好！他初聞有人來搜，乃大驚惶，及知是朱解，卻又笑了。他從容的說出剪髮爲奴賣給朱解之計，何等的智計滿胸，態度從容。及至執了剪刀在手，臨欲剪髮，卻又悽楚自傷，『氣塡胸臆淚紛紛』。這不僅是俗文學中的傑作，在古文學上也可以算是篇不易見的傑作！可惜是殘闕了，使我們不能見到其完全的面目！巴黎國家圖書館中，又藏有季布罵陣詞文一種，可見當時季布故事流行得如何的廣。

這一類的民間敍事詩，純用七言詩（如季布歌及董永行孝）或雜用五七言詩（如太子讚）者，其流別至爲久遠。至今流行的大鼓詞等尙沿此體未變。

第三類是雜曲子，如鳳歸雲、天仙子、竹枝子、洞仙歌、破陣子、柳靑娘、漁歌子、長相思、雀踏枝等。我在上文已講過（第二章，五代文學，）凡最初的詞，本都是沒有題目的，因爲詞牌名便是題目，不必再另立他題。例如，漁歌子便是詠漁父垂釣鄙夷名利的，楊柳枝便是以楊柳爲起興的，或直是詠柳的這一個假定，證據很強。在這里我們又得到了不少的這種證明。鳳歸雲詠的是男子外出，女子在家相憶；凡是這個題目的四首，便至少有三首是這樣的，試舉一例：

怨綠窗獨坐，修得爲君書。征衣裁縫了，遠寄邊虞。想得爲君貪苦戰，不𡱈驅驅中朝，沙磧里，山憑三尺，勇戰奸愚。豈知紅粉淚的如珠！往把金釵卜，卦卦皆虛。魂夢天涯無暫歇，枕上長噓，待卿回。故日容顏憔悴，彼此如何？

天仙子也是切題而做的，所謂『五陵原上有仙娥』，『天仙別後信難通』，豈不都是合題的文句麼？竹枝子也是如此，要切於『竹』字而寫，例如：

羅幌塵生𢄼幃，悄悄笙篁無緒理。恨小郎游蕩經年，不施紅粉鏡台前。只是焚香禱祝天，垂淚珠的點點的成斑。待伊來（時）共伊言，須改往來段却願。

柳青娘也是如此，詠的乃是那末樣的一位少婦。

碧羅冠子結初成，肉紅衫子石榴裙。固着胭脂輕輕染，淡施檀色注歌唇。含情喚小鶯，只教玉郎何處去？纔言不覺到朱門。扶入錦（帳效）懇懃，因何辜負倚闌人？

這一首詩在他的本身，也是很有價值的。短短的九句，首四句已用去描寫這個『柳青娘』

或『小娘子』的打扮了，底下只有五句，卻婉曲的寫出了三個意思，先問小鶯，玉郎到那裏去了？不料玉郎卻已經到了門邊。既見了他，卻又去責備他：『因何辜負倚闌人？』在詞中，像這樣的連續傳狀三四個情意的卻是很少。更有長相思者，凡三首，亦皆切男子不歸，致令女娘相思無已時，或他自己『思鄉而不得歸』的。一首是寫『富不歸，』一首是寫『貧不歸，』一首是寫『死不歸。』今姑舉『貧不歸』一首為例：

哀客在江西，寂寞自家知。塵土滿面上，終日被人欺。朝朝立在市門西，吹淚□雙垂。遙望家鄉長短，此是貧不歸！

雀踏枝也是切於『雀』字而寫的。凡二首，第一首完全是借靈鵲與少婦的對話而寫少婦懷念征夫之情緒的。這也是很有趣的一首詞：

叵耐靈鵲多滿語，送喜何曾有憑據！幾度飛來活捉取，鎖上金籠休共語。『比擬好心來送喜，誰知鎖我在金籠裏。欲他征夫早歸來，騰身却放我向青雲裏。』

其他亦有不切題的，那當然因為後來忘記了原意之故；譬如竹枝子當初寫的是借竹來抒寫離情別緒，後來作者僅知模切原詞的離情別緒而寫，卻忘記了『竹』的比興。再以後，便連這一層也忘記了，僅知模切原詞的音節而不知其他了。

在這些『詞』中，我們還可以曉得其中雖帶了些俗文學的語意，卻還不是嘆五更、十二時那末樣的渾渾噩噩，有時節直是不通。在這些『詞』中，沒有一句不是文從字順的，且我們已有了不少華雅的文句，若『華燈光暉深下帡幃』『悲雁隨陽解引秋光』『高捲珠簾垂玉牖』之類。這顯然的可知其為文人學士的手筆，或經過文人學士的潤飾的。詞在這時，離民間已遠，已完全成了文人學士的東西，而民間所流傳者卻反出之於文人學士之手。原來粗拙無文的俗文學，已為文人學士的華贍的作品所克服，所消滅，即在這個中國的西陲，也已不可得見。然而因此，詞乃離民間日益遠。民間所最保守歌吟者卻是那些嘆五更、十二時之類的俚曲。至於詞，卻已有些耳熟其聲而心昧其義的情形了。

三

次講敦煌發見的散文。散文的俗文學，在敦煌的發見，乃是一件絕大的消息。這個發見可使中國小說的研究其觀念爲之一變。我們最初以爲語體的散文，不過見之於和尙語錄，宋儒語錄而已。後乃知在南宋的時候，已有了這種的散文的俗文學，如宣和遺事之類。更後，乃知在南宋的時候，不僅有這種半文半白的宣和遺事，還有純然俗文構成的五代史平話及京本通俗小說呢！而京本通俗小說的語體文，其遣辭用語的流轉如意，狀物寫情的婉曲入微，已足與明、淸之際被稱爲小說的黃金時代的作品相頡頏而無愧。當初，我頗懷疑這一類小說，以爲未必是南宋人作的。觀三國演義之行文笨拙，不能自脫於文言的窩臼，西遊記中的西遊記之粗鄙無趣，僅乃成文，往往會使人懷疑宋、元之時語體文是決未曾成熟到像京本通俗小說那末一個樣子的。然而京本通俗小說的逼眞的描狀與種種非當代作家不能寫出的事物情態，又使我們難於疑心他們是僞作的。最近見到一部明刊本警世恆言，其中如崔待詔生死寃家（第八卷）的題目之下，寫明『宋人小說題作碾玉觀音，』如一窟鬼癩道人除怪（第十四卷）的題目之下，又寫明『宋人小說，舊名西山一窟鬼，』這是一個很有力的證據，可以使人對於京本通俗小說無可懷疑。由粗拙無文的散文的俗文學，而變成那樣流利精切的語體小說像京本通俗小說者，那決不是一朝一夕之功所可致的。所以中國俗文學的小說，在民間一定已流傳得甚久甚久了。蘇軾的志林裏有一段話：『王彭嘗云「塗巷中小兒薄劣，其家所厭苦，輒與錢，令聚坐聽說古話。至說三國事，聞劉玄德敗，頻蹙眉，有出涕者，聞曹操敗，卽喜唱快。以是知君子小人之澤，百世不斬。」』可見在北宋時，已有三國志通俗演義一類的說書先生的『話本』了。最近日本內閣文庫中元至治（公元一三二一——一三二三年）刋印的三國志平話等五種發見，更可證明此說。然而最早的語體文小說，在什麼時候才發生呢？也許竟在北宋之前，也說不定。這個假定，如今又有敦煌發見的唐太宗入冥記、秋胡小說等證明之了。這些小說，行文亦笨拙無倫，時有不成語處，當是俗文學的本來面目。然結構很好，狀述亦多曲折，描寫亦多精切入微者。可見這些小說尚不是最初的俗文小說，或已經了不少次的變化，也說不定。由此，我們可以假定了一個中國小說的起源說：

中國俗文的小說，不是起於元，也不是起於南宋，也不是起於北宋，最遲當在五代之前。唐太宗入冥記的紙背有鈔書的人記上的年月，是：『天復六年（公元九〇六）丙寅歲閏十二月二十六日』（按天復只有三年，天復六年卽天祐三年，當係邊陲之人，不知中原易朝換帝之事，故仍寫舊帝年號。）寫這篇東西的時間是『天復六年，』可見作此篇者當生在天復之前。自六朝至唐，正是印度及中國的佛教僧侶，以全力宣揚佛教於中國的時代；他們一方面注意於士大夫階級，一方面卻不能忘記了大多數的民衆。於是不能不用語體文來譯經。僅僅譯經還嫌不够，還要將經中動人的故事，演爲俗文，以便對民衆宣講。於是民衆便相習成風的喜聽故事的傳講。僅僅傳講佛經的因果報應，不足以滿足他們的慾望，於是便由佛經而推廣到中國原有的古傳記。這便是秋胡小說及唐太宗入冥記㊀諸作的來歷，也便是中國小說的起源。

這個假定，或不至十分的不穩妥。我們要曉得在那時，不僅故事被敷演爲小說，卽古書也曾被翻譯爲俗文，例如干寶的搜神記，敦煌文庫中也有一部句道興的俗文譯本在着。（句道興的俗文搜神記雖不完全譯自干寶之作，卻大多數是出於干寶之作。）可見當時俗文小說及故事如何的流行，如何的爲民衆所歡迎。這些俗文小說，到了後來，卻分爲好幾個支派：第一派是完全保存了原來面目，未爲文人學士所注意，所潤飾，所改訂的，如唐太宗入冥記等。第二派是一半保

㊀胡適之君處尙藏有一種關於隋唐故事的敦煌鈔本。但這個鈔本，他不在手邊，未能借閱，不知是否散文體的小說。

存着本來面目，卻經歷了好幾個年代，時時爲說書先生所增修，爲文人學士所潤飾的；這又可分爲兩派；一是率就原來面目，而僅僅改正其文句，或添加些史實進去的，如隋唐志傳；一是擴大了原文敍述，且又增删改正其中的故事的，如三國志通俗演義、西遊記、忠義水滸傳等。第三派是文人學士採取了俗文小說的體製，而另製一種新的作品出來，如京本通俗小說、金瓶梅等。

舊的民間小說，往往一個故事不止一個本子；例如，五代史平話與殘唐五代傳所敍述者完全不同，正治本三國志平話與羅貫中的三國志通俗演義，又十分的相異。當時或者是改正舊作，去其不合理處；或者是舊本經了輾轉的口傳，口傳之作漸與原作不同，當第二個人將口語寫了下來時，便與第一作生了殊異。到了後來，舊本又被發見，所以便有了好幾個本子。這好幾個不同的本子，在我們研究小說的發展上是極有用的；不僅可看出故事的變遷轉化，且可看出文字上的演進與描寫力、想像力的發展。爲了這種原因，我們對於唐太宗入冥記諸作，卻應當十分的珍視，不僅爲了他們是中國僅存的最早的俗文小說之故。

唐太宗入冥記藏於倫敦不列顛博物院中，前後皆闕，僅存中段，敍唐太宗入冥見崔子玉，及子玉設法送太宗還陽事。沙州文錄補遺所載者更少，僅倫敦藏鈔本中的首節一部分而已。就我自己所錄的鈔本全文而觀之。這篇小說的結構是很弘偉的，雖闕了前後，仍可見出其大概。雖多不通語，描寫力卻甚強。太宗入冥事，始見於朝野僉載（太平廣記第一百四十六卷引）不料至天復之時便已敷演爲小說了。朝野僉載僅記：太宗無病，而李淳風言他『夕當晏駕。』至夜半，果然見一人引他到地府中去，自說：『臣是生人判冥事。』太宗入見判官，問六月四日事後，卽令還。向見者又迎送引導出至明，遂求所見者，令所司與一官。在這里事實是很簡單的，且所見的生人乃是引導者，並非判官，亦不記其姓名。在唐太宗入冥記中卻以判官爲生人，且明記其姓名爲崔子玉，大約是民間附會的增注。但自此以後，凡記太宗入冥事者，卻皆言判官爲崔子玉，如崔府君神異錄及西遊記首幾回所敍者皆是如此。想係後人依據這個俗文小說而又加潤改者。這篇小說，寫崔子玉的心理變化甚好。這樣的一篇簡短無味的故事，卻寫得那末生動可愛，很可使我們不敢去菲薄俗文學的作家，而譏他們爲粗鄙無文。今且摘錄一段於下：

……使人奏曰：『伏惟陛下且立在此，容臣入報判官速來。』言訖，使者到一廳前，拜了，啓判官：『奉大王處□太宗生生魂到領判官推勘。見在門外，未敢引□。」子玉聞語，驚忙起立，帷言：「禍事！」衆云：「子玉是人臣，□還迎□皇帝，却交人君向門外祇候，微臣子玉□□乖禮。又復見在輔陽縣尉，當家五百餘口，躍馬肉食，是皇帝所司。今到冥司，全無主領之分，事將□□窓。若勘皇帝命盡，卽萬事絕言。或者有壽，□□長安五百餘口，則須變爲魚肉。豈不緣子玉冥司□□□□乖」。此時崔子玉憂惶不已。皇帝見使人久不出，□□□□□思惟：「應莫被使者於崔判官說□朕惡事？」□皇□□時未免憂惶，於催子玉忙然索公服，執槐笏，□□下廳，安定神思，須臾自通名銜，唱喏走出，至□□帝前拜舞謝，叫呼萬歲，匐面在地，專候進旨。□帝問曰：「朕前拜舞者，不是輔陽縣尉催子玉否？」□□稱臣。「賜卿無畏，平身應對。朕此時□」皇帝緣心□□，便問催子玉：「卿與李乾風爲知己朝廷否？」催子玉□：「臣與李乾風爲朝庭。」□帝曰：「卿既與李乾風爲□□朝庭，情□如何？」子玉曰：「臣與李乾風爲朝庭以來，管鮑□。」帝曰：「甚濃厚，李乾風有書與卿，見在□□□。」催子玉聞道有書，情似不悅。□皇帝遂取書分付，子玉跪而授之，拜舞謝帝訖，收在懷中。皇帝問催子玉，「何不讀書？」催子玉奏曰：「臣緣卑，不合對陛下讀朝，有失朝儀。」帝曰：「賜卿無畏，與朕讀之。」催子玉既□□命拜了，對帝前□書便讀。子玉讀書已了，情意更無君臣之禮。對帝前遙望長安，便言：「李乾風□眞□，你是朝庭，豈合將書囑這個事來！」皇帝此語，無地自容。遂低心下意，軟語問催子玉曰：「卿書中事意，可否之間，速奏一言，與寬朕懷！」催子玉曰：「得則得在，事實校難。」皇帝又問道：校難之□□□意，便努慘然然，遂卽告子玉曰：「朕被卿追來束手至……」

秋胡小說亦首尾不全，敍秋胡辭妻別母，前去求學，後得仕歸來，乃在途調戲採桑女子，不料此女子卻卽其妻事。此事見於列女傳，宋顏延之亦作秋胡詩。元曲中亦有石君寶的秋胡戲妻一劇。此小說的敍述，較太宗入冥記卻相差很遠；今姑引一節：

……『汝今再三弃吾遊學，努力懃心，早須歸舍，莫遣吾憂。』秋胡辭母了手，行至妻房中，愁眉不盡，頓改儀容，蓬鬢長垂，眼中泣淚。秋胡啓娘子曰：『夫妻至重，禮合乾坤，上接金蘭，下同棺槨。二形合一，亦體相和，附骨埋身，共娘子俱爲灰土。今蒙孃教，聽從遊學，未知娘子聽許已不？』其妻聽夫此語，心中淒愴，語裏含悲，啓言道：『郎君，兒生非是家人，死非家鬼，雖門望之主，不是配孃檢校之人，寄養十五年，終有離心之意。女生外向，千里隨夫。今日屬配郎君，好惡聽從處分。郎君將身求學，此愜兒本情。學問雖達，一朝千萬早須歸舍。』辭妻了，道服得十種文書，是孝經，論語，尚書，左傳，公羊，穀梁，毛詩，禮記，莊子，文選，便卽發程。不經旬月，行至檬山，將身卽入此山，與諸山不同。……秋胡行至牀下，見一石堂，乾由蓋一尋仕，數千年老仙，洞達九經，明解方略。秋胡卽謝，便乃祇承三年，得九經通達，學門晚了，辭先生出山，便即不歸，却投魏國，意欲覓官。披髮倡伴，佯癡放騃。……秋胡妻自從夫遊學後，經歷二年，書信不通，陰符隔絕。其妻不知夫在已不□，孝養勤心，出亦當奴，入亦當婢。冬中忍寒，夏忍熱，桑蠶織絡，以事阿婆。……

四

但敦煌鈔本的最大珍寶，還不是詩歌與散文；詩歌與散文，除了歷史上的價值以外，其本身頗難當得起『文學』二字的稱謂，卽間有結構弘偉，描寫有力之作品，而終是民間的粗製物，不通之語，謫別之字，連篇累牘，讀之使人腦昏頭脹。敦煌鈔本的最大珍寶，乃是兩種詩歌與散文聯綴成文的體製，所謂『變文』與『俗文』者是。他們本身既是偉大的作品，而其對於後來的影響，又絕爲偉大。我們對於他們決不應該忽視！這兩種體製，在那時是未之前聞的。這兩種體製，顯然都是受外來的影響的。在印度文學——連佛教文學也在內——裏，像這一類的體製是很流行的。他們的戲曲如此，小說也有些如此；經典中也常是在散文之中夾雜以古詩，或於詩歌之中，夾雜以散文。從前，我們的詩歌是決包括不了散文在內的，散文也決包括不了詩歌在內。偶有如列女傳、韓詩外傳之類的引詩以結束全文，或如墓誌銘碑文之類以韻語結束全篇者，然其作用卻完全不同；彼是引古以證今，引詩以證事，或以銘語總括前文之意的，此則夾詩夾文，相映成趣，既非總結，又非舉證，而是以詩引文，以文引詩，相引相生的。雖在最初，我們可以看出其所以遞變演進的痕迹來，而在後來，則這種以文引詩的痕迹卻完全不見了。

上虞羅氏刊印敦煌零拾中，載『俗文』三種，而題其名曰佛曲三種。我初亦以爲他們是『佛曲』，在我作佛曲敘錄（中國文學研究）時，還將這三種及京師圖書館所藏的幾種列於佛曲（即寶卷）之首。今經仔細的考察之後，知道這種『俗文』雖可說是『佛曲』的啟源，卻並不是『佛曲』『變文』之體，似更近於『佛曲』。所以，我們應該更正確的名之曰『俗文』㊀曰『變文』，㊁不應加以後來的一種性質並不十分相同的名稱。

『變文』與『俗文』粗視似為一物，實則十分相異。二者雖同以詩與散文合組而成，然而組配的性質卻完全不同。綜言之，此二者之大別有二：

第一，『俗文』是解釋經典的，先引原來經文，後再加以演釋；換言之，即將艱深不為『俗人』所懂得的經文，再加以通俗的演釋，使人人都能明白知曉，所以可以稱之曰『俗文』。『變文』二字的意義沒有那末明瞭，但就其性質而言，我們亦可知其為：採取古來相傳的一則故事，拿時人聽聞的新式文體——詩與散文合組而成的文體——而重加以敷演，使之變為通俗易解，故

㊀京師圖書館藏本的幾種演釋佛經的作品，編目者名為之『俗文』，如維摩詰經俗文，不知原文是否如此。然『俗文』二字甚好，比之『佛曲』之稱似為更妥。

㊁『變文』為敦煌寫本所常見的名稱，如目連救母變文等。

謂之曰『變文』

第二，『變文』與『俗文』兩者在文字上便有了很大的差異。『俗文』是以『經文』提綱，先列原來經文，然後再將經文敷演爲散文與詩句的，所以散文體的經文便是綱領，其他的全部散文與詩句便是『箋釋』便是『演文』換言之，卽係覆述經文之意的，至於『變文』則其全部的散文與詩句皆相生相切，映合成篇，既無一段提綱的文字，又不是屢屢覆述前文的換言之，則他們是整片的記載，純全的篇章，其所取的故事，並不是僅僅加以敷演，而是隨意的用他們爲題材的。

總之，『俗文』不能離了經典而獨立，他們是演經的，是釋經的，『變文』則與所敍述的故事的原來來源並不發生如何的關係；他們不過活用相傳的故事以抒寫作者自已的情文而已。『俗文』與『變文』那一種發生得早呢？二者之同源於佛教文學，我們是很明白的。但『俗文』則切近於佛教經典，『變文』則離了佛教經典較遠；『俗文』必須以經典爲提綱，不能離開了經典，所以他們必須敍述經典中的文意。『變文』則不然，他們亦可以演述佛教經典中的文意，如大目犍連救母變文，然而他們卻不爲佛教經典所拘束；他們可以在經典以外去找材料，如舜子至孝變文。因此之故，我們或可以說『俗文』是較早於『變文』的。然而那種詩與散文交組而成的新文體，在印度本是極通行的；反倒是演釋佛經的『俗文』，即那樣的以經文爲提綱的一種體製不大經見。所以我們也有理由去推測：『變文』的一體是原來有的，『俗文』則有意的採取了『變文』的新體製，用以解釋或敷演經典。將這個問題下一個確切的定案，我們現在還不能够，所以且止於此。

『俗文』與『變文』雖至今纔爲我們所發見，然其影響則極爲偉大；中國有許多民間流傳的偉大作品，曾經千百年代的口述，版印，曾經萬萬人的欣賞讚美，曾經鼓吹了，燃熾了萬萬人的興趣，而給他們以種種教育——或者竟是唯一的教育——者，一考其來源，大都來自『俗文』與『變文』。在沒有詳細說到他們的影響之前，且先將這兩種新的文體的本身研究一下。

『俗文』非即『佛曲，』上文已經講過。今所知的『俗文，』有京師圖書館所藏的佛本行集經俗文，八相成道經俗文（共有二部），維摩詰所說經俗文（皆未有刊本），又維摩詰所說經俗文在倫敦及巴黎二處亦各藏有幾卷，羅氏印行的燉煌零拾中亦有佛曲三種，其中文殊問疾一種，亦爲維摩詰所說經俗文之一部分，其他一種則未知出於何經．也許將來燉煌遺書全部整理就緒後，或可更得到幾種『俗文』而今則所知者已止於此．今就所知者略加以撮述如下．

佛本行集經俗文敍佛從兜率降到人間，爲淨飯國王太子，生時，從母右脅而出，備諸祥瑞．到了太子長大應婚之時，出外遊歷，到於東門，見一人忙忙急走，問其故，答言因家中有一生母，欲生其子，痛苦非常．太子爲之不樂，回宮而去．次日，又到於西門，見一老人，白髮面皺，形容憔悴．太子問之，具道年老之苦，太子又悶悶不樂而回．又次日，到於南門，見了病人之苦，又悶悶不樂．明日，到於北門，卻又見屍身脹爛，臥於荒郊．於是太子經見了生老病死之苦，決意棄國棄家，出家修行．原文殘缺太多，可以全段認得者，僅有數段而已．

這部『俗文』的文字很流利明白，絕無不通重疊之處，——其實『俗文』皆是如此——與其他燉煌的俗文學，如太子讚之類，不同．

八相成道俗文敍釋迦如來於過去無量世時，不惜生命，常以己身及一切萬物給施衆生。某日，我佛觀見閻浮提衆生業障深重，苦海難離，欲擬下界，拔超生死，遂托生於迦毗衛國爲太子。生時，從母氏右脅而出。既生之後，九龍吐水沐浴一身，舉左手而指天，垂右臂而於地，東西徐步，起足蓮花。諸大臣卻以爲太子本是妖精鬼魅，存立人間，必定破國滅家。當時文殊卽化爲一臣，越班奏對，救全了太子。太子十九歲時，戀着五慾，虧得天帝釋勸化了他。某日，太子去巡遊四門，天帝釋遂各化一身於此四門，令太子悟出生死之道。在東門他化爲一人，匆匆而走，說出生之苦；在南門，他化爲一個老人，說出老之苦；在西門，他爲一個病夫，說出病之苦；在北門他爲一個屍身，倒於地上，使太子悟出死之苦。於是太子遂決心到雪山去修道。

京師圖書館又藏一本八相成道俗文，文句與此本大同小異，頗可相證。惟僅至太子至東門見一人行色匆匆，說知家中新婦難產爲止，此下皆闕。

今引第一種八相成道俗文的一段於下：

我佛觀見閻浮提衆生，業障深重，苦海難離，欲擬下界勞籠，拔超生死，遂遣金團太子，先屆凡間，選一奇方，堪降質於此之時，有何言語？

我今欲擬下閻浮，　汝等速須揀一國。

遍看下方諸世界，　何處堪吾託生臨。

爾時，金團天子奉遣下界，歷遍凡間，數選奇方，並不堪世尊託質。唯有迦毗衛國，似覺堪居。却往天中，具由咨說。

當今金團天子，潛身來下人間。金朝开降生□，福報今生何處？遍看十二大國，旋□皆道不堪。唯有迦毗羅城，天子聞名第一。社稷萬年國主，祖宗千代輪王。我觀過去世尊，現皆生佛國□。看了却歸天界，隨於井下生□。時當七月中旬，託蔭摩耶腹內。百千天子排空下，同向迦毗羅國生。

釋迦托生下界，雪山修道，爲『俗文』中最流行的題材之一，像以上的三種，皆述此事。這個故事的流行，便於民間發生了另一種相類的故事，——大凡修道歷刼的人，皆同是這個型式——例如，觀世音菩薩的修行，便完全是脫胎於此。在後來，有一部香山寶卷，即敘妙莊王之女經歷盡千辛萬苦，方始成爲觀世音菩薩。香山寶卷的作者爲宋時人，實今日流行的寶卷的最早者。這個寶卷，不僅體裁脫胎於『俗文』，即題材亦脫胎於『俗文』，眞是很有趣的一個巧合。在香山寶卷中，敘一個少女，如何的棄家修道，恰好與一個少年太子棄家修道的釋迦對照，而寫得似較八相成道俗文等更是淒楚，更爲有力。惟其阻礙愈多，魔焰愈高，故主人翁的人格便愈覺得偉大，愈覺得使人感動。香山寶卷之所以較八相成道俗文更足以感人，更爲流行者，其原因似在此。至今每逢開講香山寶卷時，尚有許多老嫗少女爲那個堅苦修行，不畏艱險的妙莊王女流傷心同情之淚者；且每逢開講一次，落淚總還不止一次二次！（相傳香山寶卷爲宋普明禪師在崇寧二年八月受靈感而編撰者。）

維摩詰經俗文在今所已知的幾篇『俗文』中是最偉大的一部著作，在中國文學史上也許也是最偉大的著作之一。維摩詰經是佛經中最流行的一種，富有小說的趣味，而這個『俗文』也極爲美麗精工，絕不像平常的做『俗語文學』的文筆不大通順的人做的。我們猜想寫這部『俗文』的人至少是一位極有文學素養的人，他能將一百字的原文演成了三四千字，演得又生動，又美妙；假定全文具在的話，至少要有好幾百萬字呢！可惜今所存者皆爲零星殘文，未能得其全部。然即就所存的殘文而觀之，已足以使人震駭於這位無名作家的作品是如何的精美偉大了。這位作者的時代也沒有知道。但巴黎所存的這個『俗文』的一卷之末，有『廣政十年（公元九四七年）八月九日，在西川靜眞禪院寫此第二十卷文書，恰遇抵黑書了，』卷首又黏有一張問候帖子，末有『普賢院主比丘靖通』等字。此書的作者未必便是寫此帖子的靖通，也未必便是作於廣政十年，但至少是寫作於廣政十年之前。㊀在那個時代產生那末偉大的作品，產生那末精好的白話文學，眞使我們再也不至於懷疑南宋時候之產生京本通俗小說了。今舉京師圖書館所藏的本書第二卷的概略於下，然後再引其中的一段，以見本書作者的文字的一斑：

第二卷持世𦬇中，敍的是持世𦬇堅苦修行，魔王波旬，欲破壞其道行，便幻爲帝釋之狀，從萬二千天女，鼓樂弦歌，來詣持世𦬇修行之所。這些天女，一個個都是如花似玉之貌，或擎鮮花，或獻異香，或合玉指而禮拜，或出巧語而勸告，『或擎樂器，或卽吟哦，或施窈窕，或卽唱歌，』任伊鐵作心肝，見了也許粉碎。持世𦬇不識魔王，錯認作帝釋，與他談了許久。魔王說，『將天女一萬二千奉上師兄，可酬說法，幸望慈悲鑒納。』持世卻堅辭不受，說：『我是修行菩薩，我是出世高人，一身尚是有餘，何要你許多天女。』第二卷至此卽止。

㊀胡適之君的倫敦讀書記（留英學報第一期）爲方便計，卽以靖通爲這部大著作的作者。

經云：時魔波旬從萬二千天女，狀帝釋，鼓樂弦歌，來詣我所。是時也，波旬設計，多排婇女嬪妃，欲惱聖人。剩烈奢花豔質希音魔女一萬二千，最異珍珠，千般結果出塵菩薩，不易惱他持世上人，如何得退，莫不剩裝美貌，元非多著嬋媚。若見時交娛出言詞，稅調着必生返退。其魔女者，一個個如花菡萏，一人人似玉無殊，身柔軟兮，新下巫山，貌婰停兮，纔離仙洞。盡帶桃花之臉，皆分柳葉之眉。徐行時若風颯芙蓉，緩步處似水搖蓮亞，朱唇旖旎，能赤能紅，雪齒齊平，能白能淨，輕羅拭體，吐異種之馨香，薄縠掛身，曳殊常之聲彩。排於坐右，立於宮中，青天之五色雲舒，碧池之千般花發，罕有罕有，奇哉奇哉！空將魔女繞他，維恐不能驚動。更請分爲數隊，各逞逶迤。擎鮮花者，慇懃獻上，焚異香者，倍切虔心，合玉指而禮拜重重，出巧語而詐言切切，或擎樂器，或即吟哦，或施窈窕，或即唱歌，休誇越女，莫說曹娥。任伊持世堅心，見了也須退敗。大好，大好，希哉，希哉！如此魔實嬋娟，爭不忘生動念！自家見了，尚自魂迷，他人覩之，定當亂意。任伊修行緊切，稅調著必見迴頭，任伊鐵作心肝，見了也須粉碎。魔王道：我只沒去，定是菩薩識我，不如作帝釋隊仗，問許伊時菩薩，於是魔王大作奢花，欲出宮城，從天降下，迴迴擁擁，直迎千連，樂韻弦歌，分爲二十四隊，步步出天門之界，遙遙別本住宮中。波旬自乃前行，魔女一時從後。擎樂器者，宣宣奏曲，響聒清霄，爇香火者，濟濟煙飛，氤氳碧落，競作奢花美貌，各申窈窕儀容，擎鮮花者，其花色無殊，捧珠珍者，其珠珍不異。琵琶弦上，韻合春鶯，簫笛管中，聲吟鳴鳳，杖敲揭鼓，如撩碎玉於盤中，手弄奏箏，似排雁行於弦上。輕輕絲竹，太常之美韻莫偕，浩浩唱歌，胡部之豈能比對。娥容轉盛，艷質更豐，一羣羣若四色花數，一隊隊似五雲秀麗，盤旋碧落，宛轉清霄。遠看時意散心驚，近覩者魂飛目斷。從天降下，若天花亂雨於乾坤，初出魔宮，似仙娥芬霏於宇宙。天女咸生喜躍，魔王自己欣歡。此時計較得成，持世修行必退。容貌恰如帝釋，威儀一似梵王。聖人必定無疑，持世多應不怪。天女各施於六律，令調弄五音。唱歌者詐作道心，供養者假爲虔敬。莫遣聖人省悟，莫交菩薩覺知。發言時直要停藤，稅調處直須穩當。各請擎鮮花於掌內，爲吾燒論辭於爐中。星珠顏而剩逞妖容，展玉貌而更添艷麗。浩浩簫韶前引，喧喧樂韻奪聲。一時皆下於雲中，盡入修禪之室內，吟魔王隊杖利夫官，欲惱聖人來下界。廣設香花申供養，更將音樂及弦歌。清冷空界韻嘈嘈，影亂雲中聲響亮。胡亂莫能相此並，窈愁不易對量他。遙遙樂引出魔宮，隱隱排於霄漢內。香爇煙飛和瑞氣，花擎寮亂動祥雲。琵琶弦上弄春鶯，簫笛管中鳴錦鳳。楊鼓杖頭敲碎玉，春箏絲上落珍珠。各裝美貌逞逶迤，盡出玉顏誇艷態。個個盡如花亂發，人人皆似月娥飛。從天降下閉乾坤，出彼宮遮宇宙。怎見人人魂膽碎，初覩個個盡驚心。「韻」波句是日出天來，樂亂清霄碧落排，玉女貌如花艷坼，仙娥體是月宮開。妖桃強逞魔弃羨，美質徒惱聖懷。鼓樂弦歌千萬隊，相隨捧擁普徘徊。誇豔質，逞身才，窈窕如花向日開。十指纖纖如削玉，霽眉隱隱似刀裁。擎樂器，又吹嗺，宛轉雲頭漸下來。簫笛音中聲遠，琵琶弦上韻哀哀。歌瀝瀝，笑咍咍，園遶波句逾逦排。隊杖恰如帝釋下，威儀直似梵王來。須隱審，莫教猜，詐作虔誠禮法臺。問諱莫教生驚覺，慇懃勿遣有遺乖。沉與麝，手中擎，供養儺時盡意懷。直侍聖人心錯亂，隨伊動處娆將來。須記當，領心懷，莫道修行法眼開。持世若教成道後，魔家眷屬定須催。巧稅調，好定排，強着言詞說意懷。着相見時心墮落，隨情傾處誘將迴。歌與樂，覽吹嗺，合雜喧譁蓋路排。魔女魔王入室也，作生娆惱處唱將來。

文殊問疾第一卷為上虞羅氏所藏燉煌石室發見的鈔本之一種，今刊於燉煌零拾中。敘佛使文殊到維摩詰處問疾事。佛先在會上問五百聖賢八千菩薩，誰能前去，皆曰不任，無人敢去，酌量才辯，須是文殊。於是佛告文殊曰『吾為維摩大士染疾毗耶，汝今與吾為使，親往毗耶，詰病本之因由，陳金僊之懇意。汝看吾之面，勿更推辭。』文殊乃合十指掌，立在筵中，說道：『去卽不辭爲使去，幸憑聖力賜恩憐。』原來維摩辯才無礙，詞江浩浩，『能談妙法邪山碎，解講聖經障海隈。』故大衆俱怕去。今見文殊肯去，無不欣慰。於是文殊遂別佛而至維摩方丈處。原文至此而止，底下尙未完。

這是演的維摩詰所說經的一節，當也便是維摩詰所說經俗文的第一卷。其文氣語調，我們如仔細加以研究，便知與上面所引的一段無不相同者。『文殊受佛告勅，起立花台，整百寶之頭冠，動八珍之瓔珞。香風颯颯，搖玉珮以珊珊；瑞色氳氳，惹珠衣而瀝瀝。』這豈不與上文所引者文氣相類？『若遣毗耶問淨名，遙憑大聖垂加護。維摩詰，金粟主，四智三身功久具。若遣須教問淨名，遙憑大聖垂加護。』這豈又不與上文所引者辭格相同？羅氏僅註文殊問疾第一卷而並不註明這一卷演的是維摩詰所說經，故殊使人生疑。實則細察原文，便可知與持世井第二卷實同出於一個人的手筆。今引一小段於下：

經云：文殊師利乃至詣彼問疾。

此唱經文，分之爲三：一，文殊謙讓白佛；二，讚居士經云，道彼上人者至，皆以得度；三，託佛神力，致往問疾。經云：雖然承佛聖旨，且第一，文殊蒙佛告勅，起立筵中，欲由師資之恩，謙讓自己之事，合十指掌，立在筵中，啓三界慈尊，問於會上。

文殊有偈白佛：　斷

特蒙慈父會中宣；感激牟尼爭不專。自揣荒虛無辯海，度量智慧未周圓。金仁既遣過方丈，抄德須遵大覺偎。去即不辭爲使去，幸憑聖力賜恩憐。

又有偈讚維摩：　斷

方丈維摩足辯才，詞江浩浩泉難偕。談妙法，邪山碎，解講眞經障海隈。大通每朝興教網，三途長日救輪迴，雖爲居士同凡輩，心似秋蟾霧裏開。　白

陳情謙讓，多爲使於毗耶，讚彼淨名，表上人之難對。聲聞五百，證八智於身中，菩薩三千，超十地於會上。文殊雖承聖旨，當日思忖千般，只擬辭退於筵中，又怕逆如來之語，只欲偵於方丈，有恥衆內之高人。世尊若差我去時，今日定當過丈室：

時文殊有偈：　斷

既蒙聖主遣慇懃，不敢推辭向會陳。銜敕定過方丈室，宣恩要見淨名尊。金冠動處祥光現，月面舒時瑞色新。此日聖賢皆總去，吾爲首領盡陪輪。

維摩詰經俗文實是一部極偉大的著作，決可證其爲出於文人學士之手，或有文學素養的和尚之手。文中的『白』，皆爲當時流行的儷偶的句子，一個俗字也看不見，這確是許多『俗文

學』中所沒有的一個特點。又其中有『斷』『白』之分，又有『唱』『韻』之分，亦皆為他種『俗文』中所未有者。

我們不能得到維摩詰經俗文的全部，實是我們的一個大損失，但我們於這個大著已失的千年之後，又得以發見其一部分，又不可以說不是我們的大幸。

又有俗文一種，未知何名，亦為上虞羅氏所藏燉煌『佛曲』之一，與文殊問疾同見燉煌零拾中。敍西天有國名歡喜國，有王名歡喜王。王之夫人有名有相夫人者，容儀窈窕，如春日之夭桃。自入宮中，極稱王意。正當富貴歡悅之極處，於某日歌舞方酣之際，國王見夫人面上身邊氣色，知其只有七日之命，即當身亡。於是不禁淚下。夫人見王忽然下淚，再三詰問。王只得以實告。於是夫人乞歸辭別父母。父母聞知此事，亦大驚失色，力求救治。聞石室比邱尼有威德，欲往求之以延身命。石室比邱尼卻勸夫人了教求生天，莫求浮世壽。於是夫人日歸，便乃日亡，生在天中，受諸快樂。原文至此下闕。

按佛經中，演述有相夫人之事者甚多；吉迦夜曇曜合譯的雜寶藏經卷十優陀羨王緣載有相夫人生天事；又義淨譯的根本說一切有部毘奈耶卷四十五入王宮門學處第八十二之二載有仙道王及月光夫人事，亦與此同.可見這個故事流行甚廣.

又有俗文一種，未知何名，亦見於燉煌零拾中.全文首尾不全，僅餘中段；敍舍利弗與六師門法事；波斯匿王令佛家立於東邊，六師立於西畔.六師先化出寶山一座，頂侵天漢，上隱士安居，更有諸仙遊觀，駕鶴乘龍，仙歌撩亂.四衆誰不驚嗟，見者咸皆稱嘆.舍利佛雖見此山，心裏都無畏難.須臾之頃，忽然化出金剛，其大無比，口猶江漢之廣闊，手執寶杵，杵上火焰衝天.用此杵打山，登時粉碎，莫知所在.原文至此即止，底下並皆殘缺.

這個『俗文』，雖僅餘一小段，然全文氣勢尚可約略看出，實爲弘偉之至，絢爛之極的一部大著作.姑引一小段於下：

舍利佛忽從定起，左右不見餘人，須達大臣兼有龍神八部，前後捧擁，四面周圍，阿修羅執日月以引前，緊那羅握刀鎗而從後.于是風師使風，雨師下雨，濕却塵埃，平治道路，神王把棒，金剛執杵，簡曉雄，排比隊伍，然後吹法螺，擊法鼓，弄刀槍，振威怒，動似電奔，行如雲布，亦有雪山象王，金毛獅子，震目揚眉，張牙切齒，奮迅毛衣，搖頭擺尾，隊仗□天，槍戈匝地，靜能各擬逞威，神加倍，被我如來大弟子若爲：

舍利佛與衆而辭別，是日登途便即發。毗樓天王執金旌，提頭賴吒將玉□。甲仗全身盡是金，刀箭渾論純用鐵。青面金剛色黯然，大頭金剛瞋不歇。鍾鼓轟轟聲動天，瑞氣明明而皎潔。天仙空裏散名花，讚歎之聲相逞口。降魔杵上火光生，智蘇刀邊起霜雪。但願諸佛起慈悲，那撞不久皆摧折。神力不經彈指間，須臾即至城隍闕。

波斯匿王見舍利佛，即勑羣臣，各須在意。佛家東邊，六師西畔，朕在北面，官庶南邊，勝負二途，各須明記。和尚得勝，擊金鼓而下金籌；佛家若強，和金鐘而點金字。各處本位，即任施張。舍利佛徐步安祥，昇師子之座，勞度之身□寶帳擁擁四邊，舍利佛即昇寶座，如師子之王，出雅妙之音，告大衆而言曰：然我佛法之內，不乏人我之心，顯正摧邪，假爲施設，勞度叉□何變，現即往施張。六師聞語，忽然化出寶山，高數由旬，欽峯碧□，崔嵬白銀，頂侵天漢，叢竹芳新。東西日月，南北參晨，亦有松樹參天，藤蘿萬段，頂上隱士安居，更有諸仙遊觀，駕鶴乘龍，仙歌撩亂，四衆誰不驚嗟，見者咸皆稱嘆。舍利佛雖見此山，心裏却無畏難。須臾之頃，忽然化出金剛，乃作何形狀，其金剛□首頂□天，天圓祇堪爲蓋，足方萬里，大地纔足爲鉆。眉鬱翠□□□□，口吒咤猶江海之廣闊，手執寶杵，杵上火焰衝天，□□□登時粉碎，山□萎化□零，竹木莫知所在。百（下闕）

在『俗文』的韻句裏，有兩個不同的句法，像佛本行集經俗文、八相成道俗文等都是七言句到底的，例如『啓口中說夫人孕，生下太子大奇哉！仙人忽見淚盈目，呼嗟傷嘆手顚頣。』（八相成道俗文）等是。這是第一體。像維摩詰所說經俗文等，則於七言句之中，往往雜以兩句的三字句，例如：『身命財中能悟解，使能久遠出三災。須記取，領心懷。上界天宮却情迴，五欲業山隨日滅。」（維摩詰所說經俗文，持世𦬇第二卷）等是。這是第二體。這兩個體裁，在後來都還承襲的運用着。

『俗文』的結構，就今所知者而言，共有三種體裁：第一體是先引原來經文，然後再敷演此經文為散文的故事。而於其中，更於緊要處敷演以韻語，以便歌唱。這是維摩詰所說經俗文等的一體；在上文所舉的幾段原文裏，我們已可見到此種體裁的一斑。第二體是泛述本來經文，作為敍述的主幹，然後便在緊要處，敷演以韻語，而在將入韻語之前，必先之以『當爾之時，道何言語？道人道，』或『當爾之時，有何言語？』或僅說『當爾之時，』或僅舉『云云』二字，（此『云云』二字當卽『當爾之時』的略語？）這是八相成道俗文等的一體。這一體在上文也已舉過例。第三體是開端或畧述本文因由，入後卽用詩與散文相間而寫，相映相生，並不用什麼『當爾之時』等語來引起『韻文』的。這一體是有相夫人生天俗文的體裁。這三種體裁，仔細觀之，本無多大區別。例如第三體之不用『當爾之時，有何言語』等字以引起『韻文』，或由於作者的省略，或由於本來不必用到；第二體之不引原來經文，或以為可以不必引述，只要敍述大意便夠了。總之，不管是引述經文，或僅述經文大意，『俗文』的一體，畢究是非依據於經不可的。『引經據典』四字，眞可以送給了『俗文』的一體。所以『俗文』的特色便是依『經』（佛經）而作，專爲了要將艱深的經典化爲通俗的文字，以便宣傳『佛道』的。

在『俗文』中，每一段之前，往往註明『白』『斷詩』『平側』，『經』，『側』『斷』，『側吟』，『經平』等字者，『白』卽指散文的一節，『斷詩』卽指韻文的一節；『斷』當卽『斷詩』的略語；『側』當爲『側吟』的略語。『側吟』及『經』，『平側』，『經平』，皆指韻語的一節；其間究竟有何分別，今已不可考知。

六

『變文』不必依經附傳，只不過敍述一種故事而已，上文已經說起過這一層了。『變文』的作者很有活用故事的餘地，他可以振筆直書，隨他的想像的奔馳而著作着，或者不必根據什麽佛經，史傳，而可以僅憑着民間的傳說而寫着。所以『俗文』的作者大多是一位有文人學士氣概的『俗家』或和尙至少也是一位文從字順的『有文墨者』;『變文』的作者則與太子讚、董永行孝的作者們一樣的不通達的文理;他們儘有深入的想像力,弘偉的結構力,然而他們的那一支筆卻不能聽從他們的自由如意的指揮.所以在偉大的作品之中,所驅遣的文語卻多半是似通非通不成文理的;且還挾着了不少的譌字別體,使人無從辨白起.假定這些『變文』能有一個時期與文人學士相接觸,他們還不會成爲絕代的名篇巨製麽?

敦煌文庫中所藏的『變文』,尙未知道究竟有多少.今所知者僅有舜子至孝變文、大目犍連冥間救母變文、明妃曲殘卷及列國傳殘卷數種而已.舜子至孝變文是敍舜的孝於父母,歷遭阨害,而並不怨望的事.大目犍連冥間救母變文則結構甚爲偉大,且確能將作惡不悛的靑提夫人,一心救母,經百阨而不悔,有殉教者的精神的目蓮都活現於我們之前,目蓮救母的故事,在民間本有了相當的來歷與威權,作者捉住了這個大流行的傳說而加以烘染,使這個傳說增上了不少的光彩.在其後,有了目蓮救母行孝戲文三卷一百齣的巨作,又有了勸善金科十二卷一百二十齣的巨作,又有了目蓮救母寶卷.可謂盛極一時,任何故事都不曾有過那末弘巨的篇幅過.

而我們試一考査目蓮救母行孝戲文及殿板的勸善金科便知他們原都是由這篇『變文』而來的，因內容所敍者極爲相同，（勸善金科原係潤改救母戲文者）而在結構上，我們卻只覺這篇『變文』的比較高明，緊湊，合理，而救母戲文比較鬆懈，不深入——雖然有時寫得很好，勸善金科一作爲尤散漫附會，不大合理。

大目犍連冥間救母變文的槪略如下：佛的弟子目連自父母雙亡以後便出家爲僧。他以善因，得證阿羅漢果。藉了佛力，他上了天堂，見到他的父親，然而他的母親卻並不與父親同在一處。他不知母親究竟何在。他悲啼的向佛泣告，佛乃指示他說，『你的母親在地獄中呢。』他便哀苦的向地獄中求母。他在地獄中到處訪問，遍歷刀山劍河，油釜奈河之境，皆不見他的母親。最後，到了阿鼻地獄中，問管獄者有無青提夫人時，管獄者卻說彷彿是有的。於是管獄者一層一層的喚叫着『青提夫人；青提夫人！』『青提夫人這時正被十八支大釘釘在鐵牀之上，不敢開口答應，恐怕他們要將他遷於更惡之地。最後，她只得答應道：『青提夫人，卽老身便是。』獄卒告訴她說，獄門外有她的一個兒子，目連和尚來訪問她。她說，她自己沒有兒子做和尚的。獄卒卽去質問和尚，爲何來此冒認犯人爲母。目連乃含悲再告獄卒說他的出家乃在母親死後，他在家時，原名爲羅卜。青提夫人再聞獄卒傳說，乃知和尚卽爲其子羅卜，卽出來相見。目連藉了佛力，將母親救出了這個阿鼻地獄之苦。然而佛力卻不能救她出於餓鬼之道。她饑餓不堪，然而不能近食，見食卽化爲火，見水亦化爲膿。目連無法，行乞供飯給她，亦皆化爲猛火，不能食用。目連只得含悲又去問佛。佛乃告訴他於七月十五日建蘭盆大會，可以使她一飽。她在那一天果然飽了一頓。然自此以後，目連卻再也尋不到她。目連不得已又去問佛，佛說她現在已轉生人世，變爲黑狗之身，並囑目連到人間去化緣，不問貧富，沿途化去，便可見到她。果然，他竟又尋到了她，引她住於王舍城中佛塔之前，七日七夜，轉誦大乘經典，懺悔念戒，乃得使她乘此功德，轉卻狗身，退卻狗皮，掛於樹上，還得女人身。此時，目連又引她至於佛前，得以修到：『天女來迎接前往忉利天受快樂』。這部『變文』的全部卽結束於此。

全文之後，有附註二行，一行作：『貞明七年辛巳歲四月十六日淨土寺學郎薛安俊寫』一行作：『張保達文書』。當係薛安俊爲張保達書寫，故此卷乃成爲張保達的藏書之一。又此作係寫於貞明七年，則其著作之時，自當遠在其前。至遲也是唐末的東西。薛安俊僅僅鈔寫此文而已，當非此文的作者。

今引此作中間的一節如下，俾讀者得見其一斑：

目連蒙佛威力，得見慈母，罪根深結，業力難排，雖免地獄之酸，墮在餓鬼之道，悲辛不等，苦樂玄殊，若井前途感□□千萬信，咽如針孔，滴水不通，頭似太山，三江難滿，無聞漿水之名，累月經年受饑羸之苦；遙見清涼冷水，近看變作膿河，縱得美食香飡，便即化爲猛火。孃孃見今飢困，命若懸絲，汝若不去悲豈名孝順之子。生死路隔，後會難期，欲救懸沙之危，事忩不應遲晚。出家之法，依信施而安存，縱有常住，飲食恐難消化。而辭孃孃，向王舍城上取飯與孃孃相見。目連辭母擲鉢騰空，須臾之間，即到王舍城中，次弟吃飯。行到長者門前，長者見目連非時乞食，盤問逗留之處。和尚且□□□□，齊過食門已過，吃飯將用何爲?目連啓言，長者貧道阿孃□□，亡過已後，魂神一往落阿鼻。近得如來相救出，身如枯骨氣如絲。貧道肝腸寸寸斷，痛切傍人豈得知。計亦不合非時乞，爲以慈親而食之。長者聞言大驚蓦，思寸無常情不樂。金鞍永絕鬧珠心。玉貌無由上妝閣，促且歌，促且樂，人命由由如轉燭。何覓天堂受快樂，惟聞地獄罪人多。有時吃，有時著，莫學愚人財多積。不如廣造未來因，誰能保命存朝夕！兩兩相看不覺死，錢財必莫子身惜。一朝擗手入長棺，空饒塚上知何益。智者用錢多造福，愚人將金買田宅。平生辛苦覓錢財，死後總被他分拍。長者聞語忽驚疑，三寶福田難可思。急催左右莫交遲，家中取飯以闍梨。地獄忽然消散盡，明知諸佛不思議。長者手中執得飯，過以闍梨發大願。非促和尚奉慈親，合獄罪人皆飽滿。目連吃得耕頁飯，持鉢將來寇慈母。於時行至大荒交，手提金匙而自哺。青提夫人雖遭地獄之苦，慳貪久竟未除，見兒將得飯鉢來，望風即生怯惜：……

目連救母變文在中國的著作中，可以說是最早的一部敘述周歷地獄的情況的；在希臘大詩人荷馬（Homer）的奧特賽（Odyssey）裏已有了遊歷陰府之記載，羅馬黃金時代的『桂冠詩人』委琪爾（Virgil）在所作的阿尼特（Aeniead）裏也載着訪問地獄之事。至於意大利大詩人但丁（Dante）的神曲中所敘的地下世界則更爲人人皆知的了。而在中國本土的地獄，或第二世界的情形，則古代的作家絕少提起，僅有招魂、大招二文略略的說起其可怖之景色人物而已。（那裏所指的並不是地獄，不過是第二世界，即靈魂所往的地方而已。）直到了佛教輸入之後，於是印度的『地獄』便整個的也搬入了中國。自閻羅王以下，幾乎地獄中的人物及景色都還可顯然的看出是印度的本來面目。但在前寫此地獄者還不詳細，直到了目連救母變文的出現，我們纔知道在唐時已有了那末詳細的地府描寫了。後世的地府描寫較此更詳細的亦有之，然這已是很後代的事了，且大致也都脫離不了這部變文中所說的那末模式。故我們可以斷定這部變文中的地府描寫乃是最早且最詳細中的一種。此外尚有好幾點可以注意的，在這裏皆可略去了不提。

列國志殘卷今藏於倫敦，前後皆殘，不知始於何時，止於何事，但就所存者而觀之，則完全是敍述伍子胥的始末的，或者僅爲伍子胥故事的本末而非演述全部『列國志』者也難說。巴黎藏有一卷伍子胥，大約卽爲此作，其題似較列國志三字爲切當（按全卷皆無題目，列國志之名當爲整理敦煌遺書的人所題的。）

在這部列國志殘卷中所敍述的伍子胥故事與幾部通俗小說的列國志以及史傳所記載者皆大爲不同。今日最籍籍於人口的『過昭關一夜白了鬚髮』的一段事也不見於此卷，而此卷所敍述的事中，則更有爲後人所完全不知的。今且述全文的概略於後：

這個殘卷的開場是：楚平王命使臣去追伍子胥，使臣卻空手而回，只好自縛以見平王。平王聽見使臣說子胥要『卽日興兵報父仇』，便大怒起來，立刻於獄中取出伍奢及子尙殺了。同時並下令嚴捉伍子胥。伍子胥聞知父兄被殺，便向南而逃，欲之越國。他逃到了潁水之邊，聽見有打紗之聲，便循聲而去，看見一個女子在水邊打紗。女子知他是一個奇人，便將粮食供他吃；他再三推辭，卻不過她的慇懃，便吃了她的飯。飯後，將己事告訴了她，並託她不要宣揚出去。子胥走後，這女子卻抱石自沉於河而死。子胥經歷了許多山川泉澗，又到了一家，叩門乞食；這一門卻是他自己姊姊的家。姊姊見他，乃設隱語命他迷去。二人抱頭而哭，不得巳而相別。他的外甥子承、子安二人卻想捉他去獻功，便去追他。虧他設了一計，假裝身亡，得以逃脫。次後又至一家向前乞食，開門出來的卻是他的妻。他的妻一見，卽知爲自己的丈夫，然不敢驟然的向前認識。她亦作爲隱語，向他質問，他卻以枝辭掩飾過去，不肯承認爲她的丈夫。二人遂相別了。他到了一條大江邊，江流浩闊，無法渡過去。忽見一位漁父，垂絲釣魚，謳歌撥棹而來。子胥乃喚住了他，要他渡自己過江。漁父見他面有飢色，便請他在此看船，自己卻到家中去預備酒飯。子胥等了一會，恐漁父要喚人同來捉他，便隱於蘆葦之中。漁父將了酒飯而來，不見子胥，乃悲歌而喚道：『蘆中之士，何故潛身？出來此處相看，吾乃終無惡意，不須疑慮。』子胥遂出蘆中，與他共酌，飽餐了一頓飯後，他便送子胥過江。子胥將懷中璧玉及寶劍贈他，他皆不受。他問子胥：『只今逃逝，擬投何處。』子胥說要到越國。他指示子胥說越國不可投，因方與楚交好。吳與楚正相爲仇，可投也。子胥上岸後，回頭見漁父覆船而死。他哽咽悲啼不已，更復前行，遂到了吳國。披髮佯狂，以泥塗面，東西奔走於市。吳王知其爲與人，即命宣入朝中，乃大用他。數年之後，子胥治得吳國人口蕃殖，府庫充實，乃啟吳王，欲為父兄報仇。吳王乃下令召募勇士，應募者極多，凡選得七十萬人，即交子胥為元帥，率之伐楚。這時，平王已卒，昭王即位。子胥連勝楚人，捉了昭王，掘出平王之屍，殺之亦見血，又斬昭王百段，以祭父兄。回師時並伐鄭、梁、鄭、梁皆望風而降。子胥乃策立漁父之子為楚帝而退。他班師回國後，吳王以之為相。後來越王勾踐不用范蠡之謀，與兵伐吳，又為子胥所大敗，僅乃得免死。後來吳王死，其子夫差即位，因與子胥不合，乃賜他寶劍，叫他自殺。子胥道，『我死後乞斬首掛於東門，待看越兵之入城』。果然，過了幾年，越王勾踐便起兵攻吳。吳國百姓飢餓，氣力衰弱，無人可敵。當夜，吳王又夢見伍子胥告訴他說，越王將兵來伐了。殘卷的敘述至此而止。全卷當係敘伍子胥的本末，而以吳、越事為餘波者。

這部殘卷，卷末記鈔寫年月，亦不知為何人所作。惟原文『文語』頗多，描寫也頗不弱，似為讀過史籍的文人所作的，而鈔手則極為拙劣，別字譌字，連篇累牘，原文往往因之而晦。因此，我們可知此文的作者與鈔者決不是一人，更可知作者當遠在鈔者之前。

原文見者絕少今引一節於下以爲例；

……椀心并戀割，九族總須亡。若其不如此，誓願不還鄉。作此語了，遂即南行，行得廿餘里，遂乃眼瞤，畫地而卜占，見外甥來趁，用水頭上禳之，將竹插於腰下，又用木劇倒著，並畫地戶天門，遂即臥於蘆中，咒而言曰：『捉我者殃，趁我者亡。急急如律令！』子胥有兩個外甥，子安、子承，少解陰陽，遂卽畫地而卜占，見阿舅頭上有水，定落河傍，腰間有竹，塚墓城荒，木剩倒著，不進傍徨。若著此卦，必定身亡。不假尋覓，廢我還鄉。子胥屈節著文，乃見外甥來趁，遂卽奔走，早夜不停。川中又過一家，牆壁異常嚴麗，孤莊獨立，四迴無人，不恥八尺之軀，遂卽叩門吃食。

子胥叩門從吃食，其妻斂容而出應。劃見知是自家夫，即欲教言相識認。婦人卓立審思量，不敢向前相附近。以禮設拜乃逢迎，怨結啼聲而借問。妾家住在荒郊側，四迴無隣獨棲宿。君子從何至此間，面帶愁容有飢色。落草癖狂似佉人，屈節攢形而吃食。妾雖禁閉在深閨，與君影響微相識。子胥報言娘子曰：僕是楚人充遠使，涉歷山川歸故里，在道失路乃迷昏，不覺行由來至此。鄉關迢遞海西頭，遙遙阻隔三江水。適來專輒橫相干，自恂於身實造次。貴人多望借相認；不省從來識娘子。今欲進發往江東，幸願存情相指示。

其妻遂作藥名向曰，妾是件茄之婦，細辛早仕於梁，就禮未及當歸，使妾閑居獨活，青箱蘴芥，澤瀉無憐，仰歎檳榔，何時遠志。近聞楚王無道，遂發材狐之心，誅妾家破亡消，屈身苜遂蕺麴怯□石膽難當，夫怕逃人，茱萸得脫，潛刑菌草，匿影藜蘆，狀似被趁野千，遂使狂夫茛菪，妾億淚霑，赤石結恨，青箱衣寢，難可決明，日念右乾，眷百聞。君乞聲厚朴，不覺躑躅君前。謂言菅蓼門，遂使從蓉傢步。看君龍齒，似妾狼牙，桔梗若爲，願陳枳殼。子胥答曰：余亦不是伍家之子，亦不是避難逃人，聽說余之行李。余乃生於巴蜀，長在藿鄉，㟃公生居，貝母遂使金牙採寶交子遠行，列寄奴是來賤用，徐長卿爲之貴友。潛藏河被泥寨永傷身，三伴芒消，雖余獨活。每日懸腸斷續，情思飄颻，獨步恆山，石膏難度，坡巖巴戟數値狼胡，乃意款冬，忽逢鍾乳，留心中夏，不見鬱金。余乃返步當歸，寧窮至此。我之羊齒，非是狼牙桔梗之情，願知其意。

妾答曰：君莫急急，即路途長。從使從來不相識，惜相識認有何方。妾是公孫鐘鼎女，疋配君子事貞良，夫主姓伍身爲相，束髮千里事君王。自從一別音書絕，憶君愁腸氣欲結。遠道冥冥斷寂寥，兒家不慣長頭別。紅顏顦顇不如常，相思落淚何曾歇。年光虛擲守空閨，誰能度得芳菲節。靑樓日夜滅容光，只緣蕩子事於梁。孀向庭前覩明月，愁歸帳裏抱鴛鴦。遠附鴈書將不達，天塞阻隔路逢長。欲織殘機情不意，畫眉羞對鏡中粧。偏憐散語蒲桃架，念鸝雙棲白玉堂。君作秋胡不相識，妾亦無心學採桑。見君口中雙板齒，爲此識認意相當。麤飯一飡終不惜，願君且住莫荒忙。子胥被認相辭謝，方便軟言而怙寫。娘子莫漫橫相干，人間大有相似者。娘子夫主姓伍身爲相，僕是寒門居草野。儻見夫聟爲通傳，以理勸諫令歸舍。今緣事急往江東，不得停留復日夜。……

明妃傳殘卷今藏巴黎國立圖書館，有伯希和、羽田亨合編的燉煌遺書第一集本。編者在題上加了『小說』二字，其實明妃傳乃是變文，並非小說，原題爲何，今已不可知，因已經殘脫。王嬙遠嫁匈奴的事，在中國的故事中，原是最流行的一個。最古的記載，敍的比較詳細的，要算西京雜記，在那裏，說起王嬙因自恃美貌，不給賄賂於毛延壽，因此延壽遂故意將她畫得醜陋，元帝遂不召幸。後匈奴請婚，元帝按册以王嬙許之。到了辭別之日，元帝卻見王嬙是一位又聰明又嫻雅的絕美少婦．他不欲失信於夷狄，仍遣王嬙北嫁，同時卻案治諸畫工欺罔之罪，同日，賜死者延壽等凡十餘人，京師畫工爲之減少．在這裏，西京雜記的著者並沒有說到王嬙嫁匈奴而死的事．元馬致遠的漢宮秋雜劇則別增波瀾，另添新意，以爲元帝在宮中發見了王嬙的美貌便欲誅戮毛延壽，延壽逃到匈奴，將王嬙眞像獻給了單于，並說單于指名要王嬙爲閼氏．元帝這時正與王嬙熱戀着，因恐北敵的侵入，只得生生的割捨了王嬙給匈奴．王嬙辭帝之後，到了邊界，便自投黑水而死．單于聞知王嬙已死，便復與漢和親，且縛送了毛延壽到漢廷．我們在此見到這故事的前後變遷，如何的巨大．由不相干的宮人，一變而爲至親密的情侶，由貪賄的畫工，一變而爲賣國的奸人，由明媚可愛的少女，一變而爲貞烈的婦人，由遠嫁匈奴，一變而爲自投黑水，這其間的變異，決不是一朝一夕所可臻及的．（雙鳳奇緣的一部小說則根據於漢宮秋而又有所變更．）敦煌發見的明妃傳恰可證明了這個明妃的故事的兩個大殊點間的連鎖，在明妃傳裏，不曾寫到明妃的自殺．卻着力於寫出明妃在胡的抑抑不歡，以至病歿．這其間離『自投黑水』的那段事固已相距不遠了．明妃傳開始於什麼地方，今已不可知，但以意推之，當係始於漢元帝的圖畫宮女與毛延壽的索賄不遂．其結束則遠至於明妃死後，漢哀帝遣使祭她的『青塚』的一段事；最後錄了漢使的一篇祭文，當係已經完結．明妃傳分爲兩卷．作者不知何時代人，但傳中有云：『可惜明妃奄從風燭八百餘年，墳今尚（原作上）在，』則當爲唐末時人．這部變文亦多不甚可解之語，且多訛字，自是俗文學的本色．但敍明妃懷鄉悲怨與其見漠外景色而驚懼的心事則寫得十分的細膩可愛．雖然單于費了許多氣力去溫存她；慰藉她，都滅滅不了她的鬱抑．且引下卷裏的一段，以見一斑．

……心驚恐怕牛羊吼，頭痛生曾乳酪羶．一朝願妾爲紅□，萬里高飛入紫煙．初來不信胡關險，久住方知虜塞□．祁雍更能何處在，只應弩郍白雲邊．

昭軍一度登千山，千迴千淚．慈母只今何在？君王不見追來．當嫁單於，誰望喜樂，良由畫匠捉妾陵持，遂使望斷黃沙，悲連紫塞，長辭赤縣，永別神州．虞舜妻賢能變竹，𣏌良婦聖哭烈長城，乃可恨積如山，愁盈若海……

七

俗文與變文的影響，在後來的中國文壇上是極大的．我們在此，不可不比較詳細的敍述一下．他們的影響可分爲四方面這四方面雖其影響的痕跡有顯有隱，有大有小，而其皆深受俗文與變文的影響則爲顯然的事實．

第一，寶卷．寶卷在今日尚未成爲一種公認的文學的著作，然而其中也有不少是可以列於文學名著之中而無愧的．寶卷之受俗文與變文的影響是最直接的，最顯然的，所以我從前便直捷的將『俗文』與『寶卷』並列於『佛曲』的一個名稱．但寶卷的內容雖與『俗文』一樣，敍的是佛家的故事，然其體裁卻與『俗文』不大同．亦有於開卷時引『經云』一段者，然卻與故事的本文無關，不像『俗文』之必須以經文爲提綱而鋪敍之也．惟其於每一段落處，須宣揚佛號之一點則與『俗文』十分的相合．在大體上看來，我們與其說『寶卷』是『俗文』，不如說他是『變文』．因爲他也是活用佛家的故事而非嚴正的經文的敷演．到了後來，寶卷的取材，日益廣大，已不復限於佛家故事，而且及於道家仙家的故事，一般的勸善故事，更且及於與勸善一無干涉的孟姜女故事，梁山伯故事；更且及於惟以遊戲記誦的花名寶卷一類了．所以今日的寶卷，除了宣揚佛號的一節以外，已與彈詞無大區別．寶卷雖用散文韻語以組成，這是與『俗文』

『變文』完全相同的，彈詞也是如此，所以我們很可以說，寶卷初時流行於佛家，彈詞則初時流行於俗家；寶卷帶有勸善的色彩，彈詞則不必有；總之，二者皆爲『俗文』與『變文』的直系的子孫則爲無可懷疑的事。

第二，彈詞。在前文裏已略說彈詞與俗文變文的關係了，這裏不必更多說。惟我們如一玩賞彈詞的文句的組織，則更可詫驚於他們的文調的如何的相同。且引一段於下：

……代巡一見安兄面，不由坐上自抬身。多情自喜還多恨，道是無情却有情。絲連藕斷心如亂，幾乎開口表兄稱。見他下拜忙回拜，京勳旁觀人意情。春孃在側忙拖住，大人尊重請平身。小人青衿居晚輩，況且深受大人恩。宋王那時含笑答，嗣晋豫君大才人。一番禮畢分賓坐，代巡煩惱一時生』（安邦志卷四）

在彈詞裏，道白，或散文，總較之韻文爲少；我們可以說，彈詞是以韻文爲主的，不似俗文與變文之散文與韻文皆無什麽側重可見。（在有的地方，似乎還以散文爲重要。）這當然是經了後來的變異之故。

第三，小說。寶卷與彈詞是俗文與變文的直系子孫，小說則不然。粗觀之，我們似尋不出小說如何的受有俗文與變文的影響，但我們如果仔細考察一下，便知小說雖以散文爲主，而其中則也參入了『詩』與『詞』，在論斷引證處便引詩，在特殊的描寫處便引詞。例如：『正是恨小非君子，無毒不丈夫！』『怎見得？』有昔人滿江紅一詞，單道少女曉妝的美。』這些，不是與俗文變文裏的每到入於韻文所在，必有『偈曰，』『若爲陳說，』『當此之際，有何言說？』相同麼？又小說的開端，每有『且說』『話說，』在一回之末，將入於後文之前，必有『欲知後事如何，且聽下回分解。』這些，又不是與俗文變文的『如何白佛，也唱將來，』『上卷立鋪畢，此入下卷』有些關聯麼？印度的小說，原有『且說，』『下回分解，』『詩曰，』『有詩爲證』之方式。中國小說的這樣體裁，如果不是受有俗文變文的影響，則必是直接承受之於印度的小說無疑。在宋之前，我們沒有看見過這種體裁的小說，即敦煌中所發見的秋胡小說、唐太宗入冥記，就其殘文而觀之，也不見有此種體裁，則此種體裁的輸入，當在五代以後，即在俗文與變文的盛行以後。我們至今除了佛教文學以外，尙未發見有其他印度文學的翻譯本子，所以我頗疑心說書體的中國小說，似爲深受俗文變文的影響，而不十分像是直接的受有印度小說的影響。

第四，戲劇。我國戲劇之可考者直至宋時始有之：而在戲劇中，俗文與變文的影響也深可見到。像散文與韻文的交錯體，我們在宋之前是沒有的；別的不必說，戲劇中之有白有曲，便至少是深受了俗文與變文之影響的。演劇的藝術，有許多理由可以相信是印度的來源（這將於下幾章中有詳細的討論，）但劇本之由曲白的交錯組成，則至少唐末的俗文與變文的盛行有給他們以很大的助力的。

就此四方面而觀之，我們已可知俗文與變文的影響是如何的偉大了。我們在沒有提到中國的小說，戲劇，彈詞，寶卷等重要的文體之前而先之以埋於敦煌的一千餘年的俗文與變文的研究，當然不是一點也沒有理由的。

參考書目

一、沙州文錄二卷　蔣斧編，羅福萇補，有上虞羅氏鉛印本。在補編中，有敦煌俗文學數種，但皆係節錄不全者。

二、敦煌零拾七卷　羅振玉編，中有俗文學不少，有上虞羅氏鉛印本。

三、敦煌遺書第一集　法國伯希和、日本羽田亨合編，有上海東亞考究會印本；凡二冊；一爲大冊，珂羅板印本，一爲小冊，活字本活字本中有明妃傳。

四、燉煌的俗文學第一集——俗文 鄭振鐸編。（在印刷中）

五、燉煌的俗文學第二集——變文 鄭振鐸編。（在印刷中）

六、燉煌的俗文學第三集——小說雜曲 鄭振鐸編。（在印刷中）

七、燉煌掇瑣第一輯 劉復編，北新書局出版。（在印刷中）

八、欲知燉煌遺書的發見經過，可看 A. Steine 的 "Serendia"（五巨冊）及同人的 "Ruins of Desert Cathay"。

又王國維的王忠慤公遺書第三集中亦有他譯的 Steine 在倫敦皇家地學會的報告一篇，但太簡略。

九、關於俗文，可參看著者的佛曲敍錄（小說月報號外中國文學研究）的前幾節。

第四章　北宋詞人

第四章　北宋詞人

一

燉煌俗文學的影響，在北宋的文壇上還未十分顯著；我們猜想，這些俗文學、敍事詩、民曲、俗文與變文等等，必已在民間十分的流行着，然而文人學士卻完全不加以注意．卽到了南宋的時候，雖已有幾個很富天才的無名作家，在那裏擬倣着俗文學的調子，寫着錯斬崔寧、馮玉梅團圓一類的傑作，而大多數的文人學士卻還在那裏長歌曼吟着流傳於他們的一個階級及與他們的一個階級接觸最緊的歌妓舞女階級之間的詞，提倡着載道的古文與古來相傳的五七言古律詩．詞在唐末與五代，已成了文人學士的所有物，民間雖仍在流行着，然已染上了不少的『文』氣，加上了不少的雅詞麗句，離俗文學的本色日遠，換一句話，卽離民間的愛好亦日遠．同時，他們卻幾乎爲文人學士的階級所獨占．他們的不能訴之於詩古文的情緒，他們的不能拋卻了的幽懷愁緒，他們的不欲流露而又壓抑不住的戀感情絲，總之，卽他們的一切心情，凡不能寫在詩古文辭之上者無不一洩之於詞．所以詞在當時，是文人學士所最喜愛的一種文體．他們在閒居時唱着，在登臨山水時吟着，他們在繁語密話時微謳着，在偎香倚玉時細絮着，他們在歡宴迎賓時歌着，在臨歧告別時也唱着．他們可以用詞來發『思古之幽情，』他們可以用詞來抒寫難於在別的文體中寫出的戀情，他們可以用詞來慶壽迎賓，他們可以用詞來自娛娛人．總之，詞在這時已達到了她的黃金時代了．作家一做好了詞，他便可以授之歌妓，當筵歌唱．『十七八女孩兒按執紅牙拍，歌「楊柳岸曉風殘月」』這個情境豈不是每個文人學士所最羨喜的．所以，凡能做詞的，無論文士武夫，小官大臣，便無不喜做詞．像秦七，像柳三變，像周清眞諸人且以詞爲其專業．柳三變更沈醉於妓寮歌院之中，以作詞給她們歌唱爲喜樂．所以我們可以說一句，在詞的黃金時代中，詞乃是文人學士的最喜用之文體，詞乃是與文人學士相依傍的歌妓舞女的最喜唱的歌曲，換言之，詞在這個黃金時代中乃是盛傳於文人學士的一個階級及與文人學士的一個階級最接近的歌女階級中的一個文體到了最後，詞之體益尊且貴且已有了定型。詞的生命便日益鄰於『沒落』了。我們猜想當時民間或仍流行着唱詞的風氣。非文人學士的階級或仍保存了或模擬着文人學士的唱詞的習慣。然而詞的文語已日漸的高雅了，詞的格調已日漸的艱隱了，詞的情緒已日漸的晦闇隱約了；聽者固未必深明其義，卽唱者也只能依腔照唱而已。所以這一個時代的民間的聽詞者或已到了『耳熟其音而心昧其義』之時了。當時的人，往往譏嘲柳三變的詞太俗。然而那一位的詞人的詞，有柳氏的詞那樣的流行呢。柳氏的詞所以能够『有井水飲處，卽能歌』之者，正以其詞之淺近，能够通俗。其實柳氏已太高雅，其音調雖甚諧俗，其辭語恐已未必爲當時民間所能懂得。

綜言之，詞的黃金時代恰可當於『北宋』的這一個時期。到了北宋以後，詞的風韻與氣魄便漸漸的近於『日落黃昏』之境了。南宋詞，論者每多以爲是詞的正宗；其實像那樣的詞，所謂白石、草窗、夢窗諸大師之所作的，如置之於珠玉、六一、東坡、樂章、淮海諸集子中，誠未免有些『小家氣』。珠玉、六一諸作家是眞摯的，是無意於做作的，其作品是吐之於本來的胸臆中的，是有什麼說什麼的；白石、草窗諸人便未免近於做作，不眞切，有刻劃過度之病了。所以北宋人的詞往往是熱的，是可令人諷吟難舍的，南宋人的詞，除了幾個詞人所作的以外，大多數是徒在字面上做文章的，或整潔合律，或媚秀動人，然而卻經不起長久的吟咏。這正是一切文體在後期所表現的必然的現象。

北宋的詞壇，約可分為三個時期。第一個時期是柳永以前；這是晏殊、范仲淹、歐陽修的時代；在這個時代裏，花間派與二主、馮延己的影響，尚未盡脫。眞摯淸雋是其特色，奔放的豪情卻是他們所缺少的。他們只會做花間式的短詞，卻不會做纏綿宛曲的慢調；他們會寫『寸寸柔腸，盈盈粉淚，樓高莫近危欄倚，平蕪盡處是春山，行人更在春山外』（歐陽修踏莎行，）他們會寫：『綠酒初嘗人易醉，一枕小窗濃睡，』（晏殊淸平樂，）他們會寫：『山映斜陽天接水，芳艸無情，更在斜陽外』（范仲淹蘇幕遮）他們卻不會寫：『都門帳飲無緒，方留戀處，蘭舟催發。執手相看淚眼，竟無語凝咽，念去去千里烟波，暮靄沈沈楚天闊』（柳永雨霖鈴，）他們也不會寫：『便擒將佳麗，乘輿深入芳菲裏，撥胡琴語，輕攏慢撚總伶俐。看緊約羅裙，急趣檀板，霓裳入破，驚鴻起。正顰月臨眉，醉霞橫臉，歌聲悠颺雲際．任滿頭紅雨落花飛，漸鳷鵲樓西玉蟾低，尙徘徊未盡歡意』（蘇軾哨遍．）又這一個時期之內，尙多依聲傍腔，利用舊調，自創之作很少．

第二個時期是創造的時候，這一個時期是柳永的，是蘇軾的，是秦觀、黃庭堅的．但柳永的影響在當時竟籠罩了一切，連蘇門的『秦七、黃九』也都脫不了他的圈套．東坡的詞卻爲詞中的一個別支，在當時沒有什麽人去倣傚，其影響要過了一百餘年後才在辛棄疾他們的作品裏表現出來．所以這一個時期，我們也可以說她是『柳永的時代』．吹劍續錄說：『東坡在玉堂日，有幕士善歌，因問：「我詞比柳耆卿何如？」對曰：「柳郎中詞只好十七八女孩兒按執紅牙拍歌楊柳岸曉風殘月，學士詞須關西大漢執鐵綽板唱大江東去．」公爲之絕倒．』按此語大約指大江東去諸詞，其實東坡詞亦多綺麗雋妙者，不盡如大江東去之樸質的．有若史論柳永詞每諧於音律，東坡詞則爲『曲子內縛不住者』．然這兩位大作家亦有一個同點，卽二人皆注意於慢詞，皆趨於豪放宛曲的一途，這是他們與第一個時期中諸作家的不同之點．又，第一期多用舊調，而這一期則多自行創作新調，以便歌唱．前期的諸大家往往非音律家，而這一期中的大家柳永便是一位深通於音律的人.所以他能夠寫許多慢詞,他能夠創許多新調.有人說,秦觀是深受他的影響,但觀的詞與其說是柳派,不如說他是受花間派的影響更深.比較的還是黃庭堅受他的影響多些.庭堅多用俗字入詞,極爲通俗,在這一方面,他們二人是很相近的;不過庭堅較永卻更爲大膽.

第三個時期是深造的時期,也可以說是周美成的時代.在這一個時期裏,音律更爲注重,『曲子內縛不住』的作品已經是絕無僅有的了.新的歌調仍在創造,而第二期的豪邁不覊的精神則漸漸的不見了.綜言第三期的精神,可以稱她爲循規蹈矩的時代.第一期的淸雋健樸的特質,他們是沒有的,第二期奔放雄奇的特色,他們又是沒有;他們的特質是嚴守音律,是日益趨於修斲字句,即在嚴格的詞律之中,以淸麗婉美之辭章,寫出他們的心懷.他們實開闢了南宋詞人的先路.但在這一期的最後,卻有兩個大詞人出現,其精神與作風卻與周美成他們不同.這兩個大詞人是:皇帝詞人趙佶與女流作家李淸照.宋徽宗詞近似李後主.淸照的詞則回復到第二期的豪放,而不流入粗鄙,有第一期的淸雋,而又有豪情逸思.柳永、蘇軾、周美成會有人去學的,會成了一派的，而清照的詞卻永不會有人學得成功，卽永不會成爲一個派別。她是獨往獨來的。第三期以她爲殿軍，我們頗覺得是一個奇蹟。唐詩之變爲溫、李，尙爲可知的一個趨勢，北宋詞之終於清照，卻不是我們所能料得到的。

二

第一期的大作家，自當以晏殊、歐陽修、范仲淹、張先爲首。但他們的崛起，離五代詞人的最後幾個，已經是近一百年了。北宋的初年，東征西討，人不離騎，馬不離鞍，注意於詞者絕少。及曹彬、潘仁美他們削平了諸國，構成了大一統的局面以後，降王降臣奔湊於皇都，文化的事業大爲發達。又有太平御覽、太平廣記、文苑英華的編纂，似乎詞壇應該很熱鬧的了。然而當時的詞的作者，除了降王李煜，降臣歐陽炯等之外，卻沒有什麼新興的作家。我們與其以李煜、歐陽炯等爲盛代的先驅，還不如以他爲『殘蟬的尾聲』爲更妥切些。眞實的一個大時代的先驅，乃是晏殊他們，而非李煜他們。

在晏殊之前有幾個詞人也應該在此一爲敘及。

徐昌圖㊀莆陽人，宋太祖時守國子博士，後遷至殿中丞。他的詞不多，然如臨江仙之『殘燈孤枕夢，輕浪五更風』諸語也很美雋。如將他放在花間中，他乃是顧敻的一流。

飲散離亭西去，浮生長恨飄蓬。回頭烟柳漸重重。淡雲孤雁遠，寒日暮天紅。 今夜畫船何處？潮平淮月朦朧。酒醒人靜奈愁濃。殘燈孤枕夢，輕浪五更風。——臨江仙

潘閬字逍遙，大名人，有逍遙詞。㊁他是北宋初年一位很重要的詩人。太宗朝賜進士第。坐事被收繫，後乃得釋，爲滁州參軍。他的詞僅有酒泉子十首，皆詠杭州西湖的景色者。有幾首寫得很好。如『別來幾向畫闌（一作圖）看，終是欠峰巒』『三三兩兩釣漁舟，島嶼正清秋』『寒鴉日暮鳴還聚』之類，皆可稱得起是『好句』。第五首長憶孤山：

長憶孤山，山在湖心如黛簇。僧房四面向湖開，輕棹去還來。 芰荷香噴連雲閣，閣上清聲簷下鐸。別來塵土汙人衣，空

㊀他是五代時人，爲諸降臣之一，姑列於宋詞人之首。

㊁逍遙詞有四印齋彙刻宋元三十一家詞本。

役夢魂飛。 ——酒泉子五

陸子遹曾許之爲『句法清古，語帶烟霞，近時罕及。』

寇準㊀字平仲，下邽人。太平興國中進士，累官尚書右僕射，集賢殿大學士，封萊國公。後爲丁謂所構，乾興初貶雷州司戶參軍卒。（公元九六一——一〇二三）有巴東集㊁他的詞未脫花間的衣鉢，但較爲淺露。

寒草烟光闊，渭水波聲咽，春朝雨霽輕塵歛，征鞍發，指青青楊柳，又是輕攀折。動黯然，知有後會甚時節？更盡一杯酒，歌一闋，歎人生裏，難歡聚，易離別。且莫辭沉醉，聽取陽關徹。念故人千里，自此共明月。 ——陽關引

王禹偁㊂字元之，鉅野人。太平興國八年進士第。累知制誥，入翰林爲學士。咸平初出守黃州，

㊀見東都事略卷四十一，宋史卷二百八十一。

㊁寇忠愍詩集三卷，有明刊本，有宜秋館彙刊宋人集本。

㊂見東都事略卷三十九，宋史卷二百九十三。

徙蘄州卒。(公元九五四——一〇〇一)有小畜集㊀他的詩名很著，在北宋初乃是一位很重要的五七言詩作者。他偶作小詞，也頗有意緒，如點絳唇：『一縷孤烟細』一語，便很足耐味。

> 雨恨雲愁，江南依舊稱佳麗。水村漁市，一縷孤烟細。　天際征鴻，遙認行如綴。平生事，此時凝睇，誰會憑欄意。——點絳唇

錢惟演㊁字希聖，吳越王俶之子。歸宋為右屯衛將軍，累遷樞密使，後為崇信軍節度使卒。有擁旄集。他雖為降王之子，居大位，然而他的小詞卻甚為動人，不失為一位很好的詩人。他的玉樓春，黃叔暘謂『此暮年作，詞極悽惋』：

> 城上風光鶯語亂，城下烟波春拍岸。綠楊芳草幾時休，淚眼愁腸先已斷。　情懷漸變成衰晚，鸞鏡朱顏驚暗換。昔年多病厭芳樽，今日芳樽惟恐淺。——玉樓春

以上這幾位詞人，都是在晏殊之前的。他們初無意於為詞，故其詞流傳者甚少，雖偶有很雋

㊀小畜集三十卷，外集七卷，有乾隆刊本。

㊁見東都事略卷二十四，宋史卷三百十七。

妙的小詞，足令後人爲之低徊不已者，卻都不足當『大詞人』的稱號．第一個大詞人，有意於爲詞，且爲之而工者當推晏殊．

三

晏殊㊀字同叔，江西撫州臨川人．他是一個大天才，七歲便能文．『景德初以神童薦召與進士千餘人並試庭中．殊神氣不懾，援筆立就，賜進士出身』．（宋史本傳．）帝且使他盡讀祕閣書．每有諮訪，率用方寸小紙，細書問之．後事仁宗，尤加信愛，仕至觀文殿大學士，卒．（公元九九一——一〇五五）他的生平可算是『花團錦簇』的一位詩人生活．他卒後，賜謚元獻．當時知名之士如范仲淹、孔道輔、歐陽修皆出其門．性剛峻，遇人以誠，一生自奉如寒士．『爲文贍麗，尤工詩，閑雅有情意』．（宋史本傳）有集二百四十餘卷．㊁然他的最大的成功，他的詩人的真面目，卻完全

㊀見東都事略卷五十六，宋史卷三百十一．

㊁今存晏元獻遺文一卷，有四庫全書本，有宜秋館彙刻宋人集乙編本（宜秋館本附補編三卷）．

寄托在他的詞中。他的詩不足以代表他，他的散文更不足以表現他。他的珠玉詞㊀雖僅一百數十首，卻完全把這位『花團錦簇』、鐘鳴鼎食、侍妾滿前的『詩人大臣』的本來面目表現出來了。我們曉得凡詩人都是多愁善感的，雖在平常人所認爲滿意可喜的境界裏，詩人卻仍自有其悲感。所以晏殊雖居於『養尊處優』的地位，卻仍不免的要時時的叫道：『可惜良辰好景歡娛地，只恁空顛領。』（鳳啣杯）『離別常多會面難，此情須問天。』（破陣子）人生什麼都能夠看得透，只有戀情是參不破的，什麼都能夠很容易的志得意滿，惟有戀情卻終似明月般的易缺難圓。晏殊在這一方面似乎也是深嘗着牠的滋味的。他的兒子幾道曾說道：『先君平日小詞雖多，未嘗作婦人語也。』如果我們未讀同叔之詞，見了此語，一定會相信他乃是一位粗豪的詩人，有似大江東去的作者，或類於雄邁不羈的辛棄疾似的詞中論文家。豈知這完全是不對的。同叔不僅蘊藉多情，常感到戀愛的辛辣味兒，且亦嘗絮絮切切的作着『婦人語』呢。幾道雖欲爲父諱，卻忘記事實的眞相。『月好謾成孤枕夢，酒闌空得兩眉愁，此時情緒悔風流。』（浣溪沙）『爲

㊀有汲古閣刊宋六十家詞本。

我轉回紅臉面．』（同上）『且留雙淚說相思．』（同上）『落花風雨更傷春，不如憐取眼前人．』『鬢嚲欲迎眉際月，酒紅初上臉邊霞，一場春夢日西斜．』（同上）『東城南陌花下，逢著意中人．』（訴衷情）『何況舊歡新寵阻心期，滿眼是相思．』（鳳啣盃）『未知心在阿誰邊，滿眼淚珠言不盡．』（玉樓春）這些都不是多情語麼？『當時輕別意中人，山長水遠知何處？』（鳳啣盃）『消息未知歸早晚，斜陽只送平波遠．』（蝶戀花）『濃睡覺來鸎亂語，驚殘好夢無尋處．』（同上）『昨夜西風凋碧樹，獨上高樓，望盡天涯路．』（同上）『那堪更別離情緒，羅巾掩淚，任粉痕霑汙，爭奈向千留萬留不住．』（殢人嬌）這些都不是『婦人語』麼？同叔之未脫這些婦人語，正足見其未脫盡花間派的衣鉢．貢父詩話說，『元獻尤喜馮延己歌詞，其所自作亦不減延己樂府．』他的成就或未足與延己爲鄰，然其高處，卻時時足以闖入延己之室而無愧．

露蓮雙臉遠山眉，偏與淡妝宜．小庭簾幙春晚，閒共柳絲垂．人別後，月圓時，信遲遲，心心念念，說盡無憑，只是相思．

——訴衷情

細草愁煙，幽花怯露，凭闌總是銷魂處。日高深院靜無人，時時海燕雙飛去。 帶緩羅衣，香殘蕙炷，天長不禁迢迢路。垂楊只解惹春風，何曾繫得行人住。 ——踏莎行

紅箋小字，說盡平生意。鴻雁在雲魚在水，惆悵此情難寄。 斜陽獨倚西樓，遙山恰對簾鉤，人面不知何處，綠波依舊東流。 ——清平樂

范仲淹㊀與晏殊不同。晏殊小詞多而佳者不多，仲淹則其詞不過寥寥幾首，卻無一首不是清雋絕倫，足以卑視花間中的諸大家，足以奴使南宋諸詞人。他所取的不過當前之景，所抒寫的也不過是人人所熟說的離情別緒，然而一經過他的筆端，這些『朽腐』卻無不變爲『神奇』了。像這樣的一位天才的詩人，論者竟未能將他與柳、張、秦、黃、蘇、辛、周、姜同列，眞未免太可怪了。仲淹字希文，吳縣人，大中祥符八年進士，仕至樞密副使參知政事，卒諡文正。（公元九八九——一〇五二）有集㊁。

㊀見東都事略卷五十九，宋史卷三百十四。

㊁文正集二十卷，別集四卷，補編五卷，有歲寒堂刊本，有四庫全書本，又范文正集九卷，有正誼堂叢書本。

碧雲天，黃葉地，秋色連波，波上寒煙翠。山映斜陽天接水，芳草無情，更在斜陽外。黯鄉魂，追旅思，夜夜除非好夢留人睡。明月樓高休獨倚，酒入愁腸，化作相思淚。——蘇幕遮　懷舊

塞下秋來風景異，衡陽雁去無留意。四面邊聲連角起，千嶂裏，長煙落日孤城閉。濁酒一杯家萬里，燕然未勒歸無計。羌管悠悠霜滿地，人不寐，將軍白髮征夫淚。——漁家傲　秋思

紛紛墜葉飄香砌，夜寂靜，寒聲碎，眞珠簾捲玉樓空，天淡銀河垂地。年年今夜，月華如練，長是人千里。愁腸已斷無由醉，酒未到，先成淚。殘燈明滅枕頭欹，諳盡孤眠滋味，都來此事，眉間心上，無計相迴避。——御街行　秋日懷舊

仲淹又有一首剔銀燈，據中吳紀聞說是他與歐陽修在席上分題的。然而詞意凡近，與蘇幕遮、漁家傲諸作，迥不相同，我頗疑心牠是後人假托的。假定眞是仲淹所作，則他也算是一位蘇、辛的先驅了。㊀

昨夜因看蜀志，笑曹操、孫權、劉備，用盡機關，徒勞心力，只得三分天地。屈指細尋思，爭如共劉伶一醉。人世都無百歲，

㊀范文正公詩餘一卷，有彊村叢書本。

少癡騃，老成尫悴，只有中間些子少年。忍把浮名牽繫。一品與千金，問白髮如何回避。

——剔銀燈　與歐陽公席上分題

四

歐陽修㊀字永叔，廬陵人。第進士，歷官禮部侍郎兼翰林侍讀學士。拜樞密副使，參知政事。以太子少師致仕。卒贈太子太師，謚文忠。（公元一〇〇七——一〇七二）有六一居士詞。㊁他是當時一位復古派的重要文人；在詩與散文一方面，都努力的要打破西崑體的委靡不振的文風。在詞一方面，他又是一個很重要的創作者。他因爲是一位古文家的領袖，所以頗具着傳統的道學臉孔。我們在他的散文中只見到他是一位道貌儼然的無感情的學者，在他的五七言詩中，我們也很難看得出他是怎樣富於感情的一位詩人。但在他的詞中，卻不意將他的道學假面具全

㊀見東都事略卷七十二，宋史卷三百十九。

㊁六一詞有汲古閣刊宋六十家詞本，又歐陽文忠公近體樂府三卷，及醉翁琴趣外編六卷，有雙照樓景宋元明本詞本。

都卸下來了；他活潑潑的，赤裸裸的將他的詩人生活，表現在我們之前。在這裏，我們纔完全看出他乃是一位如何偉大的抒情詩人。他的散文如果完全消滅了，他的五七言如果完全散逸了，這都不要緊；只要他的六一詞還留遺在人間，他的大詩人的名望便將永久的存在着。

花似伊，柳似伊，花柳青春人別離，低頭雙淚垂。　長江東，長江西，兩岸鴛鴦兩處飛，相逢知幾時。——長相思

候館梅殘，溪橋柳細，草熏風暖搖征轡。離愁漸遠漸無窮，迢迢不斷如春水。　寸寸柔腸，盈盈粉淚，樓高莫近危闌倚。平蕪盡處是春山，行人更在春山外。——踏莎行

池塘水綠春微暖，記得玉真初見面。從頭歌韻響錚鏦，入破舞腰紅亂旋。　玉鉤簾下香堦畔，醉後不知紅日晚。當時共我賞花人，點檢如今無一半。——玉樓春

在這一類的詞語裏，我們都可以看出永叔是一位深於情者。他的情語，每多苦趣，如『蓮子與人長厮類，無好意年年苦在中心裏，』『天與多情絲一把，誰厮惹千條萬縷縈心下，』『脉脉橫波珠淚滿，歸心亂，離腸便逐星橋斷。』（以上皆漁家傲）我們可想見他的戀情，也必是有一段苦

趣的。宋人小說裏因有永叔盜甥之說。王銍默記載永叔的望江南雙詞一首：

江南柳，葉小未成陰。人爲絲輕那忍折，鶯憐枝嫩不勝吟。留取待春深。　十四五，閒抱琵琶尋。堂上簸錢堂下走，恁時相見已留心。何況到如今。

他說，奸黨因此『誣公盜甥。公上表自白云：喪厥夫而無託，攜孤女以來歸。張氏此時年方十歲。錢穆父素恨公，笑曰：此正學簸錢時也。歐知貢舉下第舉人，復作醉蓬萊譏之。』此說在當時流傳一定很盛，所以許多人竭力爲他辨明；一半爲了要洗白他，一半也爲了要維持他的道學的面具。陳質齋說：『歐陽公詞多有與花間、陽春相混；亦有鄙褻之語廁其中。當是仇人無名子所爲也。』羅長源說：『公嘗致意於詩，爲之本義，溫柔寬厚，所得深矣。今詞之淺近者，前輩多謂是劉輝僞作。』其實這種辨解也大可以不必。奸人造作是非，容或有之。然因此而遂否認許多情詞，以爲都不是他作的，眞未免太過於小心謹愼。永叔盜甥之說，未必可信；但像望江南雙調所寫的那種情境，難道便可決定他必不曾經歷過的麽？在寫景一方面，永叔的詞也有許多是很雋妙的，如：

輕舟短棹西湖好，綠水逶迤。芳艸長堤，隱隱笙歌處處隨。　無風水面琉璃滑，不覺船移。微動漣漪，驚起沙禽掠岸飛。

——采桑子

柳外輕雷池上雨，雨聲滴碎荷聲。小樓西角斷虹明。闌干倚處，待得月華生。　燕子飛來窺畫棟，玉鉤垂下簾旌。涼波不動簟紋平。水精雙枕，旁有墮釵橫。

——臨江仙

他的詞，大約可分爲前後二期，前期多纏綿綺膩，悱婉動人的情語，後期則多蒼勁爽直，老境頹唐之意；前期的代表作，上面已引了不少，現在更舉一首於下：

鳳髻金泥帶，龍紋玉掌梳，去來窗下笑相扶。愛道：畫眉深淺入時無？　弄筆偎人久，描花試手初，等閒妨了繡工夫。笑問：雙鴛鴦字怎生書？

——南歌子

像這樣嬌嫩的好句，舉之眞不會厭其多！後期的代表作，亦舉一首於下：

堤上遊人逐畫船，拍堤春水四垂天。綠楊樓外出鞦千。　白髮戴花君莫笑，六么催拍盞頻傳。人生無處似尊前。

——浣溪沙

五

張先㊀字子野，吳興人，爲都官郎中。（公元九九○——一○七八。）有安陸集詞一卷。㊁先與柳永齊名，時人多以爲張不及柳。李端叔亦云：『子野詞，才不足而情有餘。』說起浩浩莽莽的氣勢，宛曲纏綿的情調，先自然要不及柳永；然他的詞亦甚多淸雋之作，有的時候，永還不能追得上他呢。古今詩話載有一段故事：『有客謂子野曰：人皆謂公張三中，卽心中事，眼中淚，意中人也。公曰：何不目之爲張三影？客不曉。公曰：雲破月來花弄影；嬌柔懶起，簾壓捲花影；柳徑無人，墮飛絮無影。此余平生所得意也。』而『三影』中尤以『雲破月來花弄影』爲最著於人口，其全文如下：

水調數聲持酒聽，午醉醒來愁未醒。送春春去幾時回？臨晚鏡，傷流景，往事後期空記省。　沙上並禽池上暝，雲破月來花弄影。重重簾幕密遮燈，風不定，人初靜，明日落紅應滿徑。

——天仙子

㊀見談鑰吳興志。

㊁安陸集一卷附錄一卷，有葛氏刊本，又有揚州詩局刊本，張子野詞一卷有名家詞本（粟香室叢書）又二卷補遺二卷，有知不足齋叢書本及彊村叢書本。

相傳宋祁往見張先的時候，將命者道：『尚書欲見雲破月來花弄影郎中。』子野道：『得非「紅杏枝頭春意鬧」尚書耶？』此可見他的此詞，已成了無人不知的名語了。先的小詞絕佳，有許多句子眞是嫵媚欲透過紙背，令人不禁要想見青春時的熱戀情形來，如『聞人話著仙卿字，瞋情恨意還須喜。何況草長時，酒前頻見伊』（菩薩蠻）『牡丹含露眞珠顆，美人折向簾前過。含笑問檀郎：花強妾貌強？檀郎故相惱，剛道花枝好。花若勝如奴，花還解語無？』（菩薩蠻）『密意欲傳，嬌羞未敢。斜偎象板還偷瞰，輕輕試問借人麼？佯佯不覷雲鬟點。』（踏莎行）諸語，那一個字不是新鮮的，不是活潑的，不是若十七八女郎之倩笑，若『密殿遙聞笙歌奏』的。他亦間作慢詞，卻都未見得好，如『宴亭永晝喧簫鼓』（山亭宴慢）『繚牆重院，時聞有啼鶯到』（謝池春慢）皆病在雕鏤刻劃過度。蔡伯世以爲，張先詞勝乎情，蓋指此等慢詞而言。所以張先的年壽雖高，其活動期雖上與晏氏、歐陽及宋祁等同代，下與柳永、蘇軾並世，而我卻不遲疑的將他列於第一期中；他有技巧而沒有豪邁奔放的氣勢，有纖麗而沒有健全創造的勇力，仍是第一期的詞人，而非第二期的作家的本色。先的五七言詩亦甚佳，蘇軾嘗題其詞集云：『子野詩筆老妙，歌詞乃其餘波耳華州西溪詩云：「浮萍破處見山影，小艇歸時聞草聲。」又和余詩云：「愁似鰥魚知夜永，嬾同蝴蝶爲春忙。」若此之類，皆可以追配古人而世俗但稱其歌詞。』

六

晏幾道亦可歸於這一期詞人之列。幾道字叔原，殊幼子，監潁昌許田鎮。有小山詞。㊀黃庭堅謂其『磊隗權奇，疏於顧忌，文章翰墨，自立規摹。常欲軒輊人而不受世之輕重。諸公雖稱愛之，而又以小謹望之，遂陸沈於下位。』又稱其詞，能『寓以詩人之句法，淸壯頓挫，能動搖人心。』後來論者亦稱其詞聰俊，出入於溫、韋之間，而尤勝於大晏。程叔徹說，『伊川聞誦晏叔原「夢魂慣得無拘檢，又踏楊花過謝橋，」笑曰「鬼語也。」意亦賞之。』他是一個十足的詩人，所以『常欲軒輊人而不受世之輕重。』雖因此不得在上位而詞亦因此日工。『其合者高唐、洛神之流，其下者豈減桃葉、團扇。』（山谷語）像那樣的麗句，竟連道學祖的程頤『意亦賞之。』可見當時稱許

㊀小山詞有汲古閣刊宋六十家詞本，又有晏端書刊本。

者喜愛者之多。大抵幾道的詞，最多者爲艷語，間亦有窮愁牢騷之作，如『東野亡來無麗句，于君去後少交親。』（臨江仙）之類。他的艷語，仍是花間的作風，絕非若柳永的無所不寫，且窮形盡相的寫。他的語句非不淫豔，他的情調，非不纏綿，他的抒寫，非不婉曲，然而他卻是有所不寫的，雋雅的、蘊藉的。

彩袖殷勤捧玉鍾，當年拚卻醉顏紅。舞低楊柳樓心月，歌盡桃花扇底風。　從別後，憶相逢，幾回魂夢與君同。今宵賸把銀釭照，猶恐相逢是夢中。

——鷓鴣天

念奴初唱離亭宴，會作離聲勾別怨。當時垂淚憶西樓，濕盡羅衣歌未徧。　難逢最是身強健，無定莫如人聚散。已拚歸袖醉相扶，更惱香檀珍重勸。

——木蘭花

家近旗亭酒易酤，花時長得醉工夫，伴人歌笑嬾妝梳。　戶外綠楊春繫馬，牀前紅燭夜呼盧，相逢還解有情無。

——浣溪沙

休休莫莫，離多還是因緣惡。有情無奈思量着，月夜佳期，近寫青牋約。　心心口口長恨昨，分飛容易當時錯。後期休似前歡薄，買斷青樓，莫放春閒卻。

——醉落魄

七

第一期中，尙有幾個作家也應該一提。宋祁㊀字子京，安州安陸人。天聖中進士，累官翰林學士承旨，卒贈尙書，諡景文（公元九九八——一〇六一）有出麾小集，西洲猥稿，子京詞名甚著，然其詞傳者不多。如『珠簾約住海棠風，愁拖兩眉角。』（好事近）『少年不管流光如箭，因循不覺韶華換，到如今，始惜月滿，花滿，酒滿。』（浪淘沙，別劉原文）等語，也都很好，而玉樓春一詞：

> 東城漸覺風光好，縠皺波紋迎客棹。綠楊烟外曉寒輕，紅杏枝頭春意鬧。浮生長恨歡娛少，肯愛千金輕一笑，爲君持酒勸斜陽，且向花間留晚照。

竟使他得了『紅杏枝頭春意鬧尙書』之號。

張昇㊁字杲卿，韓城人，第進士。累官參知政事，鎭河陽，以太子太師致仕，卒諡康節。昇的詞傳

㊀見東都事略卷六十五，宋史卷二百八十四。

㊁見東都事略卷七十一，宋史卷三百十八。

者不多，然如離亭燕一詞：

> 一帶江山如畫，風物向秋瀟灑。水浸碧天何處斷？霽色冷光相射。蓼嶼荻花洲，掩映竹籬茅舍。　雲際客帆高掛，烟外酒旗低亞。多少六朝興廢事，盡入漁樵閑話。悵望倚層樓，寒日無言西下。

頗豪邁可喜，有類於『西風殘照』一作，而不似花間中作風。第二期的雄健奔放之作，已於這類詞裏透露出一點消息來。

謝絳㊀字希深，富陽人，舉進士，累官兵部員外郎，擢知制誥，出知鄧州。（公元九九五——一○三九）有集。他的詞也不甚多。如『尊前和笑不成歌，意偸傳眼波微送。』（夜行船）諸語，寫情亦殊深刻。

歐陽修的好友梅堯臣㊁為當時的大詩人之一，亦間作詞。堯臣字聖俞，宣城人。為都官員外郎。（公元一○○二——一○六○）有宛陵集。㊂他的詠『草』詞蘇幕遮：

㊀見東都事略卷六十四，宋史卷二百九十五。

㊁見東都事略卷一百十五文藝傳，宋史卷四百四十三文苑五。

㊂宛陵集六十卷附錄一卷，有四庫全書本，有清末刊本，有四部叢刊本。

露堤平，烟墅杳，亂碧萋萋，雨後江天曉。獨有庾郎年最少，窣地春袍，嫩色宜相照。接長亭，迷遠道，堪怨王孫，不記歸期早。落盡梨花春又了，滿地殘陽，翠色和烟老。

也可以說是詠物詞中的上乘作品「滿地殘陽，翠色和烟老」在意境上也是很高超的。又有蘇舜欽，亦修友間也作詞，惟佳者頗少。

王安石㊀字介甫，臨川人（公元一〇二一——一〇八六）爲神宗時代（一〇六八——一〇八五）最重要的執政者。他的眼光很遠，知道苟安之局不能延長下去，便想變法以圖自強。然而和者絕寡，他的一切政策都歸失敗。不久，金人南征，北宋也隨之而亡。他有臨川集㊁詞一卷。㊂以他這樣的一位用世的名臣，宜乎氣格與別的詞人們不同。晏幾道爲他的父親同叔辨護，說他生平不作婦人語；若介甫，則眞生平不作婦人語者。他的詞脫盡了花間的習氣，推翻盡了溫、韋的格調、遺規，另自有一種桀傲不羣的氣韻。我們知道在第二期中，蘇軾有幾首詞，是驅盡傳統的情

㊀見東都事略卷七十九，宋史卷三百二十七。
㊁臨川集一百卷，有明、清諸刊本，有四部叢刊本。
㊂臨川先生歌曲一卷，補遺一卷，有彊村叢書本。

調的；我們也知道在南宋的初年，辛棄疾更有許許多多詞是不粘染一點脂粉氣的：但王安石詞之大膽無忌的排斥盡舊日的束縛，（無論在格式上，在情調上都是如此，）爲蘇、辛作先驅，爲第二期的詞的黃金時代作前鋒，則很少人注意及之。他在詞上的大膽，敢於自我作古，也正如他的在政治上的一切設施。『祖宗不足法，人言不足卹』有了這樣的獨往獨來的勇氣才能夠有作先驅的資格，才能夠有別創一個天地的可能。

登臨送目，正故國晚秋，天氣初肅。千里澄江似練，翠峯如簇。歸帆去棹殘陽裏，背西風酒旗斜矗。綵舟雲淡，星河鷺起，畫圖難足。　念往昔繁華競逐，嘆門外樓頭，悲恨相續。千古憑高，對此謾嗟榮辱。六朝舊事隨流水，但寒烟芳草凝綠。至今商女時時猶歌後庭遺曲。

——桂枝香

伊呂兩衰翁，歷徧窮通。一爲釣叟一耕傭。若使當時身不遇，老了英雄。　湯武偶相逢，風虎雲龍。興王祇在笑談中。直至如今，千載後，誰與爭功。

——浪淘沙令

我寫到這裏時，知道一定會有人見了便要憤然的說道，像上面的詞，難道也可以算作什麼『詞』

麼？但這不過偶然舉出作爲安石詞的一個極端的例子而已。其實安石的詞，也儘有十分清雋的；如：『晚來何物最關情，黃鸝三兩聲。』（菩薩蠻）『塵不到，時時自有春風掃』（漁家傲）『山桃溪杏兩三栽，爲誰零落爲誰開』（浣溪沙）諸語；也儘有許多深情繾綣的，如『而今誤我秦樓約，夢闌時，酒醒後，思量着』（千秋歲引）『紅牋寄與煩惱，細寫相思多少。醉後幾行書字小，淚痕都搵了』（謁金門）。他不過不作『婦人語』罷了，並不是不作情語；他不過脫盡了花間、尊前的窠臼而已，並不是不能寫什麼抒情語、描景語。他的極端的例，如『伊呂兩衰翁』當然不是在做詞，而在做史論；然如『醉後幾行書字小，淚痕都搵了』諸語，比之傷於刻鏤的花間諸作只有見其更爲眞摯多情，更善於抒達心意而已。

林逋㊀字君復，錢塘人。隱居西湖之孤山，不仕。眞宗曾詔長吏歲時勞問。卒謚和靖先生。逋善爲詩，終身不娶。『常養兩鶴，縱之則飛入雲霄，盤旋久之，復入籠中。』（夢溪筆談）又喜梅花，曾有『暗香疏影』的名句。故相傳有梅妻鶴子之說。惟讀逋長相思：『同心結未成，江頭潮已平』

㊀見東都事略卷一百十八隱逸傳，宋史卷四百五十。

似並非無情者。逋高逸倨傲，多所學，唯不能棊。嘗謂人曰：「逋世間事皆能之，唯不能擔糞與着棊。」有集㊀。

> 金谷年年，亂生春色誰爲主，餘花落處，滿地和煙雨。　又是離歌，一闋長亭暮。王孫去，萋萋無數，南北東西路。
>
> ——點絳脣　草

> 吳山青，越山青，兩岸青山相送迎，誰知離別情。　君淚盈，妾淚盈，羅帶同心結未成，江頭潮已平。
>
> ——長相思

韓琦㊁字稚圭，安陽人，天聖中進士，歷同中書門下平章事，集賢殿大學士，卒謚忠獻。徽宗贈魏郡王。有安陽集㊂。語林：『歐陽公平日少許人，唯服韓稚圭。嘗因事嘆曰：「累百歐陽修，何敢望韓公」』。詞苑：『公經國大手，而小詞乃以情韻勝人。』像點絳脣：『庭前花影添憔悴』諸語，誠是深於情者。安陽好詞中也頗有好句，如『花外軒窗排遠岫，竹間門巷帶長流』之類。

㊀林和靖詩集有清代好幾種刊本。

㊁見東都事略卷二十七，宋史卷二百二十。

㊂安陽集有宜秋館彙刻宋人集本。

病起懨懨，庭前花影添憔悴。亂紅飄砌，滴盡真珠淚。 惆悵前春，誰向花前醉。愁無際，武陵凝睇，人遠波空翠。

——點絳唇

李冠字世英，山東人，有蝶戀花一詞，盛傳於世：

遙夜亭皋閑信步，才過清明，漸覺傷春暮。數點雨聲風約住，朦朧淡月雲來去。 桃杏依稀香暗度，誰在秋千笑裏輕輕語，一寸相思千萬緒，人間沒個安排處。

王安石亦殊賞之，謂『張子野「雲破月來花弄影」不如冠「朦朧淡月雲來去」也。』

此外，當時大臣若司馬光、韓縝諸人，文士若石延年諸人，亦皆能寫詞，但俱不甚佳，故不必在此一一的列舉。

八

第二期的詞人，自當以柳永為首。這一期是慢詞最盛的時代，柳永雖未必為慢詞的創造者，卻是慢詞的代表人。當時與他抗立的大詩人是蘇軾；軾的門下，如秦七（觀）黃九（庭堅）等都是很受他的影響的。所以我們可以說這一期是柳永及其跟從者的時期；雖有一二個獨立不羣的詞人，如蘇軾，然論者終不以他爲出色當行之作者。蘇軾可以說是『非職業』的詞人，柳永則爲『職業的』詞人。蘇軾的一生，愛博而無所不能，以其絕代的天才雄長於當時的『詞壇』、詩壇、文壇。然柳永的一生，卻專精於『詞』；他除詞外沒有著作，他除詞外沒有愛好，他除詞外沒有學問。相傳宋仁宗留意儒雅，深斥浮豔虛華之文。永則好爲淫冶之曲，傳播四方。嘗有鶴沖天詞云：『忍把浮名，換了淺斟低唱。』及臨軒放榜時，特落之，說道：『且去淺斟低唱吧，何要什麼浮名。』其後他另改了一個名字，方才得中。這可見他的詞在當時如何的爲人所知。

永的初名是三變，字耆卿，樂安人。景祐元年進士，官至屯田員外郎，故世號『柳屯田』。有樂章集。㊀他的一生生活，眞可以說是在『淺斟低唱』中度過的。他的詞大都在『淺斟低唱』之時度成了的。他的靈感大都是發之於『依紅偎翠』的妓院中的，他的題材大都是戀情別緒。他的作詞大都是對妓女少婦而發的，或代少婦妓女而寫的；他的文辭因此便異常淺近諧俗，深投合於妓女階級的口味，爲這些妓女階級所能傳唱，所能口唱而心知其意，所能欣賞而深知其好

㊀樂章集一卷，有汲古閣刊宋六十家詞本，又三卷，續添曲子一卷，有彊村叢書本。

處，所能受感動而悵惘不已。所以他的詞才能流傳極廣，『凡有井水飲處，卽能歌柳詞。』然亦因此頗爲通人所鄙。李端叔說，『耆卿詞鋪敍展衍，備足無餘，較之花間所集，韻終不勝。』孫敦立說，『耆卿詞雖極工，然多雜以鄙語。』黃叔暘說：『耆卿長於纖豔之詞，然多近俚俗。』對於他的能諧俗而格韻不高之一點，大約是當時的許多詞人所同意詬病於他的。例如『平生自負風流才調，口兒裏道知張、陳、趙……閻羅大伯曾教來道，人生但不須煩惱，遇良辰，當美景，追歡買笑』（傳花枝）『幾多狎客看無厭，一輩舞童功不到……而今長大懶婆娑，只要千金酬一笑』（木蘭花）之類，誠不免於鄙俗無詩趣。然他的詞格卻決不止於這個境地。這些原是他的最下乘的東西。他的名作，其蘊藉動人處，眞要『十七十八女郎，按紅牙拍』以唱之，才能盡達得出來的。蘇軾曾拈出『霜風淒緊，關河冷落，殘照當樓』以爲『唐人佳處，不過如此。』他的情調，幾乎是千篇一律的『羈旅悲怨之辭，閨帷淫媟之語』。然千篇的情調雖爲一律，千篇的辭語卻未有相同的；他的詞百變而不離其宗的是旅思閨情，然卻能以千樣不同的方法，千樣不同的辭意傳達之，使我們並不覺得他們的重複可厭。我們如果讀花間、尊前過多，往往有雷同冗複之感，在柳永的樂章集中，這個缺點他卻常能很巧妙的避去了。這是他的慢詞最擅長之一點，也是他的最足以使我們注意的一點。我們試讀下面的幾首詞：

洞房記得初相遇，便只合長相聚。何期小會幽歡，變作離情別緒。況值闌珊春色暮，對滿目亂花狂絮，直恐好風光，盡隨伊歸去。　一場寂寞憑誰訴？算前言總輕負。早知恁地難拚，悔不當時留住。其奈風流端正外，更別有繫人心處。一日不思量，也攢眉千度。

——晝夜樂

斷雲殘雨灑微涼，生軒戶，動清籟蕭蕭庭樹。銀河濃淡，華星明滅，輕雲時度。莎階寂靜無睹，幽蛩切切秋吟苦。疏篁一徑，流螢幾點，飛來又去。　對月臨風，空恁無眠耿耿，暗想舊日牽情處，綺羅叢裏，有一人，那回飲散，略曾諧鴛侶。因循忍使暌阻，相思不得長相聚。好天良夜，無端惹起千愁萬緒。

——女冠子

寒蟬淒切，對長亭晚，驟雨初歇。都門帳飲無緒，留戀處，蘭舟催發。執手相看淚眼，竟無語凝噎。念去去千里煙波，暮靄沈沈楚天闊。　多情自古傷離別，更那堪冷落清秋節。今宵酒醒何處？楊柳岸曉風殘月。此去經年，應是良辰好景虛設。便縱有千種風情，更與何人說。

——雨霖鈴

閑窗燭暗，孤幃夜永，欹枕難成寐。細屈指尋思，舊事前歡，都來未盡平生深意。到得如今，萬般追悔，空只添憔悴。對好景良辰，皺著眉兒成甚滋味。紅茵翠被，當時事一一堪垂淚，怎生得依前似恁偎香倚暖，抱著日高猶睡。算得伊家也應隨分煩惱。心兒裏又爭似從前淡淡相看，免恁牽繫。

——慢卷紬

昨宵裏恁和衣睡？今宵裏又恁和衣睡？小飲歸來初更過，醺醺醉。中夜後，何事還驚起？霜天冷風細細觸疏窗，閃閃燈搖曳。空牀展轉，重追想雲雨夢，任欹枕難繼。寸心萬緒，咫尺千里。好景良天，彼此空有相憐意，未有相憐計。

——婆羅門令

耆卿詞的好處，便在於能將一個意思，一種情緒，放在許多不同的境界裏，用不同的景物將他們烘托出來，使他們沒有一點是雷同的，沒有一點是重疊的，沒有一句是複見的。他能細細的分析出離情別緒的最內在的感覺，又能細細的用最足以傳情達意的句子傳達出來。因此，便成了一個空前的作手，一個傳後的祖禰。他的獨特處，乃在於『鋪敘展衍，備足無餘』，他的脫盡了花間的衣鉢，爲後來詞家別闢一番境地處，也卽在於『鋪敘展衍，備足無餘』。花間的好處，在於不盡（這當然是指多數代表作而言）在於有餘韻；耆卿的好處卻在於盡，在於『鋪敘展衍，備足無餘』。花間諸代表作，如絕代少女立於絕細絕薄的紗簾之後，微露丰姿，若隱若現，可望而不可卽；耆卿的作品，則如初成熟的少婦，『偎香倚暖，』恣情歎笑，無所不談，談亦無所不盡。這兩個不同的境界，那一種更爲高尙卻是無從下斷語的。但這第二種的境界卻是耆卿所始創的，卻是北宋詞的黃金時代的特色，卻是北宋詞的黃金期作品之所以有異於五代詞，有異於第一期作品的地方。所以五代及北宋初期的詞，其特點全在含蓄二字，其詞不得不短雋；北宋第二期的詞，其特點全在奔放二字，其詞不得不鋪敍展衍，成爲長篇大作。當時雖有幾個以短雋之作見長的作家，然大多數的詞人，則皆趨於奔放之一途而莫能自止。這個端乃開自耆卿。

耆卿的影響，在當時極大，在後來也極大。我們於花間蹊徑之外，尙知有別的詞徑者，耆卿之影響實有以致之；我們知道詞的境界不僅止於短雋者，也是耆卿的影響有以致之。秦少游（觀）本以短雋擅場，卻也逃不了耆卿的範圍。高齋詞話說，『少游自會稽入都，見東坡。東坡曰：不意別後，公卻學柳七作詞。少游曰：某雖無學，亦不如是。東坡曰：銷魂當此際，非柳七語乎？』少游至此，也只好愧服了。少游如此，其他更可知了。東坡詞雖取境取意與柳七絕異，然在奔放鋪敍一方面，當也是暗受耆卿勢力的籠罩的，不過不肯說出來而已。

蘇軾㊀的影響，在當時雖沒有柳七大，然實開了南宋的辛、劉一派，成爲詞中的一個別枝。故論者每以爲東坡的小詞似詩；又以爲東坡『以詩爲詞，如雷大使之舞，雖極天下之工，要非本色』（陳師道語）東坡他自己也嘗說，『生平有三不如人』，謂著棊、吃酒、唱曲也。他的詞『雖工而多不入腔，蓋以不能唱曲故耳。』晁補之也說：『東坡居士詞，人謂多不諧音律。然橫放傑出，自是曲子中縛不住者。』他的詞諧音律與否，我們現在不具論。但東坡詞實有兩個不同的境界；這兩個境界，固不同於花間，也有異於柳七。一個境界是『橫放傑出』，不僅在作『詩』，直是在作史論，在寫遊記；例如：

大江東去，浪淘盡千古風流人物。故壘西邊，人道是三國周郎赤壁。亂石穿空，驚濤拍岸，捲起千堆雪。江山如畫，一時多少豪傑。遙想公瑾當年，小喬初嫁了，雄姿英發。羽扇綸巾，談笑間，強虜灰飛烟滅。故國神遊，多情應笑我早生華髮。人間如夢，一尊還酹江月。——念奴嬌

賢哉令尹，三仕已之無喜慍。我獨何人，猶把虛名玷搢紳。 不如歸去，二頃良田無覓處。歸去來兮，待有良田是幾時。——減字木蘭花

㊀見東都事略卷九十三，宋史卷三百三十八。

以及如『老夫聊發少年狂，左牽黃，右擎蒼』（江城子）『荷蕢過山前，曰，有心也哉此賢』（醉翁操）諸詞皆是這一個境界所謂『橫放傑出』者，誠不是曲中所能縛得住的，也實在不是曲中的本色。吹劍續錄說，『東坡在玉堂日，有幕士善歌，因問：我詞何如柳七？對曰：柳郎中詞，只合十七八女郎，執紅牙板，歌楊柳外曉風殘月，學士詞須關西大漢，銅琵琶，鐵綽板，唱大江東去。東坡爲之絕倒。』所謂『須關西大漢』歌唱的那些詞，蓋卽指念奴嬌諸作。此種『橫放傑出』諸作，並不自東坡作古，我們在上文已見到王安石的幾首詞，也已是這樣的了。這樣的詞，固然開闢了一派，固然拓大了詞的領土，然終是別支，終是外道。爲詞的穠纖靡弱所厭苦者，雖每喜舉之，但在純然爲抒情詩的『詞』的歷史上論之，這一派實不過是椏枝旁出的一種意外的怪迹而已。就詞論詞，他們當然不足以列於最上層。

然東坡的詞境本不止於『橫放傑出』，也不僅僅的以作論的方法來作詞。他還有另一個境地，另一種作風，另一種名作在着。這一類的作風，使他在詞的已成熟套的蹊徑之外，又別闢了一個園地。這個詞境便是『清空靈雋』。這種清空靈雋的作品，使東坡成了一個絕爲高尙的詞人;無論花間的短作,柳七的慢詞,與之相較,都將闇然無色.這個境地實非天才絕頂的東坡不辦.東坡之能在詞壇上占了最上層的地位者完全爲了他的這一類作品,而決不是爲了他的像念奴嬌一類『橫放傑出』的作品.我們覺得作短雋的花間體尙易,作纏綿盡致的柳七體尙易,作橫放傑出的詞中『論文』也尙易,獨有作淸空靈雋的東坡體,則絕爲不易.黃庭堅謂東坡的卜算子一詞,『語意高妙,似非喫烟火食人語.』胡寅謂:『詞在東坡,一洗綺羅香澤之態,使人登高望遠,舉首浩歌,超乎塵埃之外.於是花間爲皂隸,柳氏爲輿臺矣.』張炎說,『東坡詞,淸麗舒徐處,高出人表,周,秦諸人所不能到.』這些好評,非在這一個境界裏的詞,不足以當之.例如:

缺月挂疏桐,漏斷人初靜.時見幽人獨往來,縹緲孤鴻影. 驚起卻回頭,有恨無人省.揀盡寒枝不肯棲,寂寞沙洲冷.

——卜算子

冰肌玉骨,自淸涼無汗.水殿風來暗香滿.繡簾開,一點明月窺人,人未寢,欹枕釵橫鬢亂. 起來攜素手,庭戶無聲,時見疏星渡河漢.試問夜如何?夜已三更,金波淡,玉繩低轉.但屈指西風幾時來?又不道流年暗中偷換.

——洞仙歌

明月幾時有?把酒問靑天.不知天上宮闕,今夕是何年.我欲乘風歸去,又恐瓊樓玉宇,高處不勝寒.起舞弄淸影,何似在人間。轉朱閣，低綺戶，照無眠。不應有恨，何事長向別時圓？人有悲歡離合，月有陰晴圓缺，此事古難全。但願人長久，千里共嬋娟。

——水調歌頭

乳燕飛華屋，悄無人，桐陰轉午，晚涼新浴。手弄生綃白團扇，扇手一時似玉。漸困倚孤眠清熟。簾外誰來推繡戶，枉教人夢斷瑤台曲，又却是風敲竹。　石榴半吐紅巾蹙，待浮花浪蕊都盡，伴君幽獨。穠艷一枝細看去，芳心千重似束，又恐被秋風驚綠。若待得君來向此花前，對酒不忍觸，共粉淚，兩簌簌。

——賀新郎

像這一類的詞，眞是詞中的最高格；『橫放』的作者固不及此，卽以短雋擅場，或以『舖敍展衍』見長的作者，也都難以企及。我們對於東坡這等詞，還忍說他須『關西大漢』，執銅琵琶、鐵綽板來唱麼？還忍責備他不諧音律麼？將這些清雋無倫的諸詞，雜置於矯作『綺羅香澤之態』的諸詞中，眞如逃出金鼓喧天的熱鬧場而散步於『一天涼月淸於水』的僻巷，樹影倒地，花香微聞，其雋永淸爽之味，直隔數十年外還不易忘之。

軾字子瞻，號東坡，四川眉山人。與父洵，弟轍，並有聲於世，時號三蘇。嘉祐初，試禮部第一，歷官翰林學士。紹聖初安置惠州。徙昌化。元符初，北還。卒於常州。（公元一〇三六——一一〇一）高宗即位，贈太師，諡文忠。有東坡居士詞。㊀東坡於散文於五七言詩，皆各有很大的影響。他的詞僅『横放傑出』若念奴嬌之類，竟於後來成了一派；至於清空靈雋之作若卜算子諸詞，却是不可攀及的，所以竟沒有人去模擬，更不能成爲一派。若論他在北宋詞人中的位置，眞可算是一位不羈而出現的怪傑，獨往獨來，在當時是孤立無儔的。

九

黃庭堅、秦觀、晁補之、張耒四人，被稱爲蘇門四學士。然在詞一方面，他們四個人，差不多都可以說不曾受過東坡什麼影響。庭堅自有其獨到之處；觀則雜受花間、柳七之流風而融洽之於一爐。晁、張二人也都沈靡於當時的作風中而不能自拔，僅間有可喜的雋語而已。

㊀東坡詞一卷，有汲古閣刊宋六十家詞本。東坡樂府二卷，有四印齋所刻詞本，有彊村叢書本（三卷），又有林大椿校本。（商務）又蘇辛詞，葉紹鈞選注，有學生國學叢書本（商務）。

黃庭堅㊀字魯直，分寧人．舉進士．元祐初爲校書郎，遷集賢校理，擢起居舍人．自號山谷老人．（公元一〇四五——一一〇五）有山谷詞．㊁庭堅的詞，可分爲兩個完全不同的方面；第一方面是傳統的作品，第二方面卻是他自己所大膽特創的作風．他的傳統的詞，頗有人批評之，如晁補之所謂『黃魯直小詞固高妙，然不是當行家語，是著腔子詩．』至於第二方面的作品，論者則直以『時出俚淺，可稱傖父』（陳師道語）二語抹煞之而已．然如：

銀燭生花如紅豆，占好事如今有．人醉曲屏深，借寶瑟輕招手．一陣白蘋風，故滅燭教相就．花帶雨冰肌香透，恨啼鳥轆轤聲曉．柳岸微涼吹殘酒，斷腸人依舊鏡中銷瘦．恐那人知後，鎮把你來僝僽．——憶帝京

櫻桃著子如紅豆，不管春歸．聞道開時，蜂惹香鬚蝶惹衣．樓臺燈火明珠翠，酒戀歌迷，醉玉東西，少箇人人暖被攜．——減字木蘭花

即在一般傳統的作品中也不能不算是佳作．若他的第二方面的特創之作，則恐怕除了當時的

㊀見東都事略卷一百十六文藝傳，宋史卷四百四十四文苑六．

㊁山谷詞一卷有汲古閣刊宋六十家詞本，又山谷琴趣外篇三卷，有涉園景宋金元明本詞續刊本．

俗客歌伎之外，所謂雅士文人是再也不會賞識他們的了。在這一方面的作品裏，他儘量的引用了當時的方言俗語入詞，更儘量的模擬着當時流行的民歌的作風。他的大膽的解放，可說是『詞史』上所未有的。柳永曾被論者同聲稱爲『鄙俗』，然樂章集中引用俗語方言之處，如庭堅之『奴奴睡也奴奴睡』（千秋歲）『有分看伊，無分共伊宿，一貫一文蹺十貫，千不足萬不足』（江城子）諸句，卻從來不曾見過。永的詞畢竟還是文人學士的詞，雖然『有井水處無不知歌柳詞』，眞知他的好處實也未見得多。若庭堅的詞，則眞爲一般市井人所完全明白，所完全知道其好處者。

對景還銷瘦，被個人把人調戲，我也心裏有憶我又喚我，見我嗔我，天甚教人怎生受！ 看承幸廝勾，又是樽前眉峯皺。是人驚怪，冤我忒撋就，拚了又捨了，一定是這回休了，及至相逢又依舊。

——歸田樂引

要見不得見，要近不得近，試問得君多少憐，管不解多於恨。 禁止不得淚，忍管不得悶，天上人間有底愁，向個裏都諳盡。

——卜算子

更有許多首雜着好些北宋時代的方言俗語，非今日所能解，只好不引來了.他有時也染着最壞的民歌的習氣，以文字爲遊戲.例如『你共人女邊著子，爭知我門裏挑心』（兩同心）『似合歡桃核，眞堪人恨，心兒裏有兩個人人』（少年心）『女邊著子』是『好』字，『門裏挑心』是『悶』字，『人』字蓋卽『仁』字的諧音.但有時也有最好的情歌，卽柳永、秦觀善於作情語的也不能有他那末深刻動人，似若俚近而實則眞摯可喜，似若諧俗而實則渾樸難及，這可以說是他的最得益於民歌的地方.

把我身心爲伊煩惱，算天便知.恨一回相見，百方做計，未能偎倚，早覓東西.鏡裏拈花，水中捉月，覷着無由得近伊.添憔悴，鎭花銷翠減，玉瘦香肌.　奴兒又有行期.你去卽無妨，我共誰？向眼前常見，心猶未足，怎禁得眞箇分離！地角天涯，我隨君去，擲井爲盟無改移.君須是做些兒相度，莫待臨時.

——沁園春

鴛鴦翡翠，小小思珍偶.眉黛斂秋波，儘湖南山明水秀.傳傳儼儼，恰近十三餘.春未透，花枝瘦，政是愁時候.　尋芳載酒，肯落誰人後.只恐晚歸來，綠成陰，靑梅如豆.心期得處，每自不隨人.長亭柳，君知否？千里猶回首.

——驀山溪

庭堅自言，法秀道人曾誡他說，『筆墨勸淫，應墮犂舌地獄.』他答曰：『不過空中語耳.』他又說，晏幾道詞較他尤爲纖淫，應墮何等地獄！其實幾道的情語戀辭，又那裏有他那末樣的深刻，他也作壯語，作了語，但俱非出色當行之作。

秦觀㊀字少游，高郵人。登第後，蘇軾薦於朝，除太學博士，遷正字，兼國史院編修官。坐黨籍徙。徽宗立，放還。（公元一〇四九——一一〇〇）有淮海詞㊁。少游的詞，在當時稱許之者極多。他也實在能兼傳統的與當代的好處而有之。晁補之說『近來作者皆不及少游。如「斜陽外，寒鴉數點，流水遶孤村，」雖不識字人亦知是天生好言語。』蔡伯世說『子瞻辭勝乎情，耆卿情勝乎辭。辭情相稱者，惟少游而已。』張綖說『少游多婉約，子瞻多豪放，當以婉約爲主。』觀的詞，好處便在於『婉約，』便在於『辭情相稱。』然他的氣魄卻沒有耆卿大，他的韻格卻沒有子瞻高，在大膽創造一方面，他的能力竟也沒有魯直那末雄厚。他是一個謹慎小心的作者，是一個深刻尖俊的詩人，最善於置景藉辭，遣情使語的。他的小令受花間及第一期作家的影響很深；確有許多

㊀見東都事略卷一百十六文藝傳，宋史卷一百四十四文苑六。

㊁淮海詞一卷，有汲古閣刊宋六十家詞本，又淮海居士長短句三卷，有彊村叢書本。

不可磨滅的名言雋語，足以令人諷吟不已：

遙夜沉沉如水，風緊驛亭深閉。夢破鼠窺燈，霜送曉寒侵被。無寐，無寐，門外馬嘶人起。

——憶仙姿

落紅鋪徑水平池，弄晴小雨霏霏。杏園顦顇杜鵑啼，無奈春歸。　柳外畫樓獨上，凭闌手撚花枝。放花無語對斜暉，此恨誰知。

——畫堂春

他的慢詞，則頗受影響於柳永；子瞻曾經指出他自己也曾默認。但他的慢詞畢竟不是柳永的；他自有一種婉約輕圓的作風，爲永所不能及。今試舉一二例於下：

山抹微雲，天粘衰草，畫角聲斷譙門。暫停征棹，聊共引離尊。多少蓬萊舊事，空回首，煙靄紛紛。斜陽外，寒鴉數點，流水遶孤村。　消魂當此際，香囊暗解，羅帶輕分。謾贏得青樓薄倖名存。此去何時見也，襟袖上，空染啼痕。傷情處，高城望斷，燈火已黃昏。

——滿庭芳

碧水驚秋，黃雲凝暮，敗葉零亂空堦。洞房人靜，斜月照徘徊。又是重陽近也，幾處處砧杵聲催。西窗下，風搖翠竹，疑是故人來。　傷懷，增悵望，新歡易失，往事難猜。問籬邊黃菊，知爲誰開。謾道愁須殢酒，酒未醒，愁已先回。憑闌久，金波漸轉，白露點

蒼苦。——滿庭芳

觀亦間作俗語，但不甚多，也不至如庭堅那末大膽；如『每每秦樓相見，見了無限憐惜人前強不欲相沾識，把不定臉兒赤』（品令）之類，在觀的詞中已是很解放淺俚的了，然較之庭堅的『近日心腸不戀家，寧寧地思量他』（歸田樂）之類，畢竟遜了一籌。他的詞沒有一首不入律，葉少蘊說，『少游樂府語工而入律，知樂者謂之作家。』相傳少游性不耐聚稿，間有淫章醉句，輒散落青帘紅袖間，故今傳者並不甚多。

晁補之㊀字無咎，鉅野人，自稱濟北詞人。舉進士。元祐初，除祕書省正字。曾一度通判揚州。召還，爲著作郎。坐黨籍徙大觀末，知泗州卒。（公元一〇五三——一一〇一）有雞肋詞，逃禪詞。㊁補之的詞，陳質齋以爲佳者不遜於秦七、黃九，然補之的詩才本不甚高，即其最佳的作品，視之秦

㊀見東都事略卷一百十六文藝傳，宋史卷四百四十四文苑六。

㊁晁无咎詞六卷，有汲古閣琴趣外篇本，又有雙照樓景宋元明本詞本。

七、黃九也實在不及他。沒有秦七那末婉約多姿，也沒有黃九那末蒼勁有力。他是質樸的，是不會雕斲的，是不會舞文弄墨的。他也有他的特點，這個特點，便是他多直率的遷謫的哀怨。

> 松菊堂深，菱荷池小，長夏清暑。燕引雛還，鳩呼婦往，人靜郊原趣。麥天已過，薄衣輕扇，試起遶園徐步。聽衡宇欣欣童稚共說夜來初雨。 蒼苔徑裏，紫葳枝上，數點幽花垂露。東里催鋤，西隣助餉，相戒清晨去。斜川歸興，翛然滿目，回首帝鄉何處？只愁恐輕鞍犯夜，灞陵舊路。
>
> ——永遇樂

張耒㊀字文潛，淮陰人。第進士。歷官起居舍人，知潤州，坐黨籍謫官。晚監南嶽廟，主管崇福宮。（公元一〇五二——一一一二）有宛丘集。㊁耒在元祐諸詞人中，作詞最少。諸人皆有詞集，耒則無之。計其所作，僅風流子及少年遊、秋蕊香三詞傳於世而已。然此三詞皆甚有風致。風流子有『芳心一點，寸眉兩葉，禁甚閑愁！情到不堪言處，分付東流』諸語。少年遊則為他官許州時，喜營妓劉氏，為她而作的：『含羞倚醉不成歌，纖手掩香羅。偎花映竹，偷傳深意，酒思入橫波。看朱成碧

㊀見東都事略卷一百十六文藝傳，宋史卷四百四十四文苑六。

㊁宛邱集十三卷有明刊本，又柯山集五十卷有聚珍板叢書本，有閩刊本。

心迷亂，翻脈脈斂雙蛾．相見時稀隔別多，又春盡奈愁何！』其後去任，又爲秋蕊香寓意：

簾幕疏疏風透，一線香飄金獸．朱闌倚徧黃昏後，廊下月華如晝．別離滋味濃如酒，令人瘦．此情不及牆東柳，春色年年依舊．

苕溪漁隱以爲：『此二詞，味其句意，不在諸公之下矣．』

十

當時詞人蜂起，蘇、柳及黃、秦之外，其足以自立的大家，又有賀鑄、李之儀、陳師道、毛滂、程垓、謝逸、周紫芝、晁冲之、陳克、李廌、王觀、張舜民諸人．

賀鑄㊀字方回，衞州人．元祐中通判泗州，又倅太平州．退居吳下，自號慶湖遺老．（公元一〇六三——一一二〇）有東山寓聲樂府㊁．張耒謂，『賀鑄東山樂府，妙絕一世，盛麗如游金、張之

㊀見東都事略卷一百十六文藝傳，宋史卷四百四十三文苑五．

㊁東山詞一卷有名家詞本（栗香室叢書）及四印齋所刻詞本（多補鈔一卷），又有涉園景宋金元明本詞續刊本（殘本，僅存上卷．）又同上一卷，賀方回詞二卷，東山詞補一卷，有彊村叢書本．

堂，妖冶如攬嬙、施之袪，幽索如屈、宋，悲壯如蘇、李。』陸游云，『方回狀貌奇醜，俗謂之賀鬼頭。其詩文皆高，不獨工長短句也。』鑄有小築在姑蘇盤門之外十餘里，地名橫塘。方回往來其間，作青玉案云：

淩波不過橫塘路，但目送芳塵去。錦瑟年華誰與度？月臺花榭，綺窗朱戶，惟有春知處。 碧雲冉冉蘅皐暮，綵筆新題斷腸句。試問閑愁都幾許？一川烟草，滿城風絮，梅子黃時雨。

此詞盛傳於世。後黃庭堅贈以詩云『解道江南腸斷句，只今惟有賀方回。』周紫芝云，『方回少爲武弁，小詞有「梅子黃時雨」之句，人呼爲賀梅子。方回寡髮，郭功甫指其髻曰「此眞賀梅子也。」』方回眷一姝，別久，姝寄詩有『深恩縱似丁香結，難展芭蕉一寸心』之句。方回因賦石州引（一作柳色黃）：

薄雨催寒，斜照弄晴，春意空闊。長亭柳色纔黃，遠客一枝先折。烟橫水際，映帶幾點歸鴉，東風消盡龍沙雪。還記出門時，恰而今時節。 將發，畫樓芳酒，紅淚清歌，頓成輕別。已是經年，杳杳音塵都絕。欲知方寸，共有幾許清愁，芭蕉不展丁香結。枉望斷天涯，兩厭厭風月。

以上二詞，已足代表方回的風格。大約他的詞頗類秦觀，善融冶花間及柳永而一之；圓瑩婉約或不及秦，而能『鎔景入情』（周濟語）好句甚多如『楚城滿目春華，可堪遊子思家』（淸平樂）『厭鶯聲到枕，花氣動簾，醉魂愁夢相半』（望湘人）『半黃梅子，向晚一簾疏雨，斷魂分付與春歸去』（感皇恩）『急雨收春，斜風約水，浮紅漲綠魚文起。年年遊子惜餘春，春歸不解招遊子』（踏莎行）諸句，觀或未易辨此。惟有時全篇未能相稱耳。

李之儀㊀字端叔，無棣人。歷樞密院編修官，通判原州。徽宗初提舉河東常平，坐事編管太平。遂居姑熟。有姑溪詞㊁他的小詞，殊『淸婉峭蒨』，含有餘不盡之意，不脫花間本色。例如：

回首蕪城舊苑，還是翠深紅淺。春意已無多，斜日滿簾飛燕。不見，不見，門掩落花庭院。——如夢令

還不似花間中的諸作麼？毛晉說之儀的小令『更長於淡語，景語，情語，如「鴛鴦半擁空牀月」又如「步嬾恰尋牀，臥看遊絲到地長」又如「時時浸手心頭熨，受盡無人知處涼」，卽置之片玉，漱玉集中，莫能伯仲。』之儀的『淡語』或未爲當時鬭紅競綠的詞人們所賞，然如卜算子：

㊀見東都事略卷一百十六文藝傳。

㊁姑溪詞有汲古閣刊宋六十家詞本。

我住長江頭，君住長江尾。日日思君不見君，共飲長江水。　此水幾時休？此恨何時已？只願君心似我心，定不負相思意。

直是子夜曲讀曲歌中的最好之作。詞中像這樣的眞樸如民歌之作絕少，卽最能接近民歌的黃庭堅也寫不出那末一首淡而有情致的戀歌。可惜像這一類的歌，之儀自己也作的絕少。

陳師道㊀字履常，一字無己，彭城人。元祐初以蘇軾等薦，爲徐州教授，遷太學博士，終祕書省正字。（公元一〇五三——一一〇一）有後山長短句㊁。師道於詞頗自矜許，他自己曾說他文未能及人，獨於詞不減秦七、黃九。但他的詞，實未足以與秦、黃並驅。他所能見長者乃他的五七言詩。他亦偶有好句，像『彈到斷腸時，春山眉黛低』（菩薩蠻），『藏藏摸摸，好事爭如莫，背後尋思渾是錯』（清平樂）『禪榻茶爐深閉閤，颼颼，橫雨旁風不到頭』（南鄉子）。然全篇究竟本色語過少。在許多同時的大詞人前，他自要低首。

毛滂字澤民，江山人。嘗知武康縣，又知秀州。有東堂詞㊂。東坡守杭州時，滂爲法曹掾。嘗眷一

㊀見東都事略卷一百十六文藝傳，宋史卷四百四十四文苑六。

㊁後山詞一卷有汲古閣刊宋六十家詞本。

㊂東堂詞一卷有汲古閣刊宋六十家詞本，有彊村叢書本。

妓，秩滿當辭，留連惜別，贈以惜分飛詞：

淚濕闌干花著露，愁到眉峯碧聚。此恨平分取，更無言語空相覷。　斷雨殘雲無意緒，寂寞朝朝暮暮。今夜山深處，斷魂分付潮回去。

第二天東坡宴客，妓卽歌此詞侑酒。東坡問是誰作，妓愀然以毛法曹對。東坡語坐客曰『郡寮有詞人而不及知，某之罪也。』折柬追還，爲之延譽。滂以此得名。論者謂此詞『語盡而意不盡，意盡而情不盡。』陳質齋說『滂他詞雖工，未有能及此者。』東堂詞中小令特多，但慢詞亦有甚工者。

池上小寒欲霧，竹暗小窗低戶。數點秋聲來，侵短夢，簷下芭蕉雨。　白酒浮蛆雞啄黍，問陶令幾時歸去？溪月嶺雲蘋汀蓼岸，總是思量處。

——雨中花

恰則心頭托托地，放下了日多縈係。別恨還容易，袖痕猶有年時淚。滿滿頻斟乞求醉，且要時閒忘記。明日劉郎起馬蹄，去便三千里。

——惜分飛

程垓字正伯，眉山人，爲東坡中表之戚，有書舟詞。㊀當時詞名亦甚盛。『沉木熨香年似日，薄

㊀書舟詞有汲古閣刊宋六十家詞本。

雲垂幌夏如秋』（望江南）諸語，爲古今詞話所賞；楊愼也甚稱其酷相思諸作。他的詞不出傷春悲秋，離情別緒，然頗多至情語，故情調雖是重疊繁複，卻甚有淸麗可喜之作。

> 月掛霜林寒欲墜，正門外催人起，奈離別如今眞個是！欲住也留無計，欲去也來無計！　馬上離情衣上淚，各自供顦顇。問江路梅花開也未？春到也須頻寄，人到也須頻寄。
>
> ——酷相思

> 輕紅短白東城路，憶得分襟處。柳絲無賴舞春柔，不繫離人只解繫離愁。　如今花謝春將老，柳下無人到，月明門外子規啼，喚得人愁爭似喚人歸。
>
> ——虞美人

謝逸字無逸，臨川人，第進士，有溪堂詞㊀。論者以爲他的詞，當使晁、張避舍。他的花心動：

> 風裏楊花輕薄性，銀燭高燒心熱。香餌懸鈎，魚不輕吞，辜負釣兒虛設。桑蠶到老絲長絆，鍼刺眼淚流成血。思量起，粘枝花朶果兒難結。　海棠情深忍撇，似夢裏相逢，不勝歡悅。出水雙蓮，摘取一枝，可惜並頭分析。猛期月滿會姮娥，誰知是初生新月。折翼鳥，甚日於飛時節？

是詞家的創格，作風殊爲可異。沈天羽謂：『此詞句句比方，用小雅鶴鳴篇體也。』但實瑣瑣無當，

㊀溪堂詞有汲古閣刊宋六十家詞本。

不能算是他的代表作。他的小令，頗具蘊藉之姿，而未脫花間的影響。例如：

豆蔻梢頭春色淺，新試紗衣，拂袖東風軟。紅日三竿簾幙捲，畫樓影裏雙飛燕。　攏鬢步搖青玉碾，缺樣花枝，葉葉蜂兒顫。獨倚闌干凝望遠，一川烟草平如剪。　——蝶戀花

雨洗溪光淨，風掀柳帶斜。畫樓朱戶玉人家。簾外一眉新月浸梨花。　金鴨香凝袖，銅荷燭映紗。鳳盤宮錦小屏遮。夜靜寒生春笋理琵琶。　——南歌子

周紫芝字少隱，宣城人。舉進士。為樞密編修，守興國。有竹坡詞㈠。孫兢序他的詞，以為『竹坡樂章，清麗婉曲，非苦心刻意為之。』既非苦心刻意為之，則自饒自然之趣。竹坡詞裏，富自然之趣，而又能別開一面，狀前人未狀的情境者頗不少。所以他寫的雖亦是離情，雖亦是別愁，卻另有一番意境，不使我們生厭。

春寒入翠帷，月淡雲來去。院落半晴天，風撼梨花樹。　人醉掩金鋪，閑倚秋千柱。滿眼是相思，無說相思處。　——生查子

㈠竹坡詞三卷，有汲古閣刊宋六十家詞本。

江天雲薄，江頭雪似楊花落。寒燈不管人離索，照得人來眞個睡不著。　歸期已負梅花約，又還春動空飄泊。曉寒誰看伊桃掠雪滿西樓，人坐闌干角。

——醉落魄

晁沖之字叔用，一字川道，鉅野人，有具茨集㈠他是補之的兄弟。他的詞，也深有情致，不落凡鄙。

憶昔西池池上飲，年年多少歡娛。別來不寄一行書。尋常相見了，猶道不如初。　安穩錦屏今夜夢，月明好渡江湖。相思休問定何如。情知春去後，管得落花無！

——臨江仙

寒食不多時，牡丹初賣，小院重簾燕飛礙。昨宵風雨，尙有一分春在。今朝猶自得陰晴快。　熟睡起來，宿醒微帶，不惜羅襟搵眉黛。日長梳洗，看看花影移改。笑拈雙杏子，連枝戴。

——感皇恩

陳克㈡字子高，臨海人，僑寓金陵。元豐間，以呂安老薦入幕府，得官。有赤城詞。㈢陳質齋以爲

㈠具茨集十五卷，有坊刊本，有海山仙館叢書本。
㈡見南宋書卷五十五文苑傳。
㈢赤城詞一卷，有赤城遺書彙刊本，有彊村叢書本。

『子高詞格頗高麗，晏、周之流亞也。』以『高麗』二字評克的詞，克誠足以當之無愧，如他的菩薩蠻：

綠蕪牆遶青苔院，中庭日淡芭蕉卷。蝴蝶上階飛，風簾自在垂。 玉鉤雙語燕，寶甃楊花轉。幾處簸錢聲，綠窗春夢輕。

其情韻的清峻，卽在晏、周詞中也不大見得到。他亦間有感時憤語，如『四海十年兵不解，……疎髯渾如雪衰涕欲生冰……別愁深夜雨，孤影小窗燈』（臨江仙）當是晚年遇亂以後的作品。

李廌㊀字方叔，華山人，試禮部不遇，遂絕意進取，定居長社，有月岩集。他的詞，如『簾風輕觸銀鉤』（清平樂）之類，又如虞美人：

玉闌干外清江浦，渺渺天涯雨。好風如扇雨如簾，時見岸花汀草漲痕添。 青林枕上關山路，臥想乘鸞處。碧蕪千里思悠悠，惟有霎時涼夢到南州。

皆可謂時有佳句，不同凡響。

㊀見宋史卷四百四十四文苑六。

杜安世字壽域，京兆人，有詞一卷。㊀他的鶴冲天寫初夏景色甚好，有：『單夾衣裳，半籠軟玉肌體。石榴美艷，一撮紅綃比；窗外數修篁，寒相倚』之句。又他的卜算子：『樽前一曲歌，歌裏千重意。纔欲歌時淚已流，恨更多於淚。試問緣何事，不語渾如醉。我亦情多不忍聞，怕和我成憔悴，』意雖淺近，情卻甚深。

朱服㊁字行中，烏程人，熙甯中進士。紹聖初爲中書舍人，歷禮部侍郎。坐與蘇軾游，貶海州團練副使。他到了東陽郡齋，曾作漁家傲以寄意：

小雨纖纖風細細，萬家楊柳靑烟裏。戀樹濕花飛不起，愁無際，和春付與東流水。　九十光陰能有幾，金龜解盡留無計。寄語東陽沽酒市，拚一醉，而今樂事他年淚。

這詞頗傳於世，足以見他的風度。

王觀字通叟，官翰林學士。賦應制詞，宣仁太后以其近褻，摘之。自號逐客，有冠柳詞。黃昇以爲『通叟詞名冠柳，至踏青一詞，風流楚楚，又不獨冠柳詞之上也。』陳質齋則深貶之，以爲『逐客

㊀壽域詞一卷，有汲古閣刊宋六十家詞本。

㊁見宋史卷三百四十七。

詞風格不高以冠柳自名，則可見矣。』但他的詞在當時流傳殊盛；他當然受了不少柳永的影響，而其措語遣辭，能自立之處卻甚多。如以踏青爲題的慶清朝慢：

調雨爲酥，催冰做水，東君分付春還。何人便將輕煖，點破殘寒？結伴踏青去好，平頭鞋子小雙鸞。烟郊外，望中秀色如有無間。晴則箇，陰則箇，餖飣得天氣有許多般。須教撩花撥柳，爭要先看。不道吳綾繡襪，香泥斜沁幾行斑。東風巧，盡收翠綠，吹上眉山。

其後半眞是『絕妙好辭，』鋪敍得又盡致，又倩巧。又他的詠冬景的天香詞：

霜瓦鴛鴦，珠簾翡翠，今年又是寒早。矮釘明牕，窄開朱戶，切莫亂教人到。重陰不解，雲共雪商量未了。青帳垂氈要密，錦縫放幃宜小。　呵梅弄妝試巧，繡羅襦瑞雲芝草。共我語時同語，笑時同笑。已被金尊勸倒，更唱個新詞故相惱。盡道窮冬元來恁好！

評者以爲『此曲一處所一物色，無一不是嚴冬蕭索之境，但仔細詳味之，略無半點酸寒憔悴之意，亦善於造語者矣。』

舒亶㊀字信道，慈谿人，試禮部第一。累官御史丞，以罪被斥。終直龍圖閣待制。他的菩薩蠻，黃

㊀見東都事略卷九十八，宋史卷三百二十九。

昇以爲『極有味』：

畫船撾鼓催君去，高樓把酒留君住。去住若爲情，江頭潮欲平。　江潮容易得，卻是人南北。今日此尊空，知君何日同！

韋驤字子駿，錢塘人。皇祐五年進士。累官尚書主客郎中，夔州路提點刑獄。有詞一卷㊀。其作風頗帶些激昂豪放之氣，顯然可見出其爲第一二期的中間人物；那時花間的影響已微，柳、蘇的變調方始，像韋氏那樣的疏暢明白的小詞，恰正是『及時當令之作』。

人生可意，祗說功名貪富貴。遇景開懷，且盡生前有限盃。　韶華幾許，鵾鴃聲殘無覓處。莫自因循，一片花飛減卻春。

——減字木蘭花

瓊盃且盡清歌送，人生離合眞如夢。瞬息又春歸，回頭光景非。　香噴金獸暖，歡意愁更短。白髮不須量，從教千丈長。

——菩薩蠻

章楶㊁字質夫，浦城人。試禮部第一。以平夏州功，累擢樞密直龍圖閣端明殿學士。卒謚莊簡。

他的水龍吟（詠柳花）一作，寫得殊爲細膩：

㊀韋先生詞一卷，有彊村叢書本。

㊁見東都事略卷九十七，宋史卷三百二十八。

燕忙鶯懶芳殘，正堤上柳花飄墜。輕飛亂舞，點畫青林，全無才思。閑趁游絲，靜臨深院，日長門閉。傍珠簾散漫，垂垂欲下，依前被風扶起。蘭帳玉人睡覺，怪春衣雪沾瓊綴。繡牀漸滿，香毬無數，才圓卻碎。時見蜂兒，仰粘輕粉，魚吞池水。望章臺路杳，金鞍游蕩，有盈盈淚。

在詠物詞中，像這樣又蘊藉又明白的很少。以南宋諸大家的猜謎似的詠物詞較之，我們只見此作的高尚明潔。

劉涇字巨濟，簡州人，舉進士，元符末官職方郎中。有前後集。他的清平樂：

深沉院宇，枕簟清無暑。睡起花陰初轉午。一霎飛雲過雨。　雨餘隱隱殘雷，夕陽卻照庭槐。莫把珠簾垂下，妨他雙燕歸來。

頗有清逸的氣韻。

陳亞字亞元，揚州人，仕至司封郎中。有澄源集。他的生查子，在許多言情的詞中，別闢一個境界：

相思意已深，白紙書難足。字字苦參商，故要檀郎讀。　分明記得約當歸，遠至櫻桃熟。何事菊花時，猶未回鄉曲。

吳處厚說，『雖一時俳諧之詞，寄與亦有深意。』

張景修字敏叔，常州人，元豐末爲饒州浮梁令，他的詞傳者不多，而氣韻甚高；如選冠子（詠柳）的後半：『春易老，細葉舒眉，輕花吐絮，漸覺綠陰成幔。章臺繫馬，灞水維舟，誰念鳳城人遠。惆悵故國，陽關盃酒，飄零惹人腸斷。恨青青客舍，江頭風笛，亂雲空晚。』諸語，殊爲高潔可喜。

葛勝仲㈠字魯卿，丹陽人，紹聖四年進士，知汝州、湖州，謚文康（公元一〇七二——一一四四）有丹陽集。㈡他的詞以意境的清高勝，如點絳脣（縣齋夜坐）：

秋晚寒齋，藜牀香篆橫輕霧。閑愁幾許，夢逐芭蕉雨。　雲外哀鴻，似替幽人語。歸不去，亂山無數，斜日荒城鼓。

可以作爲一個代表。

張舜民㈢字芸叟，邠州人，元祐初除監察御史，徽宗朝爲吏部侍郎，以龍圖閣待制，知同州，坐元祐黨，貶商州，卒。舜民自號浮休居士，又號矴齋。娶陳師道之姊。有畫墁集，詞附。㈣他『爲文豪重，

㈠見宋史卷四百四十五文苑七，南宋書卷十九。
㈡丹陽詞一卷，有汲古閣刊宋六十家詞本。
㈢見東都事略卷九十四，宋史卷三百四十七。
㈣畫墁詞一卷，有彊村叢書本。

有理致。最刻意於詩。晚好樂府，百餘篇。自序云：年踰耳順，方敢言詩。百世之後，必有知音者。』（郡齋讀書志）舜民詞格調頗高邁，辭語也疏爽可喜。

七朝文物舊江山，水如天，莫憑闌。千古斜陽無處問長安！更隔秦淮聞舊曲，秋已半，夜將闌。 爭教潘鬢不生斑，斂芳顏，抹么絃。須記琵琶子細說因緣。待得鸞膠腸已斷，重別日，是何年！ ——江神子 癸亥陳和叔會於賞心亭

木葉下君山，空水漫漫。十分斟酒斂芳顏。不是渭城西去客，休唱陽關。 碎袖撫危欄，天淡雲閑，何人此路得生還！回首夕陽紅盡處，應是長安！ ——賣花聲 岳陽樓

在這個時代，宗室貴戚能詞者亦甚多。如安定郡王趙令畤，及駙馬都尉王詵等，皆是當代很著名的作家。令畤字德麟，燕懿王玄孫。元祐中，簽書潁州公事，歷右朝請大夫。後爲寧遠軍承宣使，同知行在大宗正事。有聊復集。德麟鰥居時，因見王氏女子有：『白蓮作花風已秋，不堪殘睡更回頭。晚雲帶雨歸飛急，去作西窻一夜愁』一詩，遂與之爲姻。時人以爲『二十八字媒』。德麟詞輕圓嫵憨，很有些傳誦人口之作。嘗夜過東坡家，飲梅花下，曾有題會眞記鳳棲梧云：『錦額重簾深

幾許，只是低頭，怕受他人顧。強出嬌嗔無一語，絳綃頻掩酥胸素。』又有蝶戀花、烏夜啼，亦爲藉藉人口的名作：

> 欲減羅衣寒未去，不卷珠簾，人在深深處。殘杏枝頭花幾許，啼紅止恨清明雨。　盡日水沉香一縷，宿酒醒遲，惱破春情緒。飛燕又將歸信誤，小屏風上西江路。——蝶戀花

> 樓上縈簾弱絮，牆頭礙月低花，年年春事關心事，腸斷欲棲鴉。　舞鏡鸞衾翠減，啼珠鳳蠟紅斜，重門不鎖相思夢，隨意繞天涯。——烏夜啼

王詵㊀字晉卿，太原人，徙開封，尙英宗女魏國大長公主，歷官定州觀察使，開國公，駙馬都尉。謚榮安。黃庭堅以爲：『晉卿樂府清麗幽遠，工在江南諸賢季孟之間。』他有歌姬名囀春鶯，他得罪外謫，姬爲密縣人所得。晉卿南還至汝陰道中，聞歌聲曰：『此囀春鶯也』訪之，果然。因賦詩云：『佳人已屬沙吒利，義士曾無古押衙。』尋復歸晉卿。晉卿嘗作憶故人：

> 燭影搖紅向夜闌，乍酒醒心情懶。尊前誰爲唱陽關，離恨天涯遠。　無奈雲沉雨散，凭闌干東風淚眼。海棠開後，燕子來

㊀附見宋史卷二百五十五王全斌傳中。

時，黃昏庭院。

徽宗喜其詞意，猶以不豐容宛轉爲憾，遂令大晟府別撰腔。周邦彥增益其詞，而以首句爲名，謂之燭影搖紅。論者或且以續凫爲譏。

王安石弟安禮、安國及子雱㊀俱能詞。安國字平甫，舉進士，爲祕閣校理。其減字木蘭花小詞，甚雋美：

畫橋流水，雨濕落紅飛不起。月破黃昏，簾裏餘香馬上聞。　徘徊不語，今夜夢魂何處去？不似垂楊，猶解飛花入洞房。

雱字元澤，舉進士，官龍圖閣直學士。他有眼兒媚一詞，亦爲一時傳誦之作：

楊柳絲絲弄輕柔，烟縷織成愁。海棠未雨，梨花先雪，一半春休。　而今往事難重省，歸夢遶秦樓。相思只在丁香枝上，豆蔻梢頭。

這些名雋的小詞，是介甫所決不能寫得出的。

蘇軾少子過，㊁亦能作詞。過字叔黨，晚權通判中山府，留家潁川。嘗自號斜川居士，時稱爲小

㊀安國、安禮及雱俱附見東都事略卷七十九王安石傳中，宋史卷三百二十七有安國安禮傳，雱則附見同卷安石傳。

㊁見宋史卷三百三十八蘇軾傳中。

坡。有斜川集。他有『高柳蟬嘶』等幾首點絳脣，寫得殊爲佳好。時禁蘇氏文章，故隱其名，以爲汪彥章作。

高柳蟬嘶，采菱歌斷秋風起。晚雲如髻，湖上山橫翠。　簾卷西樓，過雨凉生袂。天如水，畫欄十二，少個人同倚。

秦觀弟覯及子湛，亦皆善詞。覯字少章，有黃金縷一詞甚著：

妾本錢塘江上住，花落花開，不管流年度。燕子銜將春色去，紗窗幾陣黃梅雨。　斜插犀梳雲半吐，檀板輕敲，唱徹黃金縷，夢斷綵雲無覓處，夜凉明月生南浦。

湛字處度，官宣教郎，所作亦多好詞，黃庭堅極稱賞之，如『藕葉淸香勝花氣』一時盛傳。又謁金門：『舟子相呼相語，截取暮愁歸去。寒食江村芳艸路，愁來無著處』諸語，也並皆佳妙。

又有婦人作家魏夫人者，所作詞殊爲蘊藉秀媚，大似『花間』的作風。朱熹道：『本朝婦人能文者唯魏夫人及李易安二人而已。』夫人，襄陽人，道輔之姊，曾布丞相之妻，封魯國夫人。雅編云：『魏夫人有江城子、捲珠簾諸曲，膾炙人口。其尤雅正者則菩薩蠻……深得國風卷耳之遺。』（詞林紀事引）她的菩薩蠻，今錄如下：

溪山掩映斜陽裏，樓臺影動鴛鴦起。隔岸兩三家，出牆紅杏花。 綠楊堤下路，早晚溪邊去。三見柳綿飛，離人猶未歸。

又好事近、點絳脣諸作，也極爲可愛：

雨後曉寒輕，花外曉鶯啼歇。愁聽隔溪殘漏，正一聲淒咽。 不堪西望去程賒，離腸萬回結。不似海棠花下，按涼州時節。 ——好事近

波上清風，畫船明月人歸後。漸消殘酒，獨自凭欄久。 聚散匆匆，此恨年年有。重回首，淡烟疏柳，隱隱蕪城漏。 ——點絳脣

同時，尚有米芾㊀字元章，有寶晉長短句；㊁謝薖字幼槃，布衣，有竹友詞；㊂葛郯字謙問，丹陽人，有信齋詞；㊃廖行之字天民，衡陽人，有省齋詩餘。㊄更有許多別的詞人，均不能一一的在此詳說。薖爲逸之弟，如『人間豈有無愁處』之句，亦足使人諷吟。

㊀見東都事略卷一百十六文藝傳，宋史卷四百四十四文苑六。
㊁寶晉長短句一卷，有彊村叢書本。
㊂竹友詞一卷，有彊村叢書本。
㊃信齋詞一卷，有名家詞（粟香室叢書）本。
㊄省齋詩餘一卷，有彊村叢書本。

十一

第三期是北宋詞的最後一期，也是北宋詞的成熟一期。慢詞在此，已成了最流行的一體，在意境上，在情調上，皆已無所增長；於是只好在遣辭用句上着意，只好在音律上留心，只好在撫寫物態上用力。因此，便開了南宋的一大詞派。這一期，最偉大的詞人未必屬之周邦彥，然邦彥的影響卻籠罩了一切；正如柳永未必爲第二期的最偉大的詞人，而他的影響卻超過了一切一樣。徽宗的天才很高，李清照更爲清健不可企及，然他們卻是獨往獨來的，對於當時及後來並不發生什麼影響，只有邦彥的影響卻是顯然可見的。

周邦彥㊀字美成，錢塘人。歷官祕書監，進徽猷閣待制，提舉大晟府，出知順昌府，徙處州，卒。有清眞集㊁。強煥序其詞道：『美成詞摹寫物態，曲盡其妙。自題所居曰顧曲堂。』邦彥以進汴都賦

㊀見東都事略卷一百十六文藝傳，宋史卷四百四十四文苑六。

㊁片玉詞二卷，補遺一卷，有汲古閣刊宋六十家詞本，又有西泠詞萃本。又清眞詞二卷附集外詞一卷，有四印齋所刻詞本；

得官，提舉大晟府時，每製一詞名流輒爲賡和，方千里及楊澤民全和之或合爲三英集行世。美成與汴妓李師師戀着，師師欲委身而未能，一夕徽宗幸師師家，美成倉卒不能出匿複壁間，遂製少年遊以紀其事。

并刀如水，吳鹽勝雪，纖指破新橙。錦幄初溫，獸香不斷，相對坐調笙。　低聲問，向誰行宿？城上已三更，馬滑霜濃，不如休去，直是少人行。

徽宗知而譴發之。師師餞送他，美成復作蘭陵王詞，有『長亭路，年去歲來，應折柔條過千尺』之句。師師於徽宗前歌之。徽宗卽復招他回來。自此便很寵待他。美成詞大抵皆『圓美流轉如彈丸』，長調尤善鋪敍，富豔精工，紆徐反覆，能道盡所蓄之意，而下字用韻又皆有法度，故沈伯時說『作詞當以清眞集爲主』。後人以美成詞爲圭臬的眞是絕多。然他每用唐人詩語檃括入律，劉潛夫說，『美成頗偸古句，』張叔夏說『美成詞渾厚和雅，善於融化詩句。』這一點頗足以見出他想像的枯窘，我們也不能爲之諱言。然融詩入詞，也不自他始，秦觀諸人便已是如此了。以他的融洽

又詳註片玉集十卷有涉園景宋金元明本詞續刊本。又周姜詞，葉紹鈞選註，有學生國學叢書本，（商務）。

力的高妙，遣語造句的精工，雖偸古句而每使人仍覺其新鮮可喜。我們如將元、明人所作南北曲的「偸古句」處與之相較，我們便知美成偸句的手段是如何的自然雋妙了。

燎沉香，消溽暑。鳥雀呼晴，侵曉窺簷語。葉上初陽乾宿雨，水面清圓，一一風荷擧。 故鄉遙，何日去？家住吳門，久作長安旅。五月漁郎相憶否？小楫輕舟，夢入芙蓉浦。

——蘇幕遮

正單衣試酒，恨客裏光陰虛擲。願春暫留，春歸如過翼，一去無迹。爲問家何在？夜來風雨，葬楚宮傾國。釵鈿墮處遺香澤；亂點桃蹊，輕翻柳陌。多情爲誰追惜？但蜂媒蝶使，時叩窗槅。 東園岑寂，漸蒙籠暗碧，靜遶珍叢底，成嘆息。長條故惹行客，似牽衣待話，別情無極。殘英小，強簪巾幘。終不似一朵釵頭顫裊，向人欹側。漂流處莫趁潮汐，恐斷紅尚有相思字，何由見得。

——六醜

歌席上，無賴是橫波。寶髻玲瓏欹玉燕，繡巾柔膩掩香羅，人好自宜多。 無箇事，因甚斂雙蛾？淺淡梳妝疑見畫，惺忪言語勝聞歌，何況會婆娑。

——望江南

幾日來眞箇醉。不知道窗外亂紅已深半指。花影被風搖碎。 擁春酲乍起。有個人人生得濟楚，來向耳邊問道：「今朝醒未？」情性兒慢騰騰地，惱得人又醉！

——紅窗迥

十二

與美成同時的作家甚多，最爲重要的，於宋徽宗、李清照之外，有晁端禮、万俟雅言、呂渭老、向子諲、曹組、蔡伸、趙長卿、王灼、朱敦儒諸人。

晁端禮字次膺，熙寧六年進士，晚以承事郎爲大晟府協律。有閑適集。他的詞，佳者足與美成比肩而無媿，例如水龍吟：

倦遊京、洛風塵，夜來病酒無人問，九衢雪少，千門月淡，元宵燈近。香散梅梢，凍消池面，一番春信。記南樓醉裏，西城宴闕，都不管人春困。　屈指流年未幾，早驚人潘郎雙鬢。當時體態，而今情緒，多應瘦損。馬上牆頭，縱教瞥見，也難相認。憑闌干但有盈盈淚眼，把羅襟搵。

万俟雅言自號詞隱，崇寧中充大晟府制撰，與晁端禮按月律進詞。有大聲集。黃昇說，『雅言之詞，詞之聖者也。發妙音于律呂之中，運巧思于斧鑿之外，平而工，和而雅，比之刻琢句意以求精麗者遠矣』。論者亦以爲其清明應制一首（三台）尤佳：

見梨花初帶夜月，海棠半含朝雨。內苑春不禁過，青門御溝漲，潛通南浦。東風靜細柳垂金縷，望鳳闕非烟非霧，好時代朝朝多歡，徧九陌太平簫鼓，乍鶯兒百囀斷續，燕子飛來飛去．近淥水臺榭，映千秋門草，聚雙雙游女．　餳香更酒冷，踏靑路會暗識天桃朱戶，向晚驟寶馬雕鞍，醉襟惹亂花飛絮．正輕寒輕煖漏永，半陰半晴，雲暮禁火天已是試新妝．歲華到三分佳處，清明看漢宮轉蠟炬，散翠烟飛入槐府．斂兵衛閶闔門開，住傳宣又還休務．

如此詞以及『天如洗金波冷浸冰壺裏』（憶秦娥）諸語說他們遠于鄙俗是可以的，譽之為『聖』，眞未免太過．

呂渭老（一作濱老）字聖求，秀州人，宣和末朝士，有聖求詞㊀．趙師秀說，『聖求詞婉媚深窈，視美成、耆卿伯仲』楊愼謂：『呂聖求在宋不甚著名而詞極工……諸調佳處不讓少遊』聖求所作，雖未必高出美成，然在美成之時，實為不易得的一位精麗工巧的作家．『點點螢光偏向竹梢明』（江城子），『蟬帶殘聲移別樹』（一落索），『隙月垂篦亂蛩催織』（百宜嬌）諸語不可不謂之雋句．短作如小重山：

半夜燈殘鼠上檠，小窗風動竹月微明．夢魂偏寄水西亭，琅玕碧，花影弄蜻蜓．　千里暮雲平，南樓催上燭，晚來晴．酒闌人散斗西傾，天如水，團扇撲流螢．

㊀聖求詞一卷，有汲古閣刊宋六十家詞本．

長調如選冠子：

雨溼花房，風斜燕子，池閣晝長春晚。檀盤戰象，寶局鋪棊，籌畫未分還嬾。誰念少年齒怯梅酸，病疎霞盞。正青錢遮路，綠絲明水，倦尋歌扇。　空記得小閣題名，紅箋青製，燈火夜深裁翦。明眸似水，妙語如絃，不覺曉霜雞喚。聞道近來箏譜慵看，金鋪長掩，瘦一枝梅影，回首江南路遠。

無論在意境一方面或在遣辭一方面，都是很足以動人的。

向子諲㊀字伯恭，臨江人。建炎初，直龍圖閣，江淮發運副使。為黃潛善所斥。後遷戶部侍郎。（公元一〇八六——一一五三）他自號薌林居士，有酒邊集㊁。胡致堂說，『薌林居士步趨蘇堂，而嚌其胾者也。』以今觀之，他的詞實在是追隨東坡不上；但有一個好處便是不刻琢；更有一個好處，便是有眞情語，例如：

說著分飛百種猜，泥人細數幾時回。風流可慣長孤冷，懷抱如何得好閒。　垂玉筯，下香階，蛾眉小語更兜鞵。再三莫道歸期誤，第一頻教入夢來。

——鷓鴣天

㊀見宋史卷三百七十七，南宋書卷十八。

㊁酒邊集一卷，有雙照樓景刊宋元明本詞本，又二卷本，汲古閣刊（宋六十家詞）。

曹組,字元寵,潁昌人,宣和三年進士.有寵于徽宗,曾賞其如夢令:『風弄一枝花影』及點絳脣:『暮山無數歸雁愁邊度』句.他有箕潁集,集中所有亦不外閒愁別怨;論者以爲他的詠梅詞,皆有佳句.如『茅舍竹籬邊,雀噪晚枝時節.一陣暗香飄處,已不勝愁絕』（好事近）『亦何減孤山風致.』

蔡伸,字仲道,莆田人.宣和中官彭城倅.歷左中大夫.有友古詞.㊀伸亦喜融古句入詞,卻沒有周美成那末雄偉的冶化力,所以往往是生硬不化,好像是整句引用,而非重行敷衍.如『鴈落平沙,烟籠寒水』（蘇武慢）如『人面桃花,去年今日津亭見』（點絳脣）之類皆是.

王庭珪,字民瞻,廬陵人.政和八年進士.晚直敷文閣.（公元一〇七九——一一七一）有盧溪詞.他的詞也是極近於當時流行的作風,不過不大『偷古句』而已.

花外紅樓,當時靑鬢顏如玉.淡烟殘燭,醉入花間宿.　白髮相逢,猶唱當時曲.當時曲斷,弦難續,且盡杯中醁.

——點絳脣

㊀友古詞一卷,有汲古閣刊宋六十家詞本.

趙長卿自號仙源居士。南豐宗室，有惜香樂府。㊀頗多淡而有致的情語，如『人道長眉如遠山，山不似長眉好』（卜算子）『客路如天杳杳，歸心特地寧寧』（朝中措）。

燭消紅窗送白，冷落一衾寒色。鴉喚起，馬馱行，月來衣上明。　酒香脣妝印臂，憶共個人春睡。魂蝶亂，夢鸞孤，知他睡也無？——更漏子

葉夢得㊁字少蘊，吳縣人。紹聖四年進士。除戶部尚書，以崇信軍節度使致仕。（公元一〇七七——一一四四）有石林詞。㊂關子東說，『葉公妙齡詞甚婉麗。晚歲落其華而實之，能於簡淡時出雄傑，合處不減東坡。』但像他的『疊鼓鬧清曉，飛騎引雕弓』（水調歌頭）之類，實並不『雄傑』。還是『江南夢斷橫江渚，浪黏天葡萄漲綠，半空烟雨』（賀新郎）之類比較得當行些。

汪藻㊃字彥章，婺源人。第進士。累官兵部侍郎，兼侍講，拜翰林學士。（公元一〇七九——一

㊀惜香樂府二卷，有汲古閣刊宋六十家詞本。

㊁見宋史卷四百四十五文苑七，南宋書卷十九。

㊂石林詞一卷，有汲古閣刊宋六十家詞本，有葉廷琯刊本。

㊃見宋史卷四百四十五文苑七，南宋書卷十九。

一五四）有浮溪集。彥章詞意境大都很超絕。如『柳梢風急墮流螢，隨波去，點點亂寒星』（小重山）又如『永夜厭厭，畫檐低月山銜斗。起來搔首，梅影橫窗瘦。好個霜天，閑卻傳杯手。君知否？曉鴉啼後，歸夢濃於酒』（點絳唇）等等，都很足以使人戀戀。

李邴㊀字漢老，任城人。崇寧五年進士，紹興初參知政事。有雲龕草堂集。他與汪藻、樓鑰並稱『南渡三詞人』。其漢宮春㊁一詞，盛傳於世。

瀟灑江梅，向竹梢疏處，橫兩三枝。東風也不愛惜，雪壓霜欺。無情燕子，怕春寒輕失花期。惟是有南來塞雁，年年長見開時。清淺小溪如練，問玉堂何似茅舍疏籬。傷心故人去後，冷落新詩。微雲淡月，對孤芳分付他誰？空自倚清香未減，風流不在人知。

——漢宮春

其他的詞，佳語也頗多，如『更無塵氣，滿庭風碎梧竹』（念奴嬌，）『雲情散亂未成篇，花骨欹斜終帶軟』（玉樓春，美人書字）之類。

㊀見南宋書卷十二。

㊁此詞苕溪漁隱叢話以爲晁沖之作。

向鎬字豐之，河內人，有喜樂詞㊀他和黃庭堅一樣，也頗喜用當時的白話寫詞，因此，很有些今已不能懂得的句子.

野店幾杯空酒，醉裏兩眉長皺。已是不成眠，那更酒醒時候！知否？知否？直是爲他消瘦。

——如夢令

誰伴明窗獨坐？我和影兒兩個。燈燼欲眠時，影也把人拋躲。無那，無那，好個悽惶的我。

——如夢令

朱敦儒㊁字希眞，洛陽人。少年時以布衣負重名。靖康間，召至京師，不肯就官。南渡後，爲祕書省正字。秦檜當國，以他爲鴻臚少卿。檜死，他遂廢黜。有樵歌㊂宋史本傳稱他『素工詩及樂府，婉麗清暢』。黃昇稱他『天資曠逸，有神仙風姿』。汪叔耕說他的詞，『多塵外之想；雖雜以微塵，而其清氣自不可沒』。我們如果看厭了美成、耆卿、少游、文英他們的詞，我們如果讀厭了許多陳陳

㊀喜樂詞有四印齋彙刊宋元三十一家詞本。

㊁見宋史卷四百四十五文苑七，南宋書卷十九。

㊂樵歌三卷，有彊村叢書本，樵歌拾遺有四印齋彙刻宋元三十一家詞本。

相因的綺膩濃豔，句句不脫離恨之作，我們一讀到了樵歌，當然便要覺得是到了別一個天地之中了。樵歌中也有不少豔曲，如『美人慵翦上元燈，彈淚倚瑤瑟。卻上紫姑香火，問遼東消息』（好事近）『今日江南春暮，朱顏何處？莫將愁緒比飛花；花有數，愁無數』（一落索）但究竟是恬靜的，不是濃豔刻琢的；至如好事近：

> 搖首出紅塵，醒醉更無時節。活計綠蓑青笠，慣披霜衝雪。晚來風定釣絲閑，上下是新月。千里水天一色，看孤鴻明滅。

之類，卻是他的本色語，他的代表作。

王灼字晦叔，遂寧人。有頤堂詞㈠。他作碧雞漫志㈡，對於詞的製作，頗有些可存的意見。但他自己所作，卻不能如他所理想的，不過『平穩』而已。如『來匆匆，去匆匆，短夢無憑春又空，難隨郎馬蹤』（長相思）之句，已是他最好的例子了。

㈠頤堂詞一卷有彊村叢書本。

㈡碧雞漫志有知不足齋叢書本。

劉一止㈠字行簡，歸安人。宣和三年進士，紹興中，官監察御史，累遷給事中，有苕溪詞。㈡他善於作『無可奈何』的離歌情曲，功力很不弱，揀語也很有獨立的精神，不依傍前人的門戶。他的喜遷鶯一詞，盛傳京師，人至號之爲『劉曉行。』其詞如下：

> 曉光催角，聽宿鳥未驚，鄰鷄先覺。迤邐煙村，馬嘶人起，殘月尚穿林薄。淚痕帶霜微凝，酒力衝寒猶弱。歎倦客，悄不禁重染風塵京洛。追念人別後，心事萬重，難覓孤鴻托。翠幌嬌深，曲屏香暖，爭念歲寒飄泊。怨月恨花，須不是不曾經著，這情味望一成消減，新來還惡。

陳與義㈢字去非，本蜀人，後徙居河南葉縣。紹興中，拜翰林學士，知制誥，參知政事。（公元一〇九〇——一一三八）有無住詞。㈣黃昇云：『去非詞雖不多，語意超絕，識者謂可摩坡仙之壘。』但他的詞並不豪放，也並不淸空，實不能『摩坡仙之壘。』如他的臨江仙：『憶昔午橋橋上

㈠見宋史卷三百七十八，南宋書卷二十一。
㈡苕溪樂章一卷，有彊村叢書本。
㈢見宋史卷四百四十五，文苑七，南宋書卷五十五，文苑傳。
㈣無住詞一卷，有汲古閣刊宋六十家詞本，有彊村叢書本。

飲，坐中都是豪英。長溝流月去無聲。杏花疏影裏，吹笛到天明。二十餘年成一夢，此身雖在堪驚。閑登小閣眺新晴，古今多少事，漁唱起三更。』卻頗饒自然之趣。胡仔云；『淸婉奇麗，簡齋詞惟此最優。』此實的評。

吳則禮字子副，富川人。官至直祕閣，知虢川。晚居豫章，自號北湖居士。有北湖集五卷，附詞。㊀則禮詞多慷慨之作，置於時人的名作中，綺膩華整固然不及，其豪爽的風度卻也是他們所未具的。姑引數例：

凭欄試覓紅樓句，聽考考城頭暮鼓。數騎翩翩度孤戍，盡雕弓白羽。 平生正被儒冠誤，待閒看將軍射虎。朱檻瀟瀟微雨，送斜陽西去。

——江樓令 晚眺

從來強作游秦計，只有貂裘敝。休論范叔十年寒，看取星星種種坐儒冠。 江湖舊日漁竿手，初把黃花酒。且憑洛水送歸船，想見淮南秋盡水如天。

——虞美人 泛舟東下

㊀北湖詞一卷，有彊村叢書本。

林塘朱夏雨過斑斑，綠苔遶地初遍。葉底雛鶯，猶記日斜春晚。芙蕖靚妝紅粉，傍高衙，閑倚歌扇。輕風起，縠紋瀲瀲，翠生波面。　可是退涼月下，清坐久，微雲屢遮星漢。露濕綸巾，遙望玉清臺殿。白頭共論勝事，要須償五湖深願。南枝好，有南飛烏鵲，透枝低轉。

——聲聲慢　鳳林園詞

李呂字東老，邵武軍光澤人，有澹軒集七卷，詞一卷。東老詞綺麗可喜，若在豆蔻梢頭的二月春光，頗令人爲之心醉。以善作情語的柳三變、晏幾道以及秦七、黃九較之，有的時候其措語似尙未及他的蕩漾動人。

臉上殘霞酒半消，晚妝勻罷卻無聊。金泥帳小教誰共？銀字笙寒懶更調。　人悄悄，漏迢迢，瑣窗虛度可憐宵。一從恨滿丁香結，幾度春深豆蔻梢。

——鷓鴣天　寄情

掩袖低迷情不禁，背人低語兩知心。烟蛾漸放愁邊散，細靨從教醉裏深。小檻破夢嬌難似，喜色著人吹不起。莫將羽扇掩明波，瀲瀲光風生眼尾。　眼尾寄深意，一點闌膏紅破蕊。鈿窩淺淺雙痕媚，背面銀牀斜倚。燭花光報今宵喜，管定知人心裏。

——調笑令

此外作者尙多，如徐伸字幹臣，三衢人，政和初爲太常典樂，出知青州，有青山樂府；李祁字蕭遠，宣和間監漢陽酒稅；劉弇字偉明，江西安福人，官實錄院檢討，有龍雲詞㊀曾紆㊁字公卷，南豐人，布之子，爲司農少卿，知衢州，有空青集；米友仁字元暉，襄陽人，芾子，善畫書，仕至敷文閣直學士，有陽春集一卷。㊂趙師俠字介子，汴人，宋宗室，有坦菴長短句；㊃黃裳字勉仲，延平人，有演山集詞二卷。㊄沈瀛字子壽，吳興人，有竹齋詞；㊅以及李甲（字景元，華亭人）沈會宗（字文伯）陳濟翁、張綱㊆諸作家，皆有詞集或數詞流傳，卻都沒有在此詳舉的必要。

㊀龍雲先生樂府一卷，有彊村叢書本。

㊁見南宋書卷五十五文苑傳。

㊂陽春集一卷，有彊村叢書本。

㊃坦菴長短句一卷，有汲古閣刊宋六十家詞本。

㊄演山詞二卷，有江標刊宋元名家詞本。

㊅竹齋詞一卷，有彊村叢書本。

㊆張綱的詞集華陽長短句一卷，有彊村叢書本。

十三

宋徽宗名趙佶㊀是許多皇帝詩人中最好的一個。他的天才，不下于李煜，其生平際遇，也很有似于李煜。他初期的生活，在極綺麗清閑中度過；他知道如何的享樂，如何的消遣他自己；他是一個最好的文人學士，但可惜他卻是一位必要擔負天下事的皇帝。因此，他一放鬆了他自己，而天下事便弄得不可收拾，強虜乘機而入，竟至無人可敵。他遂與他的兒子欽宗一同被虜北去。他後半期的生活，便在虜中度過極人世不堪忍受的種種痛苦。他的詞集不傳，今所有者皆從時人筆記選本中零星見到；後期的作品尤爲寥寥可數。所以我們研究他的作品，最痛苦的便是覺得材料太少。但卽就那些少數的作品中，他的天才也已深爲我們所認識了。㊁他的詩才，不僅高出於當時的諸詞臣，卽第一期第二期中最好的詞人，有時也不能及得他到。將他比爲李煜，眞是再

㊀見東都事略卷十至卷十一，宋史卷十九至卷二十二。

㊁宋徽宗詞一卷，有彊村叢書本。

巧合也沒有。（有人還以爲他乃是李煜的後身呢。）他的生活，既有截然不同的兩個時期，他的作風與情調便也有了兩個截然不同的方面。在他的第一期倚紅偎翠的皇家生活裏，他的詞是舒緩的，是綺麗的，是樂生的，是『絳燭朱籠相隨，』是『龍樓一點玉燈明，簫韶遠，高宴在蓬瀛』是『共乘歡，爭忍歸來，疏鐘斷，聽行歌猶在禁街，』是『鳳帳籠簾縈嫩風，御坐深翠金閒繞。』到了他的第二期『終日以眼淚洗臉』的俘虜時代，他的情緒便緊張了，便淒涼了，便迫切了；他不再作快樂的夢了；他也學李煜一樣的在遠離祖國的北地作着悲憤的詞：

> 玉京曾憶舊繁華，萬里帝王家，瓊樓玉殿，朝喧弦管，暮列笙琶。　花城人去今蕭索，春夢遶胡沙。家山何處？忍聽羌管，吹徹梅花！
> ——眼兒媚

這還不與李煜的『無限江山，別時容易見時難』如出一模麼？至如佶的燕山亭：

> 裁剪冰綃，輕疊數重，淡著燕脂勻注。新樣靚妝，豔溢香融，羞殺蕊珠宮女。易得凋零，更多少無情風雨。愁苦，閒院落，淒涼幾番春暮。　憑寄離恨重重，這雙燕何曾會人言語。天遙地遠，萬水千山，知他故宮何處？怎不思量，除夢裏有時曾去。無據，和夢也新來不做！

則似乎比李煜的『猶憶舊時遊上苑，車如流水馬如龍』更爲深入一重了。

十四

李淸照㊀是宋代最偉大的一位女詩人，也是中國文學史上最偉大的一位女詩人。她的詞集凡六卷，她的文集也有七卷；今所傳的詩文，不過其中寥寥的一部分而已。然卽在那些殘餘的『刼灰』裏，仍可充分的見出她的晶光照人的詩才來。她的五七言舊體詩並不甚好；她的歌詞卻是她的絕調。像她那樣的詞，在意境一方面，在風格一方面，都可以說是『前無古人，後無來者』。她是獨創一格的，她是獨立於一羣詞人之中的。她不受別的詞人的什麼影響，別的詞人也似乎受不到她的什麼影響。她是太高絕一時了，庸才的作家是絕不能追得上的。無數的詞人詩人，寫着無數的離情閨怨的詩詞；他們一大半是代女主人翁立言的，這一切的詩詞，在淸照之前，直如糞土似的無可評價。她自號易安居士，濟南人。父名格非，也是一位很有名的文士，母王氏，也能寫文章。她于二十一歲時嫁給太學生趙明誠，明誠又是一位文士。他們的家庭生活，據易安的自述，

㊀見王鵬運的易安居士事輯。（附四印齋所刻詞中的漱玉詞後）。

是十分的快樂的。在這個時候，她的詞似乎是已達到了最高的境界。所有好詞，在這時作的最多。他們結褵未久，明誠便出遊。易安寄他的小詞很多。有一次她以重陽醉花陰詞函致明誠。明誠思勝之，一切謝客，廢寢忘食者三日夜，得五十餘闋，雜易安作以示友人陸德夫。德夫玩誦再三，說道，『有三句乃絕佳。』明誠詰之。他道，『莫道不消魂，簾卷西風，人比黃花瘦。』正是易安之作！在金兵南侵之時，他們流徙四方以避之。家業喪失十之七八。明誠又病死。此時以後，她的生活便很艱苦。在這時候，她的詞也寫得不少㊀。我們在她的詞裏，還約略看得出她這一個時期的生活情形。

她的詞，要引起例來，眞該引得不少，這裏姑舉幾首：

尋尋覓覓，冷冷清清，悽悽慘慘戚戚。乍暖還寒時候，最難將息。三杯兩盞淡酒，怎敵他晚來風急！雁過也，正傷心，卻是舊時相識。　滿地黃花堆積，憔悴損，而今有誰堪摘？守着窗兒，獨自怎生得黑！梧桐更兼細雨，到黃昏點點滴滴。這次第，怎一個愁字了得。

——聲聲慢

㊀漱玉詞一卷有汲古閣刊詩詞雜俎本，有四印齋所刻詞本。

窗前種得芭蕉樹，綠滿中庭，陰滿中庭。葉葉心心，舒卷有餘情。傷心枕上三更雨，點滴悽清，愁損離人，不慣起來聽。

——添字采桑子

風住塵香花已盡，日晚倦梳頭。物是人非事事休！欲語淚先流。聞說雙溪春尚好，也擬汎輕舟。只恐雙溪舴艋舟，載不動許多愁。

——武陵春

參考書目

一、宋六十一家詞　汲古閣編刻，重要的北宋詞集，一大部分已備於此刻之內。有原刊本，有廣州刻本，有影印本。

二、名家詞集十卷　侯文燦編，有原刊本，有粟香室叢書錄汲古閣未刊詞十家。

三、宋元名家詞不分卷　江標編，有湖南刊本，錄汲古閣未刊詞十五家。

四、四印齋所刻詞及四印齋彙刻宋元三十一家詞　王鵬運編刻，蘇、辛詞及漱玉、清眞諸集刻得都精。

五、雙照樓影刊宋元明本詞　吳昌綬編刻，正續凡四十家（續集陶湘刊），刻得極爲精美。於此可略見宋、元人詞集的眞面目。

六、彊村叢書　朱祖謀編刻，收羅最富，凡二百餘家。

七、樂府雅詞三卷，拾遺一卷　宋曾慥編，有詞學叢書本及粵雅堂叢書本。

八、陽春白雪八卷，外集一卷　宋趙聞禮編，有詞學叢書本及粵雅堂叢書本。

九、唐宋諸賢絕妙詞選十卷　宋黃昇編，有汲古閣刊詞苑英華本。

十、草堂詩餘四卷　傳本極多，有武林逸史編的一本（詞苑英華本）；有明何良俊刊本；有四印齋刊本；有雙照樓景刊宋元明本詞本；又有明沈際飛編刊的四集本。

十一、詞綜三十四卷　朱彝尊編，王昶補，有原刊本及坊刻本。關於北宋詞，可讀其第四卷至第十一卷。又後有『補人』『補詞』亦應注意，惟所選殊偏。

十二、歷代詩餘一百二十卷　沈良垣等編，有內刊本，有石印本。

十三、詞林紀事二十二卷　清張宗橚輯，有原刊本，有石印本。其卷三至卷十之前半，錄北宋人詞。

十四、直齋書錄解題二十二卷　宋陳振孫著，有清武英殿刊本及江蘇書局刊本，其中卷二十一『歌詩類』，爲著錄唐宋詞最早之目錄。

十五、東都事略一百三十卷　宋王偁著，有掃葉山房刊本。與南宋書等合稱四朝別史。

十六、宋史四百九十六卷　元脫克脫等撰，有二十四史本。

第五章　南宋詞人

第五章　南宋詞人

一

南宋詞與北宋的一樣，亦可分爲三個時期；第一個時期是詞的奔放的時期。這時期恰當於南渡之後，偏安的局面已成，許多慷慨悲歌之士，目睹半個中國陷於胡人，古代的文化中心千年以來的東西兩都，俱淪爲異域，無恢復的可能，頗有些憤激難平『髀肉復生』之感。在這樣的一個局勢之下，詩人當然也很要感受到同樣的刺激的。這個時候的詩人，做着『鼓舞昇平』或『漁歌唱晚』的詞，以塗飾爲工，以造美辭雋句爲能的，當然也很有幾個，然而幾位可以代表時代的大詩人，如辛棄疾，如陸游，如張孝祥，他們卻是高唱着『兵作的盧飛快，弓如霹靂弦驚』（辛棄疾，破陣子）的，高唱着『底事崑崙傾砥柱，九地黃流亂注，聚萬落千村狐兔』（張元幹賀新郎）

的，高唱着『念腰間箭，匣中劍，空埃蠹，竟何成！時易失，心徒壯，歲將零』（張孝祥六州歌頭）的，高唱着『胡未滅，鬢先秋，淚空流。此生誰料，心在天山，身老蒼州』（陸游訴衷情）的。總之，他們是奔放的，是雄豪的，是不屑屑於寫靡靡之音的。柳永直被他們視為輿臺，周美成的影響也不很顯著。蘇軾的第一類的詞，即『大江東去』一類的政論似的詞，在這時卻大為流行，一時有許多人在模倣着；最初是幾位慷慨激昂的政治家在寫着，以後是有天才的辛與陸；再後是劉過諸人。這一類的詞的流行，完全是時代的造成；一方面為了金人的侵陵，一方面也為了蘇氏的作品，受了久壓之後，自然的會引起了許多人的奔湊似的去欣讚他模倣他了。

第二個時期是詞的改進的時期；在這個時期裏，外患已不大成為問題了，因為金人有了他們的內亂與强敵，更無暇南下牧馬。南宋的人士，為了昇平已久，也便對於小朝廷安之若素。於是便來了一個晏安享樂的時代。像陸放翁、辛稼軒的豪邁的詞氣，已自然的歸於淘汰。當時的文人不是如姜白石之著意於寫雋語，便是如吳文英之用全力於遣辭造句。這時代的作家自姜、吳以至高（觀國）、史（達祖）都是如此。他們唱的是『苔枝綴玉，有翠禽小小，枝上同宿』（姜夔踈影；）唱的是『柳邊深院，燕語明如剪』（盧祖皐，清平樂；）唱的是『燕子重來，往事東流去。征衫貯舊寒一縷，淚濕風簾絮』（吳文英，點絳唇；）唱的是『倦客如今老矣，舊游可奈春何！幾曾湖上不經過，看花南陌醉，駐馬翠樓歌』（史達祖，臨江仙。）這時候，蘇東坡氏的影響已經過去了，『大江東去』『甚矣我衰矣』一類的作品已被視爲粗暴太過而遭唾棄。周邦彥的作風卻是恰合於時人胃口的東西。於是如姜氏，如吳氏，如高氏，如史氏，便都以雕飾爲工，而不以粗豪爲式了，便都以合律爲能，而不以寫『曲子內縛不住』的作品自喜了。他們精斲細磨，他們知律審音，他們絮語低吟，他們更會體物狀情，務求其工緻，務求其勝人。他們都是專工的詞人。他們除了詞之外，一無所用心。他們爲了做詞而做詞，一點也沒有別的什麼目的；他們有時寫得很好，很深刻眞切，有時卻不過是美詞豔句的堆砌而已，一點內容也沒有；張炎評吳文英的詞，以爲『如七寶樓臺，眩人眼目，拆碎下來，不成片段，』這話最足以傳達出這時代一部分的詞的裏面的眞態。

第三個時期是詞的凝固的時期。這一個時期，看見了元人的渡江與南宋的滅亡，應該是多痛哭流淚，感嘆悲愁之作；應該是多憤語，多哀歌的，應該滿是『藕花相向野塘中，暗傷亡國，清露泣香紅』的句子的；然而遠出於我們意料之外，像這一類的作品在詞中卻是很少。目睹蒙古人的侵入與占據，且親受着他們的統治之痛楚的幾個大詞人，如張炎、周密、王沂孫諸人的詞並絕少說起他們的痛苦與哀悼。卽說張炎的詞頗多隱含着亡國之痛的，也都不過是寓意於詠物，不大呈露憤態的。他們爲什麼如此的漠視這個大事變而不一發其號呼呢？或他們雖曾發過號呼，而那號呼爲何竟發得那樣的隱祕呢？這個原因，第一點，自然是爲了蒙古人的鐵蹄所至，言論不能自由；第二點，卻也因爲詞的一體，到了張炎、周密之時，已經是凝固了，已經是登峯造極，再也不能前進，不能有變化的了。他們已視詞爲一種古典的文體，不去也許竟是不能擴充她的領土，卻只在這個古代遺留下來的地域之中，力求其精進，力求其純潔。張炎說：『詞欲雅而正，志之所至，詞亦至焉，一爲物所役，則失其雅正之音。』雅正二字便是他們受病之源。他們爲了要求雅正，要求一種詞的正體，所以排除了一切不能裝載於『詞』之中的題材。他們於音律諧合之外，又要文辭的和平工整，典雅合法；在這樣的一個桎梏之下，詞怎麼還會活潑生動起來呢？怎麼還會寫出什麼悲壯的作品來呢？說到雅正二字，便可知詞已經到了她的末路，再不能向前進展，而只有就原來地域上做工作了．論理，詞自唐代中葉以來，至此也已有了五六百年的歷史了；流傳了這五六百年，形式既已古老，內容也已逐漸地多習見的題材，情緒也已逐漸地消歇而多浮淺的了．除了遁入詠物詩派與所謂雅正派的嚴壘之外，幾乎不易有別的出路．所以這個詞的凝固期，差不多是天然的一個結果．此後，所謂『詞人』多不過翻翻舊案，我學蘇、辛，你學周、張，他學夢窗、白石而已；絕少有新穎創造的詞人．

詞到了這個時期，差不多已不是民間所能了解的東西了；詞人的措辭一天天的趨向文雅之途，一天天的諱避了鄙下的通俗的習語不用；像柳永、黃庭堅那樣的『有井水飲處無不知歌之』的樣子已是不可再見的盛況了；即像毛滂、周邦彥那樣的一歌脫手，妓女即能上口的情形也是很少見的了．詞在南宋的第二期以後，不僅與民衆絕緣，也且與妓女階級絕緣．宋人詞，如上一章裏所說的，原便是文士階級與妓女階級的玩意兒；爲了妓女的傳播之故，而民間也便盛傳着．如今她與妓女階級既漸漸地絕緣，便獨自成了一種文人學士的玩意兒，獨自在『雅正』在

『修辭』上做工夫以自趨於淪沒．而南曲在這時已產生於南方的民間，預備代之而興；金、元人所占領的北方也恰恰萌芽着北曲的嫩苗．詞的末日一到，而南北曲的時代便開始出現了．

二

南渡之初，前代的詞人，都由已淪爲異域的京城，奔湊於南方的新都裏來．朱敦儒仍在寫着，李清照也仍在寫着．更有幾個別的作家，像康與之，像趙鼎，像張元幹，像洪皓，像張掄諸人也都在寫着，開闢了第一期二大作家辛、陸的先路．今略述這幾個人的作品於下．

趙鼎㈠是中興的一位很有力的名臣，但也善詞．他字元鎭，聞喜人．崇寧初進士．累官尚書左僕射，同中書門下平章事，兼樞密使．謚忠簡（公元一〇八五——一一四七）有得全居士集，詞一卷．㈡黃昇以爲他的『詞章婉媚，不減花間』．這是很可怪的，這樣的一位剛直的名相，寫的詞

㈠見宋史卷三百六十，南宋書卷九．

㈡得全居士詞一卷，有別下齋叢書本，有四印齋所刻詞本．

卻是很靡婉的，在那裏，一點也看不出當時的大變亂的感觸。這大約他也以爲詞是不適宜寫出這種感觸的吧。

> 燕日東風吹綠樹，向晚輕寒，數點催花雨。年少淒涼天付與，更堪春思縈離緒。　臨水高樓攜酒處，曾倚哀絃，歌斷黃金縷。樓下水流何處去，凭欄目送蒼烟暮。——蝶戀花。

同時的名將岳飛，所作的詞卻與鼎完全不同格調；他是豪邁的，活現出了一位忠勇的爲國的武將的憤激心理來。飛㊀字鵬舉，湯陰人，累官少保樞密副使，秦檜主和，首先殺死了他，天下痛之。（公元一一〇三——一一四一）後追謚武穆，封鄂王，成了一個悲痛的傳說裏的中心人物。他的滿江紅：『靖康恥，猶未雪；臣子恨，何時滅？駕長車，踏破賀蘭山缺！壯志飢餐胡虜肉，笑談渴飲匈奴血。待從頭收拾舊山河，朝天闕。』爲我們所熟知者。堯山堂外紀載飛的送張紫陽北伐詩亦有：『號令風霆迅，天聲動北陬。歸來報明主，恢復舊神州』之句，可見出他的念念不忘恢復中原，

㊀見宋史卷三百六十五，南宋書卷十五。

與一心只想『痛飲黃龍』的豪邁心境來。

像這樣的一種豪邁悲壯的詞，或鼓動人的忠憤，以赴敵爲雄，破虜爲心，或憤慨當時的偏安，以悲音哀調激厲人的心腑的，在當時作者眞是不少。張元幹字仲宗，長樂人。紹興中，以送胡銓及寄李綱詞除名，亦以此得大名。有歸來集及蘆川詞㊀一卷，底下是他的送胡邦衡待制赴新州一詞：

夢繞神州路，悵秋風連營畫角，故宮離黍。底事崑崙傾砥柱，九地黃流亂注？聚萬落千村狐兔。天意從來高難問，況人情易老悲難訴，更南浦送君去。　凉生岸柳摧殘暑，耿斜河疏星淡月，斷雲微度。萬里江山知何處？回首對床夜語。雁不到，書成誰與？目盡青天懷今古，肯兒曹恩怨相爾汝！舉大白，聽金縷。

——賀新郎。

這詞是很悲壯的。

呂本中的南歌子卻是悽涼不堪的：

㊀蘆川詞一卷有汲古閣刊宋六十家詞本。又二卷本，有雙照樓景刊宋元明本詞本。

驛路侵斜月，溪橋度曉霜。短籬殘菊一枝黃，正是亂山深處過重陽。　旅枕原無夢，寒更每自長。只言江左好風光，不道中原歸思轉淒涼。

本中㊀字居仁，紹興六年進士，累遷中書舍人。秦檜諷御史劾罷之。有東萊集。

曾覿也頗寫些這一類的詞。他的金人捧露盤（庚寅春奉使過京師感懷作）及在邯鄲道上所作的憶秦娥都同樣的悽然有黍離之感。

記神京繁華地，舊遊蹤，正御溝春水溶溶。平康巷陌，繡鞍金勒躍青驄。解衣沽酒醉絃管，柳綠花紅。　到如今，餘霜鬢嗟前事，夢魂中。但寒烟滿目飛蓬。雕欄玉砌，空餘三十六離宮。塞笳驚起暮天雁，寂寞東風。

——金人捧露盤。

風蕭瑟，邯鄲古道傷行客。傷行客，繁華一瞬，不堪思憶。　叢臺歌舞無消息，金樽玉管空陳跡。空陳跡，連天草樹，暮雲凝碧。

——憶秦娥。

覿㊁字純甫，汴人。紹興中，爲建王內知客。孝宗受禪，以覿權知閤門事，後爲開府儀同三司，加少保。

㊀見宋史卷三百七十六，南宋書卷二十三。

㊁見宋史卷四百七十。

有海野詞㊀一卷.

三

這時有兩個大作家,在辛、陸之先出現;其情調卻與辛、陸十分不同.一個是康與之,㊁其他一個是張孝祥.孝祥的時代較與之略晚.與之字伯可.爲渡江初的朝廷詞人.高宗很賞識他,官郎中.有順庵樂府五卷.他也很感受時勢喪亂的影響,而寫着長安懷古的一首詞:

阿房廢址漢荒坵,狐兔又羣遊.豪華盡成春夢,留下古今愁. 君莫上古原頭,淚難收.夕陽西下,塞雁南來,渭水東流.

——訴衷情令.

然他的許多別的詞卻是異常的婉靡的.黃昇說,『伯可以文詞待詔金馬門.凡中興粉飾治具,及慈寧歸養兩宮歡集,必假伯可之歌詠,故應制之詞爲多.』王性之以爲『伯可樂章令晏叔原不

㊀海野詞一卷,有汲古閣刊宋六十家詞本.

㊁見南宋書卷六十三.

得獨擅.』沈伯時則以他與柳永並稱,以為二人『音律甚協,但未免時有俗語.』陳質齋也斥之為『鄙褻之甚.』然他的慢調之合律卻與秦、柳、周並肩,非餘子所可比擬.在宋詞的幾個大作家中,他也是無暇多讓的.詠荷花的一詞,可代表其長調之一斑:

若耶溪路,別岸花無數.欲斂嬌紅向人語,與綠荷相倚恨,回首西風,波淼淼,三十六陂烟雨.　新妝明照水,汀渚生香,不嫁東風,被誰誤?遣踟躕,騷客意千里緜緜,仙浪遠,何處凌波微步?想南浦潮生畫橈歸,正月曉風清,斷腸凝佇.

——洞仙歌令.

張孝祥㊀字安國,烏江人,紹興二十四年廷試第一.後遷中書舍人,領建康留守.有於湖集,詞一卷.㊁湯衡為他的紫微雅詞作序,稱其『平昔未嘗著稿,筆酣興健,頃刻卽成,卻無一字無來處.』惟其出於自然,所以他的詞頗饒自然之趣,沒有一點雕鏤的做作的醜態.這是南宋詞中所不多見的;連稼軒也還有點矯揉造作之意呢.他的題為聽雨的滿江紅與詠洞庭的西江月,都是我

㊀見宋史卷三百八十九,

㊁于湖詞二卷有汲古閣刊六十家詞本.又于湖居士樂府四卷,有雙照樓景刊宋元明本詞本.又于湖先生長短句五卷,拾遺一卷,有涉園景宋金元明本詞續刊本.

所喜愛的。

斗帳高眠，寒窗靜，瀟瀟雨意。南樓近，更移三鼓，漏傳一水，點點不離楊柳外，聲聲只在芭蕉裏。也不管滴破故鄉心，愁人耳。無似有，遊絲細，聚復散，眞珠碎。天應分付與別離滋味。破我一床蝴蝶夢，輸他雙枕鴛鴦睡。向此際，別有好思量，人千里。

——滿江紅。

問訊湖邊春色，重來又是三年。東風吹我過湖船，楊柳絲絲拂面。 世路如今已慣，此心到處悠然。寒光亭下水連天，飛起沙鷗一片。

——西江月。

他的六州歌頭，尤爲激昂慷慨，使人懍然而悲，肅然而興恢復之念。難怪當他在建康留守席上，賦此歌闋時，張魏公竟爲罷席而入。（此事見朝野遺記）

長淮望斷，關塞莽然平。征塵暗，霜風勁，悄邊聲，黯消凝。追想當年事，殆天數，非人力；洙泗上，絃歌地，亦羶腥。隔水氈鄉，落日牛羊下，區脫縱橫。看名王宵獵，騎火一川明，笳鼓悲鳴，遣人驚。 念腰間箭，匣中劍，空埃蠹，竟何成。時易失，心徒壯，歲將零。渺神京，干羽方懷遠，靜烽燧，且休兵。冠蓋使，紛馳鶩，若爲情。聞道中原遺老，常南望翠葆霓旌。使行人到此，忠憤氣塡膺，有淚如傾。

——六州歌頭。

四

辛棄疾㊀是第一期中的大作家之一，也是詞史中的一位很重要的人物。詞到了周邦彥，已可急轉直下而到了吳文英、史達祖、周密、張炎他們的一條路上去了；棄疾卻以隻手障狂瀾，將這個趨勢的速律減低了若干度。這當然一半是時勢的必然的結果，而他的影響卻也占了很大的一部分。他與蘇軾同樣的被人稱爲豪放的詞的代表；他們每以蘇、辛並稱，而謚之爲粗豪。其實他們都是誤會的。蘇軾的詞最重要的不是他的『大江東去』之屬，卻是他的清雋的名作，如『明月幾時有，把酒問青天，不知天上宮闕，今夕是何年』之屬。雋則有之，『粗』字實在不是的評。辛棄疾也是如此。他的代表作，決不是『我見青山多嫵媚，料青山見我應如是，』『不恨古人不見，恨古人不見我狂耳』（賀新郎）與夫『千古江山，英雄無覓孫仲謀處。……憑誰問，廉頗老矣，尙能飯否？』（永遇樂）之屬，而是那些很纏綿，很多情的許多作品。不過這些纏綿多情的調子

㊀見宋史卷四百一，南宋書卷三十九。

卻被放在奔放不羈舒卷如意的浩莽的篇頁之上罷了。我們評他爲『豪』是對的，評他爲『粗』卻也未免過於輕視他了。劉克莊評他與陸游，以爲『一掃纖豔，不事斧鑿，高則高矣，但時時掉書袋，要是一癖』其實稼軒的掉書袋，眞也不過賀新郎，永遇樂以及水調歌頭的『四坐且勿語，聽我醉中吟』諸作而已；其最好的作品，卻都不是這樣的。我們不能以他的偶然的卽興作品來下他全部作品的斷語的。我們且讀底下的幾首詞：

東風夜放花千樹，更吹隕星如雨。寶馬雕車香滿路，鳳簫聲動，玉壺光轉，一夜魚龍舞。　蛾兒雪柳黃金縷，笑語盈盈暗香去。衆裏尋他千百度，驀然回首，那人卻在燈火闌珊處。

——青玉案。

寶釵分，桃葉渡，烟柳暗南浦。怕上層樓，十日九風雨。斷腸點點飛紅，都無人管，更誰勸流鶯聲住。　鬢邊覷，試把花卜歸期，才簪又重數。羅帳燈昏，哽咽夢中語，是他春帶愁來，春歸何處，卻不解帶將愁去。

——祝英臺近。

敲碎離愁，紗窗外風搖翠竹。人去後，吹簫聲斷，倚樓人獨。滿眼不堪三月暮，舉頭已覺千山綠。但試把一紙寄來書，從頭讀。　相思字，空盈幅，相思意，何時足。滴羅襟點點，淚珠盈掬。芳草不迷行客路，垂楊只礙離人目。最苦是立盡月黃昏，闌干曲。

——滿江紅。

更能消幾番風雨，匆匆春又歸去。惜春長怕花開早，何況落紅無數。春且住，見說道天涯芳草無歸路。怨春不語，算只有殷勤畫簷蛛網，盡日惹飛絮。 長門事，準擬佳期又誤。蛾眉曾有人妒。千金縱買相如賦，脈脈此情誰訴。君莫舞，君不見玉環飛燕皆塵土。閑愁最苦，休去倚危欄，斜陽正在烟柳斷腸處。

——摸魚兒。

像這樣的深情綺膩之作，卽以專擅情語的秦、柳爲之，也未必有勝於此——他們還欠他些奔放呢——我們還忍責備他的粗豪麼？我們還忍以『掉書袋』譏他麼？稼軒之所以爲稼軒，其特色卽在於能作深情之語而出之以奔放豪邁的勢態，卻不在於他的卽興的得意忘言之作，賀新郎，永遇樂，卽他的悲憤憤慨之作，如下面的幾首：

醉裏挑燈看劍，夢回吹角連營。八百里分麾下炙，五十弦翻塞外聲，沙場秋點兵。 馬作的盧飛快，弓如霹靂弦驚，了卻君王天下事，贏得生前身後名，可憐白髮生。

——破陣子。

綠樹聽鶗鴃，更那堪杜鵑聲住，鷓鴣聲切。啼到春歸無啼處，苦恨芳菲都歇。算未抵人間離別。馬上琵琶關塞黑，更長門翠輦辭金闕。看燕燕，送歸妾。 將軍百戰身名裂，向河梁回首萬里，故人長絕。易水蕭蕭西風冷，滿座衣冠似雪，正壯士悲歌未徹。啼鳥還知如許恨，料不啼清淚長啼血。誰伴我，醉明月。

——賀新郎。

又何嘗有什麼粗豪的踪影在着。總之，奔放與粗豪是很有差別的；前者是天才者的不羈與創造性的表現，後者卻是未熟練者的粗率的試筆。二者不能同年並語。

棄疾字幼安，歷城人。初爲耿京掌書記，後奉表南歸。高宗授爲承務郎，累遷樞密都承旨。有稼軒長短句十二卷㊀

陸游㊁與棄疾齊名，並稱爲辛、陸。他不僅以能詞稱，他的五七言詩也是很負重名的。游字務觀，山陰人。隆興初，賜進士出身。范成大帥蜀，爲參議官。人或譏其頹放，因自號放翁。後爲寶章閣待制。有劍南集，（公元一一二五——一二一〇）詞一卷㊂他與棄疾同被譏爲『掉書袋』。棄疾

㊀稼軒詞四卷，有汲古閣刊宋六十家詞本，又有四印齋所刊詞本（凡十二卷）。又稼軒詞甲乙丙三集凡三卷，稼軒長短句十二卷，並有涉園景宋金元明本詞續刊本。蘇辛詞一册，葉紹鈞選，商務印書館出版。

㊁見宋史卷三百九十五，南宋書卷三十七。

㊂放翁詞一卷，有汲古閣刊宋六十家詞本，又渭南詞二卷，有雙照樓景刊宋元明本詞本。

間有此癖，游則絕少犯之．他的詞有許多是靡豔婉妮的，與他的五七言詩很不相同，不過也時有豪放自恣之作，如『華燈縱博，雕鞍馳射，誰記當年豪舉．酒徒一半取封侯，獨去作江邊漁父』（鵲橋仙）之類．他與稼軒惟一的相同之點，卽在於此．楊愼以爲『放翁詞纖麗處似淮海，雄快處似東坡．』其實，他的纖麗是多過於他的雄快的．所謂纖麗，如春日游摩訶池的水龍吟：

摩訶池上追游路，紅綠參差春晚．韶光妍媚，海棠如醉，桃花欲暖，挑菜初閑，禁烟將近，一城絲管．看金鞍爭道，香車飛蓋，爭先占新亭館．惆悵年華暗換，黯銷魂雨收雲散．鏡奩掩月，釵梁折鳳，秦箏斜雁．身在天涯，亂山孤壘，危樓飛觀．歎春來只有楊花，和恨向東風滿．

——水龍吟．

所謂雄快，如呈范至能待制的雙頭蓮：

華鬢星星，驚壯志成虛，此身如寄．蕭條病驥，向暗裏消盡當年豪氣．夢斷故國山川，隔重重烟水．身萬里，舊社凋零，靑門俊遊誰記！　盡道錦里繁華，歎官閑晝永，柴荆添睡．淸愁自醉，念此際付與何人心事．縱有楚柁吳檣，知何時東逝．空悵望，鱠美菰香，秋風又起．

——雙頭蓮．

但放翁的許多詞，任怎樣，總是太多了悽涼恬退的風致的，與他的五七言詩之豪邁激昂不可一世者略殊。我們與其稱這些頹唐自放的詞爲雄快，不如謂之爲懶放或瀟洒疏閒之更爲的確。『鱠美菰香，秋風又起，』豈是一位熱腸滿中的憂國者所說的話？爲什麼他在詞中乃多這些頹音呢？大約是『華髮星星，驚壯志成虛』之時所作的吧。所以眞正的雄快之詞，放翁頗不多。他在早年時，曾有一段絕爲悲苦的故事。他娶了唐氏，伉儷相得。而他的母親卻與唐氏不和。他不得已而出之。不久，她便改嫁了同郡趙士程。春日出遊，相遇於禹跡寺南之沈園。唐語其夫，爲致酒肴。陸悵然賦釵頭鳳云：

紅酥手，黃縢酒，滿城春色宮牆柳。東風惡，歡情薄，一懷愁緒，幾年離索，錯錯錯！ 春如舊，人空瘦，淚痕紅浥鮫綃透。桃花落，閒池閣，山盟雖在，錦書難托，莫莫莫！

唐也和之，未幾卽怏怏卒。放翁復過沈園時，更賦一詩道：『落日城頭畫角哀，沈園非復舊池臺。傷心橋下春波綠，曾見驚鴻照影來。』（見耆舊續聞）這眞是一件太可悲慘的故事了！

這一期的詞人，尚有好幾位要在此一提及的。朱翌字新仲，龍舒人。政和中進士，歷官中書待制，有灊山集㊀（一〇九六——一一六七）他的詠梅的點絳唇一作，乃是許許多多的詠梅詞中的一首能以少許勝人多許者。

流水泠泠，斷橋橫路梅枝亞。雪花飛下，渾似江南畫。　白璧青錢，欲買春無價。歸來也，風吹平野，一點香隨馬。

張掄字才甫，亦南渡的故老，有蓮社詞㊁一卷。

曉風搖幕，欹枕聞殘角。霜月到窗寒影，金猊冷，翠衾薄。　舊恨無處著，新愁還又作。夜夜單于聲裏，燈花共，珠淚落。　——霜天曉角。

曾慥、曾惇，爲故相布的後裔，皆能詞。慥字端伯，編樂府雅詞㊂，頗有功於詞壇。惇字紘父，有詞一卷。其重九飲栖霞一作，甚可愛。

九日傳杯要攜佳客，棲霞去，滿城風雨，記得潘郎句。　紫菊紅萸，何意留儂住。愁如許，暮烟一縷，正在歸時路。

㊀灊山集三卷，有知不足齋叢書本。
㊁蓮社詞一卷，有彊村叢書本。
㊂樂府雅詞有詞學叢書本，粵雅堂叢書本及四部叢刊本。

——點絳脣。

范成大㊀字致能，吳郡人，紹興中進士，後參知政事，又帥金陵，諡文穆。（一一二五——一一九四）有石湖集，詞一卷。㊁他的五七言詩自成一格，與陸游齊名於時，爲南宋一個重要作家。石湖詞也很有可喜之作，像萍鄉道中一作：

酣酣日脚紫烟浮，妍暖破輕裘，困人天氣，醉人花氣，午夢扶頭。　春慵恰似春塘水，一片縠紋愁，溶溶曳曳，東風無力，欲皺還休。

——眼兒媚。

其恬淡而多姿的風調，是與他的五七言詩相類的。

葛立方字常之，丹陽人，紹興八年進士，官至吏部侍郎，有歸愚集，詞一卷。㊂他的卜算子自始至終皆用疊字，雖沒有李清照的『尋尋覓覓，冷冷清清』的妙絕千古，卻也頗饒別趣，並不做作：

㊀見宋史卷三百八十五，南宋書卷三十三。

㊁石湖詞一卷，有知不足齋叢書本。

㊂歸愚詞一卷，有汲古閣刊宋六十家詞本。

裊裊水芝紅，脈脈蒹葭浦，淅淅西風澹澹烟，幾點疎疎雨。　草草展杯觴，對此盈盈女，葉葉紅衣當酒船，細細流霞舉。

——卜算子。

姚寬字令威，剡川人。為六部監門，有西溪居士樂府一卷。如「細雨春風濕酒旗」諸語，是頗為不凡的。

毿毿楊柳綠初低，澹澹梨花開未齊。樓上情人聽馬嘶，憶郎歸，細雨春風濕酒旗。

——憶王孫。

楊萬里㊀字廷秀，吉水人。紹興中進士。後為寶文閣待制，致仕。（一一二四——一二〇五）有誠齋集。誠齋的五七言詩是一個大家。陸游、范成大與他幾占斷了南宋初期的詩壇。他的詞不多，也不甚出色。然如好事近之屬，卻灑脫得可愛：

月未到誠齋，先到萬花川谷。不是誠齋無月，隔一庭脩竹。　如今纔是十三夜，月色已如玉。未是秋光奇絕，看十五十六。

——好事近。

當時的幾個重要的文人，如朱熹、陳同甫，都與辛棄疾很熟悉。劉過、岳珂他們則都是辛氏的

㊀見南宋書卷三十九。

晚輩，而劉過受稼軒的影響爲尤深。朱熹㊀字元晦，一字仲晦，婺源人第進士，仕至轉運副使，以煥章閣待制致仕。（公元一一三〇——一二〇〇）卒謚文。有文公集他是當時的一位大儒，影響極大，後人乃稱之爲朱子而不名他所註釋的詩與四書也成了後五六百年的功令的本子，沒有一個人敢出他的範圍之外的。他的見解有時很高，有時則殊迂腐。他的詞亦有名於時，然好者很少。道學家是很難寫出好詞來的。像『酬佳節須酩酊，莫相違人生如寄，何事辛苦怨斜暉』那樣的淺薄的享樂主義，是頗爲不足道的。

陳同甫㊁名亮，永康人。有龍川集，詞㊂一卷。他的散文氣魄極爲盛大。『開拓萬古之心胸，推倒一世之豪傑。』而作詞乃復幽秀。他的水龍吟云：『遲日催花，淡雲閣雨，輕寒輕暖，恨芳菲世界，遊人未賞，都付與鶯和燕。……羅袖分香，翠綃封淚，幾多幽怨，正銷凝，又是疎簾淡月，子規聲斷。』

㊀見宋史卷四百二十九道學三，南宋書卷四十四。

㊁見南宋書卷三十九。

㊂龍川詞一卷，補遺一卷，有汲古閣刊宋六十家詞本，有應氏刊本，有四印齋刊本。（四印齋本僅刊補遺一卷。）

又他的虞美人詞云『水邊臺榭燕新歸，一點香泥，濕帶落花飛．』都是很靡豔的．周密以爲『陳龍川好談天下大略，以氣節自居，而詞亦疏宕有致．』

岳珂㊀字肅之，號倦翁，是岳飛的孫子．累官戶部侍郎，淮東總領，兼制置使，有玉楮集．他以許彈稼軒的詞有名於時；又論劉過的一詞，多用古人名事者，以爲『白日見鬼，』都是具高超的見解的．但他自己的詞，卻未能相稱．『謾登覽，極目萬里，沙場事業，頻看劍，古往今來，南北限天塹，倚樓休弄新聲，重重城門掩，歷歷數西州更點，』（祝英臺近）之類，乃是他的最好的代表作．

劉過字改之，襄陽人．有龍洲詞㊁一卷．他的詞，學稼軒，眞是一個『肖徒．』黃昇說『改之，稼軒之客，詞多壯語，蓋學稼軒者也．』學稼軒而至於高唱着『被香山居士，約林和靖與東坡老，駕勒吾回．坡謂西湖正如西子，淡抹濃妝臨照臺，』眞是稼軒的末日到了．岳珂詆之爲『白日見鬼，』眞是的評．但他亦有好句，如賀新郎：

㊀附見宋史卷三百六十五及南宋書卷十五岳飛傳．

㊁龍洲詞一卷，有汲古閣刊宋六十家詞本．

老去相如倦，向文君說，似而今怎生消遣！衣袂京塵曾染處，空有香紅尚軟，料彼此魂消腸斷，一枕新涼眠客舍，聽梧桐疎雨秋風顫，燈暈冷記初見。樓低不放珠簾捲，晚妝殘，翠蛾狠藉，淚痕流臉，人道愁來須殢酒，無奈愁深酒淺，但託意焦琴紈扇。莫鼓琵琶江上曲，怕荻花楓葉俱凄怨。雲萬疊，寸心遠。

——賀新郎。

陶九成云『改之造詞贍逸有思致。沁園春二首尤纖麗可愛』這二首的沁園春，是『有時自度歌句悄，不覺微尖點拍頻。』是『鳳鞋泥汚偎人強剔，龍涎香斷撥火輕翻，』這眞是很纖麗可愛的，我們每以『斗酒彘肩風雨渡江，豈不快哉』的作者視改之，不免有未窺見他的全相之誚。

又有趙彥端者，字德莊，爲宋宗室。乾道、淳熙間以直寶文閣知建寧府，有介庵詞㊀四卷。他曾賦謁金門一詞云：

休相憶，明日遠如今日。樓外綠烟村冪冪，花飛如許急。柳外晚來船集，波底夕陽紅濕，送盡去雲成獨立，酒醒愁又入。

相傳阜陵讀到『波底夕陽紅濕』大喜問誰詞，答云彥端所作。上云『我家裏人也會作此等語』！

他的豆葉黃一詞也絕爲佳妙：

㊀介菴詞一卷，有汲古閣刊宋六十家詞本。

粉牆丹檻柳絲中，簾箔輕明花影重。午醉醒來一面風。綠蔥蔥，幾棵櫻桃葉底紅。

俞國寶以題酒肆的風入松一詞，爲宋帝所知。這段故事後來成了小說及戲曲的題材之一。國寶，臨川人，淳熙間太學生，有醒庵遺珠集。一作于國寶。其風入松詞如下：

一春長費買花錢，日日醉湖邊。玉驄慣識西湖路，驕嘶過沽酒樓前。紅杏香中歌舞，綠楊影裏秋千。　暖風十里麗人天，花壓鬢雲偏。畫船載得春歸去，餘情付湖水湖烟。明日重扶殘醉，來尋陌上花鈿。

相傳原文是『明日重攜殘酒，來尋陌上花鈿，』帝以爲有寒酸氣，乃將攜字改爲扶字，酒字改爲醉字。

李石字知幾，資陽人。乾道間以薦任太學博士，出爲成都倅。有方舟集。他的臨江仙一詞頗好：

烟柳疏疏人悄悄，畫樓風外吹笙。倚欄聞喚小紅聲，薰香臨欲睡，玉漏已三更。　坐待不來來又去，一方明月中庭。粉牆東畔小橋橫，起來花影下，扇子撲流螢。

張鎡字功甫，號約齋，西秦人，官奉議郎。有玉照堂詞一卷。他的詠促織的滿庭芳一詞，是寫得十分的活躍的。

月洗高梧，露溥幽草，寶釵樓外秋深。土花沿翠，螢火墜牆陰。靜聽寒聲斷續，微韻轉，淒咽悲沉。爭求侶，殷勤勸織，促破曉機心。兒時曾記得，呼燈灌穴，斂步隨音，任滿身花影，猶自追尋，攜向畫堂試鬬，亭臺小籠巧裝金。今休説，從渠牀下，凉夜伴孤吟。　——滿庭芳。

胡銓㊀字邦衡，廬陵人，建炎二年進士。紹興間以抗疏詆和議，累謫吉陽軍。孝宗時，官至資政殿學士。卒謚忠簡。有澹菴長短句一卷㊁銓詞抒情適興，暢所欲言，並沒有一點有意的做作，與刻意的經營，一見便可知其非專業的『詞人』。

百年強半，高秋猶在天南畔。幽懷已被黃花亂，更恨銀蟾，故向愁人滿。　招呼詩酒顛狂伴，羽觴到手判无算。浩歌箕踞巾聊岸，酒欲醒時，興在盧同盌。　——醉落魄。

李彌遠字似之，吳縣人。大觀初登第。南渡後，以爭和議，忤秦檜，乞歸田。有筠溪集，詞一卷。㊂他的詞富自然之趣，每多明白如話之什，但亦有很清雋可喜者，如菩薩蠻：

㊀見宋史卷三百七十四，南宋書卷十七。

㊁澹菴長短句一卷，有四印齋刊宋四名臣詞本。

㊂筠溪詞一卷，有四印齋彙刻宋元三十一家詞本。

> 風庭瑟瑟燈明滅，碧梧枝上蟬聲歇。枕冷夢魂驚，一堦寒水明。　烏飛人未起，月露清如洗。無語聽殘更，愁從兩鬢生。

鄧肅字志宏，延平人。南渡後官左正言。所著有栟櫚集詞一卷。㊀　肅詞寫情殊爲佳妙，時或失之淺，則以其非專工的『詞人』之故。

> 夜飲不知更漏永，餘酣困染朝陽。庭前鶯燕亂絲簧。醉眠猶未起，花影滿晴窗。　簾外報言天色好，水沈已染羅裳。檀郎欲起趁春狂。佳人嗔不語，劈面噀丁香。
> ——臨江仙

> 執手兩潸然，情極都無語。去馬更匆匆，一息迷回顧。　孤館得村醪，一醉空離緒。酒醒卻無人，簾外三更雨。
> ——生查子

曹勛㊁字功顯，陽翟人。仕宣和，官至太尉，提舉皇城司，開府儀同三司。終於淳熙初。有松隱樂府三卷。㊂　勛詞多應制應時及詠物之作，此種題目本來是不容易寫得好詞的。

> 秋雨灑空，冷侵窗戶琴書潤。四檐成韻，孤坐無人問。　壯志消沈，害人清閑，運常安分。炷烟飄盡，更撥餘香燼。

㊀栟櫚詞一卷，有四印齋彙刻宋元三十一家詞本。
㊁見宋史卷三百七十九。
㊂松隱樂府三卷，又補遺一卷，有彊村叢書本。

——點絳脣。

慘慘西風，人與兩州俱不見。一江殘照落霞紅，艣聲中。汀花蘋草六朝空，人向賞心增遠恨，閒雲猶繞建康宫，古今同。——酒泉子。

劉子翬字彥沖，崇安人，授承務郎，通判興化軍，後辭歸武夸山，學者稱爲屏山先生，有屏山集，詞一卷。㊀屏山詞傳者雖不過數首，然卽在這寥寥數首之中，也可見出他的蕭洒的氣分來：

浮煙冷雨，今日還重九。秋去又秋來，但黃花年年如舊。平臺戲馬，無處問英雄，茅舍底，竹籬東，佇立時搔首。客來何有？草草三杯酒。一醉萬緣空，莫貪伊金印如斗。病翁老矣，誰共賦歸來？芟壠麥，網溪魚，未落他人後。——驀山溪。

洪皓㊁字光弼，鄱陽人。第進士。建炎中以徽猷閣待制，爲通問使，以忤秦檜，責濠州團練副使，安置英州。後徙袁州。卒謚忠宣。有鄱陽詞一卷。㊂他的詞明白而無甚雅趣，惟處處都可見出他的情思與事績來，絕不似一部分詞人之作，連一點個性也看不出的模樣。

㊀屏山詞一卷，有彊村叢書本。

㊁見宋史卷三百七十三。洪适，洪邁並附皓傳。

㊂鄱陽詞一卷，有彊村叢書本。

冷落天涯今一紀，誰憐萬里無家。三閭憔悴賦懷沙。思親增悵望，弔影覺欹斜。　兀坐書堂眞可怪，銷憂殢酒難賒。因人成事恥矜誇。何時還使節，蹋雪看梅花。

——臨江仙，懷歸。

皓有子适、邁。适字景伯；邁字景盧，號野處；皆善詞。适中博學宏詞科，累官尙書右僕射，同中書門下平章事，兼樞密使。謚文惠，有盤洲集，詞二卷㊀。适詞在三洪中爲獨步，但較之康伯可諸人，他實未擅勝場。

玉頰微醺怯晚寒，可憐凝笑整雙鬟。枝頭一點爲誰酸。　只恐輕飛煙樹裏，好教斜插鬢雲邊。淡妝仍向醉中看。

——浣溪沙。

邁歷官龍圖閣學士，謚文敏。所作詞極少，如『院落深沉，池塘寂靜，簾鉤捲上梨花影』諸語，卻頗佳。

京鏜㊁字仲遠，豫章人，登紹興二十七年進士第。慶元初，官左丞相，謚莊定。有松坡居士樂府

㊀盤洲詞一卷，有彊村叢書本。

㊁見宋史卷三百九十四，南宋書卷四十三。

一卷。㈠鏜亦非專工的『詞人』，惟其詞殊多可耐尋味的清韻。

愁雨逐驕陽，洗出長空新月。更對銀河風露，覺今宵都別。　不須乞巧拜中庭，枉共天孫說，且信平生拙，極耐歲寒霜雪。

——好事近，次盧漕國華七夕韻

楊无咎字補之，清江人。高宗朝累徵不起。自號清夸長者。有逃禪集詞一卷。㈡无咎喜作情語，其麗膩風流，迴腸蕩氣之處，不下於三變。如瑞鶴仙一什，其無所不寫，曲盡情態，似尤過於柳詞。

看燈花燼落，更欲換門外，初聽剝啄。一樽赴誰約？甚不知早暮，忒貪歡樂。嗔人調謔，飲芳容，索強倒惡。漸嬌慵不語，迷奚帶笑，柳柔花弱。　雖窺扶歸鴛帳，不褪羅裳，要人求托。偷偷弄搦，紅玉軟，煖香薄。待酒醒，枕臂同歌新唱，怕曉愁聞畫角。問昨宵可煞歸遲，更休道著。

楊炎號止濟翁，廬陵人，有西樵語業一卷。㈢他也與辛稼軒為友，其詞間涉粗豪，也許是受稼軒的影響吧。但稼軒粗豪處有倔強氣，綺膩處又有宛曲纏綿之致，炎則兩皆不能企及，惟尚免於

㈠松坡詞一卷，有彊村叢書本。
㈡逃禪詞一卷，有汲古閣刊宋六十家詞本。
㈢西樵語業一卷，有汲古閣刊宋六十家詞本。

凡庸，時多雋語，故勉得自成一家。

把酒對斜日，無語問西風：胭脂何事，都做顏色染芙蓉？放眼暮江千頃，中有離愁萬斛，無處落征鴻。天在闌干角，人倚醉醒中。 千萬里，江南北，浙西東。吾生如寄，尙想三徑菊花叢。誰是中州豪傑，借我五湖舟楫，去作釣魚翁。故國且回首，此意莫匆匆。——水調歌頭。

筆染相思，暗題盡朱門白壁。動離思春生遠岸，烟銷殘日。楊柳結成羅帶恨，海棠染就胭脂色。想深情幽怨繡屏間，雙鸂鶒。 春水綠，春山碧，花有恨，人無力。對一奩愁思，十分孤寂。寸寸歸腸渾欲斷，盈盈玉淚應偷滴。倩東風吹雁過江南，傳消息。——滿江紅。

王千秋字錫老，東平人。有審齋詞一卷㊀。他嘗自稱道：『少日羈孤，百口星分於異縣。長年憂患，一身蓬轉於四方。』其所遇可想而知。其鑄辭間有甚爲新巧者，已是盧祖皋、吳文英他們的同道了，例如：

驚鷗樸蔌，蕭蕭臥聽鳴幽屋。窗明怪得鷄啼速。牆角斕斑，一半露松綠。 歌樓管竹誰翻曲？丹脣冰面噴餘馥。遺珠滿地無人掬，歸著紅靴，踏碎一街玉。

㊀審齋詞一卷，有汲古閣刊宋六十家詞本。

以及『淡葉未乾鳩婦去，餘花時墜蜂兒逐。』（滿江紅）『往事已同花屐褪，新歡聞似月常圓。——醉落魄。休，休，休更苦縈牽。』（虞美人）之類皆是。

韓玉字温甫，有東浦詞㊀；玉常家於東浦，故以名其詞。他常與康順菴、辛稼軒諸家相酬唱。但他的辭語實頗平平，無甚驚人的詞意。毛晉雖刊其詞，卻甚有不滿之意。他以爲以玉與辛、康諸家相比，『其妍媸相去非啻苧蘿、無鹽也。余去冬日事畚臿研田，久蕪，托友人較讐諸詞集以行世。入年讀之，如茲集開卷水調歌頭，爲之掩鼻；又且坐令，其自度曲也，押韻頗峭，但「寃家何處貪歡樂，引得我心兒惡」等語，又未免俳笑矣。』其實且坐令後半闋，殊爲佳妙。晉解嘲之評，本不足據。

> 閑院落，誤了清明約。杏花雨過胭脂綽，緊緊千秋索。鬭草人歸，朱門悄掩，梨花寂寞。　書萬紙，恨憑誰托？纔封了，又揉卻。寃家何處貪歡樂？引得我心兒惡。怎生全不思量著？那人人情薄！
>
> ——且坐令。

㊀東浦詞一卷，有汲古閣刊宋六十家詞本。

曹冠字宗臣，自號雙溪居士，有燕喜集詞一卷。㊀冠的詞未能傑出時人，惟較多自然之趣耳。茲錄其一篇於下：

> 風颭池荷雨翻蓋，明珠千萬顆，碎仍圓。龜魚浮戲蹴清漣，翠光映，垂柳罩瑤煙。　幽興寓薰弦。俗塵飛不到，少壺天。身閑無事自超然，拚酩酊，一枕夢遊仙。
>
> ——小重山

程大昌㊁字泰之，休寧人，紹興二十一年進士，孝宗朝官至權吏部尚書，龍圖閣直學士，諡文簡。有文簡公詞一卷。㊂大昌對於所謂『經學』有湛深的探討與超越的見解，但他的詞卻未見很偉大的成就。

> 纔出滄溟底，旋明紫岫腰。玉光浸漫湧層潮。上有乘流海賈臥吹簫。　更上雲霾望，翻牽旅思遙。浮生何許著簞瓢。卻向天涯起舞影蕭蕭。
>
> ——南歌子

㊀燕喜詞一卷，有四印齋彙刻宋元三十一家詞本。

㊁見宋史卷四百三十三，南宋書卷二十七。

㊂文簡公詞一卷，有彊村叢書本。

侯寘字彥周，東武人，晁說之甥，紹興中，知建康，有嬾窟詞㈠一卷，寘詞頗善於作情語，惟意緒雖眞摯，卻欠纏綿宛轉之致。

市橋燈火春星碎，街鼓催歸人未醉，半嗔還笑眼回波，去欲更留眉斂翠。　歸來短燭餘紅淚，月淡天高梅影細，北風休遣雁南來，斷送不成今夜睡。

——玉樓春。

黃公度字師憲，號知稼翁，世居莆田，紹興八年，大魁天下，除尙書考功員外郎，不久病卒，年四十八，有知稼翁集十一卷，又詞一卷㈡洪邁評其詞，以謂：『宛轉淸麗，讀者咀嚼於齒頰間而不得已』，公度詞實足當『淸麗』二字之評而無媿，惟其子的刊本（卽汲古閣的底本）每篇加以說明，牽合時事，強作解人，實大有損於公度詞的自然的秀美。

鄰雞不管離懷苦，又還是催人去，回首高城音信阻，霜橋月館，水村烟市，總是思君處。　裛殘別袖燕支雨，謾留得愁千縷，欲倩歸鴻分付與，鴻飛不住，倚闌無語，獨立長天暮。

㈠嬾窟詞一卷，有汲古閣刊宋六十家詞本。

㈡知稼翁詞一卷，有汲古閣刊宋六十家詞本。

——青玉案。

眉尖早識愁滋味，嬌羞未解論心事。試問憶人不？無言但點頭。　嗔人歸不早，故把金杯惱。醉看舞時腰，還如舊日嬌。

——菩薩蠻。

韓元吉字无咎，號南澗，許昌人。官吏部尚書。有焦尾集，又南澗詩餘一卷。㈠元吉每與張安國、陸務觀、辛幼安相贈答，他自己也頗寫些疏狂豪放的詞篇，如『古人何在？依約蜀道倚青天』『少年約，談笑事，取封侯』（皆水調歌頭）之類。但他的小詞也有甚爲纖麗者，如菩薩蠻（青陽道中：）

春殘日日風和雨，烟江目斷春無處。山路有黃鸝，背人相喚飛。　解鞍宿酒醒，欲枕殘香冷。夢想小亭東，薔薇何似紅。

高登字彥先，漳浦人。以忤秦檜被謫。有東溪集詞一卷。㈡登詞多遷謫不平之感，味淡如水，然如好事近後半闋的『西風特地颯秋聲，樓外觸殘葉。匹馬翩然歸去，向征鞍敲月』諸句，卻甚爲瀟曠。

㈠南澗詩餘一卷，有彊村叢書本。

㈡東溪詞一卷，有四印齋宋元三十一家詞本。

丘崈字宗卿，江陰人。隆興元年進士。拜同知樞密院事，卒諡文定。有文定公詞一卷。㊀崈詞寫景殊佳，每能以淺語刻劃曲折難盡之意，熱鬧難寫之景。

鳴鳩乳燕春在梨花院。重門鎖掩沉沉，簾不捲紗窗紅日三竿。睡鴨餘香一縷，佳眠悄無人喚。　謾消遣，行雲無定，楚雨難憑，夢魂斷，清明漸近，天涯人正遠。儘教閒了鞦韆，戲着海棠開遍，難禁舊愁新怨。

——撲蝴蝶，蜀中作。

水滿平湖香滿路，繞重城藕花無數。小艇紅妝，疏簾青蓋，烟柳畫船斜渡。　恣樂追涼忘日暮，簫鼓月明人去。猶有清歌迢遞，聲在芰荷深處。

——夜行船，越上作。

吳儆字益恭，休寧人。紹興二十七年進士。淳熙初通判邕州，後轉朝散郎，致仕。有竹洲集，詞一卷。㊁他的詞本非『詞人』專力之作，故往往多淺句蕪辭，然也因此而時有眞情實境語。

竹裏全無暑氣，溪邊長有清風。荷花落日照酣紅，雨過遙山翠重。　老作宮祠散漢，本來田舍村翁。歷編三萬祿千鍾，也是一場春夢。

㊀文定公詞一卷，有四印齋宋元三十一家詞本。

㊁竹洲詞一卷，有侯刻名家詞本，（在粟香室叢書內）有江刻宋元名詞家本。

——西江月。

李處全字粹伯，淳熙中侍御史。有晦菴詞㈠一卷。處全詞也不是專力之作，惟殊爲圓熟蕭爽。

杜鵑只管催歸去，知渠教我歸何處？故國淚生痕，那堪枕上聞！　嚴裝吾已具，泛宅吳中路。彈鋏喚東鄰，江東日暮雲。

——菩薩蠻。

仲并字彌性，江都人。紹興中進士，授平江教授，後爲朝請大夫，淮東安撫司參議。有浮山集詞一卷。㈡并詞貧弱居多，如菱荷香一篇已算是集中的佳作。

醉凝眸，正行雲遮斷，澄練江頭。皓月今宵何處？不管中秋。朱闌倚偏，又微雨催下危樓。秋風空響更籌，不將好夢，吹過南州。　浮遠軒窗異日，到山空雲淨，江遠天浮。別去客懷無賴，準擬閒愁。冰輪好在，解隨我天際歸舟。何須舞袂歌喉，一觴一詠，談笑風流。

袁去華字宣卿，江西奉新人。紹興乙丑進士，改官知石首縣而卒。善爲歌詞。㈢嘗賦定王臺，見稱於張安國。著有適齋類稿八卷。去華詞之佳者頗能於綺麗處見出豪放的氣韻來，的是一位能

㈠晦菴詞有四印齋彙刻宋元三十一家詞本。
㈡浮山詞一卷，有彊村叢書本。
㈢宣卿詞一卷，有四印齋刊宋元三十一家詞本。

手。

雄跨洞庭野，楚望古湘州。何王臺殿，危基百尺自西劉。尙想霓旌千騎，依約入雲歌吹，屈指幾經秋！歎息繁華地，興廢兩悠悠。登臨處，喬木老，大江流。書生報國無地，空白九分頭。一夜寒生關塞，萬里雲埋陵闕，耿耿恨難休！徙倚霜風裏，落日伴人愁。——定王臺。

森木蟬初噪，淡煙梅半黃。睡起傍簷隙，牆梢挂斜陽。魚躍浮萍破處，碎影顛倒垂楊。晚庭誰與追涼，清風散荷香。 窰樞霞散綺，坐待月侵廊。調冰薦飲，全勝河朔飛觴。漸參橫斗轉，懷人未寢，別來偏覺今夜長。——紅林檎近。

尙有李光㊀字泰發，上虞人，崇寧五年進士，官至參知政事，諡莊簡，有莊簡集十八卷，詞一卷。㊁胡仔字元任，新安人，寓居吳興，自號苕溪漁隱。宣和間仕建安主簿，有漁隱叢話前後集，凡百卷。倪偁字文舉，吳興人，紹興八年進士，官太常寺主簿，有綺川詞㊂一卷。王十朋字龜齡，樂淸人。由太

㊀見宋史卷三百六十三，南宋書卷四。

㊁李莊簡公詞一卷，有四印齋刊宋四名臣詞本。

㊂綺川詞一卷，有四印齋宋元三十一家詞本。

學廷對，擢第一。官至龍圖閣學士，諡忠文，有梅溪集。王以寧字周士，長沙人，有王周士詞。㊀李流謙字無變，德陽人，有澹齋詞。㊁王之望字瞻叔，有漢濱詩餘。㊂史浩字直翁，鄞人，有鄮峰眞隱大曲二卷。㊃曾協字同李，南豐人，有雲莊詞。㊄王質字景文，興國人，有雪山詞。㊅周必大字子充，廬陵人，有平園近體樂府。㊆陳三聘字夢㢸，東吳人，有和石湖詞。㊇呂勝己字季克，建陽人，有渭川居士詞。㊈

㊀王周士詞一卷，有彊村叢書本。
㊁澹齋詞一卷，有彊村叢書本。
㊂漢濱詩餘一卷，有彊村叢書本。
㊃鄮峯眞隱大曲二卷，有彊村叢書本。
㊄雲莊詞一卷，有彊村叢書本。
㊅雪山詞一卷，有彊村叢書本。
㊆平園近體樂府一卷，有彊村叢書本。
㊇和石湖詞一卷，有彊村叢書本。
㊈渭川居士詞一卷，有彊村叢書本。

姚述堯字道進，華亭人，有簫台公餘詞。㈠阮閱字閎休，（一作字閎休）著詩話總龜，有阮戶部詞。㈡朱雍有梅詞㈢二卷，皆係詠梅者。尤袤字延之，無錫人，官禮部尙書，諡文簡，有梁溪集。毛幵字平仲，三衢人，有樵隱樂府。㈣他們大都是有詞集流傳於今的；故都不得不一提及。但其詞卻都未必有傑出特雋之作，足以使我們不得不詳述，故於此僅總敍一下。

六

開南宋第二期詞派的，遠者爲康與之，近者爲姜夔。與之豔麗，白石清雋。然白石究竟氣魄不大。他在清雋之中，未免帶有幾分的做作。他的詞往往是矜持太過，不甚出之以自然。他選字，他練

㈠簫台公餘詞一卷，有彊村叢書本。有西泠詞萃本。

㈡阮戶部詞一卷，有彊村叢書本。

㈢梅詞一卷，有四印齋刋宋元三十一家詞本。

㈣樵隱樂府一卷，有汲古閣刋宋六十家詞本。

句，他要合律，他要沒有疵病。如他的盛傳於世的暗香疏影二詞，不過是詠物詩的兩篇名作而已，也未見得有多大的作用。然歷來的評者，對他都恭維甚至。范石湖說，『白石有裁雲縫月之妙手，敲金戛玉之奇聲。』趙子固說『白石，詞家之申、韓也。』此言卻甚得當。至於如張炎所云，『如野雲孤飛，去留無迹，』又云，『不惟清虛，且又騷雅，讀之使人神觀飛越，』則未免有些阿於所好。周濟說得最好：『吾十年來服膺白石，而以稼軒爲外道，由今思之，可謂捫籥也。稼軒鬱勃故情深，白石放曠故情淺；稼軒縱橫故才大，白石局促故才小。』在第二期的開頭已是如此，可見其後的風尚是向那一方面走去的了。夔字堯章，白石其號，鄱陽人，流寓吳興。有白石詞㊀五卷。其五七言詩也和他的詞一樣的有名。他的『石湖詠梅』的暗香疏影：

舊時月色，算幾番照我，梅邊吹笛，喚起玉人，不管清寒與攀摘。何遜而今漸老，都忘卻春風詞筆。但怪得竹外疏花，香冷入瑤席。　江國正寂寂，歎寄與路遙，夜雪初積。翠尊易泣，紅萼無言耿相憶。長記曾攜手處，千樹壓西湖寒碧。又片片吹盡也，

㊀白石詞一卷，有汲古閣刊宋六十家詞本。白石道人歌曲四卷，別集一卷，有乾隆間陸氏刊本，又有許氏刊本，及廣東刊本。又有彊村叢書本（七卷）。

幾時見得? ——暗香。

苔枝綴玉，有翠禽小小，枝上同宿。客裏相逢，籬角黃昏，無言自倚修竹。昭君不慣胡沙遠，但暗憶江南江北。想環珮月下歸來，化作此花幽獨。猶記深宮舊事，那人正睡裏，飛近蛾綠。莫似春風，不管盈盈，早與安排金屋。還教一片隨波去，又卻怨玉龍哀曲。等恁時重覓幽香，已入小窗橫幅。 ——疏影。

雖論者無不稱之，張炎且以爲『前無古人，後無來者，眞爲絕唱，』然我們讀之，卻未見有如何深刻的印象，也未見得比一般泛泛的詠物之作有什麼特別高明之處。到是底下的二詞，頗可代表他的最好的作品：

淮左名都，竹西佳處，解鞍少駐初程。過春風十里，盡薺麥青青。自胡馬窺江去後，廢池喬木，猶厭言兵。漸黃昏，淸角吹寒，都在空城。杜郞俊賞，算如今重到須驚。縱豆蔻詞工，靑樓夢好，難賦深情。二十四橋仍在，波心蕩，冷月無聲。念橋邊紅藥，年年知爲誰生。 ——揚州慢。

漸吹盡枝頭香絮，是處人家，綠深門戶。遠浦縈迴，暮帆零亂向何許？閱人多矣，誰得似長亭樹。樹若有情時，不會得靑靑

> 如此！ 日暮望高城不見，只見亂山無數。韋郎去也，怎忘得玉環分付：第一是早早歸來，怕紅萼無人爲主。算只有并刀，難剪離愁千縷。
>
> ——長亭怨慢。

這裏有的是眞實的情緒，有的是眞實的憤慨。『自胡馬窺江去後，廢池喬木，猶厭言兵，』與『算只有并刀，難剪離愁千縷，』決不是像『舊時月色，算幾番照我，』般的浮泛淺薄無關痛癢的東西。

同時的劉儗，一名仙掄，字叔儗，廬陵人，有招山集，『樂章尤爲人所膾炙。』他所作，有的句子很淡薄，如『海棠已謝，春事無多也；只有牡丹時，知他歸未歸？』（菩薩蠻）之類。但如送張明之赴京西幕的念奴嬌一作卻是胸含萬丈豪情而又出之以綺膩可喜的詩句的：

> 艅艎東下，望西江千里，蒼茫烟水，試問襄州何處是？雉堞連雲天際。叔子殘碑，臥龍陳迹，遺恨斜陽裏。後來人物，如君瓌偉能幾？ 其肯爲我來耶？河陽下士，正是強人意。勿謂時平無事也，便以言兵爲諱。眼底山河，樓頭鼓角，都是英雄淚。功名機會，要須閑暇先備。
>
> ——念奴嬌。

像那末樣的『勿謂時平無事也，便以言兵爲諱！』原是論文中的句子，原是詞中所忌用的句子，然而用在這裏，我們看卻是恰到了好處的；既不觸目，也不生硬，更不像什麼時論．其原因便在於能調和了豪邁與綺膩，能混合了論事與抒情之故．

七

盧祖皋和高觀國、史達祖三人在第二期都是大作家，而史、高爲尤著．盧祖皋字中之，永嘉人，一云邛州人．慶元中登第．嘉定中爲軍器少監．有蒲江詞一卷．㊀黃昇說，『蒲江樂章甚工，字字可入律呂』．

> 柳邊深院，燕語明如翦．消息無憑聽又懶，隔斷畫屏雙扇．寶杯金縷紅牙，醉魂幾度兒家．何處一春游蕩？夢中猶恨楊花．——清平樂．

㊀蒲江詞有汲古閣刊宋六十家詞本．

閑院宇，獨自行，來行去。花片無聲簾外雨，峭寒生碧樹。　做弄清明時序，料理春醒情緒。憶得歸時停棹處，畫橋看落絮。

——清平樂。

蕩紅流水無聲，暮烟細草枯天遠。低徊倦蝶，往來忙燕，芳期暇懶，絲霧迷牆，翠虬騰架，雪明香暖。笑依依欲挽春風款住，還疑是相逢晚。　不似梅妝瘦減，古人間，半神蕭散。攀條弄蘂，天涯猶記，曲欄小院。老去情懷，酒邊風味，有時重見。對枕幃空想東窗舊夢，帶將離恨。

——水龍吟。

祖皋的詞，大都不過『字字可入律呂』而已，並沒有大過人的天才，但間有雋句可令人諷吟不已，如『花片無聲簾外雨』之類。

高觀國字賓王，山陰人，有竹屋癡語㊀一卷。陳唐卿評他與史達祖的詞，以為『要是不經人道語。其妙處少游、美成亦未及也。』張炎則以他與白石、邦卿、夢窗並舉，以為『格調不凡，句法挺異，俱能特立清新之意，刪削靡曼之詞，自成一家。』觀國詞之有『清新之意』與『不經人道語』卻是實情。古今詞話以為觀國精於詠物，其佳者，『工而入逸，婉而多風。』我們試看觀國詞的佳

㊀竹屋癡語有汲古閣刊宋六十家詞本。

者：

春風吹綠湖邊草，春光依舊湖邊道。玉勒錦障泥，少年游冶時。 烟明花似繡，且醉旗亭酒。斜月照花西，歸鴉花外啼。

——菩薩蠻。

春殘雨濕，燕子低飛急。雲壓前山羣翠失，烟水滿湖輕碧。 小蓮相見溪頭，清寒不到青樓。請上琵琶絃索，今朝破得春愁。

——清平樂。

也未能通首相稱。如清平樂也只有前半節有清新之意而已。

史達祖在三人中是最好的一個；史、高雖並稱，史實過高遠甚。達祖字邦卿，汴人，有梅溪詞。㊀張鎡以爲他的詞：『織綃泉底，去塵眼中，妥貼輕圓，辭情俱到，有瓌奇警邁，清新閑婉之長，而無詭蕩汙淫之失。端可分鑣清眞，平睨方回。』姜夔也很恭維他，以爲『邦卿之詞，奇秀清逸，有李長吉之韻，蓋能融情景於一家，會句意於兩得者。其「做冷欺花，將烟困柳」一闋，將春雨神色拈去；「飄然快拂花梢，翠影分開紅影」又將春燕形神畫出矣。』平心論之，他的長處在時有清雋之句，而

㊀梅溪詞一卷，有汲古閣刊宋六十家詞本，有四印齋所刻詞本。

其短處則在氣魄不大。

做冷欺花，將烟困柳，千里偸催春暮，盡日冥迷，愁裏欲飛還住。驚粉重蝶宿西園，喜泥潤燕歸南浦。最妨他佳約風流，鈿車不到杜陵路。　沉沉江上望極，還被春潮晚急，難尋官渡。隱約遙峯，和淚謝娘眉嫵。臨斷岸新綠生時，是落紅帶愁流處。記當日門掩梨花，剪燈深夜語。

——綺羅香。

西月澹窺樓角，東風暗落簷牙。一燈初見影窗紗，又是重簾不下。　幽思屢隨芳草，閑愁又似楊花。楊花芳草遍天涯，繡被春寒夜夜。

——西江月。

草脚青回細膩，柳梢綠轉苗條。舊遊重到合魂消，棹橫春水渡，人凭赤欄橋。　歸夢有時曾見，新愁未肯相饒。酒香紅被夜迢迢，莫教無用月，來照可憐宵。

——臨江仙。

這個時期的作家，自白石以至梅溪、夢窗，大都是氣魄不大的。他們都是很精細的用苦工夫去鑄詞造意的詩人，然而他們的詩才，不幸都很有限，想像力也不大富裕，所以只能遁入精密細膩的一途；不以長槍大刀與人爭一日之長，卻全用的是細針密縫的工夫。

八

夢窗特別是這樣的一個詩人。雖有許多人推崇他爲集大成的作家，其實是太過誇張的估量着他。他名吳文英，字君特，四明人。有夢窗甲乙丙丁稿四卷㊀。尹惟曉云：『求詞於吾宋，前有淸眞，後有夢窗。此非予之言，四海之公言也。』然論詩才，夢窗實未及淸眞。淸眞的詞流轉而下，毫不費力，而佳句如雨絲風片，撲面不絕。夢窗的詞則多出之於苦吟，有心的去雕飾，着意的去經營，結果是，偶獲佳句，大損自然之趣。張炎說得最好：『吳夢窗如七寶樓臺，眩人眼目，拆碎下來，不成片段。』眞實的詩篇是永遠不會被拆碎的。沈伯時說，『夢窗深得淸眞之妙。但用事下語太晦處，人不易知。』他所以喜用晦語，便是欲以深詞來蔽掩淺意的。而深詞既不甚爲人所知，淺意也便因之而反博得一部分評者的讚頌了。他的唐多令頗爲張炎所喜，以爲『最爲疏快不質實』。但頭二句，『何處合成愁，離人心上秋，』便不是十分高雅的句法。民歌中最壞的習氣是以文字爲游

㊀夢窗稿四卷，補遺一卷，有汲古閣刊宋六十家詞本，有曼陀羅華閣刊本。

戲，或拆之或合之。夢窗不幸也和魯直他們一樣，竟染上了這個風氣。『黃蜂頻撲秋千索』（風入松）之類的話，卻的確是『不經人道』的。

何處合成愁？離人心上秋。縱芭蕉不雨也颼颼。都道晚涼天氣好，有明月，怕登樓。　年事夢中休，花空烟水流。燕辭歸客尚淹留，垂柳不縈裙帶住，謾長是繫行舟。

——唐多令。

聽風聽雨過清明，愁草瘞花銘。樓前綠暗分攜路，一絲柳，一寸柔情。料峭春寒中酒，交加曉夢啼鶯。　西園日日掃林亭，依舊賞新晴。黃蜂頻撲秋千索，有當時纖手香凝。惆悵雙鴛不到，幽堦一夜苔生。

——風入松。

絮花寒食路，晴絲罥日，綠陰吹霧。客帽欺風，愁滿畫船烟浦。綵挂秋千散後，悵塵鎖燕簾鶯戶。從間阻，夢雲無準，鬢霜如許。　夜久繡閣藏嬌，記掩扇傳歌，剪燈留語。月約星期，細把花鬚頻數。彈指一襟怨恨，謾空倩啼鵑聲訴。深院宇，黃昏杏花微雨。

——玉漏遲。

總之，我們如果不責望夢窗過深，我們讀了他的詞便不至失望過甚。我們如以他為一個集大成的同時又是開山祖的一個大詞人，我們便將永不會得到了他的什麼，只除了許多深晦而不易爲人所知的造語；我們如覘他爲一個第二期中的一位與姜、高、史、盧同流的工於鑄詞，能下苦工的作家，則我們將看出他確是一位不凡的人物，他的詞平均都是過得去的，且也都頗多好句。白石清瑩，他則工整，梅溪圓婉，他則妥貼。他是一個精熟的詞手，卻不是一位絕代的詩人。他的詞是一位工於作詞者的著作，卻不是一位天才橫溢者的手筆。他是精細的，謹愼的，用功的，然而他卻不是有很多的詩才的。後來的作詞者多趨於他的門下，其主因便在於此。後來的詞的懨懨無生氣，其主因也便在於此。

九

這時代的詞人更有好幾個應該一提的。在這些詞人中，有的作詞頗多，是一個詞家，亦有的不十分重要；有的僅以一二首詞著名於時，卻是我們所應注意的。

謝懋字勉仲，有靜寄居士樂章二卷。黃昇引吳坦角明的序，以爲『其片言隻字，戞玉鏗金，蘊藉風流，爲世所貴。』其實他的詞未足以當此評。如他的詠春雨的洞仙歌：『愁邊雨細，漠漠天如醉。搖颺游絲晚風外，釀輕寒和暝色，花柳難勝。』已是最好的一個例子了。

黄機字幾仲，一云字幾叔，東陽人。有竹齋詩餘㊀一卷。他的詞頗平易近人，不過都是些傷春悲秋的老調子，所以無甚出色處。

日薄風柔，池面欲平還皺。紋楸玉子，碟礴敲春晝。繡衾半捲，花氣濃熏香獸。小園初試，轆轤銀甃。　夢斷陽臺，甚情懷，似病酒。冰奩羞對，比年時更瘦。雙燕乍歸，寄與絲籤紅豆。那堪又是牡丹時候！——傳言玉女。

李氏兄弟，洪、漳、泳、洤、淛五人合著李氏花萼集五卷；他們是廬陵人。五人中以李泳的才情爲大；泳字子永。其題甘將軍廟卷雪樓一詞，極瀟洒超脫之致，是這一期的詞中所不易得的作品。『横笛望中起吾意已超然，』這樣清雋的句子，是東坡的，是稼軒的，卻决不是清眞的，夢窗的。

危樓雲雨上，其下水扶天。翠山四合飛動，寒翠落簷前。盡是清秋闌檻，一笑波翻濤怒，雪陣卷蒼烟。炎暑去無迹，清駛久翩翩。　夜將闌，人欲靜，月初圓。素娥弄影，光射空際渺嬋娟。不用濯纓垂釣，喚取龍宮仙駕，耕此萬璚田。横笛望中起，吾意已超然。

㊀竹齋詩餘一卷，有汲古閣刊宋六十家詞本。

——水調歌頭。

陳經國的詞，也頗多感慨語，超脫語，言淡而意近，與當時的作風很不相類。經國，嘉禧、淳祐間人，有龜峯詞一詞。㊀他的丁酉歲感事的沁園春，也未必遜於張孝祥的悲憤，辛稼軒的激昂：

誰思神州，百年陸沉！青氈未還。悵晨星殘月，北州豪傑，西風斜日，東帝江山。劉表坐談，深源輕進，機會失之彈指間。傷心事，是年年冰合，在在風寒。 說和說戰都難，算未必江沱堪宴安。歎封侯心在，鱣鯨失水，平戎策就，虎豹當關。渠自無謀，事猶可做，更剔殘燈抽劍看。麒麟閣，豈中興人物，不盡儒冠。——沁園春。

文及翁字時學，號本心，綿州人，歷官參知政事。他的遊西湖有感，也是蘊蓄着絕深厚絕遠大的思慮與悲憤的：

一勺西湖水，渡江來，百年歌舞，百年酣醉。回首洛陽花石盡，煙渺黍離之地，更不復新亭墮淚！簇樂紅妝搖畫舫，問中流擊楫何人是？千古恨，幾時洗？ 余生自負澄清志，更有誰磻溪未遇，傅巖未起？國事如今誰倚仗，衣帶一江而已！便都道：『江神堪恃』。借問孤山林處士，但掉頭笑指梅花蕊。天下事，可知矣！——賀新涼。

㊀龜峯詞有四印齋刊本。

偏安於小朝廷，而以爲『江神堪恃』遁迹者多，而關心國事者少，『林處士』之流，都不過『但掉頭笑指梅花蘂』而已這樣的一個情形，那得不痛哭！『燕雀處堂安頹廈；』強敵一來，自不得不山崩瓦解了。

方岳字巨山，祁門人理宗朝爲文學掌教後出守袁州。（公元一一九九——一二六二）有秋崖先生小稿。㊀他的詞也是疏放疊落，不入於時調的。『莫倚闌干北天際是神州』！他也是一個很有志的人呢！

醉我一壺玉，了此十分秋。江濤還比當日，擊楫渡中流。問訊重陽烟雨，俯仰人間今古，此意渺滄洲。天地幾今夕？舉白與君浮。　舊黃花，新白髮，笑重游。滿船明月猶在，何日大刀頭？誰跨揚州鶴去？已怨故山猿老，借箸欲前籌。莫倚闌干北，天際是神州。——水調歌頭。

張榘字方叔，潤州人，有芸窗詞。他的詞間淡而頗有佳處；如他的青玉案的前半闋，『西風亂葉溪橋樹，秋在黃花羞澀處。滿袖塵埃推不去，馬蹄濃露，雞聲淡月，寂歷荒村路』最後幾句眞是

㊀秋崖詞四卷，有四印齋刊本，又有涉園景宋金元明本詞續刊本。

『絕妙好詞，』不過他詞未能與此相稱耳。

洪瑹字叔璵，自號空同詞客，有詞㊀一卷。他的詞也不重雕飾，但也沒有什麼豪放的情緒，與深切的內容。姑舉一例，以見他的並不切實的感傷。

聽梅花吹動，涼夜何其，明星有爛。相看淚霰閒。而今去也，何時會面？匆匆聚散，便作秋鴻社燕！最傷心，夜來枕上，斷雲零雨何限。 因念人生萬事，回首悲涼，都成夢幻。芳心繾綣，空惆悵巫陽館。況船頭一轉，三千餘里，隱隱高城不見。恨無情春水連天，片帆如箭。——瑞鶴仙。

王㮚（一作彧）字子文，號潛齋，金華人。寶祐初拜端明殿學士，僉書樞密院事，封吳郡侯，他也是當時的一個有心人，曾和曹豳同賦西河，悲憤之情如見。曹豳的詞，說道：『戰和何者是良策？扶危但看天意，』這種定命論的國事觀是最要不得的！㮚的詞卻並不是如此的：

天下事，問天怎忍如此！陵圖誰把獻君王，結愁未已，少豪氣概總成塵，空餘白骨黃葦！ 千古恨，吾老矣，東游曾弔淮水。繡春臺上，一回登，一回搵淚。醉歸撫劍倚西風，江濤猶壯人意。 只今袖手野色裏，望長淮猶二千里。縱有英心誰寄！近新來

㊀空同詞一卷，有汲古閣刊宋六十家詞本。

又報烽烟起，絕域張騫歸來未？

——西河。

『醉歸撫劍倚西風，江濤猶壯人意，』他是並未曾絕望的！他是還具有未滅的『雄心』的！

吳潛字毅夫，寧國人。嘉定間進士第一。淳祐中參知政事，拜右丞相，兼樞密使，封許國公。後安置循州卒。有履齋詩餘㊀三卷。他的詞多半是感傷的調子。如『歲月無多人易老，乾坤雖大愁難著』（滿江紅）『歲月驚心，風埃眯目，相對頭俱白』（酹江月）之類，都是很平凡的。然鵲橋仙一首卻是傑出於平凡之中，頗使我們的倦眼爲之一新：

扁舟乍泊，危亭孤嘯，目斷閑雲千里。前山急雨過溪來，盡洗卻人間暑氣。　暮鴉木末，落鳧天際，都是一番愁意。癡兒騃女賀新涼，也不道西風又起。

——鵲橋仙。

馮取洽字熙之，延平人，自號雙溪翁。㊁他的蝶戀花一詞，很有些新穎『不經人道語』

㊀履齋詞一卷，有舊鈔本。
㊁雙谿詞一卷，有典雅詞本。

秋到雙溪上樹葉葉涼聲，未省來何許。憑拓溪樓窗與戶，倚欄清夜窺河鼓。那時吟朋同此住，獨對秋芳，欲寄花無處。杖履相從曾有語，未來先自愁君去。——蝶戀花。

黃昇字叔暘，號玉林，曾編花庵詞選，為研究宋詞者所必讀的書。他自己也有散花庵詞㊀一卷。識者稱其人為泉石清士，游受齋則亟稱其詩為晴空冰柱。我們將他放在第二期中，恰恰可以作第二期詞人的一個結束。他的詞，未見得有多大的才情，卻是不雕飾的。

玉林何有？有一彎蓮沼，數間茅宇。斷壍疏籬聊補葺，那得粉牆朱戶。禾黍西風，雞豚曉日，活脫田家趣。客來茶罷，自挑野菜同煮。　多少甲第連雲，十眉環座，入醉黃金塢。回首邯鄲春夢破，零落珠歌翠舞。得似衰翁，蕭然陋巷，長作溪山主。紫芝可採，更尋岩谷深處。——酹江月。

楊冠卿字夢錫，江陵人，有客亭類稿十五卷，詞㊁一卷。冠卿詞是屬於花間及秦周的一派的，頗多綺麗之作。

㊀散花庵詞一卷，有汲古閣刊宋六十家詞本。

㊁客亭樂府一卷，有彊村叢書本。

滿院落花春寂，風緊一簾斜日。翠鈿曉寒輕，獨倚秋千無力。無力無力，蹙破遠山愁碧。　——如夢令。

洞口春深長薜蘿，幽棲地僻少經過。一溪新綠漲晴波。驚覺夢來啼鳥近，惜春歸去落花多，東風獨倚奈愁何。　——浣溪沙。

銀葉香銷暑篆清，枕鴛醉倚玉釵橫。起來紅日半窗明。多病情懷無可耐，惜花天氣惱餘酲。瑤琴誰弄曉鶯聲。　——同上。

韓淲字仲止，潁川人，元吉之子。有高節，從仕不久即歸。嘉定中卒。（公元一一五九——一二二四）有澗泉詩餘一卷。㊀淲詞纏綿悱惻，時有好句，且在麗語之中尚能見出他的個性來，這是時流所少有的。

病起情懷惡，小簾櫳楊花墜絮，木陰成幄。試問春光今幾許？（甚）都把年華忘卻。更多少從前盟約，擬待鶯邊尋好語，恍殘紅零亂風迴薄。思往事，信如昨。　清明寒食須行樂，算人生何時富貴，自徒蕭索。試著春衫從酒伴，亂插繁英嫩蕊。信莫被功名擔閣。隨分溪山供笑傲，這一身閑處誰能縛！琴劍外，盡杯酌。　——賀新郎。

㊀澗泉詩餘一卷，有彊村叢書本。

張輯字宗瑞，鄱陽人，有東澤綺語債二卷，㊀朱湛盧云：『東澤得詩法於姜堯章，世謂謫仙復作。不知其又能詞也。』輯詞多悽涼慷慨之音；是一位詞人而不忘國事者。『塞草連天，何處是神州』諸語，確是明知恢復無望的哀響，與辛、陸之作，其氣韻已自不同。

梧桐雨細，漸滴做秋聲，被風驚碎。潤逼衣篝線裊蕙爐沉水悠悠歲月天涯醉。一分秋，一分憔悴。紫簫吹斷，素箋恨切，夜寒鴻起。又何苦悽涼客裏，負草堂春綠，竹溪空翠。落葉西風，吹老幾番塵世，從前諳盡江湖味，聽商歌歸興，千里露侵宿酒。疏簾淡月，照人無寐。——疏簾淡月。

載酒岳陽樓，秋入洞庭深碧。極目水天無際，正白蘋風急。月明不見宿鷗驚，醉把玉欄拍。誰謂百年心事，恰釣船橫笛。——釣船笛。

江頭又見新秋，幾多愁？塞草連天，何處是神州？英雄恨，古今淚，水東流。惟有漁竿，明月上瓜洲。——月上瓜州。

王炎字晦叔，婺源人，有雙溪詩餘。㊁（公元一一三八——一二一八）炎自序其詞曰：『今

㊀今存東澤綺語一卷，有彊村叢書本。

㊁雙溪詩餘一卷，有四印齋刊宋元三十一家詞本。

之爲長短句者，字字言閨閫事，故語懦而意卑。或者欲爲豪壯語以矯之。夫古律詩且不以豪壯語爲貴；長短句命名曰曲，取其曲盡人情，惟婉轉嫵媚爲善。豪壯語何貴焉！不溺於情慾，不蕩而無法，可以言曲矣。此炎所未能也。」這些話頗可以看出他對於當時詞人的批評及他自己作詞的態度來。他雖不欲豪壯語，然『婉轉嫵媚』之趣，卻也未必有；惟在詞中處處以青春的愉樂烘托出老境的頹放來，這卻是他的特色。

渡口喚扁舟，雨後青綃皺。輕暖相重護病軀，料峭還寒透。　老大自傷春，非爲花枝瘦。那得心情似少年？雙燕歸時候。

——卜算子

清波渺渺，日暉暉，柳依依，草離離。老大逢春，情緒有誰知！簾箔四垂庭院靜，人獨處，燕雙飛。　怯寒未敢試春衣，踏青時，懶追隨。野蔌山殽，村醪可從宜。不向花邊拚一醉，花不語，笑人癡。

——江城子。

洪咨夔㊀字舜俞，於潛人。嘉定二年進士。官至刑部尚書，拜翰林學士知制誥，加端明殿學士。

㊀見宋史卷四百六，南宋書卷四十六。

有平齋集詞一卷㊀。平齋詞中多應酬的文字，其情調也多直率乏含蓄之趣。惟下引之一詞，卻甚有新雋之意：

> 送雨迎晴花事過，一庭芳艸。簾影動，歸來雙燕，似悲還笑。笑我不知人意變，悲人空爲韶華老。滿天涯都是別離愁，無人掃。
> 海棠晚，荼䕷早，飛絮急，青梅小。把風流蘊藉，向誰傾倒。秋水盈盈魂夢遠，春雲漠漠音期悄。最關情鶗鴂一聲催，窗紗曉。——滿江紅。

程珌㊁字懷古，休寧人。紹熙四年進士。知福州，兼福建安撫使，封新安郡侯，以端明殿學士致仕。（公元一一六四——一二四二）有洺水集詞一卷㊂。珌詞頗粗豪，但能自暢所言；他追踪蘇、辛而與柳、周、康、姜諸輩絕緣。有時也頗有佳趣：

> 歸來一笑，倘看看稱得人間寒食。阿壽牽衣，仍問我：雙鬢新來添白。忽見庭前去年芳艸，依舊青青色。西湖雨後，綠波兩岸平拍。
> 天教斷送流年三之一矣，又是成疏隔。燕子春寒渾未到，誰說江南消息！玉樹燻香，冰桃翻浪，好個眞消息。這回歸去，松風深處橫笛。

㊀平齋詞一卷，有汲古閣刊宋六十家詞本。

㊁見宋史卷四百二十二，南宋書卷四十九。

㊂洺水詞一卷，有汲古閣刊宋六十家詞本。

——念奴嬌。

管鑑字明仲，龍泉人，有養拙堂詞一卷㊀他的作品，頗能深入顯出，不加雕飾而自然多趣：

潑雲微月，又是一年新秋佳節。天上歡期，人間何事，翻成離別？　清尊欲醉還歇，怕飲散匆匆話別。若是經年得團相見，甘心愁絕。

——柳梢青。

春陰漠漠，海棠花底東風惡。人情不似春情薄，守定花枝，不放花零落。　綠尊細細供春酌，酒醒無奈愁如昨。殷勤待與東風約。莫苦吹花，何似吹愁卻！

——醉落魄。

李昂英字俊明，號文溪，升菴詞品又以他為字公昂。資州黎石人。或作名公昂，番禺人。有文溪詞一卷㊁他以送王子文知太平州一闋摸魚兒有名於時：

怪朝來片紅初瘦，半分春事風雨。丹山碧水含離恨，有脚陽春難駐。芳草渡，似叫住東君，滿樹黃鸝語。無端杜宇，報采石磯頭，驚濤屋大，寒色要春護。　陽關唱盡鴛，徘徊東渚，相逢知又何處？摩挲老劍雄心在，對酒評今古。君此去，幾萬里東南

㊀養拙堂詞一卷，有四印齋刊宋元三十一家詞本。

㊁文溪詞一卷，有汲古閣刊宋六十家詞本。

手擎天柱，長生壽母，更穩步安輿三槐堂上，好看綵衣舞。

劉光祖㊀字德修，簡州人，慶元初官侍御史，終顯謨閣直學士，謚文節。（公元一一四二——一二二二）有鶴林詞一卷。光祖詞集今不傳，就所傳者而觀之，其詞的豪放，乃大似稼軒，如『何不歸歟？花竹秀而野』（醉落魄）之類。然如洞仙歌的上半闋卻也秀媚照人：『晚風收暑，小池塘荷淨，獨倚胡床，酒初醒，起徘徊，時有香氣吹來，雲藻亂，葉底遊魚動影。』

戴復古字式之，天台人，遊於陸放翁門下。有石屏集㊁詞一卷。他的詞，也深染着前一期的稼軒的粗豪的影響，例如：

今朝欲去，忽有留人處。總與江頭楊柳樹，繫我扁舟且住。 十分酒興詩腸，雖禁冷落秋光。借取春風一笑，狂夫到老猶狂。

——清平樂。

嚴仁字次山，邵武人，有清江欸乃一卷。他與同族嚴羽、嚴參同稱『邵武三嚴』。黃昇道，『次

㊀見宋史卷三百九十七，南宋書卷四十一。

㊁石屏詞一卷，有汲古閣刊宋六十家詞本。

山詞極能道閨閣之趣』如他的玉樓春一類的詞，實可與吳、高、盧、史爭工：

春風只在園西畔，薺菜花繁蝴蝶亂。冰池晴綠照還空，香徑落紅吹已斷。意長翻恨遊絲短，盡日相思羅帶緩。寶奩如月不欺人，明日歸來君試看。

汪莘字叔耕，休寧人。嘉定間曾叩閽上書，不報。後築室柳溪，自號方壺居士。有方壺存稿，詩餘二卷㊀方壺詞多道士氣，然佳者卻可闖入周、吳之室。程珌以爲：『叔耕蘊霞籠玉滴之奇，而憂深思遠，未易遽班之賀、白也。』如玉樓春（贈別孟倉使）卻自嫵媚多姿：

一片江南春色晚，牡丹花謝鶯聲懶。問君離恨幾多長？芳艸連天猶覺短。　昨夜溪頭新溜滿，樽前自起噴龍管。明朝飛棹下錢塘，心共白蘋香不斷。

趙以夫字用甫，長樂人，端平中，知漳州。（公元一一八九——一二五六）有虛齋樂府一卷。㊁以夫詞，小令佳者絕少，慢調則頗多美俊者，蓋追步於高、史之後，而未能自拔者。如『欲低還又起，似妝點滿園春意』（徵招，雪）『雲雁將秋，露螢照夜，涼透窗戶星網，珠疏月奩金小，清絕無點

㊀方壺詩餘二卷，有彊村叢書本。

㊁虛齋樂府一卷，有侯刻名家詞（聚香室叢書）本及江標刻宋元名家詞本。

暑」(永遇樂，七夕)之類。

汪晫字處微，績溪人，開禧中，曾至京都，不就舉試而歸，棲隱山中，卒，里人私謚曰康範先生，有康範詩餘一卷㊀晫雖非專工的詞人，卻也時有佳趣：

> 午夜涼生風小住，銀漢無聲，雲約疏星度，佳客欲眠知未去，對床只欠蕭蕭雨。 柰月四更山外吐，酒醒衾寒，消盡沈烟縷。料想玉樓人倚處，歸帆日竚烟中浦。——蝶戀花。

趙善括字應齋，隆興人，有應齋詞一卷㊁善括詞善於寫情，也和柳七一樣，往往是無所不寫的，例如名爲無題的一闋虞美人：

> 長空一夜霜風吼，寒色消殘酒。問伊今夜在誰行？遣恨落花流水誤劉郎。 尤雲殢雨多情話，分付阿誰也？儂家有分受悽惶，只怕嬌癡不睡也思量。

㊀康範詩餘一卷，有彊村叢書本。

㊁應齋詞一卷，有彊村叢書本。

魏了翁㊀字華父，號鶴山，蒲山人，慶元五年進士。理宗朝，官資政殿學士，福州安撫使。卒謚文靖。（公元一一七八——一二三七）有鶴山長短句三卷㊁。鶴山雖為理學名儒，然其詞則殊清麗；雖少綺膩之什而語意自屬高曠：

玳筵綺席繡芙蓉，客意樂融融。吟罷風頭擺翠，醉餘日脚沉紅。　簡書絆我，賞心無托，笑口難逢。夢草閑眠暮雨，落花獨倚春風。

——朝中措。

被西風吹不斷新愁，吾歸欲安歸？望秦雲蒼澹，蜀山渺漭，楚澤平濊，鴻雁依人正急，不奈稻粱稀。獨立蒼茫外，數遍群飛。

多少曹苻氣勢，只數舟燥葦，一局枯棋。更元顏何事，花玉困重圍。算眼前未知誰恃，恃蒼天終古限華夷。還須念人謀如舊，天意難知。

——八聲甘州，偶書。

八聲甘州雖為慨嘆時事之作，未免流於別調，而氣勢卻甚淒豪。「還須念人謀如舊，天意難知，」在慄慄自危之中已透露出對於強敵無可抵抗的消息來了。

㊀見宋史卷四百三十七，南宋書卷四十六。

㊁鶴山先生長短句三卷，有雙照樓景刊宋元明本詞本。

蔡戡字定夫，仙游人，有定齋詩餘一卷。㊀定夫詞僅寥寥數首，然如點絳脣（百索）則殊爲嫵媚可愛：

> 纖手工夫，采絲五色交相映。同心端正，上有雙鴛並。 皓腕輕纏，結就相思病。憑誰信？玉肌寬盡，卻繫心兒緊。

如水調歌頭二闋：『飛鐮落金盌，酣醉吸長虹，』『痛念兩河未復，獨作中流砥柱，』卻是豪雄若東坡、稼軒的。

廖行之字天民，衡陽人，有省齋詩餘一卷。㊁行之壽頌之詞多凡庸，其他卻甚有佳者。他頗大膽的引用白話入詞。自柳七、黃九以後，此道是久已無人彈奏的了：

> 風指家山，恩恩又數今朝過。客情那可，慾似天來大！ 烟雨濛濛，細浥輕塵墮。君知麼？卻成甚个春暮猶江左。
> ——點絳脣。

姜特立㊂字邦傑，麗水人。淳熙中爲閤門舍人，充春坊官，幸於太子。太子即位，爲人所論，奪職。

㊀定齋詩餘一卷，有彊村叢書本。

㊁省齋詩餘一卷，有彊村叢書本。

㊂見宋史卷四百七十。南宋書卷六十八。

寧宗朝，拜慶遠軍節度使。有梅山續稿，詞一卷㊀特立宋史入佞倖傳，可見他當時行事的不理衆口。然他的詞則間有雋語，爲我們所傳誦，菩薩蠻一作，在他的作品中尤爲佳妙：

日長庭院無人到，琅玕翠影搖寒甃。困臥北窗涼，好風吹夢長。 璧月升東嶺，冷浸扶疏影。苗葉萬珠明，露華圓更清。

李好古未知其里居，有碎錦詞㊁一卷；（陸心源）藏碎錦詞二部，一題『鄉貢免解進士』，或係有二李好古也說不定。好古詞多激昂慷慨之音，大似放翁的詩。姑舉一例：

平沙淺艸接天長，路茫茫，幾興亡！昨夜波聲，洗岸骨如霜。千古英雄成底事？徒感慨，謾悲涼。 少年有意伏中行，馘名王，掃沙場。擊楫中流，曾記淚霑裳。欲上治安雙闕遠，空悵望，過維揚。

——江城子。

郭應祥字承禧，臨江人。嘉定間進士，官楚、越間。有笑笑詞㊂一卷。應祥多作壽詞頌語，頗凡庸可厭。但如『忽忽相遇忽忽去，恰如當初元未遇。』（玉樓春）『巧人自少拙人多，那牛女何曾

㊀梅山詞一卷，有四印齋刊宋元三十一家詞本。
㊁碎錦詞一卷，有四印齋刊宋元三十一家詞本。
㊂笑笑詞一卷，有彊村叢書本。

管你』（鵲橋仙甲子七夕）之類卻頗新穎可喜。

南宋詞家蠭起，詞集之流傳者尤多，惟女流作家則獨少。當第一期之最初，有一大作家李清照，尚在寫着，當其中葉，則僅有一朱淑眞而已。淑眞，海寧人，或以爲朱熹之姪女。她自稱幽棲居士。以匹偶非倫，弗遂素志，心每鬱鬱，往往見之詩詞，其集名斷腸詞一卷㊀。世人每以她有生查子：『去年元夜時，花市燈如晝。月上柳梢頭，人約黃昏後。今年元夜時，月與燈依舊。不見去年人，淚滿春衫袖』一詞，而稱之爲白璧微瑕。四庫總目提要又力辨以爲此詞本非淑眞所作，乃見之於歐陽修集中。其實此詞卽爲淑眞之作，也未必果累及她的盛名。宋人詞，諸集中互見者頗多，我們別無確證，實未便以某詞臆斷歸於某人。淑眞小詞，佳者至多，往往可見出她的愁情悶緒來：

> 山亭水榭秋方半，鳳幃寂寞無人伴。愁悶一番新，雙蛾只舊顰。　起來臨繡戶，時有疏螢度。多謝月相憐，今宵不忍圓。
>
> ——菩薩蠻。

> 獨行獨坐，獨倡獨酬還獨臥。佇立傷神，無奈輕寒著摸人。　此情誰見？淚洗殘妝無一半。愁病相仍，剔盡寒燈夢不成。
>
> ——減字木蘭花。

㊀斷腸詞一卷，有汲古閣刊詩詞雜俎本，有四印齋所刻詞本。

惱煙撩露，留我須臾住。攜手藕花湖上路，一霎黃梅細雨。　嬌癡不怕人猜，隨羣暫遣愁懷。最是分攜時候，歸來懶傍妝臺。

——清平樂。

樓外垂楊千萬縷，欲繫青春，少住春還去。猶自風前飄柳絮，隨春且看歸何處！　綠滿山川聞杜宇，便做無情，莫也愁人意。把酒送春春不語，黃昏卻下瀟瀟雨。

——蝶戀花。

此外尚有幾個作家都有詞集傳于今，也應在此一提及。

吳泳㊀字叔永，潼川人，有鶴林詞。㊁徐鹿卿㊂字德夫，豐城人，有徐清正公詞㊃一卷；游九言字誠之，建陽人，有默齋詞㊄一卷；其赤棗子一首：『香露溼草晶瑩，起看大地盡瑤瓊。下界千門人

㊀見宋史卷四百二十三。
㊁鶴林詞一卷，有彊村叢書本。
㊂見宋史卷四百二十五。
㊃徐清正公詞一卷，有彊村叢書本。
㊄默齋詞一卷，有彊村叢書本。

寂寂，空山夜靜海波聲』意境甚高．王邁㊀字實之，興化軍仙遊人．嘉定十年進士．淳祐中，知邵武軍，予祠卒．（公元一一八四——一二四一）有臞軒集十卷，詞附．㊁徐經孫㊂字仲立，豐城人，有矩山詞㊃一卷．陳耆卿字壽老，臨海人，有篔窗詞一卷；㊄吳淵㊅字道文，寧國人，有退庵詞㊆一卷；他的念奴嬌：『雲暗江天，烟昏淮地，是斷魂時節．欄干搥碎，酒狂忠憤俱發』是慷慨而帶憤怒的．

十一

㊀見宋史卷四百二十三，南宋書卷五十八．

㊁臞軒詩餘一卷，有彊村叢書本．

㊂見宋史卷四百十，南宋書卷五十七．

㊃矩山詞一卷，有彊村叢書本．

㊄篔窗詞一卷，有彊村叢書本．

㊅見宋史卷四百十六，南宋書卷五十四．

㊆退庵詞一卷，有彊村叢書本．

第三期的詞人，大都是生丁亡國之際，身受亡國之痛的。然在他們的詞卻不大看得出什麽悲憤的情緒來。如論者之所指，他們或托物以寓意，或隱約以陳詞，然即如所指，其詞意也是很淺薄的，浮泛的，並沒有什麽深刻的悲傷沈痛。蒙古人的侵入與壓迫，對於他們似乎關係很淺的！然在實際的生活上，江南人的生活眞是要另起了一番變化。——一番很大的變化。胡人紛紛的南下，臨安全爲外邦人物所占領。江、浙一帶，南歌消歇，北曲喧騰。漢人或他們所謂爲蠻子的地位，不必說在蒙古人之下，且也在一切色目人之下！科舉停了，學校廢了，什麽政策的施行，都是漢人所不慣受的。在那末困苦的境地之下，爲什麽詞人們的心緒，竟不能受到深切的感動呢？爲什麽這樣悲痛的呼籲不大見於他們的作品之中呢？在第二期中還有幾個人在叫着：『天下事可知矣』，在叫着：『說和說戰都難算，未必江沱堪安樂！』在叫着：『望長淮猶二千里，縱有英心誰寄！』在這一個時期，作家卻都半遁入細膩的詠物一路去，一點也不再見有什麽憤語的呼號；他們雕飾字句，以纖麗爲工，他們致力新語，以奇巧爲妙。他們幾乎是不與這個紛亂的被征服的時代與國家發生過什麽關係。所以這個大時代便不能在他們的作品中留個影子，雖然在意大利人馬哥孛羅的著作中留下過．這是什麼緣故呢？一方面是，詞在這個時候，已完全走入雅正的路上去了，清眞、夢窗的影響益大，幾使每個人不能自外；有了這一派的影響籠罩着，詞人當然不願去寫什麼粗豪憤慨之語了．一方面是，在異族的鐵蹄之下，卽有呼號，也是很不見得能够暢達出來的．鄭思肖的心史是沉之於井中的，當時決不能刊布（心史事懷疑者頗多，或竟疑爲假托．）作家爲了避免危險計，當然也只好避免這種危險的激怒的舉動，而遁入另一條的僅以辭章自娛的路上去了．在清代入關時，其情形也是如此．有了這兩個原因，使自然而然的逼着詞人走上了最穩妥，而且又是順流而下，已成風尚的雅正的大路上去了．

十二

這期的詞人以蔣捷、周密、張炎、王沂孫爲四大家；而這四大家的詞，卻都是純正的典雅之詞；他們的選辭擇語，眞都是愼之又愼的；他們如一顆顆的晶瑩的明珠，我們在那裏找不出一點的疵病；其時時可遇的雋句，如「數枚櫻桃葉底紅」又可使我們吟味不盡．然而他們的美妙卻在外表，卻在辭章；他們壓根兒便沒有雄豪的奔放的情緒，便沒有足以動人心肺，撼人魂魄的大力。他們只是幾個詞人幾個以鑄美詞造雋語爲專長的詞人。後人論詞者每多尊之，於是將殭的詞便益趨於硬化之途，以典雅爲的，以小小的雋語爲極致，而將七八百年來一種新的詩體，隨了落日而送入沉淵之中了。

蔣捷字勝欲，義興人，有竹山詞一卷㊀。在四大家中，他的詞是最有自然之趣的。底下雖引了好幾首，卻一點也沒有過多之感。

渺渺啼鴉了，亙魚天寒生峭嶼，五湖秋曉。竹几一鐙人做夢，嘶馬誰行古道。起搔首，窺星多少。月有微黃籬無影，挂牽牛數朵青花小。秋太淡，添紅棗。　愁痕倚賴西風掃。被西風翻催鬢鬒，與秋俱老。舊院隔霜簾不捲，金粉屏邊醉倒。計無此中年懷抱。萬里江南吹簫恨，恨參差白鴈橫天杪。烟未斂，楚山杳。

——賀新郎。

正春晴，又春冷。雲低欲落，瓊苞未剖，早是東風作惡。旋安排一雙銀蒜鎮羅幕。幽壑水生，漪皺皺綠，潛鱗初躍，悄悄門巷，桃樹紅纔約略。知甚時露華烘破青青萼。　憶昨引韈花邊，近來重見，身學垂楊瘦削。問小翠眉山爲誰攢，卻斜陽院宇任躊

㊀竹山詞一卷，有汲古閣刊宋六十家詞本。

綠窗靜。玉箏慈索，戶外惟聞，放剪刀聲，深在妝閣，料想裁縫，白苧春衫薄。

春晴也好，春陰也好，著些兒春雨越好。春雨如絲，繡出花枝紅裊。怎禁他孟婆合皂。梅花風悄，杏花風小，海棠風驀地寒峭。歲歲春光，被二十四風吹老。楝花風，爾且慢到。——白苧。

少年聽雨歌樓上，紅燭昏羅帳。壯年聽雨客舟中，江闊雲低，斷雁叫西風。而今聽雨僧廬下，鬢已星星也。悲歡離合總無情，一任增前點滴到天明。——解珮令。

紅了櫻桃，綠了芭蕉，送春歸，客尚蓬飄。昨宵穀水，今夜蘭皐。奈雲溶溶，風淡淡，雨瀟瀟。銀字笙調，心字香燒。料芳蹤乍整還凋。待將春恨都付春潮。過窈娘堤，秋娘渡，泰娘橋。——行香子。

周密字公謹，濟南人，僑居吳興。自號弁陽嘯翁，又號蕭齋。有草窗詞㈠（一名蘋州漁笛譜）

㈠草窗詞二卷，補遺二卷，有知不足齋叢書本，又有曼陀羅華閣刊本。又蘋洲漁笛譜二卷，有知不足齋叢書本。又有彊村叢書本。（多集外詞一卷。）

二卷。又編絕妙好辭，亦爲詞選中的佳作。他的詞，無論小令慢調都是很纖麗隱約的，有的時候，覺著重於辭語而忘記了辭意，有的時候，則有很好的意境，也有很好的辭語。

晴絲罥蝶，煖蜜酣蜂，重簾卷春寂寂。雨萼烟梢壓闌干，花雨染衣紅濕。金鞍誤約，空極目天涯草色。閬苑玉簫人去後，惟有鶯知得。　餘寒猶掩翠戶，梁燕乍歸，芳信未端的。淺薄東風，莫因循輕把杏鈿狼藉。塵侵錦瑟，殘日紅窗春夢乍。睡起折枝無意緒，斜倚秋千立。

——解語花。

開了木芙蓉，一年秋已空。送新愁千里孤鴻。搖落江蘺多少恨，吟不盡楚雲峯。　往事夕陽紅，故人江水東。翠衾寒幾夜霜濃。夢隔屏山飛不去，隨夜鵲繞疏桐。

——南樓令。

花氣半侵雲閣，柳陰近隔春城。畫欄明月按瑤箏，醉倚滿身花影。　翠格素虬晴雪，錦籠紫鳳香雲。東風吹玉滿閑亭，二十四簾春靜。

——西江月。

十三

張炎字叔夏，爲南渡名將張俊的後裔，居臨安，自號樂笑翁。有玉田詞三卷。㊀仇仁近以爲：「叔夏詞意度超玄，律呂協洽，當與白石老仙相鼓吹」以玉田較白石，玉田當然未暇多讓。玉田頗有憤語，卻沈藏之於濃紅淡綠的辭語中，如「只有一枝梧葉，不知多少秋聲！」「恨喬木荒涼，都是殘照」之類。而「十年舊事翻疑夢」的一闋臺城路，讀者尤爲感動。在小令一方面，像「夢窗春聲聚花多瘦影重」那樣的自然而多趣的調子，也是很近於花間的。

烟霞萬壑，記曲徑尋幽，霽痕初曉。綠窗窈窕，看隨花甃石，就泉通沼。幾日不來，一片蒼雲未掃。自長嘯，悵喬木荒涼，都是殘照。 碧天秋浩渺，聽虛籟泠泠，飛下孤峭。山空翠老，步仙風，怕有采芝人到。野色閑門，芳草不除更好。境深悄，比斜川又清多少。——掃花遊。

候蛩淒斷，人語西風，岸月落沙平江似練，望盡蘆花無雁。 暗教愁損蘭成，可憐夜夜關情。只有一枝梧葉，不知多少秋聲！——清平樂。

㊀玉田詞二卷，又山中白雲詞八卷，有曹氏刊本，許氏刊本，四印齋所刊詞本，彊村叢書本。

十年舊事翻疑夢，重逢可憐俱老！水國春空，山城歲晚，無語相看一笑。荷衣換了，任京洛塵沙，冷凝風帽。見說吟情，近來不到謝池草。歡遊曾步翠窈，亂紅迷紫曲，芳意今少。舞扇招香，歌橈喚玉，猶憶錢塘蘇小。無端晴暗，又幾度流連，燕昏鶯曉。回首妝樓，甚時重去好！

——臺城路。

葉濟春聲聚，花多瘦影重。只留一路過東風。團得生香不斷錦薰籠。 月地連金屋，雲樓敞翠蓬，慢鬟語笑隔簾櫳。知是誰調鸚鵡柳陰中。

——南歌子。

王沂孫字聖與，號碧山，又號中仙，會稽人。有碧山樂府（一名花外集）二卷㊀。沂孫的詞，詠物很工，有時意境也極高雋。如『聽粉片簌簌飄堦』之語，是很不平凡的造句。詠新月的眉嫵一詞，可以作為他的詠物詞的代表。

漸新痕懸柳，澹彩穿花，依約破初暝。便有團圓意，深深拜，相逢誰在香逕？畫眉未穩，料素娥猶帶離恨。最堪愛，一曲銀鉤小，寶簾挂秋冷。 千古盈虧休問，歎謾磨玉斧，難補金鏡。太液池猶在，淒涼處，何人重賦清景。故山夜永，試待他窺戶端正。看雲外山河，還老桂花舊影。

㊀花外集一卷，有知不足齋叢書本，有四印齋所刻詞本。

——眉嫵。

屋角疎星，庭陰暗水，猶記藏鴉新樹。試折梨花，行入小欄深處，聽粉片簌簌飄堦，有人在夜窗無語。料如今門掩孤燈，畫屏塵滿斷腸句。 佳期渾似流水，還見梧桐幾葉，輕敲朱戶。一片秋聲，應做兩邊愁緒。江路遠歸雁無憑，寫繡箋倩誰將去。謾無聊，猶掩芳樽，醉聽深夜雨。

——綺羅香。

玉局歌殘，金陵句絕，年年負卻薰風。西鄰紛競，獨憐入戶飛紅。前度綠陰載酒，枝頭色比舞裙同。何須擬蠟珠作蒂，湘彩成叢。 誰在舊家殿閣，自太眞仙去，掃地春空。朱旛護取，如今應誤花工。顚倒絳英滿逕，想無車馬到山中。西風後，尚餘數點，還勝春濃。

——慶清朝。

啼螿門靜，落葉堦深，秋聲又入吾廬。一枕新凉，西窗晚雨疏疏。舊香舊色換卻，但滿川殘柳荒蒲。茂陵遠，任歲華苒苒，老盡相如。 昨夜西風初起，想蓴邊呼櫂，橘後思書。短景淒然，殘歌空扣銅壺。當時送行，共約雁歸時，人賦歸歟。雁歸也，問人歸如雁也無？

——聲聲慢。

十四

於蔣、周、張、王外，同時詞人尚有不少：陳允平的詞在當時也可算是一位大家。允平字君衡，號西麓，明州人有日湖漁唱㊀二卷。張炎稱其『所作平正，亦有佳者。』如他的唐多令一首，其意境是很高雋的。

赤欄橋畔斜陽外，臨江暮山凝紫。戲鼓纔停，漁榔乍歇，一片芙蓉秋水。餘霞散綺，正銀鑰停闉，畫樓催艤，魚板敲殘，數聲初入萬松裏。　坡翁詩夢未老，翠微樓上月，曾共誰倚。御苑烟花，宮斜露草，幾度西風彈指。黃昏盡也，有明月閑僧，醉香遊子，鶯嶺猿啼，喚人吟思起。

——齊天樂。

休去採芙蓉，秋江烟水空。帶斜陽一片征鴻。欲頓閑愁無頓處，都著在兩眉峯。　心事寄題紅，畫橋流水東。斷腸人無奈秋濃。回首層樓歸去嬾，早新月挂梧桐。

——唐多令。

劉克莊字潛夫，號後村，莆田人。淳祐初，特賜同進士出身。累官龍圖閣學士。致仕，卒。謚文定。（公元一一八七——一二六九）有後村別調一卷㊁。他對於詞的品評很嚴刻，乃以陸放翁、辛

㊀日湖漁唱一卷，補遺一卷，續補遺一卷，有詞學叢書本，又有彊村叢書本。

㊁後村別調一卷，有汲古閣刊宋六十家詞本，又有晨風閣叢書本。

稼軒的詞，爲『掉書袋』他自己的詞造就也頗不凡近。如玉樓春（呈林節推）一詞，眞乃是有稼軒之豪邁，而無放翁的頹放者：

年年躍馬長安市，客裏似家家似寄。青錢喚酒日無何，紅燭呼盧宵不寐。　易挑錦婦機中字，難得玉人心下事。男兒西北有神州，莫滴水西橋畔淚。

——玉樓春。

趙孟堅㊀字子固，嘉興人。宋宗室。垂老，猶及見蒙古人的侵入。入元，遂不仕以終。（公元一一九九——一二九五）有彝齋詩餘一卷㊁。孟堅詞殊平常，沒有什麽傑出時流之處，雖然他上接第二期之首，下及第三期之末，所經歷的時代甚長。

春早峭寒天，客裏倦懨尤悪。待起冷清清地，又孤眠不着。　重溫卯酒整瓶花，總待自霍索。忽聽海棠初賣，買一枝添卻。

——好事近。

㊀見南宋書卷十八。

㊁彝齋詩餘一卷有彊村叢書本。

趙崇嶓字漢宗，號白雲，南豐人。有白雲小稿一卷㊀。崇嶓小詞綺膩纏綿，大有花間風度，而其意境卻又是不襲取之於古舊之篇章中的。

日日酒闌花陣，畫閣紅樓相近。殘月醉歸來，長是雨羞雲困。低問低問，獨自繡幃睡穩。——如夢令。

絲髮風輕掠，酥胸冷不侵。背人小立卸瑤簪，一縷柔情繫得幾人心。　曲檻花方蓓，河橋柳未陰。紅羞綠困不能禁，惱亂東風，無計等春深。——南柯子，小妹。

何夢桂㊁字巖叟，嚴陵人，咸淳乙丑進士，至元時尚在。有潛齋詞一卷㊂。夢桂詞頗有蕭疏自然之趣，與時流之以雕斲為工者不同。

風信花殘吹柳絮，柳外池塘，乳燕時飛度。漠漠輕雲山約住，半村烟樹鳩呼雨。　竹院深深深幾許？深處人閑，誰識閑中趣！彈徹瑤琴移玉柱，蒼苔滿地花陰午。

㊀白雲小稿一卷，有彊村叢書本。
㊁見南宋書卷六十二。
㊂潛齋詞一卷，有四印齋刊宋元三十一家詞本。

盧炳字叔陽，自號醜齋。有烘堂詞㊀毛晉以爲他『詞中有畫』。如浣溪沙之類，確是頗具新意的：

水閣無塵午晝長，薰風十里藕花香，一番疏雨釀微涼。　旋點新茶消睡思，不將醽醁惱詩腸，闌干倚徧挹湖光。

許棐字忱父，海鹽人，嘉熙中（公元一二三七——一二四〇）隱居秦溪。於水南種梅數十樹，自號梅屋。環室皆書。有梅屋稿、獻醜集及梅屋詩餘㊁自爲序。棐詞意緒並不雋穎，措辭也殊平常，未見有多大的成功，姑舉一例：

組繡盈箱錦滿機，倩人縫作護花衣。恐花飛去，無復上芳枝。　已恨遠山迷望眼，不須更畫遠山眉。正無聊賴，雨外一鳩啼。

汪元量㊂字大有，號水雲，錢塘人。以善琴，爲宮妃之師。宋亡，隨三宮留燕。後爲黃冠南歸。有水

㊀烘堂詞有汲古閣刊宋六十家詞本。

㊁梅屋詩餘一卷，有四印齋彙刻宋元三十一家詞本，有雙照樓景刊宋元明本詞本。

㊂見南宋書卷六十二。

一、雲集、㊀湖山類稿。歸後往來匡廬、彭蠡間，若飄風行雨。人以爲仙。元量詞多故國之思，亦有心人之

獨倚浙江樓，滿耳怨笳哀笛，猶有梨園聲在，念那人天北。海棠顦顇，怯春寒，風雨怎禁得，回首華清池畔，渺露鷰烟荻。——好事近，浙江樓聞笛。

金陵故都最好，有朱樓迢遞。嗟倦客又此憑高，檻外已少佳致。更落盡梨花，飛盡楊花，春也成憔悴。問青山三國英雄，六朝奇偉？麥甸葵丘，荒臺敗壘，鹿豕銜枯薺。正潮打孤城，寂寞斜陽影裏。聽樓頭哀笳怨角，未把酒愁心先醉。漸夜深月滿秦淮，烟籠寒水。悽悽慘慘，冷冷清清，燈火渡頭市。慨商女不知興廢，隔江猶唱庭花，餘音亹亹。傷心千古，淚痕如洗。烏衣巷口靑燕路，認依稀王謝舊鄰里，臨春、結綺，可憐紅粉成灰，蕭索白楊風起。因思疇昔，鐵索千尋，謾沉江底。揮羽扇障西塵，便好角巾私第。清談到底成何事？回首新亭，風景今如此！楚囚對泣何時已，歎人間今古眞兒戲。東風歲歲還來，吹入鍾山，幾重蒼翠。——鶯啼序，重過金陵。

鼓鼙驚破霓裳，海棠亭北多風雨。歌闌酒罷，玉啼金泣，此行良苦。駝背模糊，馬頭匼匝，朝朝暮暮。自都門燕別，龍艘錦纜，空載得春歸去。目斷東南半壁，悵長淮已非吾土。受降城下，草如霜白，淒涼酸楚。粉陣紅圍，夜深人靜，誰賓誰主。對漁燈一點，羈愁一搦，譜琴中語。

㊀水雲詞一卷，有彊村叢書本。

——水龍吟，淮河舟中夜聞官人琴聲。

宦舍悄，坐到月西斜，永夜角聲悲自語，客心愁破正思家，南北各天涯。 腸斷裂，搔首一長嗟，綺席象牀寒玉枕，美人何處醉黃花？和淚撚琵琶。

——望江南，幽州九日。

柴望字仲山，號秋堂，有秋堂集詞一卷㊀他長於慢詞，所作都嬌媚多姿，情緒宛曲，大有周美成的風調。

春來多困，正晝移簾影，銀屏深閉。喚步幽禽烟柳外，驚斷巫山十二。宿酒初醒，新愁半解，惱得成憔悴。鬆雲鬢，不忺鸞鏡梳洗。 門外滿地香風，殘梅零落，玉糝着苔碎。乍暖乍寒渾莫擬，欲試羅衣猶未。鬪草雕欄，買花深院，做踏青天氣。晴鳩鳴處，一池昨夜春水。

——念奴嬌。

陳著字子微，鄞縣人，寶祐四年進士，官著作郎，後以忤賈似道，改臨安通判，有本堂詞㊁二卷，本堂詞是尋常的一位非專工的詞人之作，未見十分的傑出。

㊀秋堂詩餘一卷，有彊村叢書本。

㊁本堂詞一卷，有彊村叢書本。

> 江寒雁咽，短棹還催發。曾是玉堂仙吏，相別處滿篷雪。　此別那堪說，遡風空淚血。惟有梅花依，舊香不斷，夜來月。
>
> ——霜天曉角。

劉學箕字習之，崇安人，有方是閑居士詞一卷㊀學箕詞圓穩熟練，足與當時諸大家相抗。有時也作淺薄的了語如『一人口插幾張匙，何用波波劫劫沒休時』（虞美人）之類。更多的卻是戀繡衾（閨怨）一類的成熟作品：

> 柳絮風翻高下飛，雨籠晴香徑尚泥。女伴笑，踏青好，鳳釵偏，花壓鬢垂。　亂鶯雙燕春情緒，攪愁心，欲訴誰？人問道：因誰瘦？撚青梅，閒斂黛眉。

衞宗武字淇父，江南華亭人。淳祐間歷官尚書郎，出知常州，罷歸。有秋聲集，詞附。㊁宗武所作多慢詞，然佳者殊少；如『風雨捲春去，紅紫總無餘。窈窕一川芳渚，軟草接新蒲。楊柳垂垂飄絮，桑柘陰陰成幄，般綠正棻敷。遷木鶯呼友，營壘燕將雛』（水調歌頭，自適上半闋）已是最好的例子了。

㊀方是閑居士詞一卷，有彊村叢書本。

㊁秋聲詩餘一卷，有彊村叢書本。

李演字廣翁,號秋堂.其詞纖巧圓熟,惟少雋穎之語.如『又西風四橋疏柳,驚蟬相對秋語.瓊荷萬笠花雲重,嫋嫋紅衣如舞鴻.』(摸魚兒一節)在他的作品中,已是比較尖新的了.

王奕字伯敬,號斗山,玉山人.宋亡,又自號至元逸民.著作皆散佚,僅存東行斐稿三卷,詞附.

> 二十四橋明月好,暮年方到揚州.鶴飛仙去總成休!霞陽風笛急,何事付悠悠.　幾闋平山堂上酒,夕陽還照邊樓.不堪風景重回頭.淮南新棗熟,應不說防秋.——臨江仙.

牟巘字獻甫,吳興人,大理少卿.(公元一二二七——一三一一)有陵陽先生集詞一卷.㊀巘詞存者不少,不是祝壽便是送別.此種題材,最易入陳套.巘卻頗能運以別調.如送張教的漁家傲便頗好:

> 病枕逢逢驚曉鼓,那堪送客江頭路.莫唱驪駒催客去,風又雨,花飛一片愁千縷.折柳淒然無臉語,加餐更把征衣護.泥滑籃輿須穩度.雲飛處,親闈安問應旁午.

㊀陵陽詞一卷,有彊村叢書本.

劉辰翁㊀字會孟，廬陵人，舉進士，值世亂，隱居不仕。（公元一二三四——一二九七）有須溪集，附詞。㊁辰翁所作甚多，小令慢調，皆有雋篇。後村評劉鎮詞，以爲『周、柳、辛、陸之能，庶乎兼之』，的當此譽的卻是辰翁而非鎮。辰翁的作風，秉豪邁之資，得自然之趣，新意固多，雋語不少。彼固不屑自安於周、柳的陳套，亦不屑趨求於辛、陸的型式。在第三期中，他確是個獨立不羣的大作家。有如左思之在太康，淵明之在晉、宋之間。他的傷時感事之作，尤悽然有黍離之痛。誰說詞中不可說及此等事！

春悄悄，春雨不須晴。天上未知燈有禁，人間轉似月無情。村市學簫聲。

——望江南，元宵。

長欲語，欲語又蹉跎！已是厭聽夷甫頌，不堪重省越人歌。孤負水雲多。　羞拂拂，懊惱自摩挲。殘烟不教人徑去，斷雲時有淚相和。恨恨欲如何！

——雙調望江南，賦如見。

㊀見南宋書卷六十三。

㊁須溪詞一卷又補遺一卷，有彊村叢書本。

燒燈節，朝京道上風和雪。風和雪，江山如舊，朝京人絕！　百年短短與亡別，與君猶對當時月。當時月，照人燭淚，照人梅髮。　——憶秦娥。

紅妝春騎踏月，花影千旗穿市。望不盡瓊樓歌舞，習習香塵蓮步底，簫聲斷約彩鸞歸去，未怕金吾呵醉。甚輦路喧闐，且止？聽得念奴歌起。　父老猶記宣和事，抱銅仙清淚如水。還轉盼沙河多麗，晃漾明光連邸第，簾影凍散，紅光成綺，月侵蒲桃十里。看往來神仙才子，肯把菱花撲碎。　腸斷竹馬兒童，空見說三千樂指。等多時，春不歸來，到春時欲睡，又說向燈前擁髻暗滴鮫珠墜。便當日親見霓裳，天上人間夢裏。　——寶鼎現。

送春去，春去人間無路。鞦韆外芳草連天，誰遣風沙暗南浦。依依甚意緒，謾憶海門飛絮。亂鴉過，斗轉城荒，不見來時試燈處。　春去誰最苦？但箭鴈沈邊，梁燕無主。杜鵑聲裏長門暮。想玉樹凋土，淚盤如露。咸陽送客屢回顧，斜日未能渡。　春去尚來否？正江令恨別，庾信愁賦，蘇堤盡日風和雨。歎神遊故國，花記前度。人生流落，顧孺子，共夜語。　——蘭陵王。

李彭老字商隱，號篔房；李萊老字周隱，號秋崖。二李詞有合刊本，名龜溪二隱詞㈠。二李與草

㈠龜溪二隱詞一卷，有彊村叢書本。

窗相酬答，他們的詞都是很細膩穩貼，時有輕雋之句的．

羅襦隱繡茸，玉合消紅豆．深院落梅鈿，寒峭收鐙後．　心事卜金錢，月上鵝黃柳．拜了夜香休，翠被聽春漏．

——生查子（李彭老）

陳德武，三山人，有白雪遺音一卷．㊀德武懷古之作如水龍吟、望海潮，皆慷慨激昂，有爲而發者．『樂極西湖，愁多南渡，他都是夢魂空．感古恨無窮．歎表忠無觀，古墓誰封，棹檥錢塘，濁醪和淚洒秋風．』（望海潮的一段．）

汪夢斗字以南，績溪人．咸淳初爲史館編校．以劾賈似道罷．歸元世祖曾召之入都，不屈而回．北遊集卽作於此時，詞附．㊁夢斗詞悲歌當哭，是經歷喪亂亡國之痛的孤臣口吻．

西北有神州，曾倚斜陽江上樓．目斷淮南山一抹，何由載淚東風灑汴流．　何事卻狂遊？直駕驢車度白溝．自古幽燕爲絕塞．休愁，未是窮荒天盡頭．

——南鄉子．

㊀白雪遺音一卷，有彊村叢書本．

㊁北遊詞一卷，有彊村叢書本．

文天祥和他的幕客鄧剡是當時能以詞寫其悲憤的少數作家。天祥字宋瑞，又字履祥。舉進士第一，歷官右丞相，兼樞密使，封信國公，爲元兵所執，留燕三年，不屈而死。（公元一二三六——一二八二）有文山集。他的正氣歌很足動人，而驛中言別友人的一詞也是很憤憤的！

水天空闊，恨東風不借世間英物。蜀鳥吳花殘照裏，忍見荒城頹壁。銅雀春情，金人秋淚，此恨憑誰雪！堂堂劍氣，斗牛空認奇傑。　那信江海餘生，南行萬里，送扁舟齊發。正爲鷗盟留醉眼，細看濤生雲滅。睨柱吞嬴，回旗走懿，千古衝冠髮。伴人無寐，秦淮應是孤月。——大江東去。

鄧剡字光薦，廬陵人。曾在文天祥幕中。宋亡不仕，有中齋集。他的詞大都帶有興亡之感的，如賣花聲的『不見當時王、謝宅，烟草青青，』南樓令的『說與亡燕入誰家？』

雨過水明霞，潮回岸帶沙。葉聲寒，飛透窗紗。懊恨西風催世換，更隨我，落天涯。　寂寞古豪華，烏衣日又斜。說與亡燕入誰家。只有南來無數鴈，和明月，宿蘆花。——南樓令。

除了少數人以外，公然悲憤見於詞間的，便絕無僅有的了。像以封殖宋陵遺骸著名的唐珏，其詞至多也不過說『悠然世味渾如水，千里舊懷誰省』!（摸魚兒）而如王鼎翁（字炎平，安福人，有梅邊集）則直高叫道：『休休！何必傷嗟，謾贏得靑靑兩鬢華．且不知門外桃花何代，不知江左燕子誰家．』像這樣一種人心，眞是『天下事可知矣!』

> 又是年時，杏紅欲吐，柳綠初芽．奈尋春步遠，馬嘶湖曲；賣花聲過，人唱窗紗．暖日晴烟，輕衣羅扇，看遍王孫七寶車．誰知道十年魂夢，風雨天涯．休休！何必傷嗟，謾贏得靑靑兩鬢華．且不知門外桃花何代，不知江左燕子誰家．世事無情，天公有意，歲歲東風，歲歲花．拚一笑，且醒來杯酒，醉後杯茶．——沁園春．

有幾個有詞集的人，更有幾個以一二首詞著名的人；今並略述於下．石孝友，字秀仲，有金谷遺音一卷．他的詞時有雋句，如『半空猶溼，山影插尖高幾尺，依依銜落日』（謁金門）又如：

> 醉袖吟鞭行色裏，帽簷低處風斜．晚山一半被雲遮．殘陽明遠水，古木集棲鴉．暮去朝來緣底事？不知早早還家．曲屏深幌小窗紗，翠沾眉上柳，紅搵臉邊花．——臨江仙．

黃公紹，譙郡人，咸淳進士．他的青玉案一詞，很足動人．

> 年年社日停針線，爭忍見雙飛燕！今日江城春已半，一身猶在亂山深處，寂寞溪橋畔．　征衫著破誰針線？點點行行淚

衰滿落日解鞍芳草岸，花無人戴，酒無人勸，醉也無人管。——青玉案。

陳逢辰字振飛，號存熙，未知其里居，有烏夜啼一詞甚佳。

月痕未到朱扉，送郎時，暗裏一汪兒淚沒人知。 揾不住，收不聚，被風吹，吹作一天愁雨損花枝。——烏夜啼。

徐一初，未知其爵里，其摸魚兒一詞，甚有悲憤之慨，爲常時少見之作。

對茱萸一年一度，龍山今在何處？參軍莫道無勳業，消得從容樽俎。君看取，便破帽飄零，也得傳千古，當年幕府，知多少，時流等閑收拾，有箇客知許。 追往事，滿目山河，晉土征鴻又過邊羽。登臨莫上高層望，怕見故宮禾黍。綠醑澆觴斛牢愁，淚閑新亭雨，黃花無限，畢竟是西風披拂，猶識舊時主。——摸魚兒。

此外，尚有趙必璩字玉淵，東莞人，公元（一二四五——一二九四）著覆瓿詞㊀。趙蟠老字渭師，東平人，有拙庵詞㊁一卷。劉鎮字叔安，南海人，嘉泰二年進士，學者稱他爲隨如先生，劉潛夫

㊀覆瓿詞一卷，有四印齋刊宋元三十一家詞本。

㊁拙庵詞一卷，有四印齋刊宋元三十一家詞本。

稱其詞：「麗不至褻，新不犯陳，」其實殊爲凡庸。孫惟信字季蕃，號花翁，有詞一卷。王武子，（一作子武）亦曾寫詞一卷。夏元鼎字宗禹，永嘉人，有蓬萊鼓吹一卷。㈠熊禾㈡字去非，號勿軒，建陽人，有勿軒長短句一卷。㈢陳深字子微，吳郡人，有寧極齋樂府㈣一卷。家鉉翁㈤字則堂，眉山人，有則堂詩餘㈥一卷。楊澤民有和淸眞詞一卷。㈦林正大字敬之，號隨菴，有風雅遺音㈧二卷，皆隱括

㈠蓬萊鼓吹一卷，有彊村叢書本。

㈡見南宋書卷六十三。

㈢勿軒長短句一卷，有彊村叢書本。

㈣寧極齋詞一卷，有彊村叢書本。

㈤見南宋書卷六十二。

㈥則堂詩餘一卷，有彊村叢書本。

㈦和淸眞詞一卷，有四印齋刊宋元三十一家詞本。

㈧風雅遺音二卷，有江標刻宋元名家詞本。

古人之詩歌文賦之辭意以入詞者。蒲壽宬泉州人，有心泉詩餘一卷。㊀張玉孚若瓊，松陽人，有蘭雪詞㊁一卷。

㊀心泉詩餘一卷有彊村叢書本。

㊁蘭雪詞一卷，有彊村叢書本。

參考書目

一、宋六十一家詞不分卷　毛晉（汲古閣）編刻，有原刻本，有廣州刻本，有博古齋影印袖珍本。

二、名家詞集十卷　侯文燦編刻，有原刻本，有粟香室叢書本。

三、宋元名家詞不分卷　江標編，有光緒間湖南刻本。

四、四印齋所刊詞及四印齋彙刻宋元三十一家詞　王鵬運編，自刊本。

五、雙照樓影刊宋元明本詞　吳昌綬編，自刊本。續刊景宋金元本詞，陶湘編刊本。

六、彊村叢書　朱祖謀編，自刊本。

七、中興以來絕妙好辭選十卷　宋黃昇編，有汲古閣刊詞苑英華本。

八、陽春白雪八卷外集一卷　宋趙聞禮編，有詞學叢書本，清吟閣刊本，及粵雅堂叢書本。

九、絕妙好詞箋七卷 宋周密著，清查爲仁、厲鶚箋。有原刊本，有會稽章氏重刊本。

十、草堂詩餘四卷 在四印齋所刊詞苑英華及雙照樓景刊宋元明本詞內均有之。

十一、歷代詩餘一百二十卷 有原刊本，有蟫隱廬影印本。

十二、詞綜三十四卷 清朱彝尊編。有原刊本，有坊刊本。

十三、詞林紀事二十二卷 清張宗橚輯。有原刊本，有掃葉山房影印本，有海鹽張氏影印本。

十四、宋史四百九十六卷 元脫克脫等撰。有二十四史本。

十五、南宋書六十八卷 明錢士升撰。有掃葉山房刊四朝別史本。

後記

全書告竣，不知何日，姑以已成的幾章，刊爲此册。我頗希望此書每年能出版二册以上，則全書或可於五六年後完成。這一册所敘者以『詞』爲主體。疏略訛謬，在所不免。願專門研究『詞』的先生們有以匡正之。對於本册的校勘，友人王伯祥、葉聖陶、徐調孚三君最爲有力。謹在此向他們致謝！

鄭振鐸 十九年三月一日